21세기 북한문학의 현장

한반도의 평화문학을 상상하다

21세기 북한문학의 현장

한반도의 평화문학을 상상하다

초판 1쇄 인쇄 2022년 2월 15일
초판 1쇄 발행 2022년 2월 25일

지은이 오태호
펴낸이 김승희
펴낸곳 도서출판 살림터

기획 정광일
편집 조현주·송승호
북디자인 꼬리별

인쇄·제본 (주)신화프린팅
종이 (주)명동지류

주소 서울시 양천구 목동동로 293, 22층 2215-1호
전화 02-3141-6553
팩스 02-3141-6555
출판등록 2008년 3월 18일 제313-1990-12호
이메일 gwang80@hanmail.net
블로그 http://blog.naver.com/dkffk1020

ISBN 979-11-5930-217-6 93810

21세기 북한문학의 현장

한반도의 평화문학을 상상하다

오태호 지음

북한문학의 동시대 현장을 탐문探問하다

1. 학술에세이로서의 북한문학 연구

이 책은 필자가 『문학으로 읽는 북한』[2020] 이후 발간하는 두 번째 북한문학 연구서다. '연구서'라고 하면 딱딱하고 무미건조한 느낌이 들지만, 실상은 한반도의 분단 이후 우리와 이질화된 방식으로 수행되고 있는 북한문학의 전개 양상에 대해 남한 연구자의 입장에서 전체적인 맥락을 짚어보고 한반도적인 시각에서 유의미한 텍스트들을 발굴하기 위한 '학술에세이 모음집'에 해당한다. '학술에세이'는 필자가 오랜 연구를 통해 확보한 전문가적 시각을 우선하면서도 대중적인 글쓰기를 통해 개성적인 관점을 함께 녹여낸다는 점에서 '학술성'과 '대중성'의 두 측면을 만족시키는 에세이적 글쓰기 방식을 이름한다.

필자가 2002년 10월호 월간지 『문학사상』에 동시대 북한문학 '리뷰'를 수행한 지 꼭 20년 만에 두 번째 저서를 출간한다. 21세기 들어 벌써 강산이 두 번 이상 변했다. 더구나 2000년 6·15 남북 정상회담(김대중-김정일), 2007년 10·4 남북 정상회담(노무현-김정일)을 거쳐 2018년 4·27 남북 정상회담(문재인-김정은) 등에 이르기까지 한반도의 정상들은 남북 관계의 대화와 협력을 통해 더 나은 평화체제를 여전히 모색하고 있다. 그러나 기대와 현실은 늘 어긋나고 있어서 안타깝게도 분단체제는 2021년 11월 현재 아직도 공고한 편이다. 북미 대화를 통해 한반도에서의 '종전선언'이 가시권에 들어오긴 했지만, 여전히 1950년 6·25 전쟁 이후 휴전 상황은 요지부동이다.

2. 한반도의 평화적 미래를 위한 견인차 역할

2020년 1월 이후 전 세계적으로 2년째 홍역을 치르고 있는 '코로나 시대'는 '지구촌의 사회적 거리두기'를 합법화하면서 자유로이 국경을 넘나들며 세계시민적 관점을 확보해온 '21세기 초국경 시대'라는 표현을 무색하게 하고 있다. 뿐만 아니라 한반도적 시각에 국한해서 볼 때도 북한의 고립은 더욱 가속화되고 있다. 그러나 북한의 고립은 북한만의 고립이 아니라 한반도적 분단체제의 지속을 의미하면서 세계사적 모순을 해결하기 위한 노력을 게을리하는 '분단주의적 상상력'의 한계 상황을 보여준다. 70년이 넘는 체제와 국토의 분단이 한시적 특수성이라는 점을 인정한다면, 분단 극복을 통해 펼쳐질 한반도의 미래를 상상할 수 있어야 한다. 북한문학 연구는 한반도의 평화적 미래를 견인하기 위해 필자가 선택한 하나의 문학적 방도에 해당한다.

주지하다시피 북한문학은 분단 이후 프롤레타리아 계급과 항일혁명 문학을 강조하며 20세기 후반까지 뺄셈의 문학을 지향하던 방식에서 21세기에 이르러 덧셈의 문학으로 변모하고 있다. 그 한가운데에는 역설적이게도 김정일의 『주체문학론』[1992]이 자리하고 있다. 1960년대 이래로 '수령형상문학'과 '당문학'을 강조하면서 1970년대 이래로 '주체사실주의'를 문학 연구방법론으로 고정화한 김정일이 '전통과 유산의 확대'를 요청하면서부터 1980년대 초반까지 배제해온 '부르주아문학'의 공유 가능성을 복권시키고 있다. 1980년대 중반 이래로 1990년대에 들어와 이광수와 염상섭, 김동인 등 '부르주아 퇴폐 미학의 대표적인 반동 작가'로 명명되던 작가들의 텍스트를 구체적인 분석의 대상으로 호명하면서 비판적 평가를 진행하고 있기 때문이다. 아예 거론조차 되지 않던 작가들의 텍스트가 100권짜리『현대조선작가선집』1987~2016을 통해 새로이 문학적 전통의 대상으로 호명되고 있는 것이다.

3. 여럿이 따로 또 같이 걷기

필자는 남북한 문학예술의 가교 역할을 위해 다리를 놓는 작업을 '남북문학예술연구회'(2004년 모임 발기, 2007년 창립) 구성원들과 함께 15년 이상 지속하고 있다. 현대문학 전공자들이 다수를 차지하기는 하지만, 영화와 음악, 미술, 고전, 아동, 정치학 등 15명 내외의 다양한 장르의 문화예술 전공자들이 함께 모임을 수행하면서 북한 문학예술 연구 성과가 집적되고 있으며, 남북한 문학예술의 교류 협력 증진을 위한 다양한 비판과 대안 가능성을 모색하는 세미나와 스터디를 지속하고 있다. 코로나 시대임에도 불구하고 실시간 화상 세미나를 통해 월 1회 이상의 온라인 모임을 지속했으며, 2020년 10월 말에는 삼청동 북한대학원대학교에서 〈세계의 지평과 보편 가치: 교류 협력 시대 남북한 문학예술의 지향〉이라는 학술대회를 개최했고, 2021년 10월 말 대학로 '예술가의 집'에서는 〈재난의 상상력과 포스트 코로나 시대의 북한 문학예술〉이라는 학술대회를 개최하면서 유튜브 생중계로 학술대회 현장 상황을 성공적으로 송출한 바 있다.

남북연 구성원들 개개인의 개별 연구 성과 역시 다양한 형태로 집적되고 있으며, 김성수의『미디어로 다시 보는 문학』, 임옥규의『북한문학과 감성』, 오창은의『친애하는, 인민들의 문학 생활』등과 함께 졸저『문학으로 읽는 북한』이 2020년에 동시다발적으로 출간되는 등 각개 약진

과 함께 공동 연구 성과의 발표를 지속적으로 진행하고 있다. 김성수, 김
재용, 유임하, 전영선, 김은정, 이상숙, 임옥규, 오창은, 남원진, 천현식, 배
인교, 이지순, 홍지석, 한승대, 김민선, 고자연, 마성은, 오삼언, 조은정,
하승희 등의 연구자와 함께하지 않았다면, 지금 이 자리까지 오지 못했
을 것이다. 선배 연구자와 함께 동료, 후배 연구자들에게 이 지면을 빌려
진심으로 감사의 말씀을 전한다.

4. '한반도 문학'의 가능성 탐색

이 책에는 2000년대 들어 지난 20년 동안 필자가 발품을 팔고 노력
하며 분석과 해석을 진행해온 '한반도 문학의 가능성'에 대한 탐색이 연
구 성과로 집적되어 있다. 결과적으로 21세기의 북한문학의 표정에 대해
남한 연구자가 20세기 이래로의 풍경을 다양한 관점에서 추출하고 있는
셈이다.

1부 〈김정은 시대 문학의 현장〉에는 4편의 글이 함께한다. 김정일 사
후(2011. 12. 17) 2012년 이래로 '김정은 시대'가 전개되는 구체적 양상
을 점검하면서, 북한문학의 당문학적 특수성과 지향성의 의미 탐색, 사
회주의적 이상과 현실 사이의 간극에 대한 징후적 독해, '만리마 시대'
가 표방하는 사회주의 강국 건설에 대한 로망 분석, '김정일 애국주의'
의 추구와 함께 '최첨단 시대'를 돌파하려는 문학 텍스트의 유의미성 등
을 주목한다.

2부 〈북한문학의 통시적 고찰〉에는 5편의 글을 배치한다. 남한 연구
자의 입장에서 정리한 북한소설사의 주요 작품에 대한 분석과 평가, '미
국' 표상에 대해 '김일성, 김정일, 김정은 시대' 등으로 구분하여 수행
헌 시대별 특이성 고찰, 1920년대 중반의 근대소실에 대한 문학사적 인

식의 유연한 변화 양상, 북한식 연애소설에서 나타난 '욕망과 담론의 균열', 2003년 『조선문학』의 세부적 분석을 통해 확인한 북한 사회의 내면 풍경 등이 주요 면면에 해당한다.

3부 〈남북한 문학의 동상이몽〉에는 4편의 글이 자리한다. '탈북민 서사'를 다룬 남한 작가 조해진의 『로기완을 만났다』와 북한 작가 반디의 「탈북기」에 대한 분석, 벽초 홍명희의 『임꺽정』에 대한 남북한 연구사 비교를 통한 '통일문학의 가능성과 현재성' 점검, 이광수의 장편소설 『무정』 등 4권에 대한 연구사 비교를 통해 확인한 남북한 문학의 통합적 인식 가능성, '호랑이와 새'를 소재로 남북한 문학에서 펼쳐진 생태학적 상상력의 개진과 그 차이 등이 제시된다.

필자가 걸어온 북한문학 연구 20년의 족적이 한자리에 모인 셈이다. 이곳저곳에 흩어져 외따로 의미를 파생시키며 찰나적 섬광처럼 존재하던 개별 연구를 모아놓고 보니 밤하늘에 필자가 임의로 수놓은 또 하나의 성좌星座처럼 보여 흐뭇하면서도 부끄럽다. '부끄러운 흐뭇함'으로 앞으로 덜 부끄럽기 위하여 한반도 통합문학의 가능성을 높이기 위해 더욱 성실하고 차분하게 뚜벅뚜벅 나에게 주어진 길을 걸어가야겠다. 그것이 한반도에 태어난 '분단둥이'에게 지워진, 대지와 바람이 전하는 당부일 것이다.

5. 통일염원 76년의 존재 증명

2021년 11월 현재 여전히 '코로나19'의 여진은 2년 가까이 지속되고 있다. 이렇게 2년 가까이 '신종 바이러스의 공포'가 전 세계의 미래를 암담하게 예측 불가능성의 세계로 밀어넣을지는 아무도 예견할 수 없었다. 앞으로 얼마나 더 '확진자 자가격리'가 전방위적으로 지속될지 역시 알

수 없다. 눈에 보이지 않는 바이러스가 인류 역사상 거의 처음으로 사회적 공동체의 붕괴를 가속화하고 있다. 백신 접종을 통해 감염 예방이라는 선제적 조치와 함께 치료제가 개발되고 있지만, 여전히 확진자 수가 눈에 띄게 줄어들고 있지는 않다. 더구나 전 세계적으로 양극화되고 있는 빈익빈 부익부의 현실은 약소 국가와 개인들에게 더욱 막중한 고통을 가중시키고 있다.

대역병의 시대가 지나면 상처 많은 과거를 아련한 추억으로 아름답게 회상할 수도 있겠지만, 지구촌은 더욱 극심한 몸살을 앓을 가능성이 농후하다. '신종 코로나 바이러스'에 지구인의 시선이 쏠린 가운데, 기후 변화의 정도는 더욱 가파르게 지구촌의 위기를 가속화하고 있다. 어리석은 인류를 향해 언제든 위기는 새로운 방식으로 당도할 예정이다. 과연 인간은 인류를 위협하는 각종 위기로부터 스스로를 방어할 수 있을 것인가? 다양한 질문과 대답 속에 여전히 인간과 세계와 지구는 '감염병 증후군'을 앓아내고 있다.

2020년 이후 전 세계적인 팬데믹의 한복판에 두 번째 연구서이자 세 번째 저서를 발간한다. 연구서든 평론집이든 학술에세이든 저서를 출간하는 일은 일종의 존재 증명의 알리바이에 해당한다. 내가 속한 세계에서 내가 걷고 있는 길의 표정을 타인에게 내비치면서 나 스스로 힘겨운 고투를 진행하고 있음을 보여주는 '전시 효과'의 측면이 분명하게 존재한다. 부끄러우면서도 조심스레 여기까지 내가 걸어온 족적을 내밀어본다. 별로 보잘것없는 일일지도 모른다는 자성에도 불구하고 다음의 연구를 향해 내딛는 작은 일보라는 자가진단으로 주춤주춤 머뭇거리면서도 앞으로 전진하고자 한다.

벌써 사흘째 미세먼지와 초미세먼지가 '매우 나쁨' 상태를 가리키고 있다. 코로나 시대에 접어들면서 '미세먼지의 공포'로부터 방면放免된 대기질로 인해 '파란 하늘과 하얀 구름'의 친변만화 속에 전형적인 한반도의 날씨에 대한 반가움을 체감하며 지냈지만, 요 며칠은 2019년 이전으로 돌아간 듯한 답답함이 느껴진다. 시계視界를 가리는 짙은 '안개'와 호흡에 부담을 주는 '(초)미세먼지' 사이로 난 길로 햇살처럼 바람처럼 온기처럼 한반도의 평화문학이 자유롭게 숨 쉬는 날이 오면 좋겠다. 그리고 이 두 번째 걸음이 새로운 세 번째 걸음에 대한 이정표가 되어 더 나은 디딤돌로 작동하길 바란다.

2022년 1월 용인 서천마을에서
통일염원 76년의 바람을 담아
오태호

차례

3부 남북한 문학의 동상이몽

1부

김정은 시대 문학의 현장

북한문학의
당문학적 지향성

1. 당문학적 지향의 북한문학

이 글은 2019년 『조선문학』에 나타난 북한 문학작품을 통해 북한 사회의 방향을 선도하는 당문학적 지향성을 구체적으로 점검해보고자 작성된다. 2019년 북한문학은 2018년도부터 지속되어온 한반도 평화체제에 대한 기대의 지속과 단절이라는 이중적 욕망의 한가운데에 자리한다. 2018년의 북한문학이 '전쟁과 평화의 변곡점'으로 전쟁에서 평화로 가는 길목에서 '잔존하는 대결 구도' 속에서도 '한반도 평화시대의 기대'와 '일상적 평화의 가능성' 속에 사회주의 강성대국 건설을 위해 '경쟁담론'을 전면화하고 있었다면[1], 2019년 북한문학은 "자립적이고 강력한 경제력에 의해서만 국가의 존엄을 지키고 정치군사적위력"[2]도 강화할 수 있으며, "오늘의 복잡한 세계정세속에서 공화국이 자주권과 존엄을 고수하고 참다운 번영을 이룩하기 위하여서는 확고한 자주적립장에서 자기 힘을 강화하고 자립적으로 발전해나가야"[3] 한다는 김정은의 목소리에서 드러나듯 '자주성'이 강조된다. 결국 2019년은 2018~19년 동안 진행된 김정은식 제재 돌파 노력이 무위로 돌아간 뒤 '자립 경제'를 새

---

1. 오태호, 「전쟁과 평화의 변곡점, 1등주의의 지향과 경쟁 담론의 형상화-2018년 『조선문학』을 통해 본 북한문학의 변화 양상」, 『상허학보』 58집, 상허학회, 2020, 307~338쪽.
2. 김정은, 「글상자」, 『조선문학』, 2019. 10, 2쪽.
3. 김정은, 「글상자」, 『조선문학』, 2019. 11, 2쪽.

로이 강화하게 된 한 해라고 볼 수 있다. 이렇듯 동시대 북한문학을 검토하는 것은 한반도 평화체제 구축의 가능성과 현재성을 담보하기 위한 문학적 전제 작업에 해당한다.

주지하다시피 북한문학은 해방 이후 1950년대 반종파투쟁을 거치면서 1967년 유일사상체계 확립 이래로 김일성 가계를 형상화하는 '수령형상문학'을 전면에 내세운다. 해방 직후에는 '당성, 계급성, 인민성'이라는 사회주의적 사실주의의 특성을 강조하기도 했지만, 영도 사상으로서의 '주체사상'을 활용한 문학적 지침은 '주체문예이론'을 거쳐 '주체사실주의'라는 창작방법론으로 이어져, '항일혁명문학'을 필두로 '김일성 가계'에 대한 찬양이 주류를 이루는 문학 풍토가 2020년에도 여전히 지속되고 있다. 북한은 2011년 12월 김정일 사후 2016년 7차 당대회 이래로 현재까지 '김일성-김정일주의' 기치 아래 '김일성 민족, 김정일 조선'을 내세우며 '김일성＝김정일⇒김정은'으로 이어지는 3대 세습이 정착되면서 '수령-당-인민'의 위계 구도와 삼위일체적 결속이 강조되는 '사회주의 대가정' 사회인 것이다.

김정은 국무위원장은 2020년 「신년사」에서 "자력갱생의 위력으로 제재 봉쇄 책동을 총파탄시키기 위한 정면돌파전에 매진해야 한다."고 강조하면서 "미국이 대조선 적대시 정책을 끝까지 추구한다면 조선반도 비핵화는 영원히 없을 것"[4]임을 선언한다. '정면돌파전'을 강조하는 2020년 신년사가 올해 북한 사회의 방향을 예고한다면, 2019년의 향방을 가늠해보기 위해서는 당해 연도의 신년사와 문학작품의 상관성을 살펴볼 필요가 있다. 2018년은 2월 평창올림픽 개최를 기반으로 4월 남북 정상회담과 6월 북미 정상회담이 개최되면서 한반도의 평화체제 구축 분위기가 이어진 해였다. 이어진 2019년 「신년사」에서 김정은 위원장은 '자력

---

4. 2020년 1월 1일~1월 3일 방송 및 일간지 참조.

갱생의 기치높이 사회주의건설의 새로운 진격로를 열어나가자'라는 구호를 제시하면서 "사회주의 자립경제의 위력을 더욱 강화"해야 할 것을 강조한다. 문학적으로는 '사회주의 문명 건설'을 위해 "시대와 현실을 반영하고 대중의 마음을 틀어잡는 영화와 노래를 비롯한 문예작품들"을 많이 창작할 것을 주문한다.[5] 이 글은 2019년 조선작가동맹 중앙위원회의 기관지인 『조선문학』에 나타난 시와 소설, 논설 등을 통해 대외적 제재와 봉쇄를 돌파하려는 의지와 신념으로 '자력갱생'을 추구하는 북한 사회의 변화 양상을 구체적으로 분석해보고자 한다.

김정일 사후 2012년 이래로 김정은 시대의 북한소설 연구를 개괄해보면, 먼저 김성수[6]는 '김정일 추모문학'을 거쳐 가계家系의 권위를 계승한 김정은이 '친근한 지도자'로서 '인민생활 향상'과 '청년의 미래' 지향 속에 '선군과 민생의 병진 담론'을 원심화하면서 청년 지도자의 욕망으로 '사회주의 낙원'을 실현하려는 모습을 형상화하고 있다고 분석한다. 뿐만 아니라 7차 당대회를 전후하여 당 정책에 대한 작가들의 절대 복종과 선전문학의 주문생산식 창작이라는 낡은 프레임이 변화되지 않은 방식으로 반복되고 있음을 비판한다.[7] 오태호[8]는 '백두 혈통'이라는 3대 세습 담론의 강화 속에 '김정일 애국주의의 추구, 최첨단 시대의 돌파, 긍정적 주인공들의 양심과 헌신의 목소리' 등으로 제재를 분류하여 김정은 시대의 소설적 현재성을 검토한다. 뿐만 아니라 '김정은 시대의 이

5. 이관세, 「김정은 2019년 신년사: 주요 내용과 평가 및 전망」, 2019. 1. 3.
6. 김성수, 「김정은 시대 초의 북한문학 동향: 2010~2012년 『조선문학』, 『문학신문』 분석을 중심으로」, 『민족문학사연구』 제50호, 민족문학사학회 민족문학사연구소, 2012, 481~513쪽/ 김성수, 「'선군'과 '민생' 사이: 김정은 시대 초(2012~2013) 북한의 '사회주의 현실' 문학 비판」, 『민족문학사연구』 제53호, 민족문학사학회 민족문학사연구소, 2013, 410~440쪽/ 김성수, 「북한문학, 청년 지도자의 욕망-김정은 시대, 북한문학의 동향과 전망」, 『세계 북한학 학술대회 자료집』, 북한연구학회, 2014, 259~277쪽.
7. 김성수, 「당문학의 전통과 7차 당 대회 전후의 북한문학 비판」, 『상허학보』 49집, 상허학회, 2017, 383~415쪽.
8. 오태호, 「김정은 시대 북한 단편소설의 향방: 김정일 애국주의 추구와 최첨단 시대의 돌파」, 『국제한인문학연구』 12집, 국제한인문학회, 2013, 161~195쪽.

상과 현실, 사회문화적 과잉과 결핍, 공적 담론과 사적 욕망의 균열' 등을 통해 사회주의적 이상과 현실의 균열을 독해한 바 있다.[9] 오창은[10]은 김정일 사후 불확실성이 강조되었을 때의 '통치와 안전'의 메커니즘을 중심으로 '혁명의 일상화'와 '정치 부재의 사회'에서 드러나는 세계 인식의 공통감각, '당과 인민의 자기 통치' 양상을 구체적으로 분석한다. 박태상[11]은 김정은 시대 소설의 특징으로 '인민들의 삶의 질 증대, 최첨단 돌파, 여성 노동력 확보 시도' 등이 두드러진다고 분석한다. 이선경[12]은 탁숙본의 『정의 바다』를 중심으로 김정은 시대 '사회주의 대가정'의 구조가 '화목한 하나의 대가정'으로 형상화되는 사회주의 문명국의 복지 담론임을 분석한다.

기존 김정은 시대의 문학 담론을 이어받으면서도 2019년 『조선문학』은 "자력갱생의 기치높이 사회주의건설의 새로운 진격로를 열어나가자!"라는 「신년사」의 대표적 구호에서 드러나듯 기본적으로 '자력갱생'을 지향한다. 2019년 『조선문학』의 표면적 발간 지향은 1월호 목차 위에 배치된 두 편의 글상자를 통해 확인될 수 있다. 즉 "오늘 우리 앞에는 위대한 김일성동지와 김정일동지의 사상과 업적을 만년초석으로 하여 조선혁명을 보다 높은 단계에로 전진시키며 사회주의위업을 끝까지 완성하여야 할 중대한 과업이 나서고 있습니다."와 "국가경제발전 5개년전략의 목표는 인민경제전반을 활성화하고 경제부문사이 균형을 보장하여 나라의 경제를 지속적으로 발전시킬 수 있는 토대를 마련하는 것입니다."

9. 오태호, 「김정은 시대의 북한 단편소설에 나타난 서사적 특성 고찰-사회주의적 이상과 현실의 균열적 독해」, 『인문학연구』 제38호, 경희대학교 인문학연구원, 2018, 147~176쪽.
10. 오창은, 「김정일 사후 북한소설에 나타난 '통치와 안전'의 작동-인민의 자기통치를 위한 기억과 재현의 정치」, 『통일인문학』 제57집, 건국대인문학연구원, 2014, 285~310쪽.
11. 박태상, 「김정은 집권 3년, 북한소설문학의 특성-2012년 1월부터 2014년 12월까지 『조선문학』 발표작품을 대상으로」, 『국제한인문학연구』 16집, 국제한인문학회, 2015, 53~91쪽.
12. 이선경, 「김정은 시대 소설에 나타나는 복지 담론의 의미-'사회주의 대가정'의 구조 변동과 '사람값'의 재배치」, 『북한연구학회 춘계학술발표논문집』, 북한연구학회, 2017, 253~264쪽.

가 배치되어 있다. 결국 '김일성-김정일주의'를 굳건히 유지할 것이며, 사회주의 위업을 달성하기 위해 경제 발전의 토대를 구축하고자 한다는 것이다.

실제로 북한의 문학작품 역시 이러한 사상적 지향과 경제 발전을 위한 다양한 문예 작품을 제출하고 있다. 구체적인 내용은 크게 세 주제로 요약되는데, '자력갱생의 혁명정신, 세계 일등 수준의 지향, 과학기술 강국 전망' 등이 그것이다. 특히 3호 목차 위에는 '김정은의 말씀'으로 "우리는 조선혁명의 전 로정에서 언제나 투쟁의 기치가 되고 비약의 원동력으로 되어온 자력갱생을 번영의 보검으로 틀어쥐고 사회주의건설의 전 전선에서 혁명적앙양을 일으켜나가야 합니다."라는 글상자가 배치되어 있다. 2019년 북한 사회의 현실 속에서 '자력갱생'만이 "번영의 보검"일 수밖에 없음을 강조하고 있는 것이다.

뿐만 아니라 2019년 6월 북미의 판문점 정상회담이 무산된 이후 2019년 하반기에 이르면 "국가건설과 활동에서 자주의 혁명로선을 견지하는 것은 우리 공화국의 일관하고도 확고부동한 립장입니다."(7~8호 글상자)라거나 "우리 공화국의 정치사상적힘은 사회주의국가정치제도의 우월성과 공고성에 바탕을 두고있습니다."(9호 글상자)가 강조되는 것에서 알 수 있다시피, 북미 관계의 단절 속에 독자적인 생존을 모색하는 '자주적 입장'과 '사회주의적 자부심'을 강조하게 된다. 특히 1년을 결산하는 12호에서는 "위대한 장군님의 사상과 로선은 우리 당과 혁명의 영원한 지도적지침이며 혁명실천에서 그 정당성과 생활력이 확증된 백전백승의 기치"라면서 '김정일 애국주의'를 강조하고 "모든 것을 인민을 위하여, 모든 것을 인민대중에게 의거하여!"(12호 글상자)라는 구호를 내세우며 '인민대중 제일주의' 입장을 전면화하고 있다. 이러한 김정은의 목소리는 대미 관계의 복원을 통한 유엔 제재 완화가 더 이상 불가능한 상황임을 명확히 파악하고 있음을 보여준다. 결론적으로 2019년 북한문학은 "적대세력들 내흔들던/ 평화의 면사포는 벗겨졌다."[13]는 시 구절에서 보이듯 북미 관계와 남북 관계에 대한 기대가 좌절된 현실을 구체적으로 인식하고 있음이 드러난다.

2. 불굴의 정신력과 기적의 신화 창조-자력갱생自力更生의 혁명정신

'자력갱생'은 일반적으로 "자신의 힘으로 생존을 추구한다는 뜻으로 남에게 의존하지 않고 오직 자신의 능력과 의지로 발생하는 도전을 극복하려는 행동 또는 정신"이라는 사전적 의미를 갖지만, 북한에서는 1950년대 소련으로부터의 자주노선이 강조되고 주체사상이 표면화되면서 중국공산당이 1950년대부터 즐겨 구사했던 자력갱생의 구호를 수용하여 주체사상의 지도적 지침인 '경제에서의 자립'을 제시하게 된 근거가 된다.[14] 자원이나 기술이 부족한 북한이 외국에 의존하지 않고 자체의 자원과 기술에 의거하여 경제를 이끌고 나가려는 의지를 담은 표현이다. 이렇듯 '자력갱생'의 강조는 1950년대 이래로 1990년대 고난의 행군 시기나 2000년대 '우리민족 제일주의', 2010년대 핵-경제 병진노선에서도 강조되었으며, 2012년 이후 김정은 시대에도 지속적으로 강조되는 개념이다. 2020년 「신년사」에서는 '정면돌파전'과 함께 '자력갱생'이 강조되면서 미국의 제재 압박에도 굴하지 않으려는 의지를 강조하는 표현으로 활용되고 있다.

2019년 『조선문학』 1호에서 리기백은 논설을 통해 김정은의 「신년사」

---

13. 신문경, 「평화는 이렇게 지켜진다」, 『조선문학』, 2019. 11, 3쪽.
14. 조수룡, 「전후 북한의 사회주의 이행과 '자력갱생' 경제의 형성」, 경희대학교 박사학위논문, 2018.

를 전제로 '주체형 인간'을 전형으로 내세우며 "오늘 우리 시대의 참된 전형은 주체형의 인간"이라면서 "경애하는 최고령도자동지에 대한 끝없는 충정과 김정일애국주의, 자력갱생, 간고분투의 혁명정신과 투철한 반제계급의식, 고상한 도덕의리를 지니고 조국의 번영과 인민의 행복을 위해 자기의 모든 것을 다 바쳐가는 참된 애국자"라고 부연한다.[15] 김정은에 대한 충성과 김정일 애국주의를 전면에 내세우며, 자력갱생과 혁명적 계급성, 고상한 도덕주의를 내면화하면서 '애국자 중심주의'를 강조하고 있는 것이다. 지도자에 대한 헌신과 '주체와 사상'의 강조, 고상한 애국주의 등을 표방하는 것은 북한 사회가 여전히 '주체사상의 국가'임을 강조하는 대목이다.

구체적인 작품으로는 김경석의 시 「새해의 고향땅」에서 '자력갱생'이 강조된다. 시 속의 화자는 촬영기자에게 고향의 달라진 풍경을 보여주려는 기쁨에 벅차 있는 모습으로 그려진다.

> 몇해사이 많이도 달라졌다고/ 다시 온 촬영기자 몹시도 서두르오/ 내 고향의 새 풍경 어디부터 먼저 갈가/ 해종일 돌아봐도 다 찍지 못하리라/ 은근히 즐거운 걱정도 하며// 그럴 수밖에 저기 지금쯤/ 오이며 도마도며 푸르싱싱 뽐내는/ 남새온실호동들의 덩지 큰 그 자태/ 렬지어 늘어선 욕심나는 화폭우엔/ 때마침 멋스러운 배경이런 듯/ 새해의 첫눈이 펑펑 내리고// 언제나 노래소리 웃음소리 넘치는 곳/ 궁궐같이 머리쳐든 탁아유치원이랴/ 도시의 사람들도 눈 비비고 다시 보는/ 문화회관 체육관 농업과학기술보급실/ 정신이 번쩍 드는 양묘장이랴// 앞에도 뒤에도 민둥이던 산마다/ 보란 듯이 뿌리내린 소

15. 리기백, 론설 「심장에 불을 다는 시대의 명작들을 더 많이 창작하자」, 『조선문학』, 2019. 1, 4~5쪽.

나무 잣나무/ 제법 숲을 이룬채 눈이 와도 잃지 않는/ 청청한 그 기상도 담아야겠지// 하지만 이것 보우 촬영가동무/ 쌀고 장인 내 고향 자랑중의 자랑이야/ 알곡생산수확고 그 자랑이 아니겠소/ 그래서 이렇게 넓은 들 한끝까지/ 더 높이 쌓아가는 거름산들도/ 새 풍경의 하나로 화면에 담아주오// 승리에서 더 큰 승리에로! 당의 호소따라/ 애오라지 제힘으로 자기식으로/ 바라는 모든 꿈 꽃피워가는 길에/ 나날이 강해지고 떳떳해지는 우리/ 새해에도 또다시 내 고향땅에/ 눈부신 변천을 수놓을 우리// 어서어서 온 나라에 화폭으로 전해주오/ 변모될 래일의 새 풍경을 위하여/ 주인들이 굳세고 땀흘리는 그만큼 달라지는 것이 고향땅임을/ 그렇게 끝없이 새로워지고/ 끝없이 달라져야 고향땅임을// 오, 그 힘은 오늘도 래일도/ 자력갱생정신에서 줄기차게 솟구침을![16]

인용시는 첫눈이 내리는 겨울 촬영기자가 화자 고향의 새로이 달라진 풍경을 찍기 위해 방문한 내용을 담고 있다. 특히 화자는 고향의 새 풍경을 모두 찍지 못할 것을 은근히 걱정하면서도 자부심에 겨운 내용을 열거한다. 즉 온실호동들의 덩치 큰 채소들, 궁궐 같은 탁아유치원과 도시형의 각종 건물들, 놀라운 양묘장, 민둥산을 벗어난 소나무와 잣나무 숲, 증산된 알곡생산수확량과 더 높이 쌓여가는 거름산 등을 화면에 담아달라고 당부한다. 화자는 이것들이 "당의 호소"에 따라 인민들이 "애오라지 제힘으로 자기식으로" 만들어온 것임을 강조한다. "오늘도 래일도/ 자력갱생정신에서 줄기차게" 새로이 솟구치는 새로운 풍경들임을 내세우면서 '자력갱생의 위력'을 통해 고향의 풍경이 긍정적으로 변모하

---

16. 김경석, 「새해의 고향땅」, 『조선문학』, 2019. 1, 27쪽.

고 있음을 자랑하고 있는 것이다.

　김옥남의 시 「내 조국엔 많아야 해」에서도 "자력갱생 불굴의 정신력으로/ 시대의 앞장에서 달리는 사회주의애국공로자들로/ 위대한 만리마시대를 꽉 채워야 해"[17]라면서 "김일성, 김정일조선"이 "김정은 원수"로 인해 더욱 찬란해지고 번영할 것임을 강조하며, 박정철의 시 「롱구열풍」에서 "공무직장 대 가공직장/ 직장별 롱구시합 결승전"에서도 "증산돌격의 날마다 분과 초마다/ 자력갱생으로 기적의 불번개"[18]를 칠 것을 강조한다. 리창식의 시 「5월의 송가」 역시 "5월의 당대회에 삼가 드린/ 충정의 선물들/ 두팔벌려 한껏 꺼안고싶으신/ 우리의것 우리의 자랑/ 자력갱생의 산아들"을 김정은이 어버이의 심정으로 바라보고 있으며, "만리창공을 흔드는 우렁찬" 동음(김정은이 모는 트랙터 소리)이 "온갖 제재의 장벽을 부시며 울리는/ 자력갱생의 자랑찬 노래"[19]임을 강조한다. '자력갱생'만이 제재의 장벽 너머 새로운 '기적의 신화'를 탄생시키는 도구로 인식되고 있는 것이다. 이렇듯 '자력갱생'은 새로운 시대를 선도하는 '정신의 중핵'으로 "불굴의 정신력"의 표상이자 체육대회에서도 '증산돌격의 기적'을 낳는 '불번개' 같은 매체로서, 만리마 시대를 견인하는 핵심적 도구이자 강력한 '번영의 보검'인 셈이다.

　리기창의 단편소설 「불타는 노을」에서는 '자력갱생'을 강조할 수밖에 없는 이유로 '외부의 제재와 고립으로 인한 경제난'이 원인임이 드러난다. 진흙으로 알탄을 생산하려는 진희가 지배인을 비판하는 말을 하자, 지배인의 아들인 의사 박훈이 "제국주의자들의 비렬한 제재책동때문"[20]에 피치가 딸려서 용선로를 모두 가동할 수 없는 것이라고 강변하는 대목이 그것을 증명한다. 신명식의 단편소설 「인생의 멋」에서도 유사한 방

17. 김옥남, 「내 조국엔 많아야 해」, 『조선문학』, 2019. 2, 59쪽.
18. 박정철, 「롱구열풍」, 『조선문학』, 2019. 3, 46쪽.
19. 리창식, 「5월의 송가」, 『조선문학』, 2019. 5, 7쪽.
20. 리기창, 「불타는 노을」, 『조선문학』, 2019. 4, 30쪽.

식으로 자력갱생이 강조된다. 즉 "제국주의자들의 비렬한 고립압살책동으로 인한 엄혹한 고난의 행군, 강행군의 후과로 아직은 기업소에 모든 것이 부족하고 긴장하였다. 하지만 기업소의 수많은 종업원들은 자력갱생의 혁명정신을 안고 한사람같이 떨쳐일어나 모든 시련과 난관을 과감히 뚫고나가며 자기앞에 맡겨진 비료생산전투를 힘있게 벌리고 있"[21]는 것으로 그려진다. "자력갱생의 혁명정신"이 제국주의자들의 비렬한 고립압살 책동으로부터 벗어나 생산량의 증대를 가져와 증산 전투의 승리를 제공해주는 무기라는 인식이 드러나는 것이다.

이러한 '자력갱생'의 강조는 김정은의 2019년 「신년사」 중 한 대목이 '글상자'로 강조된 것에서도 일종의 지침으로 활용되고 있음을 확인할 수 있다. 즉 3호에서는 "〈자력갱생의 기치높이 사회주의건설의 새로운 진격로를 열어나가자!〉. 이것이 우리가 들고 나가야 할 구호입니다. 우리는 조선혁명의 전 로정에서 언제나 투쟁의 기치가 되고 비약의 원동력으로 되어온 자력갱생을 번영의 보검으로 틀어쥐고 사회주의건설의 전전선에서 혁명적앙양을 일으켜나가야 합니다."[22]가 글상자로 강조되고, 다시 4호에서는 김정은의 2019년 「신년사」 중에서 "우리 식의 투쟁방략과 창조방식"이 있다면서 "당의 새로운 전략적로선을 틀어쥐고 자력갱생, 견인불발하여 투쟁할 때 나라의 국력은 배가될 것이며 인민들의 꿈과 리상은 훌륭히 실현되게 될 것입니다."[23]가 강조된다. '자력갱생과 견인불발堅忍不拔(굳세게 참고 견디어 마음을 빼앗기지 않음)'이라는 두 한자 성어를 통해 북한 사회의 지향점이 드러나고 있는 것이다. 대내외적 여건의 난관에도 불구하고 흔들림 없이 사회주의 강국 건설이라는 목표를 향해 스스로의 힘으로 현실을 개척하고 부강한 미래를 견인牽引하자는

---

21. 신명식, 「인생의 멋」, 『조선문학』, 2019.5, 53쪽.
22. 김정은, 「신년사」, 『조선문학』, 2019.3, 9쪽.
23. 김정은, 「신년사」, 『조선문학』, 2019.4, 26쪽.

다짐이 제시되고 있다.

이렇듯 '자력갱생'은 외부의 제재와 봉쇄의 시련 속에서도 2019년 북한 사회를 더 나은 미래로 인도할 '불굴의 정신력'이자 '기적의 신화'를 창조할 강력한 의지로 표명된다. 외부적 압박에 의한 경제적 고립의 난관 속에서도 절망이나 자기비하에 빠지는 것이 아니라 '자력갱생의 혁명정신'으로 '굳게 참고 견뎌 마음을 빼앗기지 않으려는' 견인불발堅忍不拔의 자세 속에 더 나은 인민생활 향상을 모색하는 힘이 바로 '북한식 자력갱생'의 표상인 것이다.

3. 기호품과 생필품의 세계적 수준 제조-세계 일등 지향의 욕망

2019년 『조선문학』에서 '자력갱생'과 함께 강조되는 두 번째 키워드는 '세계 일등의 지향'이다. '자력갱생'이 '혁명정신'을 강조하는 정신력의 표상이라면, '세계 일등의 지향'은 민생 경제의 소비 욕망을 뒷받침하는 품질 향상의 측면과 세계 대회에서의 1등을 거머쥐는 실력 향상을 가리키는 구체적인 '세계화' 양상을 가리키는 표상에 해당한다. 단순한 국내 1등 수준을 넘어 세계와 어깨를 나란히 하거나 세계 1등을 거머쥐는 노력을 요망하고 있는 것이다. '세계 일등 지향' 역시 '자력갱생'과 마찬가지로 스스로의 힘으로 대외적 고립과 대내적 난관을 극복하려는 당위적 목표에 해당한다.

대표적으로 서청송의 단편소설 「기폭에 빛나는 별」은 2015년 동아시아경기대회 준비 이야기와 세계육상선수권대회 여자마라톤경기 우승자인 정성옥 선수의 이야기가 나오면서 체육인들에게 영양식료품을 제대로 공급 못 하고 있는 현실에 대한 안타까움이 그려진 작품이다. 주인공 창혁이 축구선수의 꿈을 접은 이후 체육인식품을 만드는 이야기가 진행되는 이 작품에서 김정은은 '체육인껌' 하나도 "꼭 세계적인 수준"으로 만들 것을 강조한다. 그러면서 주인공인 창혁에게 "우리 금컵식료품이 국내에서만 아니라 국외에서도 독점을 하여야" 한다면서 "꼭 체육인식품으로 세계적인 금컵을 받으라"고 주문한다. 그리고 그것이 창혁이 어머니의 바람이었음을 덧붙인다. 작품 결말부에서는 여자축구팀이 동아시아축구연맹 여자동아시아컵경기대회 1등을 하고 시상대에 올라서자 '장한 딸들' 위로 국기게양대에 '람홍색공화국기'가 오르는 모습을 보면서 김정은이 "축축히 젖은 눈굽을 닦"으며 흐뭇하게 바라보는 장면이 그려진다. 이렇듯 '세계 일등'은 북한의 지도자와 인민들에게 사회주의 현실의 고난을 넘어서는 국가적 자부심을 제공하는 것이다.

이 작품에서 특이한 대목으로는 김정은이 김정일과 마음속 대화를 나누는 장면에서 포착된다.

김정은 동지께서는 못 잊을 그날을 그려보시며 장군님과 마음속 대화를 나누시였다.

"어버이장군님, 장군님의 그 념원을 제 꼭 풀어드리겠습니다. 그래서 전 금컵체육인종합식료공장에 나가려고 합니다. 장군님께서 생전에 그토록 마음쓰셨고 함께 나가보자고 하셨던 공장이어서 혼자 가기가 죄스러웠습니다. 하지만 이 나라 어머니들과 체육인들의 꿈을 꽃피워주는 길이기에 제가 꼭 나가서 도와주겠습니다."

"미안하오. 함께 가지 못해서."

"아닙니다. 전 장군님과 함께 간다고 생각합니다. 장군님의 그 마음을 안고 가기에 제 꼭 장군님의 그 마음까지 합쳐 금컵체육인종합식료공장을 우리 조국의 자랑으로 훌륭하게 일떠세우겠습니다. 그리고 장혁사장이 체육선수로는 비록 금메달

을 못 받았지만 체육인식품으로 세계적인 금컵을 받도록 해주
려고 합니다."

"고맙소. 난 믿소."

장군님과 마음속 대화를 나누신 김정은동지께서는 송수화
기를 드시고 최금철부부장을 찾으시였다.[24]

인용문은 김정은이 어린이식료품공장 현지 지도를 마치고 난 뒤 김정
일과 함께 현지 지도를 진행하던 때를 회상한 뒤 마음속 대화를 나누
는 장면이다. 김정은은 김정일의 염원을 풀어드리겠다면서 '금컵체육인
종합식료공장'에 나갈 것을 다짐한다. 그러자 김정일이 함께 가지 못해
미안하다고 전하고, 다시 김정은은 김정일의 마음을 받아안고 그 마음
까지 합쳐서 조국의 자랑으로 만들겠다고 재차 다짐한다. 그러자 김정일
이 고마움과 믿음을 재차 표시하고 김정은은 '마음속 대화'를 마무리하
고 업무를 진행하는 것으로 그려진다.

북한에서 과거 회상이 아니라 일종의 '꿈'처럼 부자간의 상상 대화를
이어가는 장면은 특이한 지점에 해당한다. 프로이트의 견해를 빌린다면
꿈이 소원 충족의 욕망을 보여준다는 대목을 '마음속 대화'로 반영한
셈이다. 김정은의 억압된 무의식에 김정일의 과업에 대한 사후적 부담감
이 '김정일 애국주의'의 표정으로 자리하고 있음이 드러나는 것이다.

세계 1등의 지향을 보여주는 두 번째 작품으로는 주설웅의 단편소설
「소나무」를 들 수 있다. 이 작품은 세계 수준의 '국내산 책가방' 증산을
강조하면서 '소나무' 상표 책가방 생산에 얽힌 이야기를 다룬다. '미키마
우스'로 짐작되는 외국만화영화 그림이 새겨진 다른 나라 가방을 멘 소
녀를 김정은이 안타깝게 바라보면서 소나무 책가방 증산을 강조하는

24. 서청송, 「기폭에 빛나는 별」, 『조선문학』, 2019. 1, 18~19쪽.

이야기다.

소학교 3~4학년쯤 돼보이는 소녀애였다. 잔등에 가방을 지고 앞가슴에는 바이올린통을 붙안은 소녀는 모자도 쓰지 않은 머리에 흰눈을 고스란히 맞으며 이따금씩 장갑을 낀 손으로 눈언저리를 훔치고 있었다. 차가 인츰 움직여 소녀애가 눈가에 들어붙는 눈을 털어내는 것인지 아니면 울고있는것인지 정확히 가려보실수 없으시였다. 하지만 그 애가 잔등에 지고 있던 가방은 똑똑히 보시였었다. 외국만화영화에서 나오는 새까만 쥐의 그림이 붙어 있는 다른 나라의 가방이였다.

그때부터 김정은동지께서는 그 가방이 자꾸 시야에서 얼른거려 문건도 보기 힘드시였다. 몇해전부터 평양시와 도소재지들의 거리에 다른 나라에서 만든 가방을 멘 아이들의 모습이 부쩍 늘었다.

수도의 거리와 현지지도의 길에서 외국 그림이나 글자가 붙어있는 가방을 지고다니는 아이들의 모습을 보실 때마다 그이께서는 심각해지는 마음을 금할수 없으시였다.

자라나는 새 세대들을 우리의것을 사랑하는 마음을 지닌 애국자로 키우는 것은 무엇과도 대비할 수 없는 중차대한 문제였다.[25]

인용문은 김정은이 눈 내리는 날 서해위성발사장으로 가는 길에 만난 풍경을 보여준다. 즉 2016년 5월 당 제7차 대회를 준비하며 2월에 "인공지구위성 〈광명성-4〉호를 우주에 쏘아올려 주체조선의 위상을 세

25. 주설웅, 「소나무」, 『조선문학』, 2019. 5, 9쪽.

계만방에 떨치고 사회주의강국건설에 일떠선 인민들에게 승리의 신심을 안겨"주기 위해 여러 번 위성발사장을 찾다가 몇 년 전부터 부쩍 늘어난 외국산 가방을 멘 소학교 여학생을 보면서 심각하고 안타까운 마음에 젖어드는 것이다. 아이들이 다른 나라의 가방을 들고 다니는 모습에서 민족적 자존심의 상처를 발견하면서 "자기의 것에 대한 긍지와 자부심"을 안겨주고 싶은 마음에 김정은의 고민이 깊어지는 것이다.

평양시인민위원회 과장인 최성직의 맏손녀가 김정은이 본 소녀였는데, 최성직은 김정은이 배낭식 학생가방문제 때문에 걱정을 한다는 사실을 알고 가슴이 뜨거워지면서도 죄책감을 느낀다. "우리의것을 써야 한다. 우리의것부터 써야 한다."가 성직이 평생을 지켜온 철칙이기 때문이다. 〈광명성-4호〉가 "조국의 위상을 온 세상에 떨치며 만리대공으로 날아"오르는 대목에서도 외부의 제재와 압박에 대한 내용이 나온다. 즉 "상상을 초월하는 고강도제재, 압박속에서 난관과 시련을 정신력으로 타개해나가며 우리 조국이 전진하고 있었다."라고 김정은이 회상하는 내용이 그것이다. 김정은은 최성직에게 손자와 손녀들을 위해 가방공장을 번듯하게 세우자고 제안한다. "다른것보다 더 좋은 자기것을 안겨주면서 애국주의 교양을 해야" 한다면서 '실물교양'을 강조하는 것이다. 결국 마지막에는 '소나무'가 "우리나라의 국수國樹"라면서 여러 도안 중 〈소나무〉 상표를 최종적으로 낙점하면서 작품이 마무리된다. 작품은 '국산품애용'이라는 애국주의적 관점을 전면에 내세우면서 외국산과 국내산을 이분법적 시각으로 구획하면서 외국산보다 나은 국내산 제품이 민족의 긍지와 자부심으로 자리매김될 수 있음을 강조한다. '세계 1등'을 넘어선 '국내 1등' 제품을 생산함으로써 사회주의 강국과 주체 조선의 위상을 드높이려는 일종의 '정신승리'를 보여주는 작품인 셈이다.

세 번째로 '세계 1등 지향'을 보여주는 작품인 송재하의 시 「세계는 보고 있다」는 김정은에 대한 송시인데, '위대한 헌신의 그 자욱을 못 잊어'라는 부제 속에 제시된다.

> 어제는 베이징과 하노이/ 오늘은 원동의 울라지보스또크…/ 그이 가시는 곳으로/ 세계의 눈길이 따라서고 있다// 한번 뵈 옵기만 하여도/ 신비하고도 억센 힘/ 가슴가슴 넘쳐나/ 그이께 로 그이께로/ 하나로 뜨겁게 눈길모으는/ 오늘의 이 세계// 그 이를 우러르며/ 위인에 대한 표상/ 다시금 새로이 새기며/ 그이 에 대한/ 매혹과 흠모의 열풍 몰아치는/ 오늘의 이 현실// 그래 서 가시는 곳마다/ 축원의 한마음 담아 올리는 꽃다발/ 끝없이 물결치는/ 감격과 환희의 인파…// 그렇다/ 그이의 시선따라/ 인류의 눈부신 미래가 펼쳐지고/ 그이의 걸음따라/ 이 행성 우 에/ 자주의 궤도는 줄기차게 뻗나니// 세계는 보고 있다/ 21세 기의 태양/ 경애하는 최고령도자동지 높이 드신/ 성의와 진리 의 보검으로/ 평화롭고 아름다워지는/ 이 행성의 모습을[26]

인용시 앞부분에서 드러나듯 이 시는 "어제는 베이징과 하노이"라는 표현을 통해 김정은이 시진핑 주석과 진행한 2018년 3월과 5월의 북중 정상회담, 트럼프 대통령과 진행한 2019년 2월의 북미 정상회담을 언급 하고 있으며, "오늘은 원동의 울라지보스또크"를 통해 푸틴 대통령과 진 행한 2019년 4월의 북러 정상회담을 전제하고 있다. 물론 그 정상회담에 쏠린 "세계의 눈길"을 주목하기도 하지만, '김정은 찬양'이라는 '송가시' 의 특성상 김정은이 "신비하고도 억센 힘"을 지녔으며, 전 세계인이 우러 르는 "위인에 대한 표상"으로서 "매혹과 흠모의 열풍"을 몰고 다니는 '정 치적 스타'임을 강조한다. 그리하여 세계 곳곳에서 "감격과 환희의 인파"

---

26. 송재하, 「세계는 보고 있다」, 『조선문학』, 2019. 7, 21쪽.

가 넘쳐나고 있으며, 김정은의 시선과 걸음에 따라 '지구 행성의 미래'가 좌우되는 것처럼 그려진다. 더구나 세계인이 김정은이 들고 있는 "정의와 진리의 보검으로" 더욱 "평화롭고 아름다워지는" 행성의 모습을 주목하고 있음을 강조하는 것으로 마무리된다.

이렇듯 세계 1등의 지향은 북한 사회가 외부 세계의 제재와 고립 속에서도 '자력갱생'의 의지와 실천으로 더 나은 사회로 진일보하고 있음을 강변하는 내용을 보여준다. 앞으로도 당분간 억압적 조건 속에서도 충분히 더 나은 경제건설을 통해 사회주의 문명국을 건설할 수 있음을 대내외적으로 전파하기 위해 '세계 1등 지향'의 작품 창작은 지속될 것으로 보인다. 현실적으로 2020년에도 북한을 향한 고강도의 제재와 압박이 계속되고 있기 때문이다.

4. 과학기술과 미래의 낭만적 통합-과학기술 강국 전망

2019년 『조선문학』의 세 번째 키워드는 과학기술 강국에 대한 자부심이다. 북한은 2016년 5월 제7차 노동당 대회를 36년 만에 개최한 이래로 사회주의 강국을 건설하기 위해 '선차적으로 점령해야 할 목표'로 '과학기술강국'을 규정한 바 있다.[27] 이러한 목표는 다양한 작품들 속에서 기호품과 생필품, 과학기술자 우대 등의 다양한 소재로 활용되면서 문학적으로 재생산되고 있다.

『조선문학』 3호에서 리현순[28]은 논설을 통해 '김정은의 말씀'과 "자력갱생의 기치높이 사회주의건설의 새로운 진격로를 열어나가자!"라는 구

---

27. 변학문, 「북한의 '과학기술 강국' 구상과 남북 과학기술 교류협력」, 『통일과 평화』 10권 2호, 서울대학교 통일평화연구원, 2018, 81~114쪽.
28. 리현순, 론설 「시대와 현실을 반영하고 대중의 마음을 틀어잡는 문예작품들을 훌륭히 창작하자」, 『조선문학』, 2019. 3, 3~5쪽.

호를 강조하면서, 자력갱생이 "우리의 힘, 우리의 자원, 우리의 기술로 온 세계를 앞서나가는 민족자존의 정신이며 최첨단돌파정신"이라고 정의한다. 이어서 "당의 과학기술중시사상, 오늘날 자력갱생의 창조대전에서 높이 발휘되고있는 과학기술의 위력을 예술적으로 구현하는 것은 시대와 현실을 진실하게 반영하기 위한 중요한 요구"이므로 "인재와 과학기술"이 사회주의 건설에서 대비약을 일으키기 위한 전략적 자원이자 무기라고 강조한다. 과학기술과 인민의 힘에 대한 강조는 김정은의 시정 연설 중 "수십년간 다져온 자립경제토대와 능력있는 과학기술력량, 자력갱생을 체질화하고 애국의 열의로 피끓는 영웅적인민의 창조적힘은 우리의 귀중한 전략적자원입니다."[29]라고 강조하는 글상자에서도 확인된다.

특히 김형준의 시초 「과학기술전당시초」[30]는 인재와 과학기술 강국을 선언한 북한의 현재적 표정을 가장 잘 보여주는 시편에 해당한다. 「나를 바라보는 눈」, 「미래가 가까운 곳에서」, 「분수에 부치여」, 「과학의 지점-한 외국인경제학자가 방문록에 남긴 글」, 「나의 고백」, 「일요일 무궤도전차안에서」, 「아기와 꿈과 미래-어린이꿈관에서」, 「그래서 나는 과학기술전당으로 간다」, 「과학기술전당의 밤」 등 9편으로 나누어 쓰인 이 시초는 세계적 수준에 도달하고 싶은 '과학기술전당'의 형식과 내용, 의미와 가치를 시인의 안목으로 묘사한 시편에 해당한다. 특히 다양한 시각과 관점에서 비유와 묘사가 기존의 전형적인 북한시에서와는 다르게 활용되고 있다는 점에서 주목을 요한다.

먼저 「나를 바라보는 눈」에서는 "과학기술전당 높은 처마아래/ 원자모형의 상징마크"가 "볼수록 생각깊은 상징마크"라면서 "그 마크 안에서 마주보는 눈동자"가 "어머니의 눈"이었다가 "세포위원장의 눈"이었다가 "야박스런 스승의 눈빛"으로 변주된다. 물론 결국에는 김정은이 "자

---

29. 김정은, 「시정연설」, 『조선문학』, 2019. 8, 5쪽.
30. 김형준, 시초 「과학기술전당시초」, 『조선문학』, 2019. 8, 44~49쪽.

기 땅에 발을 붙이고 눈은 세계를 보라!"[31]고 강조한 대로 "세계를 당겨 굽어보는" 눈으로 마무리되긴 하지만, '상징마크의 다성성'을 포착하고 있다는 점은 흥미로운 대목이다. 북한시에서 이렇듯 하나의 소재를 다양한 시각에서 입체적으로 조망하고 비유하는 경우는 매우 드물기 때문이다.

두 번째로 「미래가 가까운 곳에서」에는 "구형레드전광판을 지구인양 딛고/ 광막한 우주를 거머쥔/ 운반로케트〈은하-3〉호가 기둥으로 솟은/ 과학기술전당"에 펼쳐진 '컴퓨터 바다'에서 '인재 바다'를 이루는 소리를 들으며 공상이 현실이 되는 모습을 지켜본다. 그리하여 "조국과 과학과 미래와 삶이 하나로 결합된" 앞날을 확인하려면 과학기술전당으로 오라고 강조한다.

세 번째로 「분수에 부치여」에서는 무지개를 뿜어내는 분수를 보면서 '과학기술'이 '성공과 약속'을 제공하는 "불같은 말"이자 "불과 열정"을 쏟아내면서 "과학으로 빛내갈 조선의 리상"을 보여주는 '분수'임을 강조한다. 네 번째로 「나의 고백」에서는 컴퓨터 열람실에서 화자인 시인의 "기억에서 이미 사라진 시와 산문들"마저도 "한자욱도 빠짐없"이 되살려주는 '열람망의 현실' 속에서 자신이 "축복받은 행운의 시인"임을 찬탄한다.

다섯 번째로 「일요일 무궤도전차안에서」는 "평양역-과학기술전당행 무궤도전차"를 타면서 "달나라 별나라도 이웃처럼 다녀올/ 조선-세계행 과학기술렬차인듯!" 자부심을 느끼는 내용이 그려진다. 여섯 번째로 「아

---

31. 김이경에 의하면, 김정은 시대의 변화와 방향은 한마디로 "자기 땅에 발을 붙이고 눈은 세계를 보라."라는 말로 집약된다. 이 표현은 2009년 김정일 국방위원장이 한 말이지만 사실상 김정은 시대를 염두에 둔 것이다. 북의 설명에 따르면 이 구호의 의미는 "제정신을 가지고 제힘으로 일어서면서도 배울 것은 배우고 받아들일 것은 실정에 맞게 받아들이며, 모든 것을 세계 최첨단 수준으로 발전시켜나가는 것"이다. 2018년 북미 싱가포르 회담과 2019년 하노이 회담에서 협상이 결렬된 후 2020년 김정은 위원장은 미국이 실제 북과 평화 협상을 할 의사가 없다는 것이 확인되었으므로 자력갱생으로 대북 제재를 돌파하고 사회주의 강국을 만든다는 것을 선언한다(김이경, 『우리는 통일세대』, 초록비책공방, 2020).

기와 꿈과 미래-어린이꿈관에서」는 과학에는 '국경과 나이'가 없다면서 "과학으로 비약하고 과학으로 부흥할/ 앞날의 과학기술의 당당한 주인" 이 될 아기에 대한 믿음을 이야기한다.

전당의 상징마크, 컴퓨터 열람실, 분수대 마당, 무궤도전차, 아이의 미래 등을 활용하면서 시인은 전당의 다양한 풍경을 입체적으로 조망하고 있는 셈이다. 이렇듯 김형준이 바라본 '과학기술전당'에는 조선과 세계의 '과거와 현재와 미래'의 모든 것이 다 존재하고 있음이 자부심으로 그려진다. 시초의 마지막 시 「과학기술전당의 밤」은 과학기술전당의 밤 풍경을 묘사하면서 김정은에 대한 찬양으로 마무리한다. 수십 번을 찾아갔다가도 "무딘 붓 부끄러워" 시 쓰기를 저어하던 화자는 내면의 소리인 듯 들려오는 음성에 붓을 들게 된다.

「과학기술전당의 밤」

내/ 과학기술전당의 밤을 노래하려고/ 찾아간 밤 몇십밤/ 붓을 들고 모대긴 밤은 또 몇밤/ 허나 나는 끝내/ 붓을 놓고 말았노라/ 과학기술전당의 희한한 밤풍경에/ 티가 될가 두려워…/ 밤은 깊어가건만/ 무딘 붓 부끄러워 차라리 내 여기/ 하나의 가로등되여/ 밤풍경을 빛내고싶은 밤이여// 아, 어데서 울려오는 소리냐/ -시인이여/ 너무 고민하지 마시라/ 어서 붓을 들어 쓰시라/ 여기에선/ 보이는 것/ 들리는 것/ 그 모든 것/ 그대로 옮겨도/ 후세에 전해질/ 명시!// 뇌리를 치는 목소리 찾아/ 고개들고 바라보니/ 나를 키워준 스승의 모습인가/ 나에게 명령하는/ 시대의 목소리인가/ 나를 지켜보는 과학기술전당상 징탑// 어서 쓰시라/ 나의 앞에서 물비단을 짜는/ 분수에 대해/ 그 분수너머 어려오는/ 과학기술전당이마에 번쩍이는 상징마크/ 그것은/ 자기 땅에 발을 붙이고/ 눈은 세계를 보리고/

우리 원수님 주신/ 과학과 기술의 밝은 눈// 그리고 쓰시라 시인이여/ 우리 경애하는 원수님/ 과학기술전당의 희한한 밤을 그리며/ 비행기를 타시고 하신 말씀/ -과학기술전당을 밤에 보면 더 희한할것입니다/ 그 말씀에 어려있는/ 원수님의 사랑과 로고에 대하여// 보시라/ 과학탐구로 밤을 모르는/ 과학기술전당의 희한한 불빛/ 그리고 쓰시라 시인이여/ 세상엔 밤을 노래한 시도 많다/ 현란한 밤거리자랑도 많다/ 세계7대자연기적이라 일컫는/ 백야의 밤을/ 자랑하는 나라도 있다// 허나 그것은 모두/ 자연의 태양이 준 행운/ 우리는 그 행운의 백야 부럽지 않다/ 우리에겐/ 원수님 사랑의 빛발로/ 과학기술전당/ 과학과 기술탐구의 영원한 백야가 있나니/ 우리는 그 백야로/ 과학과 기술의/ 새 기적을 창조하리라// 쓰시라 시인이여/ 꾸밈도 없이/ 보탬도 없이/ 우리의 경애하는 원수님 빛내주신/ 영원무궁 희한할/ 과학기술전당의 밤을// 내 쓰리라 허나/ 나의 작은 붓으로는/ 원수님뜻 다 노래할수 없어/ 그대 화강석펜을 빌어/ 대동강을 잉크삼아/ 밤하늘에 쓰리라// 세계여 보라/ 세계여 알라/ 우리는 원수님 그려보신/ 희한한 밤으로/ 과학기술로 부흥할 새 아침을/ 앞당겨오리라!// 이렇게!/ 목청껏![32]

화자는 희한한 밤 풍경을 선사하는 전당에 수십 번이나 찾아간다. 하지만 '티가 될까' 두려운 나머지 펜을 들지 못한다. 그러던 중 차라리 "하나의 가로등"으로 밤 풍경의 일부가 되고 싶어 하다가 여러 목소리를 듣게 된다. 처음에는 '어서 쓰시라'는 목소리가 '스승의 목소리'인 듯하다

---

32. 김형준, 「과학기술전당의 밤」, 『조선문학』, 2019. 8, 49쪽.

가 "시대의 목소리"인 듯 전해진다. 그러다가 그 소리가 "자기 땅에 발을 붙이고/ 눈은 세계를 보라"고 강조한 '김정은 원수의 목소리'임을 체득한다. 결국 전형적인 북한시의 결론처럼 "원수님의 사랑과 로고"에 감탄하면서, 다른 나라처럼 '자연의 행운'이 제공하는 "세계7대자연기적이라 일컫는/ 백야의 밤"이 아니라, '김정은의 사랑'으로 새로운 기적을 창조하는 "과학과 기술탐구의 영원한 백야"를 노래하게 된다.

결론적으로 김정은이 전해준 "밤에 보면 더 희한할" 과학기술전당이라는 말씀을 되새기며 시인은 '과학기술 탐구로 빛날 영원한 백야"를 자랑스레 적는다. 그리하여 "과학기술로 부흥할 새 아침"을 앞당겨오기 위해 시인은 "화강석 펜을 빌어/ 대동강을 잉크삼아/ 밤하늘"에 과학기술전당의 밤 풍경을 노래하겠다고 다짐하게 된다. 결국 과학기술로 부강해지는 조국의 미래를 견인하기 위해 과학기술전당의 밤이 더욱 빛날 수밖에 없음을 다양한 비유적 표현을 활용하여 강조하고 있는 셈이다.

이렇듯 과학기술에 대한 강조는 전 세계적 제재와 고립으로부터 생존하기 위한 전략적 선택에 해당한다. 인재 양성과 과학기술의 비약적 발전이 뒷받침되지 않고서는 경제적 난관과 그에 따른 인민의 현재적 고통을 극복하기 어려운 것이 현실이기 때문이다. 역설적이게도 과학기술 강국에 대한 방점은 4차 산업혁명 시대를 선도하려는 기술 혁신이라기보다는 경제적 난관을 타개하려는 북한 특유의 고육지책적인 선택인지도 모른다.

5. '자력갱생, 세계 일등, 과학기술 강국'의 지향

2019년 『조선문학』을 검토해보면 '수령형상문학'과 '당문학'의 입장을 고수하는 북한문학의 전통에서 '지력갱생의 혁명정신'을 재삼 강조하고 있음이 드러난다. '2019년식 자력갱생'은 "앞에선 〈평화의 악수〉를 청하고/ 뒤에선 전쟁연습에 광분하는 원쑤들"[33]을 이겨낼 승리의 보검을 강조한다. 뿐만 아니라 "끈질긴 제국주의봉쇄속에서도/ 기어이 조국을 지키고 빛내"[34]는 김정은의 강행군이 "눈물겨운 애국헌신"의 표상으로 그려진다. 그러나 '수령-당-인민'의 삼위일체를 지향하는 북한의 '경애하는 지도자'가 2018~19년 2년 동안 열심히 세계 무대를 누볐지만, 북미 관계와 남북 관계가 북측의 전망대로 실현되기 어려운 현실을 목도한 해가 바로 2019년이기도 하다. 더구나 2020년 6월 16일 '개성 남북 연락사무소 폭파'라는 상징적 장면은 2018~19년 지속되어온 한반도 평화체제 구축을 위한 노력이 순식간에 무위로 돌아갈 공산이 크다는 점을 보여준다는 점에서 남북 관계의 험로를 그대로 보여준다. 그럼에도 불구하고 한반도를 전쟁의 위협에서 평화의 지대로 견인하기 위해서는 남북대화 관계의 복원 이외에는 다른 선택지가 없다. 따라서 남북 대화를 지속해낼 동력을 확보하는 묘책을 강구하는 것이 무엇보다 필요하다. 동시대 북한문학을 검토하는 이유가 바로 여기에 있는 것이다.

2019년 『조선문학』은 북한문학의 현재적 표정이 크게 세 가지를 강조하고 있음을 보여준다. 첫째 자력갱생의 혁명정신이 강조된다. '자력갱생'은 외세의 고강도 봉쇄라는 시련 속에서도 2019년 북한 사회를 더 나은 미래로 인도할 '불굴의 정신력'이자 '기적의 신화'를 창조할 강력한 의지로 드러난다. 외부적 압박에 의한 제재와 고립의 난관 속에서도 스스로의 힘으로 더 나은 공동체적 생활을 모색하는 힘이 바로 북한식 자력갱생의 표상인 것이다.

둘째 세계 일등의 지향이다. 세계 1등의 지향은 북한 사회가 외부 세계의 지속적인 봉쇄 속에서도 '자력갱생'의 의지와 실천으로 경제적인

---

33. 리연희, 「장군의 한해」, 『조선문학』, 2019. 12, 4쪽.
34. 한태훈, 「눈이 내립니다」, 『조선문학』, 2019. 12, 19쪽.

측면에서 더 나은 사회로 진일보하고 있음을 강변하는 내용을 보여준다. 억압적 조건 속에서도 충분히 더 나은 경제건설을 통해 사회주의 문명국을 건설할 수 있음을 대내외적으로 전파하기 위해 '세계 1등'을 지향하고 있는 것이다.

셋째 과학기술 강국 지향이다. 인재 양성과 과학기술 강국 지향이 사회주의 건설에서의 비약을 일으키기 위한 전략적 자원이자 무기라고 강조되면서 미래를 견인하는 핵심 과제가 된다. 특히 「과학기술전당시초」에서 과학기술로 부강해지는 조국의 미래를 낭만적으로 통합하기 위해 과학기술전당의 밤이 더욱 빛날 수밖에 없음이 다양한 비유적 표현으로 강조되고 있다.

이렇듯 2019년 북한문학에서는 '자력갱생의 혁명정신'을 강조하면서 불굴의 정신력을 필두로 기적의 신화 창조를 강제하는 시와 소설이 전면적으로 등장한다. 뿐만 아니라 기호품과 생필품의 품질을 개선하면서 '세계적 수준'을 강조함으로써 '자립 경제'의 근간을 강조하는 북한 당국의 입장이 문학적으로 형상화되고 있다. 특히 인공위성 발사 성공과 함께 과학기술과 사회주의 조국의 미래를 낭만적으로 통합함으로써 사회주의 문명국으로의 비약을 기대하고 있음이 드러난다.

결과적으로 2019년 북한문학이 북미 관계에 대한 기대와 좌절의 현장을 주목하고 있음이 드러난다. 따라서 역설적이게도 남북 관계의 복원이 필요한 시기가 2020년 현재라고 할 수 있다. 2020년 북한문학은 여전히 '자력갱생'을 강조함과 동시에 '정면돌파전'으로 배수진을 치면서 2018~19년과는 다른 새로운 한반도의 풍경을 모색 중이다. 하지만 2017년까지 북미 간의 적대적 대결과 강대강 대치 국면을 떠올려본다면 위기 속에서 전환의 지혜를 모색해왔음을 확인할 수 있다. 이제 2020년식 한반도 평화체제의 구축은 남북 관계의 훈풍으로부터 시작하여 북미 관계를 새롭게 복원히는 방식으로 평화의 원심력을 확대하는 것이 필요하다. '수령형상문학'을 강조하는 북한문학이지만, 다양한 내면풍경을 보여주는 작품들 속에서 북한 사회의 변화적 양상을 징후적으로 고찰해 볼 수 있었다. 서청송의 단편소설 「기폭에 빛나는 별」이나 주설웅의 단편소설 「소나무」, 김형준의 시초 「과학기술전당시초」에서처럼 수령과 당의 지향 속에서도 인민의 일상이 녹아든 시와 소설은 지속적으로 생산되리라 기대된다. 그리고 그러한 사회주의적 일상을 담은 리얼한 표정에서 남북한 문학의 공통 관심사로서의 점이지대가 확대될 수 있을 것이다. 그것이 한반도 평화체제 구축의 문학적 초석이 될 수 있기 때문이다 (2019).

사회주의적 이상과 현실의 균열적 독해[1]

1. 김정은 시대의 서사적 특성

이 글은 김정은 시대(2012~2018)[2] 북한의 사회주의 현실을 주제로 다룬 단편소설에 나타난 서사적 변화 양상을 이면적 독해의 방식으로 읽어내려는 시도에 해당한다. 김정일 사후 애도 정국을 거쳐 '김정일 애국주의'를 강조하던 북한문학의 표상은 점차 김정은의 지도력과 인민 사랑의 예찬으로 방점이 옮겨가고 있다. 주지하다시피 북한문학은 '수령형상문학'을 전면에 내세운다. 사회주의 사실주의 작품이 모토로 내건 '당성, 계급성, 인민성'의 특성 속에 '주체사상'의 강조는 '주체사실주의'로 이어져, '항일혁명문학' 이래로 '김일성 가계'에 대한 찬양이 주류를 이루는 문학 풍토는 2018년도에도 여전히 지속되고 있다. 북한은 '김일성-김정일주의' 기치 아래 '김일성 민족, 김정일 조선'을 내세우며 '김일성=김정일⇒김정은'으로 이어지는 3대 세습이 정착되고 있는 나라로서 '수령-당-인민'의 위계와 삼위일체적 결속이 강조되는 사회인 것이다.

김정은 시대의 출발을 알리는 2012년 이래로 현재에 이르기까지 북

1. 이 논문은 2015년 대한민국 교육부와 한국연구재단의 지원을 받아 수행된 연구임(NRF-2015S1A5A2A01011324).

2. 북한 사회 연구자들은 김정일 사망(2011. 12. 17) 이후 김정은이 권력을 승계하면서 2018년 현재에 이르기까지를 '김정은 정권, 김정은 시대, 김정은 체제' 등으로 혼재적으로 표현하고 있다. 이 글은 김정은의 유일 집권 체제가 안정화되고 있다는 판단 속에 '김정은 시대'로 명명하여 논의를 진행하고자 한다.

한문학은 '강성대국 건설'과 함께 '인민생활 향상'을 주제로 한 작품들이 등장하면서 '김일성-김정일주의'의 모토 속에서 '김정일 애국주의'와 '김정은의 인민 사랑'이 문학적 주제로 강조된다. 김정은 시대 초기에는 '핵-경제' 병진노선의 유지 속에 김정일의 사망에 대한 애도와 안정적 세습 구도가 우선시되면서 '최첨단 시대의 돌파'가 시대적 과제로 대두되었으며, 2017년 11월 핵 무력 완성을 선포한 이후 2018년 현재는 한반도 비핵화 논의 속에 만리마 시대와 사회주의 문명국을 지향하며 과학기술의 강조와 인재 강국의 전망 속에 인민생활 향상을 추구하는 작품들이 생산되고 있다.

김정일 사후에 쓰인 2012년 권선철의 평론[3]은 김정일의 일대기를 조명하는 '총서 〈불멸의 향도〉' 연작 중 『오성산』을 분석하면서 '김정은의 동행'을 강조한다. 즉 '김정일 애국주의'의 강조 속에 '수령형상문학의 향방'이 '김정은 권력'의 정당성을 강화하는 방향으로 진행될 것임을 보여준다. 1980년 제6차 당대회부터 36년 만인 2016년 5월 개최된 제7차 당대회 이후 '주체사상'이 변형된 '김일성-김정일주의'가 당의 지도이념으로 채택되고, '핵-경제 발전 병진노선'이 정책 노선으로 공식화된다. 특히 김정은이 조선노동당 위원장으로 취임하면서, 제7차 당 대회에서는 '자위적 국방력의 강화, 경제강국, 문명강국 건설의 사회주의 조선'을 지향하는 것이 강조된 바 있다. 2017년 내내 계속된 '화성' 발사와 11월 핵 무력 완성을 선포하기까지 북미 간의 대결 구도와 한반도의 긴장은 최고조에 이른 바 있다.

그러나 위기는 기회와 함께 온다는 말이 있듯이 2018년 1월 들어 평창올림픽에 북한이 참가를 선언하면서 한반도를 둘러싼 분위기는 변개된다. 즉 2018년 4·27 남북 정상회담과 6·12 북미 정상회담 이후 9·19

---

3. 권선철, 「선군승리의 불멸의 화폭에 대한 감명깊은 형상세계(총서 〈불멸의 향도〉 장편소설 『오성산』(박윤 작)을 읽고)」, 『조선문학』, 2012. 8, 30쪽.

평양 남북 정상회담을 치른 9월 말 현재, 한반도는 북미 대화의 진전과 교착 속에서도 비핵화와 평화체제를 안착시키기 위한 도정에 놓여 있다. 이 글은 조선작가동맹 중앙위원회 기관지인 『조선문학』에 2012년 이후 게재된 단편소설을 중심으로 북한문학의 현재적 양상을 대표적으로 보여주는 6편의 작품을 통해 김정은 시대 북한 단편소설의 서사적 특성을 검토해보고자 한다. 특히 2012년 이래로 2018년 초까지 발표된 「영원한 품」, 「성전의 나팔소리」, 「재부」, 「영원할 나의 수업」, 「보습산」, 「세대의 임무」 등 6편의 작품들은 2015년 김정은의 「신년사」 이래로 북한문학에서 강조하는 5대 교양 사업(위대성교양, 김정일애국주의교양, 도덕교양, 신념교양, 반제계급 교양)[4]이 확연히 드러나는 작품이라는 점에서 주목을 요한다. 더구나 이 작품들은 남북한 연구자들의 선행 연구[5]를 통해서도 이미 김정은 시대를 관통하는 대표적인 북한 단편소설로 주목된 바 있다. 따라서 이 글에서 시도하는 사회주의적 현실과 이상을 길항하는 '균열적 틈새 읽기'는 북한문학이 지닌 기존의 경직성 속에서도 유연적 변화 가능성을 탐색함으로써 남북한 문학의 접점을 확대하는 데에 기여할 것으로 판단된다.

2. 사회주의적 이상과 현실

1) 김정일 애국주의와 인민생활 향상: 김하늘의 「영원한 품」(2012. 3)

김정일 사망(2011. 12. 17) 이듬해인 2012년 김정은 시대의 문학을 대표하는 작품은 김하늘의 「영원한 품」이다. 이 작품에서 드러나는 '김정일 애국주의'에 대한 강조는 '수령형상문학'이 김정은 시대에도 주체문

---

4. 리강철, 「5대교양은 올해 사상사업의 중요한 임무」, 『로동신문』, 2015. 1. 16.
5. 김성수, 오창은, 오태호, 이선경, 박태상 등의 논문 참조.

학의 핵심적 의제가 될 것임을 보여준다. '김정일 애국주의'의 추구는 김정일에 대한 애도와 헌사일 뿐만 아니라, 김정은 시대 초기에는 김정일의 후계자이자 계승자로서 김정은의 미미한 지도력을 상쇄하려는 의도가 내포된 것으로 파악된다.

김하늘의 「영원한 품」은 '김정일=김정은'의 구도를 강조하면서 김정일의 사망과 김정은의 지도를 연결함으로써 '김정은의 위대성'을 담아낸 최초의 단편소설이다.[6] 작품 속에서는 현지 지도를 다니던 김정일이 죽음을 목전에 두고도 인민생활 향상을 위해 '평양 시민의 물고기 공급량'까지 자상하게 배려했음을 강조하는 내용이 주로 그려진다. 성 당일군이 수산성 부국장인 림해철에게 문건을 내밀어보이는 것으로 작품은 시작되는데, 김정일이 새해를 맞이하는 평양시민들에게 수도시민 1인당 물고기 공급량을 어종별로 확정해주었다면서, 총수량은 확보됐지만 명태가 200톤 모자라기에 명태 떼가 빠져나가기 전인 2011년 12월 23일까지 잡아야 한다는 내용을 담은 문건이 등장한다. 해철은 김정일의 뜻을 '가장 진실하고 철저하게 관철하는 참된 전사'임을 자임하면서 어종별로 전량을 완수했다는 보고를 드릴 것을 다짐한다. 표면적으로는 김정일의 지시를 관철하는 '참된 전사'의 다짐이지만, 김정일이 죽음을 목전에 두고도 현지 지도를 강화하면서 인민생활 향상을 위해 '평양 시민의 물고기 공급량'을 일일이 세세하게 배려한 '인민 사랑의 화신'임을 강조하는 내용이다.

림해철은 배 위에서 2011년 12월 19일 낮 12시 '중대보도'를 통해 김정일의 사망 소식을 접한다. "위대한 령도자 김정일동지께서 주체

---

6. 김성수는 이 작품을 김정은의 '친근한 지도자 이미지 담론'의 작품으로 평가하지만(김성수, 「김정은 시대 초의 북한문학의 동향」, 앞의 글, 499~501쪽), 오창은은 이면적으로 볼 때 김정일의 사망 소식이 지연 전달됨으로써 '김정일 사망에 대한 북한 내부의 의구심 제기'가 있었음을 추론하기도 한다(오창은, 앞의 글, 328~329쪽). 두 연구자의 시각 역시 이 작품이 필자처럼 김정은의 위대성을 교양하기 위한 최초의 단편소설임을 주목한다.

100(2011)년 12월 17일 8시 30분에 현지지도의 길에서 급병으로 서거하시였다."는 것이다. 그리고 이어서 '김정일의 생전 지시'를 관철하라는 '김정은의 가르침'이 담긴 문건이 날아온다.

> 연포수산사업소 먼바다선단앞./ 경애하는 김정은동지의 가르치심내용에 따라 위대한 령도자 김정일동지께서 인민생활부문에 마지막으로 주신 12월16일지시를 철저히 관철하기 위한 대책을 다음과 같이 세운다./ 수도시민들에게 공급할 물고기확보문제…/ 물고기수송을 위한 특별렬차편성과 운행문제…/ 수도의 각 수산물상점들까지 물고기운반문제… 이상./ 선단은 출항할 때 받은 지시를 그대로 집행할 것.[7]

인용문에서 드러나듯 우선적으로 '김정일의 지시'가 있었지만 결과적으로는 '김정은의 가르치심'을 따라 '인민생활 부문'에 대한 지시의 관철이 집행된다. 그리고 문건 내용을 확인한 해철은 뜨거운 오열 속에서도 그것을 집행하려는 의지를 다진다. "가장 비통한 눈물을 쏟으면서도 변함없는 어머니로 천만자식들을 끌어안아주고있는 경애하는 김정은동지의 사랑 가득한 조국"이 있기 때문이다. 개인적 부친이자 국가적 지도자인 김정일을 잃은 비통한 눈물 속에서도 '김정은의 사랑'이 '변함없는 어머니'처럼 김정일의 사망 자리를 메우기에 조국 사랑의 길에 헌신을 다하겠다고 다짐하는 것이다. 사회주의 대가정 논리 속에 '아버지 김정일'의 부재의 자리를 '어머니 김정은'이 채워줄 수 있다고 강변하는 셈이다.

더구나 선단장은 김일성 사망 당시가 생각난다면서 '김일성=김정일=김정은'의 3대 세습을 강조한다. 즉 김일성 역시 경제문제를 심려하다

---

7. 김하늘, 「영원한 품」, 『조선문학』, 2012. 3, 39쪽.

가 사망했으며, 김정일 역시 한겨울 현지 지도의 와중에 순직했다면서, 이제 앞으로는 죽을 때까지 수령의 3대인 김정은에게 충성을 다할 것을 맹세하는 다짐이 그려진다. 경제문제로 고민하던 김일성의 사망 당시와, 현지 지도의 길에서 순직한 김정일의 사망을 유사 구도로 설명하면서, '비통한 슬픔' 속에서도 선대의 '물고기 대책'을 계승하고 관철하려는 '세심한 김정은'을 위해 충성을 맹약하고 있는 것이다.

해철은 눈물이 그렁해지면서 성 당일군으로부터 김정은이 친필로 "인민들이 호상서구있는데 추운 겨울밤에 떨구있다는거 장군님 아시문 가슴아파하신다."면서 "더운물이랑 끓여주구 솜옷이랑 뜨뜻이 입게 하라." 고, "물두 맹물 끓이지 말구 사탕가루나 꿀을 풀어서 끓여주라."고 자심하게 지시했다는 말을 전해 듣는다. 그러자 김정일과 김정은이 똑같은 지도자이며 두 지도자를 모신 것은 '인민의 타고난 복'이라고 생각하는 것으로 그려진다. 결국 이 작품은 김정일의 애국주의적 열정과 세심한 인민생활 배려의 형상이 주축이지만, 그것과 함께 사망 이후 '호상'을 서고 있는 인민의 모습과, '더운 물과 솜옷', '사탕가루와 꿀물' 등을 챙겨 주는 김정은의 다정다감하고 자심한 형상이 핵심적 종자에 해당함을 확인할 수 있다.

그러나 역설적이게도 그만큼 북한 사회가 물고기 어획량을 챙겨야 할 정도로 생필품이 부족하여 식량 자급자족 문제가 심각하며, 최고지도자가 직접 민생의 미시적 부분까지 점검하고 지도해야 운영될 수 있는 열악한 국가임을 보여준다. 물론 작품의 의도 자체는 '김정일=김정은'이기에 인민생활 향상을 위한 지도자의 헌신적 사랑과 노력이 김정일이 사망한 이후에도 그의 계승자인 김정은에 의해 지속될 것임을 문학적으로 강변하고 있다고 볼 수 있다.

2) 사랑과 평화의 전쟁이라는 역설: 리동구의 「성전의 나팔소리」(2018. 1)

리동구의 「성전의 나팔소리」는 북미 갈등이 최고조에 달하던 2017년까지의 한반도 분위기를 반영하면서, 김일성군사종합대학 교수인 엄남용이 김정은의 올바른 지도로 제대로 된 논문을 작성하게 된다는 이야기를 통해 사랑과 전쟁의 역설을 강조한 작품이다.[8] 작품 앞부분에서 60세의 교수인 엄남용은 아버지의 집 문 앞에서 쫓겨나는데, 당에서는 엄남용을 대좌, 교수, 박사로 키웠는데 당의 뜻과 어긋나는 글을 써냈기 때문에 배은망덕하다고 비판받은 것이다. 더구나 김정은은 엄남용을 직접 불러 원고의 문제점을 지적하면서 전쟁의 본질을 논리적으로 개진할 것을 강조한다.

김정은은 "조선반도의 평화와 안정은 대원수님들의 유훈"이라면서 적들의 전쟁준비에 맞서 평화애호적인 입장에는 변함이 없음을 강조한다. 그러면서 "당의 평화애호적인 립장을 옳게 리해하는데" 엄남용의 글이 미흡하다고 지적한다. 엄남용이 "미제침략자들과 남조선괴뢰들이 전쟁을 도발한다면 그것은 곧 최후의 파멸로 될 것이다. 우리의 타격은 무자비하다."라는 구절로 논문을 마감했기 때문이다. 김정은은 엄남용이 "적들에 대한 무자비한 증오와 징벌만을 강조"했다고 지적하면서, "우리가 앞으로 치르어야 할 혁명전쟁도 우리의 혁명무력이 이미 겪은 두 차례의 전쟁과 그 본질이 같"다면서 "우리의 혁명무력은 과거나 지금이나 외래침략자들로부터 조국과 민족을 구원하고 평화를 수호하는데 그 력사적사명이 있기 때문"이라고 강조한다. 북한은 애당초 평화를 원하지만, 적대국이 선제적으로 침략을 감행했기에 정당방어로서 전쟁을 수행할 수밖에 없었다는 관점인 것이다. 이러한 논리는 북한이 2017년 '핵 무력

---

8. 이 작품은 김정은의 불멸의 형상을 창조한 단편소설들을 묶은 첫 단편집이자 사상예술성이 뛰어난 작품집으로 평가되는 『불의 약속』(2014)에 먼저 게재된 작품이라는 점에서 주목을 요한다(김용부, 「경애하는 원수님을 모시여 조선의 미래는 창창하다-단편소설집 『불의 약속』에 대하여」, 『조선문학』, 2015. 2, 27~31쪽).

완성'을 통해 사회주의 체제의 유지 강화를 기획하고 실천하는 국가임을 보여준다.

뿐만 아니라 김정은은 엄남용이 "론문에서 원쑤놈들에 대한 무자비한 징벌만을 강조"한 것이 일면적이라면서 "우리의 혁명전쟁은 어디까지나 조국과 민족에 대한 사랑과 믿음으로 벌리는 전쟁"이며, "사랑과 믿음의 철학으로 우리가 벌리는 전쟁의 본질을 풀이해야" 함을 지적한다.

> "적들이 만일 불질을 한다면 기회를 놓치지 않고 반타격으로 대응하려는 것은 우리가 자기 조국과 민족에 대한 뜨거운 사랑을 지닌 혁명가, 애국자들이기 때문입니다. 자기 조국과 민족에 대한 사랑을 지닌 사람이라면 외세의 침략으로 조국과 민족이 당하는 고통을 그대로 보고만 있을 수 없습니다./ 조국과 민족에 대한 사랑이 없이는 원쑤들에 대한 증오도 있을 수 없습니다. 사랑이 열렬할수록 증오도 무자비합니다./ 우리는 누구보다 평화를 사랑합니다. 우리 당의 그러한 립장에는 지금도 변함이 없습니다. 그러나 적들이 전쟁을 강요한다면 우리는 최후의 선택을 하지 않을 수 없습니다. …/ 우리의 전쟁은 어디까지나 조국과 민족에 대한 뜨거운 사랑이 구현되는 성전으로 되어야 합니다."[9]

인용문에서처럼 김정은은 "적들이 만일 불질을 한다면 기회를 놓치지 않고 반타격으로 대응하려는 것은 우리가 자기 조국과 민족에 대한 뜨거운 사랑을 지닌 혁명가, 애국자들이기 때문"이고, "자기 조국과 민족에 대한 사랑을 지닌 사람이라면 외세의 침략으로 조국과 민족이 당

---

9. 리동구, 「성전의 나팔소리」, 『조선문학』, 2018. 1, 17쪽.

하는 고통을 그대로 보고만 있을 수 없"으며, "조국과 민족에 대한 사랑이 없이는 원쑤들에 대한 증오도 있을 수 없"다면서 "사랑이 열렬할수록 증오도 무자비"함을 강조한다. '조국과 민족에 대한 사랑의 크기'가 '원쑤들에 대한 증오의 크기'를 비례적으로 확대해왔다고 파악하고 있는 것이다. 조국에 대한 에로스적 욕망이 외세에 대한 타나토스적 충동을 비례적으로 상승시켰다는 진술인 셈이다. 그러나 이러한 자부심은 사회주의 대 제국주의의 구도 속에 '선과 악, 동지와 적'이라는 이분법적 대립을 전면화함으로써 인민들로 하여금 도덕적 우위 속에 체제 내적 결속을 강화하게끔 만드는 전략에 해당한다.

나아가 "우리는 누구보다 평화를 사랑"하지만, "적들이 전쟁을 강요한다면 우리는 최후의 선택을 하지 않을 수 없"으며, "우리의 전쟁은 어디까지나 조국과 민족에 대한 뜨거운 사랑이 구현되는 성전"이 되어야 한다는 것이다. '사랑과 성전'을 연결하는 김정은은 최종적으로 자신이 군사와 관련된 원고를 작성할 때 '철학과 창조성'을 중요시한다면서 "철학성이 결여된 글"을 자신이 인정할 수 없다고 단언한다. 그러면서 엄남용에게 "사랑과 믿음의 철학을 가지고 론문을 다시 잘 써주시오."라고 당부한다. '십자군 전쟁' 같은 종교적 성전을 연상시키는 김정은의 '사랑의 성전'은 결과적으로 '평화와 전쟁'이라는 적대적 대결 구도를 강조하면서 체제 내적 결속을 강화하기 위한 레토릭에 해당한다.

원고의 마지막에 서술자는 이렇게 마무리를 한다. 즉 "원쑤들은 파괴와 살육을 전쟁의 본질로 알고 있"지만, "조선에서 원쑤들에 의해 전쟁의 불집이 터진다면 사랑과 믿음의 철학이 파괴와 살육의 철학을 어떻게 타승하는가를 세계는 보게 될 것"이라면서 북한의 "인민과 군대"가 "위대한 대성인을 진두에 모시고 있"음을 강조한다. 결과적으로 '파괴와 살육을 일삼는 원쑤들'과 맞서 싸워 '위대한 대성인으로서의 김정은'을 위시로 '사랑과 믿음의 철학'을 지닌 '조선'이 승전할 수밖에 없음을 강조하고 있는 것이다. 이러한 서술자의 태도는 결국 외세의 침략으로 인해 발생할 '파괴와 살육'을 막아내기 위한 체제 내적 언술임과 동시에 전 세계적 고립과 제재를 신념과 의지로 극복하려는 체제 내적 방어기제의 작동이라고 볼 수 있다.

이렇듯 「성전의 나팔소리」는 '평화와 전쟁, 선과 악'이라는 대비적 구도가 강조되면서 사랑과 평화를 선호하는 국가가 '조선'임을 강조한다. 즉 방어와 공격, 사랑과 증오, 평화와 전쟁이라는 상대적 개념을 대비시켜 '원쑤들의 적대적 관점'에 비해 사회주의 체제가 지닌 도덕윤리적 가치관의 우월성을 강조하고 있는 것이다. 이 작품은 조선은 선이고, 외세는 악의 무리라는 이분법적 선악 구도가 2018년에도 여전함을 보여준다. 하지만 이러한 태도는 체제 내적 결속을 강화하기 위해 '수령과 당'의 의도를 문학 텍스트에 반영하면서 '미제와의 전쟁'이 가져다줄 공포와 불안을 심리적으로 이완시키려는 일종의 정신승리법에 해당한다고 비판적으로 독해할 수도 있다.

3. 사회문화적 과잉과 결핍

1) 새로운 속도전의 양상과 노동 과잉의 현실: 전충일의 「재부」(2012. 8)

전충일의 「재부」는 1950년대 말 '평양속도'나 1970~80년대 속도전 운동처럼 '속도'를 중시하는 북한 체제의 특성을 계승하면서 2000년대식 속도전인 '희천속도'를 강조하는 작품이다. 특히 주인공 최영희처럼 아내들이 '희천발전소'[10]를 무대로 굴착기 운전수 남편들이 일하고 있는 건설장에 가서 남편들의 노동을 대신하기 위해 굴착기 운전수가 된 일화를 다룬다. 건설장에서는 교대라는 말조차 모른 채 밤낮으로 운전수들이 일하며, 김정일의 명령을 관철하기 위해 "희천발전소의 완공을 하루라도 앞당기기 위해" 매진하는 것으로 그려진다.

작품 속에서 하루 세 끼 밥 먹는 시간도 따로 없다는 참모의 말을 들은 아내들은 지원물자를 싣고 가서 휴게 공간이 아니라 남편들의 운전칸에서 면회를 하게 된다. 이렇듯 실상 '밥 먹는 시간'조차 확보하지 못한 채 건설 노동이 강요되는 것은 북한식 사회주의 노동이 지극히 왜곡되어 있음을 보여준다. 그럼에도 화자 최영희는 비판적 현실 인식을 보여주는 것이 아니라, 교대운전수가 없어 밤낮으로 일하는 남편의 운전칸에 앉아 본 며칠 뒤에 딸을 본가에 맡겨놓고 건설장으로 다시 향한다. 잠이 모자란 남편을 위해 운전을 배우고, 남편의 과잉노동을 나눠 가지려는 헌신적인 행동에 나서기 위해서다.

남편은 처음에는 "정신 나갔어? 언젤 말아먹자구 그래?"라고 솔직하게 말하면서도 굴착기운전법을 가르쳐준다. 결국 이들 부부의 일화가 마치 '숨은 영웅'의 이야기처럼 널리 퍼져 평양을 그리워하는 감상을 잊고 아내가 굴착기를 배우는 부부 운전수들이 늘어난다. 최영희는 이제 맞교대를 할 정도로 운전법을 익히게 되고, 전투소보에는 "언제우에 활짝 핀 아름다운 꽃!"이라는 제목의 글이 실린다.

> 드디어 우리는 언제를 다 쌓았다./ 10년이 걸린다는 방대한 공사과제를 짧은 기간에 끝내는 기적을 창조하였다. (중략) 얼마나 간고한 나날이였던가, 얼마나 벅찬 나날이였던가./ 그 나날에 우리는 콩크리트언제만을 쌓은 것이 아니였다./ 먼 후날

---

10. 북한 자강도 용림군의 장자강 유역과 희천시의 청천강 유역에 건설된 희천1·2호 발전소를 가리킨다. 2001년에 착공하였으나 경제난 등을 이유로 방치하였다가 2009년 3월부터 본격적인 공사에 착수하여 2012년 4월 5일 완공식을 열었다. 이 발전소 건설은 일반적으로 약 10년의 기간이 소요되는 대규모 공사이나, 해발 800m가 넘는 고지대의 지형 조건에서 3년 만에 완공되면서 '희천속도'라는 별칭을 얻게 된다. 북한이 강성대국 원년으로 선포한 2012년까지 이 공사를 마무리하기로 하고 핵심 국책사업으로 추진하였으며, 중장비가 부족한 상황에서 삽과 곡괭이를 동원하여 댐 기초공사를 5개월 만에 마치고 임시 수로 공사노 3개월 만에 마쳤다고 한다(두산백과, 「희천발전소」, 네이버 참조).

뒤돌아보며 아름답게 추억할 인생의 커다란 자욱을 여기 희천 땅에 새겼다. 애오라지 수척해진 남편만을 생각하여 희천으로 달려왔던 내가, 남편의 모자라는 잠시간을 위해 굴착기운전을 배우던 이 최영희가 어머니조국과 숨결을 같이하고 조국의 재부에 자기 몫을 보탤줄 아는 조국의 딸이 되었다./ 지금 나의 색바랜 저고리 안주머니에는 한 장의 사진과 함께 네 겹으로 정히 접은 한 장의 전투소보가 진귀한 보물인양 소중히 간직되어 있다.[11]

작품 말미인 인용문에서 드러나듯 노동자들은 드디어 언제(=댐)를 다 쌓으면서 10년 공사를 압축적으로 완성함으로써 '건설의 기적'을 창조한다. 간고하고 벅찬 나날이었다고 회상하지만 이면적으로 검토해보자면, 두 배의 노동력과 과다 책정된 노동시간을 통해 속도의 강박으로 만들어낸 '강제된 기적'이 '희천속도'의 핵심임을 확인할 수 있다. "아름답게 추억할 인생의 커다란 자욱"을 희천땅에 새겼다고 자부하지만, 역설적이게도 과도하게 부과된 노동력은 부당한 강제노동의 집행으로 인식되었을 가능성이 크다.

물론 작품 속에서 "애오라지 수척해진 남편만을 생각하여 희천으로 달려나왔던" 최영희는 "남편의 모자라는 잠시간을 위해 굴착기운전을 배우"고 이제는 "어머니조국과 숨결을 같이하고 조국의 재부에 자기 몫을 보탤 줄 아는 조국의 딸"이 된 것으로 그려진다. 하지만 "수척해진 남편"의 외양과 수면 부족을 해소하기 위해 여성 노동이 추가되는 것은 '조국의 재부'를 위해 노동력을 강제할 수밖에 없는 모순된 사회주의 현실을 드러낸다. 최영희가 자부하는 '조국의 재부와 조국의 딸'을 이면적

---

11. 전충일, 「재부」, 『조선문학』, 2012. 8, 60~61쪽.

으로 검토해보자면 정상적인 가정생활을 외면한 채 24시간 지속된 혹독한 노동의 강요 속에서야 비로소 '희천속도'가 탄생될 수 있었던 것이다. 이러한 속도 제일주의에 대한 강박은 '마식령속도, 조선속도'를 거치면서 2018년 현재 '만리마 속도'로 명명되고 있다.[12]

2) 인재 양성의 모델과 다전공 교사의 강박: 서청송의 「영원할 나의 수업」(2014. 6)

서청송의 「영원할 나의 수업」은 북한식 우수 교원의 형상을 깔끔하고 군더더기 없는 문장과 묘사력으로 형상화한 작품이다.[13] "명수에게 있어서는 뜻밖이었다."라는 문장으로 시작되는 이 작품은 플롯의 기대와 배반을 드러내면서 빼어난 서사적 흡입력을 보여준다. 특히 작품에서 실력이나 생활환경에 비춰볼 때 군인민위원회나 재교육강습소에 배치될 줄 알았던 교원 명수가 읍에서 멀리 떨어진 농촌의 장수고급중학교에 가게 된 일화를 '뜻밖'이라는 표현으로 함축하면서 시작되는 대목은 최근에 보기 드문 북한문학의 서사적 흥미를 보여준다는 점에서 주목을 요한다.

작품 주인공인 컴퓨터 수재 명수는 산골학교에 가서 자기 이름을 빛내고 인생의 다음 목표에도 빨리 도달하고 싶은 "인생의 지름길"에 대한 욕심을 드러낸다. 명수가 사회주의적 신념을 지닌 존재이기에 앞서

---

12. '만리마 속도'는 김일성 시대의 평양시간과 천리마운동(1956), 김정일 시대의 속도전(1974)을 잇는 개념으로 김정은 집권 초기 '마식령속도, 조선속도' 등의 연장선 상에서 강조되는 구호이다. 2016년 5월 열린 7차 당 대회에서 "10년을 1년으로 주름잡아 달리는 만리마 시대를 열었다."라고 주장한다(오태호, 「최근 『조선문학』(2017년 1~6호)을 통해 본 김정은 시대 북한시의 고찰-'만리마 시대'의 사회주의 강국 건설 지향」, 『한민족문화연구』 제61집, 한민족문화학회, 2018. 3. 31, 169~196쪽). 김정은 시대의 속도지상주의적 과제를 구현하려는 현재적 욕망을 보여주는 작명이 바로 '만리마 속도'이자 '만리마 시대'인 것이다.

13. 오창은은 이 작품을 비롯하여 「무지개」 등을 발표한 서청송을 '관료주의를 비판하는 민중적 관점의 작가'로 평가한다(오창은, 「북한문학의 미적 보편성과 정치적 특수성-비체제적 양식과 민중적 해석을 중심으로」, 『반교어문연구』 41, 반교어문학회, 2015. 12, 15~56쪽).

자기성취욕을 지닌 욕망형 인간으로 그려지는 것이다. 하지만 '꼴교장'이라는 별명으로 불리는 교장 리송직을 만나, '인재강국 건설'을 위해 명수를 초빙했다는 사실을 알게 되고, 교원들의 자질을 높이기 위해 '자연과학학습반'을 개설하고, 다양한 과목을 학습해야 한다는 말을 전해 듣게 된다. 심지어 교장은 수학이나 컴퓨터가 전공인 명수가 물리, 생물, 화학, 외국어, 력사 등에도 재능을 보유하고 있다고 이야기하자, 그 외에 문학이나 체육, 음악 등도 배워야 한다고 강조한다. 북한의 교육 사회가 한 명의 교사에게 지나치게 많은 만능형 실력을 겸비할 것을 주문하고 있다고 비판할 수 있는 대목이다.

먼저 교장은 교육자로서 "당의 체육강국건설 구상"을 받들자고 강조하면서 명수에게 축구경기에 공격수로 출전할 것을 지시한다. 뿐만 아니라 '교수경연대회'에 참가하라면서 컴퓨터 교수 경연이 아니라 문학교수 경연에 나갈 것을 지시한다. 그러다 보니 명수는 교장의 참가 지시 임무를 원활히 수행하기 위해, 오전에는 수업, 오후에는 축구훈련, 밤에는 문학공부로 하루 24시간을 보내게 된다. 긍정적으로 보자면 다면적 인재로 거듭나는 교사로 볼 수도 있지만, 자신의 욕망 실현이 아니라 교장의 지시와 당의 구상을 실현하기 위해 부당한 지시를 수용하는 교사상이 북한식 인재 양성의 모델이라는 점에서 비판적으로 바라볼 필요가 있다.

그러던 어느날 명수는 설경이가 자리를 뜬 사이에 그의 휴대폰콤퓨터에다 자기 심정을 담은 글을 새겼다. "사랑합니다. 강명수" 명수는 그것을 다매체화해놓고 설경의 반응을 기다렸다. 그것도 모르는 설경이 컴퓨터를 펼쳐보다가 그 다매체화면 앞에서 눈이 화등잔만 해졌다. 경쾌한 음악과 함께 경치좋은 숲을 배경으로 큼직큼직하게 새겨지는 명수의 고백은 처녀의

심장을 쾅쾅 두들겼다.[14]

다만 인용문에서 드러나듯 '컴퓨터 수재'인 명수가 설경이의 휴대폰컴퓨터에 '사랑합니다, 강명수'라는 글자를 다매체로 설정하여 음악과 영상이 글자와 함께 전시되도록 만들었다는 부분은 2010년대 북한 청춘남녀의 연애 방식을 보여준다는 점에서 흥미롭다. 즉 2000년대 북한 단편소설에서 드러난 청춘 남녀의 연애 담론은 동지애적 관계와 공공윤리적 신념 확인이 감정교류에 우선한 것[15]으로 드러나지만, "명수의 고백은 처녀의 심장을 쾅쾅 두들겼다."라고 적시하듯, 충분히 사적 감정과 욕망의 자연스러운 움직임을 미디어를 활용하여 적극적으로 표현하고 있음이 주목된다.

결국 문학교수 경연에서 명수가 2등을 하지만, 원래 자기 분야가 아니었음에도 불구하고 최선의 노력을 기울였기 때문에 '보통'이 아니라 '최우등'이라는 평가를 받는다. 새로운 과목의 교수법에 도전하는 인재로 인정을 받은 것이다. 뿐만 아니라 축구시합에서도 2골을 넣어 최우등교원이라고 칭찬을 받은 뒤 '10월8일모범교수자증서'를 받고, 사랑의 결실을 맺게 되는 것으로 그려지면서 작품이 종료된다.

이렇듯 서청송의 작품은 사회주의 현실 주제를 다루는 북한 단편소설에서 생생하게 살아 있는 생동감 있는 인물의 형상과 함께 심리 묘사의 정확성, 흥미로운 플롯 구성 등을 보여준다. 특히 이 작품은 '종자'를 강조하며 '수령-당-인민'의 삼위일체적 관계를 강조하는 '당문학적 영향' 속에서도, 정확한 문장력과 서사적 구성력, 문학적 형상력으로 자신의 문학세계를 개척해가고 있는 역량 있는 작가가 서청송임을 보여준다.

---

14. 서청송, 「영원할 나의 수업」, 『조선문학』, 2014. 6, 65쪽.
15. 오태호, 「북한 단편소설에 나타난 연애 담론 연구-2000년대 초반 단편소설을 중심으로」, 『국제어문』 58집, 국제어문학회, 2013. 8. 30, 559~585쪽.

4. 공적 담론과 사적 욕망의 균열

1) 인공위성 발사와 청년의 사랑: 오광철의 「보습산」(2015. 2)

오광철의 「보습산」은 2012년 12월 12일 인공위성 '광명성 3호 2호기' 발사 성공을 배경으로 청년들의 사랑과 시대적 소명 의식을 드러내는 사회주의 현실 주제의 작품이다.[16] 작품은 옛날에 농민이 불모지로 버림받은 땅을 갈아엎으려던 해토 무렵의 이야기가 일화로 제시되면서, 김혜선과 리명훈의 경쟁과 애정 관계를 밑면에 깔고, 서두에서 혜선이 "공교롭기도 하고 의미심장하기도 한" 전설을 돌이키면서 보습산 중턱에 자리 잡은 고굴 속으로 들어서는 내용으로 시작한다.

관리국 총각 기사장인 명훈은 광산의 전기문제를 해결하기 위해 발전소를 건설하고자 제안하면서, "오늘에 자기가 해야 할 일"을 놓치지 않는 것이 "래일에 일을 더 잘할수 있는 조건"이라며 독려한다. 중학교 3학년이던 혜선은 대동강수영경기에서 2번이나 1등을 했던 6학년 학생 명훈을 떠올리면서 "놀라움과 부러움 그리고 야릇한 반발심과 질투심"을 느꼈던 과거를 회상한다. 이렇듯 이 작품은 주인공인 혜선의 심리적 동요에 대한 묘사가 탁월하게 형상화된다. 혜선은 명훈과의 승부욕을 떠올리면서 아버지가 제기했던 'ㅎ광석'을 찾아내고자 홀로 굴 속에 들어선다. 하지만 캄캄한 굴 속에서 석수 흐르는 소리가 야릇하고 나직하게 들려오자 혜선은 쭈볏거리는 공포와 후회를 느낀다. 그럼에도 불구하고 명훈의 "주의깊고도 엄격한 눈길"이자 "알지 못할 힘과 지배감을 풍기는 듯한 그 눈길"을 상상으로 체감하며 공포를 이겨내고자 노력한다.

주인공 혜선은 "교교한 정적이 깔린 산천"에서 "문득 자기가 혼자라

---

16. 이선경은 이 작품이 김정일 시대의 과학환상소설과 달리 신세대와 구세대가 선의의 경쟁 관계로 드러나면서 자연이 긍지와 희망의 공간으로 기획되는 김정은 시대의 단편소설의 특성을 보여준다고 평가한다(이선경, 「김정은 시대 문학에 나타난 국가적 이상: 이상적 영토로서의 조선 형상화를 중심으로」, 『신진연구논문집』, 통일부, 2015, 375~436쪽).

는 것을 느끼는 처녀다운 고독과 비애"를 느끼기도 하고, 명훈에 대해 "처음으로 느껴보는 이상하면서도 유혹적인 충동"을 느끼기도 한다. 더구나 명훈이 단층탐사설비개발에 성공했다는 소식을 들으며, 자신과 다르다는 이유로 "알지 못할 모멸감과 부끄러움", "뼈근한 압박감" 속에 젖어든다. 그때 '인공지구위성 〈광명성-3〉호 2호기의 성공적 발사 소식'을 듣고는 "감격과 환희의 열띤 폭풍"을 체감한다.

명훈은 혜선에게 인공지구위성을 쏘아올린 과학자들을 생각하면서 "그들처럼 살아야 한다."면서 "그들의 정신, 그들의 본때로 오늘의 하루하루를 완성해야" 한다는 것을 강조한다. 그때 혜선의 "가슴속으로 알길 없는 전율이 날아지나"간다. 이후 굴 속에서 혼자 탐사하던 혜선은 홀로 떨어진 채 '무서운 공포'와 '공포의 전율' 속에 도와달라고 소리친다. 그때 전지불빛[17]이 보이며 "안도감과 고마움"을 느끼게 된다. 이후 명훈과 혜선은 고굴 속에서 명천지구의 새 ㅎ광체의 존재를 입증할수 있는 자료들을 찾아낸다. 고굴 밖으로 나온 혜선이 현기증으로 쓰러질 듯하자 명훈은 그의 어깨를 잡아준다. 혜선은 "온몸이 한없이 따스하고 아늑하며 편안한 곳으로 둥 떠가는 듯"한 행복감에 젖어든다. 하지만 "랭정한 리성의 도움으로 자기를 다잡"은 혜선은 멀리서 탐사대원들이 자신들을 보고 있는 모습에 "행복감인지 부끄러움인지 모를것이 온몸을 활활 태우는 듯"한 느낌을 받는다.

> 따스한 해빛속에서 오늘의 힘겨움도, 눈물도, 가슴다는 고백
> 도 래일을 위한 우리의 생활이고 투쟁이며 사랑이라는 따스한
> 목소리가 그냥 들려오는 듯 싶어졌다./ 그것은 우주에서 내리

---

17. 이청준의 『소문의 벽』(1972)에서 드러나는 '전짓불'이 1970년대 한국 사회가 생산하는 이데올로기적 공포와 생사의 갈림길에서의 트라우마로 작동했다면, 2010년대 김정은 시대의 북한문학에서는 '전짓불'이 새로운 과학기술 시대의 전망을 상징하면서 어둠을 밝히는 희망의 빛이라는 메타포로 활용되고 있음을 확인할 수 있다.

는 해빛속에 슴배인 우리의 희망과 사랑의 별, 위성의 말이였다./ 처녀는 그렇게 위성 앞에 온몸을 맡긴 심정으로 오래도록 서있었다./ 행복과 사랑의 가쁜 숨소리마저도 고스란히 싣고 보습산은 설레이고있었다.[18]

이후 명훈이 시대적 사명감을 강조하자, 혜선 역시 '오늘의 힘겨움과 눈물과 고백'을 '내일의 생활과 투쟁과 사랑의 목소리'로 들려주는 것이 우주의 "희망과 사랑의 별"인 인공위성의 전언이라면서, "위성 앞에 온몸을 맡긴 심정으로", "행복과 사랑의 가쁜 숨소리"를 들으며 설렘을 고백한다. 하지만 보습산에서 ㅎ광체를 발견하는 내용과 인공위성의 성공을 '희망과 사랑의 전언'으로 연결 짓는 방식은 지나치게 작위적 서사의 구성을 보여준다. 핵 무력 강화와 인공위성의 개발을 통해 과학기술 강국을 향한 사회주의적 전망을 이상화하는 내용은 역설적으로 「성전의 나팔소리」에서 평화를 전제로 성전을 준비하는 모순에서처럼 핵에 의한 평화적 체제 유지를 기대하는 북한 사회의 고립감을 직시하게 한다.

「보습산」에서는 인공위성 발사에 환호하면서 과학기술의 발전과 시대적 소명을 내면화하는 청년들의 헌신성이 미래의 행복을 위한 전제조건으로 그려진다. 김민선[19]에 의하면 인공위성은 고도의 테크놀로지를 보유한 북한이 완성된 공산주의 기술 강국으로서 세계체제의 변화를 일으켰다고 자부하는 근거가 된다. 그러므로 사회주의 문명국의 발전된 미래를 견인하기 위해 청년들로 하여금 '위성'을 사랑의 별로 호명하게 하는 것이다. 그러나 사회주의 문명국의 전망이 인공위성 발사 성공이라는 자부심만으로 성취되는 것은 아니라는 점에서 비판적 독해가 필요하다.

---

18. 오광철, 「보습산」, 『조선문학』, 2015. 2, 55쪽.
19. 김민선, 「'위성시대'의 도래와 북한문학의 응답-스푸트니크 직후(1957~1960)의 북한문학 텍스트들」, 『상허학보』 제53집, 상허학회, 2018. 6, 121~154쪽.

2) 오늘의 절제와 내일의 전망: 홍남수의 「세대의 임무」(2015. 11)

홍남수의 「세대의 임무」는 아버지 세대가 아들 세대에게 사적 즐거움보다 공익적 가치를 우선시해야 하는 입장을 계승적 관점에서 강조하는 작품이다.[20] 아버지가 세상을 떠난 지 10년이 넘는 어느 날, 놀기를 좋아하는 화자 응일이 성실했던 아버지를 회상하면서 작품이 시작된다. 평범한 농민이었던 아버지에게 농사일은 한생의 전부이고 기쁨이자 보람이다. 그런 아버지가 응일에게는 항상 "사회를 위해 유익한 일을 더 많이" 해야 하며 "더 많이 생각하고 노력해야 한다."면서 "스스로가 자각해야 되는 일"임을 강조한다. 공익을 위한 사색과 노력, 주체적인 자각의 필요성을 강조하는 전형적인 북한식 아버지상인 것이다.

응일은 농업전문학교를 졸업하고 집에 돌아와 기계화작업반 일이 생활도 따분하고 단조로울 것이라는 생각에 농산작업반에서 일하겠다고 결심한다. 다종다양할 농산반 생활을 상상하며, 농촌생활이 오로지 '기쁨과 즐거움, 환희'를 제공해줄 것을 기대하는 것이다. 실제로 '생활의 즐거움과 환희' 속에서 향유의 즐거움을 누리는 것이 "생활의 주인"이 된 '권리'임을 강변한다. 이러한 대목이 북한문학에서 드러나는 서사적 리얼리티에 해당한다. 심리적 갈등 속에서 주인공이 스스로를 투명하게 성찰하려는 내적 욕망이 드러나기 때문이다. 하지만 아버지로부터 '더 많은 사색'과 '사회적 공익 추구'의 필요성에 대한 비판을 듣게 되자, "난생처음 느끼는 고독감"과 '무맥한 존재'에 대한 반성 속에 조바심이 생겨난다.

이후 응일이 탈곡기를 개조하지만, 작업반장으로부터 '도면의 부족점'을 듣게 되자 개조의 실패를 절감하게 된다. 결국 '슬픔과 창피' 속에 심

---

20. 이 작품은 남북 문학에서 드러나는 혈육에 대한 서사적 차이를 보여주면서 계승적 관점을 강조하는 북한식 세대론을 보여주는 작품으로 평가된다(오태호, 「남북에서 보는 '혈육'의 동일성과 차이: 사회주의 대가정과 해체된 가정-홍남수의 「세대의 임무」와 정용준의 「우리는 혈육이 아니냐」, 『겨레말』, 2017. 1).

리적으로 위축되고 생활이 힘겨워진다. 더구나 아버지는 "생각이 저속" 하다면서 웅일의 '대충주의적 태도'에 아쉬움을 표하고, 웅일의 "모든 넋과 마음"이 목표와 목적에 부합하지 못한 채 비껴 서 있다고 비판한다. 이렇듯 부모의 자식에 대한 걱정은 도덕과 신념을 교양하려는 목적의식적 당문학의 경향을 보여준다. 하지만 오히려 부모 세대가 비판하는 자식 세대의 부정성은 경직된 북한문학의 외연에서 더욱 적극적으로 형상화해야 될 유연한 리얼리티에 해당한다.

> "이제는 너희들세대가 이 벌의 주인이 되었다. 세월이 흐르면 또 너희네 다음 세대가 여기서 살며 주인이 될게다. 넌 그들에게 이 들판에 무엇을 새겨야 하는가를 배워줘야 한다. 그래야 그들도 또 다음세대의 인생길을 올바로 잡아줄수 있다."
> "오늘과 래일! 세대의 임무!"
> 나는 메아리처럼 귀전에 울리는 아버지의 말을 마음속으로 새겨보며 어둠이 내려앉는 들판을 오래도록 바라보았다.[21]

인용문에서처럼 웅일의 아버지는 "세대의 임무"를 계승한 주체가 지금 "이 벌의 주인"인 '아들 세대'임을 강조한다. '배움'의 계승을 통해 오늘과 내일이 연결되어 구세대의 가치가 지속되어야 한다는 것이다. 웅일은 아버지가 "나에게 생을 준 아버지"임과 동시에, "성장의 법칙"과 "우리 세대들의 임무와 자각이 무엇인가를 깨우쳐준 스승"이자 '동지'라고 회상한다. 아버지는 생물학적 아버지이자 멘토로서의 스승, 세대의 임무와 자각을 계도해준 동지 등의 다면적 역할을 감당한 존재인 것이다. 그렇기 때문에 웅일이 "자기를 오늘이 아니라 래일에 세우라"는 아버지의

---

21. 홍남수, 「세대의 임무」, 『조선문학』, 2015. 11, 65쪽.

말씀을 좌우명으로 삼게 된다. 이렇듯 북한문학의 서사적 결말은 계몽주의적 교양의 수용으로 마무리되지만, 이면적으로 보자면 자식의 욕망이 부모 세대의 계몽적 시선에 의해 계도되는 억압적 구도가 '사회주의 대가정'의 논리적 허구임이 드러난다.

홍남수의 「세대의 임무」는 아버지 세대의 헌신성을 본받으면서 후세대가 지식과 기술을 겸비하고 오늘과 내일을 연결하여 더 나은 내일을 선도하는 것이 새로운 세대의 임무임을 강조한다. 일할 때는 일하고 놀 때는 놀면서 생활의 즐거움만을 향유하려던 화자 '웅일'은 아버지의 공익을 위한 헌신과 배움의 중요성을 강조하는 태도를 통해 북한 사회에서 공익적 가치가 사적 욕망보다 우선하는 오늘의 과제이자 내일의 전망을 약속한다는 사실을 이해하게 된다. 그러나 이러한 훈육과 교양의 강요는 사회적 혁신보다 계승적 관점을 중요시하면서 부모 세대의 자식 세대에 대한 억압적 사회 구조의 축소판을 보여준다.

5. 한반도 평화체제의 구상

2018년 9월 말 현재 김정은 시대의 북한문학은 변화의 기로에 놓여 있다. 2018년 1월 이후 전개되는 한반도 주변의 정세는 비핵화 의제를 둘러싸고 평화체제 구축 분위기로 이어지고 있기 때문이다. 그러나 아직 남북 정상회담이나 북미 정상회담과 관련된 분위기가 반영된 북한 문예물을 만나기는 쉽지 않다. 2018년에도 여전히 부르주아 반동문화를 배격하며 주체사실주의를 강조하는 가운데 '5대 교양'을 강조하면서 사상 전선의 기수가 문화예술인임을 '김일성-김정일 시대'처럼 강조하고 있기 때문이다.

하지만 이 글에서 살펴본 문학작품들은 북한 사회의 속살을 보여주면서 북한 사회의 유연한 면모를 가늠하게 해준다. 먼저 '김정은 시대의 이상과 현실'을 보여주는 두 작품 중 김하늘의 「영원한 품」에서는 '김정일 애국주의'와 인민생활 향상이라는 두 가지 핵심적 의제가 주체문학의 방향이 될 것임을 보여준다. 그리고 리동구의 「성전의 나팔소리」에서는 북미 간 대결로 치닫던 2017년까지의 전쟁 고조 분위기를 확인하면서 전쟁을 반대하기 위한 철학으로서의 '사랑과 평화의 논리'를 강조하는 사회주의적 이상과 현실을 확인할 수 있었다.

둘째로 '사회문화적 과잉과 결핍'으로 전충일의 「재부」에서는 '희천속도'를 강조하지만 북한 사회가 '속도 지상주의'에 강박되어 노동자들에게 노동 과잉을 강요하는 왜곡된 사회주의적 현실을 보여주고 있음을 들여다볼 수 있었다. 그리고 서청송의 「영원할 나의 수업」은 전공인 컴퓨터뿐만 아니라 문학, 체육, 음악에도 조예 깊은 교사가 훌륭한 인재임을 강제하는 인재 양성의 이면을 비판적으로 읽을 수 있었다.

셋째로 '공적 담론과 사적 욕망의 균열'로 오광철의 「보습산」에서는 인공위성 발사와 청년의 사랑을 연동하면서 과학기술의 미래를 희망하는 북한 사회 현실을 확인할 수 있었다. 그리고 홍남수의 「세대의 임무」는 부모 세대의 공익적 가치 추구가 아들 세대의 자유주의적 생활 추구보다 우선하는 의제임을 통해 북한 사회의 세대론적 책무를 확인할 수 있었다.

2018년 한반도 평화체제의 구상은 비핵화 의제의 지속적인 검토 속에 현재진행형이다. 그러나 아직 북한문학에서는 여전히 반미 구호가 드러나는 것에서 알 수 있듯 냉전적 대결 구조가 여전히 상존하고 있음이 드러난다. 하지만 북한 사회의 단편소설은 당문학의 검열 체제 아래에서도 이면적 현실을 독해할 수 있는 여지를 제공한다. 즉 북한 사회의 이상과 괴리된 현실적 조건들이 곳곳에서 드러나고 있는 것이다. 이러한 대목을 균열적 틈새 읽기로 읽어낸다면 북한 체제의 사회적 전망과 다르게 드러나는 인간적 욕망의 섬세한 표정을 들여다보면서, 북한문학의 진정한 재미를 찾아낼 수 있다고 판단된다. 그리고 이러한 이면적 독해의 방식이 북한문학과 남한 독자의 간극을 좁혀 남북한 문학의 접이지대를 확장하는 방법이 되어 남북한 통합문학에 기여할 수 있을 것이다 (2018).

'만리마 시대'와
사회주의 강국 건설 지향

1. 만리마 시대의 지도자 김정은

이 글은 2017년 상반기 『조선문학』(1~6호)을 중심으로 김정일 사후 (2011) 애도 정국 속에 '김정일 애국주의'를 강조하던 북한문학의 표상이 점차 김정은의 지도력과 인민 사랑의 예찬으로 방점이 옮겨가고 있음을 분석하고자 한다. 2017년 상반기는 2016년 7차 당대회 이후 '핵-경제 병진노선'의 강조 속에 2017년 11월 29일 신형 ICBM급 화성-15형을 시험 발사하면서 '핵 무력 완성'을 선언하기 이전까지 북한문학의 최근 동향을 확인할 수 있는 시공간에 해당한다. 따라서 이 시기를 살펴보는 것은 2018년 4월 말 남북 정상회담과 6월 중순 북미 정상회담을 앞둔 시점에서 북한 체제의 현재를 문학적으로 검토함으로써 한반도 분단 체제의 질곡을 극복할 계기를 마련해 줄 것으로 기대된다.

주지하다시피 북한문학은 '수령형상문학'을 전면에 내세운다. 사회주의 사실주의 작품의 3대 특성인 '당성, 계급성, 인민성'을 기저에 깔고는 있지만, 1960년대 이래로 '유일주체사상'의 강조는 '주체사실주의'로 이어져, '항일혁명문학'을 강조한 이후 '김일성 가계'에 대한 찬양이 주류를 이루는 문학 풍토는 여전히 2017년도에도 '북한문학'을 장악하고 있다. 북한은 '김일성＝김정일 ⇒ 김정은'으로 이어지는 3대 세습이 정착되고 있는 나라로서 '수령-당-인민'의 위계와 삼위일체적 결속이 강조되는 사회인 것이다.

김정일 사후(2011) 김정은 시대[1]의 출발을 알리는 2012년 이래로 현재에 이르기까지 북한문학은 '강성대국 건설'과 함께 '인민생활 향상'을 주제로 한 작품들이 등장하면서 '김정일 애국주의'와 '김정은의 인민 사랑'이 문학적 주제로 강조된다. 김정은 시대 초기에는 '핵-경제' 병진노선의 유지 속에 김정일의 사망에 대한 애도와 안정적 세습 구도가 우선시되면서 '최첨단 시대의 돌파'가 시대적 과제로 대두된다.[2] 이후 2016년 5월에 열린 7차 당 대회를 전후하면서부터는 더욱더 사회주의 체제 유지를 선전하는 당문학적 전통이 노골적으로 강제되고 있다.[3]

김정은 시대의 북한시에 관한 연구를 일별해 보면, 먼저 이지순은 김정일의 사망에 대한 추모와 애도 작업에 이은 '구원의 코드'가 김정은 시대의 출발에 해당한다[4]면서, 김정은의 '발걸음 이미지'가 '김일성=김정일과 연관된 이미지'로서 '군민일체와 일심단결의 상징적 슬로건'으로 정착[5]하였다고 분석한다. 이상숙 역시 '지도자 김정은'을 위한 문학적 형상

---

1. 북한 사회 연구자들은 김정일 사망(2011. 12. 17) 이후 김정은이 권력을 승계하면서 2012 년부터 현재에 이르기까지를 '김정은 시대' 혹은 '김정은 체제'로 표현하고 있다. 대표적으로 북한연구학회에서 주관한 2012 동계학술회의 자료집 「전환기 한반도 정치경제의 동학: 구상·정책·실천」에서는 기획패널 2(북한의 국가성격과 김정은 체제)와 기획패널 3(김정은 체제의 문학예술 변화 전망)에서 발표자 6명의 논문들이 '김정은 체제'와 '김정은 시대'라는 표현을 혼용하고 있다(북한연구학회, 『전환기 한반도 정치경제의 동학: 구상·정책·실천』, 2012 동계학술회의, 2012. 12. 7). 이 글은 김정은 유일 집권 체제가 안정화되고 있다는 판단 속에 '김정은 시대'로 명명하여 논의를 진행하고자 한다.
2. 김성수, 「김정은 시대 초의 북한문학 동향: 2010~2012년 『조선문학』, 『문학신문』 분석을 중심으로」, 『민족문학사연구』 50집, 민족문학사학회, 2012. 12, 481~513쪽./ 오태호, 「김정은 시대 북한 단편소설의 향방: 김정일 애국주의의 추구와 최첨단 시대의 돌파」, 『국제한인문학연구』 12집, 국제한인문학회, 2013. 8, 160~196쪽./ 박태상, 「김정은 집권 3년, 북한소설문학의 특성-2012년 1월부터 2014년 12월까지 『조선문학』 발표작품을 대상으로」, 『국제한인문학연구』 16집, 국제한인문학회, 2015. 8, 52~91쪽 등 참조.
3. 김성수, 「당문학의 전통과 7차 당대회 전후의 북한문학 비판」, 『상허학보』 47집, 상허학회, 2017. 2, 383~415쪽.
4. 이지순, 「김정은 시대의 애도와 구원의 코드」, 『어문논집』 69호, 민족어문학회, 2013. 12, 327~354쪽.
5. 이지순, 「김정은 시대 북한시의 이미지 양상」, 『현대북한연구』 16권 1호, 북한대학원대학교, 2013. 2, 255~291쪽.

화 전략을 주목하여 '발걸음' 이미지를 포착하면서 '청년과 아이, 광명성과 핵실험과 자연개조' 등이 주된 형상 키워드로 구체화[6]되고 있음을 분석한다. 강민정의 경우는 김정은이 '낙원의 현실태로서의 강성국가'를 지향하면서 북한시에서는 '미래의 주인인 아이, 김정일 애국주의를 내면화한 사랑, 사회주의 문명국과 인민' 등이 주로 형상화하고 있다[7]고 분석한다. 이러한 김정은 시대 초기의 북한시의 주제는 2017년 현재에도 여전히 지속되고 있다.

김정일이 공식적 후계자로 천명된 1980년 제6차 당대회로부터 36년 만인 2016년 5월 개최된 제7차 당대회 이후 '주체사상'이 변형된 '김일성-김정일주의'가 당의 지도이념으로 채택되고, '핵-경제 발전 병진노선'이 정책 노선으로 공식화된다. 특히 김정은이 조선노동당 위원장으로 취임하면서, 제7차 당 대회에서는 '자위적 국방력의 강화, 경제강국, 문명강국 건설의 사회주의 조선'을 지향하는 것이 강조되는 것이다.

2018년 2월 현재 평창동계올림픽을 앞두고 여자 아이스하키 남북 단일팀을 비롯하여 남북 체육교류가 활성화되면서 해빙 분위기가 전개되는 남북 관계를 검토해볼 때 북한문학을 경유하여 북한 체제의 현재적 양상을 주목하는 것은 남북 관계의 지속적 복원력을 가늠하는 계기가 될 수 있다고 판단된다. 따라서 이 글은 조선작가동맹 중앙위원회 기관지인 『조선문학』 2017년 1~6호를 통해 북한문학이 현재 '만리마 시대'[8]를 지향하면서 사회주의 강국 건설에 대한 기대감을 표명하고 있으며, 특히 김정은이 헌신적 지도자로서 인민 사랑의 화신으로 형상화되고 있음을 구체적으로 분석해보고자 한다.

---

6. 이상숙, 「김정은 시대의 출발과 북한시의 추이」, 『한국시학연구』 제38호, 한국시학회, 2013. 12, 181~212쪽.

7. 강민정, 「김정은 체제 북한시 분석과 전망-『조선문학』(2012. 1~2014. 2)를 중심으로」, 『통일인문학』 제58집, 건국대학교 인문학연구원, 2014. 6, 127~162쪽.

2. '김정은의 지침'을 통한 당문학적 지향의 구호화

조선작가동맹의 기관지인 『조선문학』 2017년 1호 속표지를 열면 북한 문학이 수령과 당을 위해 존재하는 당문학임이 드러난다. 즉 "위대한 김일성동지와 김정일동지의 혁명사상으로 철저히 무장하자"라는 구호가 등장하고, 목차 위에는 "수십성상에 걸쳐 승리의 한길을 걸어온 조선로동당은 수령복이 있는 존엄높고 영광스러운 당이며 수령의 사상과 령도를 빛나게 계승해나가는 조선로동당은 영원히 필승불패입니다."라는 김정은의 말이 글상자에 담겨 있어 북한문학이 김정은 위원장을 필두로 당문학을 지향하고 있음이 드러난다. 그리고 이 구호와 문장이 2017년 북한문학의 현재적 표정을 상징적으로 보여준다. 즉 '김일성과 김정일'이라는 수령의 혁명사상으로 무장하면서 조선노동당의 입장을 철저히 계승하는 김정은의 지도력 관철이 북한문학의 '핵심 종자'에 해당하는 것이다.

2017년 2호 표지에는 '특간호'라고 명명되어 있으며, 속표지에는 "위대한 령도자 김정일동지는 영원히 우리와 함께 계신다."라는 구호가 적혀 있다. 2월 16일 김정일의 생일인 광명성절을 반영한 김정일 특집호에 해당한다. 이어서 김정은의 말이 "인민이 바란다면 하늘의 별도 따오고 들우에도 꽃을 피워야 한다는 것이 장군님께서 지니고계신 인민사랑의 숭고한 뜻이고 의지였습니다."라는 글상자로 제시되어 있다는 점에서 확

---

8. '만리마(萬里馬) 속도' 열풍은 김정은 노동당 위원장이 직접 기치를 든 일종의 속도전식 생산성 향상 캠페인으로, 2017년 말에는 만리마선구자대회를 열어 총결산을 하겠다고 공언한 바 있다. '만리마 속도'는 '평양시간'을 강조하던 김일성 시대의 '천리마운동(1956)'을 잇는 개념으로, 2016년 5월 열린 7차 당 대회에서 "10년을 1년으로 주름잡아 달리는 만리마 시대를 열었다."고 주장한다(이영종, 「"10년을 1년으로" 만리마운동 모델 된 평양 뉴타운 건설」, 『중앙일보』, 2017. 3. 28). 김정은 집권 초기 '마식령속도', '조선속도' 등의 연장선 상에서 강조되는 구호인 '만리마'는 '천리마운동'뿐만 아니라 김정일 시대의 '속도전(1974)'과 직결된다는 점에서 속도지상주의적 과제를 구현하려는 김정은 시대의 현재적 욕망을 보여주는 삭병이다.

인할 수 있듯 '김정일 특집'은 '인민 사랑의 실천'을 지속한 '김정일 애국주의'를 계승하겠다는 의지 표명으로 이어진다. 더불어 김정은의 구호는 "〈자력자강의 위대한 동력으로 사회주의의 승리적 전진을 다그치자!〉, 이것이 새해의 행군길에서 우리가 들고나가야 할 전투적구호입니다."라는 글상자로 드러나면서 '자력자강'이 2017년의 핵심적 구호가 될 것임을 강조하고 있다. 핵 무력과 미사일 발사 등에 대한 유엔 제재에 맞서 스스로 '자력자강'할 사회주의 국가임을 천명하고 있는 것이다.

2017년 3호에서도 김정은의 글상자가 "승리에서 더 큰 승리를 이룩하고 혁명의 전성기를 대번영기로 이어나가는 것은 위대한 수령님과 위대한 장군님의 손길아래 자라난 우리 군대와 인민의 사상정신적특질이며 투쟁기풍입니다."라고 강조된다. 즉 김일성과 김정일의 전성기를 이어 사회주의 혁명의 '대번영기'로 발전시키겠다는 다짐과 함께 수령과 당을 뒷받침할 '군대와 인민'이라는 두 키워드가 김일성과 김정일의 계승적 관점에서 김정은 시대의 핵심적 화두임을 강조한다.

2017년 4호는 '특간호' 속표지에 "위대한 김일성조국, 김정일장군님의 나라를 김정은동지 따라 만방에 빛내이자!"라고 구호가 적혀 있다. 명실상부하게 김일성 조국과 김정일 나라의 지도자가 김정은임을 표명하고 있는 것이다. 이어서 김정은의 말이 "온 민족과 전세계가 우러러받드는 위대한 김일성동지를 영원한 수령으로 높이 모신 것은 우리 인민의 최대의 영광이고 자랑이며 후손만대의 행복이다."라는 글상자로 제시되어 있다는 점에서 알 수 있듯 영생하는 '김일성 수령'에 대한 강조와 함께 인민의 영광과 자랑, 행복 등을 내세우면서 북한이 '김일성=김정일의 나라'임을 강조하고 있다.

2017년 5호에서도 김정은의 지침을 담은 글상자에서 "우리는 기적의 2016년 한해를 통하여 비상히 앙양된 혁명적기세를 더욱 고조시켜 뜻깊은 올해에 당 제7차대회 결정관철에서 획기적인 전진을 이룩함으로써 인민의 리상과 꿈을 이 땅우에 찬란한 현실로 꽃피워야 합니다."라는 내용이 강조된다. 2016년의 기적, 당 대회 결정 관철, 인민의 이상을 현실화하는 국가 건설이 중요하게 제시된다. 즉 '두만강 대홍수의 극복'과 '여명거리의 완공' 등에서 보이듯 인민의 이상과 꿈을 사회주의적 문명국의 현실로 실현할 것을 주문하고 있는 것이다.

『조선문학』1~6호 중 김정은의 글상자 중에서 "문학예술부문 일군들과 창작가, 예술인들은 명작창작으로 수령을 옹위하고 혁명을 보위하며 당의 척후대, 나팔수로 복무해온 전세대 문예전사들의 투쟁 전통을 이어받아 오늘도 래일도 영원히 우리 당을 앞장에서 받들어나가는 사상전선의 기수가 되어야 합니다."39쪽라는 내용은 1호와 함께 2호18쪽와 4호26쪽에도 동일하게 세 차례나 반복되어 등장한다. 그것은 작가들에게 '명작 창작'에 대한 강박이 두드러지는 대목으로서 그만큼 '김일성-김정일 시대'의 '인간정신의 기수'였던 문예활동가들에 대한 기대를 2017년에도 여전히 표명하고 있음을 보여준다. 즉 문인들에게 '사상전선의 기수'로서 당의 입장을 홍보하고 전달하는 '척후대와 나팔수의 역할'을 전일적으로 강조하고 있는 것이다. 이러한 김정은의 지침은 북한의 조선작가동맹 기관지인 『조선문학』 전체를 관통하는 핵심적 테제에 해당한다.

2017년의 북한시는 이러한 김정은의 지침을 구체적인 문학작품으로 외화하여 드러낸다. 그리하여 김정은 위원장의 말씀과 노동당의 올바른 지도, 인민의 헌신이 삼위일체가 되어 '만리마 시대'의 사회주의 강국 건설을 지향하는 '문학적 종자'들이 생산된다. 특히 '만리마'라는 수식어를 통해 비상히 발전하는 사회주의 문명국을 강조할 뿐만 아니라 그 기저에는 김일성과 김정일을 계승한 김정은의 헌신적인 사랑이 자리하고 있으며, 유엔의 압박이나 미국과의 대결 속에서도 두만강 대홍수라는 재난 극복과 함께 '여명거리 완공'을 통해 새로운 사회주의 강국을 건설하고 있음이 예찬된다.

3. '만리마 시대'의 사회주의 강국 건설

2017년 11월 29일 '핵 무력 완성'을 천명한 북한 사회에서 문학은 사상과 체제의 안정을 선전하는 효과적 도구로 기능한다. 특히 2017년 『조선문학』 1호에서는 북한문학의 현재적 지침을 확인할 수 있는 김정은의 당위적 지시와 당부가 글상자에 담겨 제시된다. 즉 "우리는 온 사회의 김일성-김정일주의화의 기치를 높이 들고 계속혁명의 한길로 힘차게 나아감으로써 사회주의위업을 빛나게 완성하여야 합니다."3쪽와 "사회주의 문학예술은 사람들이 올바른 혁명관과 인생관, 고상하고 아름다운 정신 도덕적풍모를 지니고 혁명과 건설에 적극 떨쳐나서도록 하며 사회의 문명을 선도해나가는 중요한 역할을 합니다."6쪽라는 글 내용이 그것이다. 2012년 이래로 2017년 역시 '김일성-김정일주의'의 기치 아래 사회주의의 계속 혁명을 위해 노력하면서 '사회주의 위업'을 완성할 것에 방점을 찍고 있는 것이다. 유엔의 제재와 북미 간의 대결 구도 속에서도 체제를 수호하겠다는 의지가 표명될 뿐만 아니라 문예인들에게는 북한의 문학예술이 올바르고 고상한 관점과 방향으로 사회주의 문명을 선도하는 역할을 강조함으로써, 사회주의 문명국을 지향하는 이데올로기적 선구자 역할을 요청하고 있는 셈이다.

실제 구체적인 텍스트에서는 김정은의 주문이 반영된다. 즉 2017년을 여는 시에 해당하는 박정철의 「축복하노라 2017년이여!」(1호)에서는 '미래과학자거리, 주체철용광로, 사회주의 내 조국, 조선사람의 자존심' 등의 키워드를 중심으로 2017년에 대한 기대감이 드러난다. 즉 "당 제7차 대회가 가리킨 사회주의강국의 영마루를 향하여" "자주의 핵강국"의 힘으로 "만리마의 억센 기상"을 주목하며 "김정은동지 높이 모시여/ 강성번영하는 땅/ 인민의 모든 꿈 꽃펴나는/ 주체조선의 무궁세월을 축복하노라/ 승리와 영광의 2017년이여!"라고 강조한다. 김정은과 함께 자주적 핵 강국의 힘으로 만리마의 기상 속에 사회주의 강국을 건설해가겠다는 의지가 천명되고 있는 것이다. 이렇듯 북한시는 개인의 내면이 표명되는 서정의 풍경보다는 당문학적 지침을 실현하는 당위적 구호를 전면에 내세우는 선전시로 수렴되는 것이 일반적이다. 그리하여 '승리와 영광'에 대한 강박적 신념으로 패배와 절망에 대한 두려움을 배제하는 긍정의 언어만이 문학적 수사에 드러날 뿐이다.

특히 '만리마'라는 표현은 '기상, 시대, 고삐, 정신' 등의 레토릭과 함께 『조선문학』 1~6호 전 부분에 걸쳐 있다. 이를테면 리영봉의 「과학과 나」(5호)에서도 용해공이 자력자강을 강조하며 "만리마시대의 과학기술"이 가까이에 와 있으며, 김정은의 천리혜안으로 밝힌 "사회주의강국 건설의 창창한 앞날"에 대한 기대감을 강조한다. 뿐만 아니라 양치성의 「탄이 쏟아질 때」(5호)는 "만리마의 고삐"를 탄부들이 쥐고 있음을, 문선건의 「새벽녘의 출강종소리」(5호)는 용해공이 출강 종소리를 들으며 '만리마' 정신을 실천하려는 의지를, 김명성의 「조국이 부르게 인민이 알게」(5호)는 '비날론과 누에고치'가 '만리마 시대의 연구성과'로 이어지게 하자는 다짐을 그리고 있다.

'만리마 시대'의 표상을 대표적으로 보여주는 시는 심재훈의 「딸의 고백」(5호)이다. 이 시는 일밖에 모르는 성실한 '용해공 아버지'의 딸이 아버지의 고된 노동을 걱정하지만, 결과적으로 당 위원장과 지배인으로부터 '보배 아바이'이자 "만리마시대의 혁신자"로 떠받들어주는 칭찬을 듣자 행복감을 드러내는 작품이다.

안타까웠어요/ 한생 일밖에 모르던 아버지/ 오늘 생일날도 현장에서 보내려나/ 속태우며 모두 기다리는데// 어인 일인가 뜻밖에도/ 창밖에서 울리는 승용차의 경적소리/ 어느 층에 귀한 손님 왔을가/ 우리 아버지도 철이 할아버지처럼/ 영웅이나

일군이라면…// 70일전투 200일전투에 이어/ 만리마선구자대
회로 들끓는/ 시대의 보폭에 발걸음을 맞추며/ 한생 수리공으
로 성실하게 일한 아버지/ 용해장의 어느 기계이든/ 아버지의
손이 가지 않은 곳 있으랴// (중략)// 아, 뜻밖이여라/ 현장에서
일하는 우리 아버지를/ 승용차에 태워 데려온분들/ 생일맞는
아버지를 기쁘게 해주려고/ 손풍금수 딸까지 함께 온 당위원
장과/ 어제날의 천리마선구자인 영웅지배인이/ 아버지를 앞세
우고 들어섰어라// 우리 공장 보배아바이 축하한다고/ 지배인
당위원장 두손으로 축배잔 받쳐들고/ 축하의 노래소리 웃음소
리 더욱 높아지는데/ 아버지의 두볼로는 뜨거움이 흐르고/ 어
머니도 이 딸도 고마움에 흐느끼는/ 행복한 밤이여// 아, 일밖
에 모르는 고지식한 아버지/ 오늘처럼 돋보인적 또 있었던가/
만리마시대의 혁신자라고/ 저저마다 떠받들어주니/ 우리 아버
지는 제일 높은 사람이야/ 세상에서 제일 훌륭한 아버지야

_「딸의 고백」 부분[9]

하지만 이 시의 매력은 시인의 의도와는 다르게 부친을 향한 화자의
양면적 감각이 도드라진다는 점에 있다. 즉 화자인 딸의 내면이 양가적
으로 그려진다는 점에서 주목을 요한다. 표면적으로는 70일 전투, 200
일 전투뿐만 아니라 연말에 개최될 '만리마 선구자 대회'에 이르기까지
시대의 변화에 발맞춰 헌신적인 노동을 지속해야 할 '용해공 아버지'가
자랑스럽게 여겨진다. 하지만 이면적으로는 아버지가 내심 걱정이 된다.
한평생 일밖에 모르고 생일날임에도 불구하고 현장을 지켜야 하는 것
은 아닌지 우려가 되기 때문이다. 이러한 대목은 역설적이게도 근로기준

9. 심재훈, 「딸의 고백」, 『조선문학』, 2017. 5, 69쪽.

시간 이상의 과잉노동이 북한 사회에서 일상적 다반사였음을 우회적으로 보여준다는 점에서 북한문학에 대한 이면적 독해의 필요성을 보여준다.

그러나 어쨌든 화자의 걱정은 쉬이 사라지는데, "뜻밖에도" 승용차의 경적소리가 울리면서 생일인 아버지를 위해 '손풍금수 딸을 데리고 온 당 위원장'과 "천리마선구자인 영웅지배인"이 함께 집으로 들어서면서 축하를 해주고 있기 때문이다. "일밖에 모르는 고지식한 아버지"가 "만리마시대의 혁신자"라는 칭찬을 받게 되자, 화자 역시 "제일 높은 사람"이자 "제일 훌륭한 아버지"를 자랑스러워하게 된다는 이야기를 담은 작품인 것이다. 하지만 그 이면을 들여다보면 결국 '천리마 선구자'의 뒤를 이어 '만리마 시대'의 '만리마 속도'를 감당하기 위해 북한의 노동자들이 과도한 노동을 수행할 수밖에 없는 억압적 현실이 북한에서의 일상적 현실임이 드러난다. 북한이 '노동계급의 천국'인 사회가 아니라 '과잉노동이 강제된 사회'일 수 있는 것이다. 시의 표면에 드러나듯 고지식한 아버지가 돋보이고 가족들이 함께 "행복한 밤"이 아니라, 행간을 읽어보면 일터에 나간 가장이 "70일 전투 200일 전투"라는 당의 지침을 실현하기 위해 혹독한 중노동에 시달리는 '강제 노동 사회'일 수 있는 것이다.

물론 '만리마 시대'는 '사회주의 강국'에 대한 기대감을 저변에 깔고 있다. 그리고 그것은 지도자의 헌신적 사랑, 당의 올바른 선택과 방향 제시, 인민의 성실한 노력 등을 통해 새로운 사회주의 문명의 신화를 창조하게 된다는 것이 김정은 시대의 핵심 모토가 된다. 결국 사회주의 강국은 인민들이 저마다 자신의 처지와 조건 속에서 목표를 빠르게 달성하기 위해 온갖 최선의 노력을 기울이는 태도를 강조하게 된다. 대표적으로 '벽시묶음'인 〈5개년 전략고지를 향하여〉(3호)에서 리영일의 「불타는 우리 마음」은 김정은을 따르며 거름이 되고 싶은 마음, 김경석의 「출발」은 알곡증산으로 강국을 만들려는 마음, 한순회의 「새싹이 터요」는 과학농사열풍의 토대가 되는 새싹, 송혜경의 「착암기」는 "사회주의 수호전의 무기"로서의 착암기, 김성현의 「아름다운 꿈」은 탄부의 꿈으로서의 입갱 등을 강조하면서 사회주의 강국 건설이 인민들의 헌신적 노력에 의해 가능한 것임이 드러난다. 그러나 이러한 '만리마 시대'의 사회주의 강국 건설이라는 이상적 의지의 강조는 역설적이게도 외부 세계로부터 제재와 압박을 받고 있는 현실의 고난을 감추고 외면하려는 위선적 현실일 수도 있는 것이다.

4. 인민 사랑의 화신 김정은

북한시에서 김정은은 '인민 사랑의 화신'으로 그려진다. '어버이 수령'인 할아버지 김일성이나 헌신적 애민 장군의 표상이었던 김정일에 뒤이어 인민의 간난신고를 자상하게 항시적으로 들여다보며 인민들의 의식주 문제를 향상시키기 위해 불철주야 노력하는 '헌신적인 지도자'의 표상이 김정은인 것이다. 그러나 이것은 할아버지와 아버지의 오랜 지도자 생활과는 다르게 단시일 내에 후계자로 발탁되고, 김정일 사후 후계 체제의 안정과 안착을 위한 전략에 해당한다고 파악된다. 특히 '핵개발'로 인한 인민들의 피로감과 전쟁 공포를 제어하기 위한 전략적 키워드가 '인민 사랑'과 인민생활 향상의 지향으로 피력되고 있는 셈이다.

백리향의 '시묶음' 〈사랑은 이렇게 달려온다-위대한 헌신의 자욱을 따라서〉(1호)에서는 4편의 시가 모두 인민생활 향상을 위한 김정은의 헌신적 노력을 구체적으로 노래한다. 「땅을 날으는 해연의 노래」에서는 '바다제비'를 화자로 설정하여 '대동강 과수바다를 나는 바다제비'의 시선으로 땅 위에 자리한 '과수의 바다'에서 "사회주의과일향기 집집마다 뿌려주는" 존재임을 자부하고, 이어서 「꼭 가셔야 할 곳」에서는 김정은

이 '만경대혁명사적지 기념품공장'을 넘어 "인민생활향상의 지름길로 가시는 곳"을 노래하며, 「인민들앞으로!」에서는 김정은이 열심히 따오고 피워낸 "문명의 별"과 "문명의 꽃"으로 인민들 앞을 사열하는 이야기를 그리고, 「샘물이 바다되어 흐르네」에서는 "룡악산샘물공장을 개건확장해" 준 김정은이 만족을 모르는 '인민 사랑의 화신'임을 강조한다. 과일과 기념품, 샘물 공장 등 식료품과 생필품에 대한 지속적 관심 표명으로 민생 경제활동의 개선과 확대를 기획하는 '사회주의 문명국의 헌신적 지도자'임이 드러나는 것이다.

이러한 인민생활 향상을 위해 노심초사, 불철주야 헌신적으로 노력하는 사랑의 지도자로서의 김정은 이야기는 『조선문학』에 게재된 거의 대부분의 시에서 드러난다. 이를테면 한순희의 「뜨거운 1월」(1호)에서도 '내 고향 사리원의 1월'이 뜨겁다면서 식료종합공장의 이야기를 그린다. 그런데 김정은은 김정은 홀로 존재하지 않는다. 즉 "우리 수령님 지어주신 그 이름도 뜻깊은 정방채"(김일성)와 "우리 장군님 온 나라에 소문내주신 정방채"(김정일)에 이어, "오늘은 현대화의 드세찬 동음속에/ 쏟아져 넘치는 갖가지 기초식품"일 뿐만 아니라 "자애로운 모습"과 "사랑의 자욱자욱"으로 "어버이의 뜨거운 체온으로 더웁혀진/ 내 고향 사리원의 1월"이라면서 김정은의 사랑과 인민의 충정이 '김일성의 명명'과 '김정일의 외연 확장'이라는 누적된 서사를 계승하며 '어버이의 동일성'으로 함께 기록되는 것이다. 결국 김정은은 김정은 개인의 모습이 아니라 '김일성=김정일⇒김정은' 식의 삼위일체적인 복합적 상징이 되어 시대와 육신의 한계를 넘어 대타자적인 한 몸의 계승적 존재임이 드러난다. '계승과 혁신과 사랑'의 아이콘으로서 '김정은'의 기표가 상징화되고 있는 것이다.

특히 김정은의 인민 사랑은 할아버지인 '어버이 수령 김일성'처럼 '아이들의 어버이'로서의 특징이 강조된다. 그리하여 류정실의 서사시 「아버지」(1호)는 "우리 원수님 사랑속에 솟아오른" 원아들의 요람이라면서 '육아원 애육원'에 대한 이야기를 그린다. 미제와의 "전쟁전야의 시각"에도 "인간사랑의 대화원인 내 나라"에서 김정은의 집무실 창가의 불빛은 꺼질 줄을 모르는데, 미국의 전쟁연습에 대한 걱정 때문이 아니라 원아들의 건강실태보고서를 보고 있기 때문이라고 설명된다.

수령님, 장군님!/ 대원수님들께서/ 한생을 바쳐 사랑해오신 인민들을/ 나라의 왕으로 내세워주신 아이들을/ 저에게 맡기고 가신 뜻을/ 다시금 새겨봅니다./ 내 나라 조선에만은/ 단 한명의 고아가 없게/ 제가 그 애들의 아버지가 되겠습니다.[10]

특이한 부분은 인용문처럼 김정은의 독백이 시에 직접적으로 드러난다는 점이다. '대원수'인 '김일성과 김정일'이 펼쳐온 인민 사랑의 정신을 김정은 자신이 이어받아 '고아들의 어버이'가 되겠다는 다짐이 그것이다. 이후 '대성산종합병원'에서 치료하라면서 '사랑의 서사시'를 새긴 김정은에 대해 "인간사랑의 력사" 위에 "미래사랑의 전설"을 새기는 존재임이 그려진다. 김정은을 "정의 화신! 사랑의 화신!"이라고 경애하면서, 2014년 5월 18일이 "원아들의 한생에 영원히 지울수 없는/ 기쁨과 만족의 경사의 날!"이라고 강조하는 것이다. 나아가 아이들을 안으며 뜨거운 정으로 어버이의 눈물을 흘리는 김정은의 모습을 그리면서, "아이들을 위하여/ 하늘에 위성이 날고/ 사랑을 위하여 평화를 위하여/ 창조와 기적의 불꽃을 날리며/ 잠 못 드는 나라"의 "위대한 사랑의 어버이"로 김정은을 찬양한다. 즉 '위성과 미사일 발사' 역시 '정과 사랑, 평화의 화신'으로서의 김정은을 대표하는 기제가 되며, 김정은 자신은 어버이 같

---

10. 류정실, 「아버지」, 『조선문학』, 2017. 1, 30쪽.

은 사랑의 표상으로 존재하는 것이다. 하지만 이면적으로 보자면 이러한 '어버이의 사랑'에 대한 강박은 정전 협정 체제 아래에서 일어날지도 모르는 미국과의 전쟁에 대한 인민들의 불안과 공포를 의도적으로 잠재우기 위한 위장된 허세일 가능성이 높다. 무한 긍정과 헌신적 사랑의 아이콘으로 김정은이 '수령 형상화'되는 것은 역설적이게도 사회주의적 현실이 아니라 재현된 표상의 '왜곡된 이미지'로 읽힐 수 있는 대목인 것이다.

아이에 대한 사랑은 외연을 확장하면서 인민생활 향상과 더불어 인민 사랑의 정신으로 이어진다. 즉 박웅전의 「하늘집의 김치」(2호)에서는 "양념에 고추가 너무 많으니/ 맛을 돋굴만큼 적당히 넣고/ 새 살림집들에 공급을 정상화하라"고 지시한 김정은의 인민 사랑의 정신에 감격하고, 백성혁의 「나는 파도를 딛고 걷는다」(3호)에서는 김정은의 사랑이 황금해가 되어 만선으로 도래하고 있음을 예찬한다. 뿐만 아니라 백리향의 '시묶음' 〈우리의 것-위대한 헌신의 자욱을 따라서〉(4호)에서 「작은 책가방」은 아이들의 책가방 생산 공장을 방문한 김정은의 사랑, 「비단이불샘줄기」는 영변에서 비단이불을 만드는 제사공장 처녀들의 아름다움, 「원수님의 기쁨」은 현대적 김치공장을 찾은 기쁨과 함께, 김정은이 웃을 때 '김일성과 김정일도 함께 웃는다'는 사실을 강조한다. 그리고 채동규의 「향긋한 깨사탕맛」(4호)에서도 어릴적 깨사탕맛을 기억하며 '김일성-김정일의 하늘 같은 사랑'을 알고 김정은 원수의 혁명의 길에 나서는 내용이 그려지며, 리영민의 「여기는 하늘이다」(2호)에서도 금수산태양궁전에 와서 '김일성과 김정일의 미소'를 만나는 김정은의 숭고한 도덕과 의리를 강조하며 사회주의 강국의 미래를 긍정적으로 전망한다.

이렇듯 김정은은 책가방 생산, 만선의 도래, 비단이불 공장, 깨사탕맛을 비롯하여 김치 양념의 공급량에도 세심한 신경을 쓸 정도로 식품 공급의 정상화를 기획하고 지도하는 배려의 표상으로 그려지는 등 김일성과 김정일의 계보를 잇는 후계자이자 인민을 위해 헌신 복무하는 지도자로서 '사랑의 화신'으로 추앙된다. 일상의 작고 사소한 의식주에서부터 바다와 하늘, 육지를 종횡하며 김일성과 김정일의 미소를 계승하는 탁월한 지도자로서의 품성을 '인민 사랑'의 키워드로 수렴하고 있는 셈이다. 하지만 이면적으로 독해하면 북한이 아직도 여전히 생필품이 부족한 사회임이 드러나며, 무결점으로 재현되는 과잉된 김정은의 표상은 북한을 향한 유엔 등의 제재와 압박이 그만큼 치명적으로 북한 사회를 옥죄면서 고립과 불안을 야기하고 있음을 보여준다. '사랑과 배려의 표상'인 김정은이 이면적으로 보면 제재와 압박에 대한 부담과 공포를 그림자로 거느린 '위장된 사랑의 화신'일 수도 있는 것이다.

5. 두만강 대홍수 극복과 '려명거리' 완공

2017년 북한에서의 사회주의 현실 주제를 다룬 시편들은 2016년 8월 말에 발생한 '두만강 대홍수 극복'에 대한 자부심과 2017년 4월에 완공된 '려명거리'에 대한 기대감이 두드러진다. 이 두 키워드는 북한이 핵 개발로 인해 전 세계로부터 받고 있는 온갖 제재와 압박에도 불구하고 재난 극복의 내공을 지닌 사회주의 문명국임을 선전하기 위한 강조점에 해당한다. 먼저 2016년 8월 29일부터 9월 2일 동안 피해를 입은 '두만강의 대홍수'[11]에 대한 전화위복의 이야기가 드러난다.

---

11. 2016년 8월 29일부터 9월 2일 사이, 태풍 라이언록이 동반한 폭우로 인해 함경북도 두만강 유역의 회령시, 무산군, 연사군, 온성군, 경원군, 경흥군 등의 지역에서 이재민이 14만 명 이상 발생하고, 138명이 숨지고, 400여 명이 실종되어 500명 이상이 사망하거나 실종된 대참사를 말한다. UN 인도주의업무조정국(OCHA)에서도 함경북도 지역을 기준으로 최근 50~60년 사이의 최악의 재앙으로 지적했다(나무위키, https://namu.wiki/w/ 2016년 두만강 유역 대홍수 참조).

권선철의 론설 「명작폭포로 문명강국건설을 추동하는 시대의 나팔수가 되자」(3호)에서는 '김일성-김정일주의'를 강조하면서 2016년 '백두산대국'에서 "일심단결의 영웅신화, 전화위복의 대승리"를 이룩했음이 강조된다. 시에서도 '북변땅의 전화위복'은 주목되는데, 김무림의 「북변땅의 전화위복은」(2호)은 "북부전역으로 천만군민이 달려오던 그 시각에", 두만강 기슭의 아이들을 실은 송도원행 야영렬차만이 야영소로 달리고 있음을 통해 "장군님은 전선으로, 아이들은 야영소로" 향하는 풍경을 보여준다. 김정은이 미제와의 대결전을 앞둔 상태에도 불구하고 남한식으로 따지면 '어린이 캠프'에 해당하는 야영소로 아이들을 보내는 대범하고 헌신적인 사랑을 보여주는 존재임이 드러난다. 그리하여 인민에 대한 지도자의 사랑이 '헌신적 재난 극복 노력과 배려심 깊은 아이 사랑'이라는 두 가지 형태로 지속되고 있음이 그려진다. 하지만 이것 역시 이면적으로 보자면 김정은의 지도가 핵심이 아니라 피해 지역인 북부 전역으로 달려오던 천만 인민의 헌신적인 노력이 자연재해를 극복할 수 있는 동력임이 드러난다. 그러므로 북한시에서는 '천만의 불굴의 노력'을 '김정은의 현명한 지도'로 전치하고 있는 셈인 것이다.

최향일의 「전하여다오 두만강 푸른 물결이여」(2호)에서도 두만강변 북부지역 피해 복구 전선의 승리를 강조하며 전화위복의 쾌승을 안아온 '김정은 빨찌산'의 빛나는 위훈이 드러나고, 다른 시 「북변땅 승리의 메아리」(2호)에서도 "백년래에 처음 보는 대홍수가 휩쓸었던/ 대재난의 흔적을 말끔히 가신" 땅에 선경마을을 펼쳐준 '어버이의 사랑'을 찬양한다. 피해 복구 전선에서 200일 전투의 기적적인 승리를 설계한 '건설주, 시공주'로서 김정은이 "불패의 일심단결과/ 자강력제일주의위력의 일대과시"를 보여주면서 사회주의의 위대한 승리를 견인했기 때문이다. 권오준의 「우리 어버이」(3호)에서도 '주체의 핵뢰성'과 함께 '북부 피해 복구전 지휘'를 통해 "만복의 화원"을 가꾼 "인민의 참된 충복"인 김정은의 태도를 찬양하며, 북한이 "인민의 요람, 사회주의요람"임을 강조한다. 이렇듯 김정은은 북한에서 재난을 극복하고 승리를 견인하는 탁월한 지도자임이 드러난다. 그러나 이면적으로 독해해보자면 대재난이 가져온 피해의 구체적 참상은 사라진 채 추상적 지도와 해결만이 찬양될 뿐이다. 참담한 재난의 피해와 복구 과정이 구체적 묘사나 세밀한 양상으로 가시화되지 않음으로써 부정적 폐해는 배제한 채 승리와 해결이라는 성과 중심의 긍정성만 부각하는 편향이 드러나는 것이다.

2017년 『조선문학』 5~6호는 〈려명거리〉 특집이라고 불릴 만하다. '려명거리'는 북한이 '2017년 김일성 생일 105주년을 맞아 2016년 4월부터 추진하여 2017년 4월 완공된 대규모 건설 프로젝트'로 김정은 정권이 평양에 조성한 일종의 신도시다. 착공 당시 '려명거리 건설'을 "미제와 그 추종 세력들과의 치열한 대결전"이라고 선전한 바 있을 정도로 사회주의 문명국으로서의 건실함을 과시하려는 의도를 가진 도시정책의 결정판에 해당한다.[12] 하지만 이것 역시 이면적으로 보자면 일어날지도 모를 미제와의 전쟁을 염두에 두고 '핵 무력 강화'를 위해 평양을 제외한 지역은 허리를 졸라맬 수밖에 없는 북한 경제의 힘겨운 현실을 보여준다.

김목란의 「우리에겐 려명거리가 있다」(5호)는 '천하제일 려명거리가 지상락원'이라면서, 70층 살림집이 행복의 거리에 우뚝 솟아 있어, 사회주

---

12. "룡흥 네거리에서 금수산에 이르는 구간에 건설된 려명거리는 부지 면적이 90만m²이고, 연건축 면적이 172만 8000여m²에 달한다. 여기에는 70층짜리를 비롯해 44동, 4804세대에 달하는 초고층 아파트들이 즐비하게 들어서 있다. 북한은 2017년 4월 13일 김정은 노동당 위원장이 참석한 가운데 여명거리 준공식을 성대하게 열었으며, 이 같은 사실을 외신기자들에게 '빅 이벤트(big event)'라고 공지하기도 했다. 그리고 준공식 다음 날인 4월 14일에는 김일성대학 교수·연구원과 철거민들에게 '살림집 이용 허가증'을 가장 먼저 배부했다." 는 기사에서 확인할 수 있듯 '여명거리'는 사회주의 문명국을 강조하기 위한 '만리마 속도의 표상'으로 홍보된다(네이버지식백과, 여명거리(려명거리), 『시사상식사전』, 박문각 참조). '여명거리'는 결국 유엔의 제재 정국 속에서도 북한이 사회주의 체제의 안정과 번영을 꾀하고 있음을 전 세계에 과시하려고 기획한, 높이와 속도에 대한 자부심의 표상이다. 결국 온갖 제재에도 불구하고 자력자강으로 재난 극복의 영웅서사와 속도전을 통한 문명 생활의 향유를 막을 수 없음을 대내외에 선전하려는 기획임이 드러난다.

의 문명을 과시하는 만복의 거리임을 자랑한다. 그것은 결국 인민의 사랑을 층층으로 쌓아올린 김정은이 "위대한 로동당시대"에 "신화적인 건설속도를 창조"하는 지도자임을 자랑하는 것으로 이어진다. 김경준의 「큰절을 올립니다」(5호) 역시 려명거리의 새집을 받았다는 축하 인사를 전하는 내용으로 시작하여, 김정은의 '하늘 같은 사랑'에 감동하면서 "최상의 문명을 안겨준" 김정은에게 고마움의 큰절을 함께 올리자고 말하고 있으며, 류명호의 「우리 집은 려명거리에 있다!」(5호)에서도 "강성조선의 려명이 밝아오는/ 려명거리에" 사는 화자의 기쁨을 노래하면서, 김일성종합대학 교육자살림집을 최상급으로 지어준 김정은에게 최상의 문명을 누리며 사는 고마움을 전하고, 강문혁의 「더 오르지 못하고…」(5호) 역시 새벽 안개가 70층 려명거리 집에는 오르지 못한다면서 높은 곳에 사는 행복감을 토로한다. 렴정실의 「우리 집 열쇠」(5호)에서도 려명거리 건설이 사회주의와 제국주의와의 대결전이었다면서 조선의 힘을 보여준 '열쇠'라고 강조하고, "만리마의 열풍으로 불벼락을 안긴" 거리임을 강조하면서 70층 감격에 젖어 김정은을 찬양하며, 영원한 승리자의 자격으로 행복의 주인이 되어 70층 집에 들어서는 이야기를 그리고 있다. 신도시에 해당하는 '여명거리'는 김정은 시대에 이르러 '더 높이 더 빨리'라는 높이와 속도에 대한 강박적 지향이 '만리마 시대'의 핵심적 속성임을 보여주는 '뉴타운 사업'에 해당하는 것이다. 이면적으로 보자면 미국의 제재에 대한 대결 의식이 신도시 정책에 깔려 있으며, 중심과 주변을 분리하면서 평양 중심주의를 강조함으로써 체제를 유지하는 사회가 북한의 현실임을 보여준다.

결과적으로 '두만강 재난 극복'과 '여명거리 완공'은 김정은 시대의 양면적 지향을 보여준다. 즉 어떠한 천재나 인재로 인한 환란이라도 지도자의 헌신과 인민의 노력으로 극복 가능하다는 자신감을 드러냄과 동시에 '만리마 속도'로 고층 건물이 즐비한 신도시 프로젝트가 사회주의 문명국의 가시적 외화外華를 보여주는 것임을 강조하고 있는 것이다. 하지만 속도와 높이에 대한 집착은 인민 경제와 생활 향상이라는 사회주의적 내실의 강화보다는 '랜드마크' 중심의 대내외적 전시 행정에 불과하다는 비판에 직면할 수도 있는 양면성을 내포한다.

이러한 '두만강 대홍수 극복과 여명거리 완공' 이외에 흥미로운 서정시로는 사회주의 현실 주제를 다룬 로윤미의 「푸른 숲은 내 사랑입니다」(3호)를 들 수 있다. 이 시는 잣나무를 딸과 아들로 비유하며 화자가 자신을 '숲의 어머니'로 강조하면서 숲을 가꾸는 행복감을 표명한 작품이다.

줄줄이 쏟아지는 해살을 부여잡고/ 이슬맺힌 새순 아지 반짝입니다/ 구슬구슬 이슬밭을 또르르 구으는/ 뽀얗게 진돋은 잣송이는/ 엄마- 엄마-/ 나를 찾고 부르는/ 갓 말 뗀 딸애같아/ 귀엽기만 합니다 대견만 합니다/ 마음은 마냥 즐거워집니다// 하루밤 자고나니/ 한뽐은 더 큰 듯 싶습니다/ 함함한 머리채 풀어놓은 듯/ 수붓이 드리운 나무아지는/ 절 보세요 하는 듯/ 머리며 어깨우에 어리광치는데// 아-하 저쪽 산언덕에선/ 이젠 제법 사내답게 위엄차리는/ 프르싱싱 이깔이/ 시틋하게 웃으며 건너다봅니다/ 멀리서 보아도/ 마음이 든든한 아들처럼/ 가슴속에 뿌리내립니다// 단젖같은 나의 땀방울이/ 불타는 이내 사랑이/ 날마다 다르게 자래우는/ 〈딸〉 숲입니다/ 〈아들〉 숲입니다/ 날아가던 온갖 새들 깃을 펴주며/ 노루며 사슴이도 어서 오라 불러들여/ 보금자리 안겨주며/ 끌끌히도 자란/ 미더운 나의 〈자식〉들입니다// (중략)/ 내 조국의 무게 보태주는/ 내 조국의 푸르름 더해주는…// 기쁨입니다/ 행복입니다/ 파도치며 달려오는/ 푸른 내 〈자식〉들/ 한품에 안아볼가/

두팔을 펼쳐드니// 오히려 담쑥/ 내가 안겨드는/ 〈딸〉들의 숲
속/ 〈아들〉들의 숲속// 아, 이것이/ 선군조국에 바치는 내 사
랑입니다/ 강정의 내 조국을 푸른 숲으로 안아보고싶은/ 나는
숲의 〈어머니〉입니다/ 갓난아기인양 나무모 정히 안고/ 산에
오르니/ 다 자란 〈아들〉들이 〈딸〉들이/ 솨-솨 설레며/ 이 〈어
머니〉를 소리쳐부릅니다[13]

_「푸른 숲은 내 사랑입니다」 부분

인용시는 모성이 곧 '어머니 당'으로 연결되는 북한시의 전형적인 상
투적 도식을 넘어서 있다는 점에서 주목된다. 즉 숲의 표상을 '딸숲'과
'아들숲'으로 의인화하여 구분하면서 자식처럼 잣나무숲을 가꾸는 어
머니의 신명을 노래한 뒤 그 기쁨과 행복을 전한다. '조국의 무게와 푸르
름'이 두터워지면서 숲을 가꾸는 화자가 '선군조국에 대한 사랑'을 실천
하고 있는 것이다. 모든 결론이 '수령과 당의 은혜'로 귀결되는 도식으로
부터 자유롭다는 점에서 북한시의 활력을 보여주기도 하지만, '선군조국'
이라는 북한 사회의 지배담론적 국가관을 반복하고 있다는 점에서는 한
계가 드러나는 작품이다. 물론 "뽀얗게 진돋은 잣송이"나 "함함한 머리
채 풀어놓은 듯", "프르싱싱 이깔이/ 시틋하게 웃으며", "단젖같은 나의
땀방울" 등의 세부 묘사는 이 시의 매력을 보여주는 버팀목에 해당한
다. 주제에 대한 천착으로서의 '종자'를 강조하는 북한시에 섬세한 묘사
의 힘을 보여주는 시와 시인이 현존하고 있음을 발견하는 것은 시의 본
질이 서정의 환기에 닿아 있음을 확인하게 한다.

그러나 북한시에서는 여전히 개인의 사적 욕망이나 내면 풍경이 아니
라 지도자의 말씀이나 당의 지도가 문학의 핵심적 종자에 해당한다. 따

---

13. 로윤미, 「푸른 숲은 내 사랑입니다」, 『조선문학』, 2017. 3, 40~41쪽.

라서 사회주의 현실에서 만나는 인민들의 내면 풍경이나 일상적 현실역시 담론적 지시에 가려지기 십상이다. 홍수의 극복과 함께 홍수의 참상 역시 제기되어야 함에도 불구하고 전혀 이야기되지 않는다. 또한 '여명거리'의 화사함과 더불어 평양 이외의 지역에서 낙후되거나 소외된 계층의 서사도 중요하지만 결코 다루어지지 않는다. '수령형상문학'과 '당문학적 지도'가 개인의 목소리와 내면의 동요를 의도적으로 배제하고 있기 때문이다. 따라서 북한시를 읽어낼 때는 겉으로 드러나는 시적 화자의 표면적인 목소리보다 시적 행간 속에 잠재되어 있는 이면적인 서사를 읽어내는 독해의 지혜가 필요하다. 구호와 의지를 강조하는 재현된표상이 아니라 반어와 역설의 메타포를 통해 의도적으로 감추거나 드러내고 싶지 않았던 사회주의 현실의 이면을 추론함으로써 구체적이고 현실적인 의미망을 새로이 재구축할 수 있기 때문이다.

6. 사회주의 강국의 지향

북한시는 2017년 현재 여전히 '주체사실주의의 경직성'을 내포하고 있다. 그것은 '항일혁명문학'과 '수령형상문학'을 제일 앞자리에 우선적으로 배치하는 북한문학의 태생적 한계일 수도 있다. 올바르고 고상한 당문학의 지향은 경계와 금기를 넘어서는 개성적 시인의 자의식을 보여주지 못한다. 시문학이 시대성과 공동체 의식을 담아내는 그릇이 될 수도있지만, 동시에 지극히 치열한 개인적 자의식의 표정을 보여주는 장르라는 점을 전제로 한다면, 북한시는 아직 혹은 여전히 근대 미달의 장르형식에 머무르고 있는지도 모른다. 다만 그럼에도 불구하고 북한시의 현장을 읽어내는 것은 북한시가 지닌 이질적 표정과 어색한 양상의 확인이 한반도의 평화와 남북한 통합의 길을 모색하는 전제 작업에 해당하기 때문이다. 그들의 생생한 목소리에서만이 남북 화해와 평화의 단초를 마련할 수가 있는 것이다. 따라서 우리는 북한문학의 '경직된 생동감'을 지속적으로 들여다볼 필요가 있다.

이 글에서는 첫째로 『조선문학』 2017년 1호에서 "위대한 김일성동지와 김정일동지의 혁명사상으로 철저히 무장하자"라는 구호와 함께, "수령의 사상과 령도를 빛나게 계승해나가는 조선로동당은 영원히 필승불패"라는 김정은의 말이 담긴 글상자를 통해 북한문학의 현재적 표정을 살펴보았다. 즉 '김일성과 김정일'이라는 수령의 혁명사상으로 무장하면서 노동당의 입장을 철저히 계승하는 김정은의 지도력이 북한문학의 '핵심 종자'에 해당하는 것임을 확인하였다.

둘째로 김정은이 주창하는 '만리마 시대'는 '사회주의 강국'에 대한 기대감을 저변에 깔고 있다. 그리고 그것은 지도자의 헌신적 사랑, 당의 올바른 선택과 방향 제시, 인민의 성실한 노력 등을 통해 새로운 사회주의 문명의 신화를 창조하게 된다는 것이 김정은 시대의 핵심 모토가 된다. 결국 사회주의 강국은 인민들이 지도자의 헌신적 사랑, 당의 올바른 지도 속에 저마다 최선의 노력을 통해 이룩될 수 있는 것이다.

셋째로 김정은의 사랑과 인민의 충정은 김일성과 김정일의 누적된 서사를 계승하며 함께 기록된다. 즉 김정은은 김정은 개인의 모습이 아니라 '김일성 = 김정일 ⇒ 김정은' 식의 삼위일체적인 복합적 상징이 되어 시대와 육신의 한계를 넘어 대타자적인 한 몸의 계승적 존재임이 드러난다. 계승과 혁신의 아이콘으로서 '김정은'의 기표가 상징화되고 있는 것이다.

넷째로 '두만강 재난 극복'과 '여명거리 완공'은 김정은 시대의 양면적 지향을 보여준다. 즉 어떠한 천재나 인재로 인한 환란이라도 지도자의 헌신과 인민의 노력으로 극복 가능하다는 자신감을 드러냄과 동시에 '만리마 속도'로 고층 건물이 즐비한 신도시 프로젝트가 사회주의 문명국의 가시적 외화를 보여주는 것임을 강조한다.

2017년에도 북한에서는 여전히 '수령과 당의 목소리'를 재현하는 시대적 대변인의 역할을 문인에게 요구하고 있다. 따라서 북한시에서 배제된 '자아의 목소리'의 부활이 필요하다. 서정시가 '자아와 세계의 불온한 조화와 불화' 사이에서 피어나는 자유와 고독과 개성의 창조적 개진을 보여주는 장르이기 때문이다. 앞으로 북한시에서도 '체제의 목소리'를 이반하며 타자와 세계를 삐딱하게 응시하는 개인의 목소리가 드러나야 한다. 그것이 현실주의적 세계관과 창작방법으로서의 사실주의의 진정한 복원일 수 있기 때문이다(2017).

'김정일 애국주의'의 추구와 '최첨단 시대'의 돌파

1. 김정은 시대의 출발

이 글에서 '김정은 시대'는 2011년 12월 17일 김정일 국방위원장 사망 이후 후계자인 김정은이 실질적인 최고지도자가 된 2012년 이후를 말한다. 김정은이 후계자로 내정된 시점이 2006년 말경이며, 2007년부터 김정일의 공식활동에 동행하기 시작[1]했고, 2008년 11월 자강도 군수공업부문에 대한 김정일의 현지 지도에 동행하여 군수공장과 군부대를 시찰하면서부터 후계자로 외부에 알려지기 시작[2]하고, 2010년 9월 당중앙군사위 부위원장으로 공식 후계자가 되었지만, 실질적인 최고 권력자가 된 것은 김정일 사후이기 때문이다. 따라서 이 글의 연구 대상은 『조선문학』 2012년 1~12월호에 게재된 단편소설로 한정하고자 한다.

북한은 2011년 12월 19일 낮 12시 특별방송을 통해 12월 17일 오전 8시 30분 김정일이 사망했다고 발표하면서, 37년간 북한을 철권통치했던 김정일의 시대가 마감된다.[3] 이후 '김정일의 유훈(2011. 10. 8)'에 따라 동년 12월 30일 '조선로동당 중앙위원회 정치국회의'에서 김정은에게

---

1. 이윤걸, 『김정일의 유서와 김정은의 미래』, 비전원, 2012, 107~108쪽.
2. 정성장, 『현대 북한의 정치: 역사·이념·권력체계』, 한울아카데미, 2011, 143~144쪽.
3. 이승열, 「김정은 체제하에서 북한 수령체제의 전환 방향: 엘리트의 정책선택을 중심으로」, 『전환기 한반도 정치경제의 동학: 구상·정책·실천』, 북한연구학회 2012 동계학술회의, 2012. 12. 7, 214쪽.

'조선인민군 최고사령관'의 호칭이 부여됨으로써 김정은이 새로운 시대의 개막을 대내외에 알리게 된다. 이후 2012년 4월 김일성 탄생 100주기를 맞아 '조선노동당 제1비서, 국방위원회 제1위원장'에 추대되고, 7월 17일 '공화국 원수'로 추대됨으로써 당·정·군의 모든 제도 권력을 장악하여 권력 승계를 마무리한다. 본격적인 김정은 시대가 출범한 것이다.

김정은 시대의 북한문학의 방향에 대한 연구는 아직 미미한 편이다. 소설에 있어서는 두 편의 선행 연구가 제출되어 있는 것으로 파악된다. 먼저 김성수[4]는 1970년대 이후 북한문학을 크게 '수령형상문학'과 '사회주의 현실 주제 문학'으로 대별할 수 있다고 판단하면서 '김정일 시대 말기 선군문학의 향방과 승계담론, 김정은 시대 선군 담론의 구심력과 원심력(수령형상문학), 인민생활 향상과 청년 미래 담론(사회주의 현실 주제)' 등으로 구분하여 김정은 시대의 북한문학 동향을 '선군과 민생 사이'로 요약한다. 오창은[5]은 2012년 북한소설의 동향을 검토하면서 '기억과 재현의 정치'로 요약하고, 특히 '김정일 사망'에 대한 '중대보도'의 재현이 갖고 있는 내적 의미를 분석하여, 선군정치와 인민생활을 동시에 강조하는 김정일 정치의 딜레마를 주목한다. 이들의 논문을 검토하면 아직 김정은 시대 북한문학의 향방은 정립 중에 있으며, 여전히 김정일 시대를 계승하는 것에 초점이 맞춰져 있음을 확인할 수 있다.

『조선문학』에 게재되어 김정은 시대 북한문학의 향방을 가늠해볼 수 있는 최초의 비평문은 2012년 1월호에 실린 김선일의 논설 「주체문학창조와 건설의 위대한 기치-위대한 령도자 김정일동지의 불후의 고전적로작 『주체문학론』 발표20돐을 맞으며」이다. 이 원고 말미에 김선일은 "우

---

4. 김성수, 「김정은 시대 초의 북한문학 동향-2010~2012년 『조선문학』, 『문학신문』 분석을 중심으로」, 『민족문학사연구』 통권 50호, 민족문학사학회 민족문학사연구소, 2012. 12. 31, 481~513쪽.
5. 오창은, 「기억과 재현의 정치: 2012년 북한소설 동향」, 『전환기 한반도 정치경제의 동학: 구상·정책·실천』, 북한연구학회 2012 동계학술회의, 2012. 12. 7, 324~334쪽.

리 문학은 경애하는 김정일장군님의 령도아래 김일성 조선의 100년사와 더불어 길이 빛날 명작들로 주체문학의 보물고를 빛내인 자랑과 긍지를 안고 앞으로도 영원불멸할 주체문학의 대강-『주체문학론』에서 밝혀진 위대한 사상리론의 기치를 더욱 높이 들고 경애하는 김정은동지의 령도를 받들어 새로운 주체100년대에도 주체문학, 선군혁명문학의 전성기를 펼치며 주체적문예사상과 리론의 불패의 진리성과 생활력을 과시해나갈 것"[6]이라고 천명한다. 김정은 시대의 문학이 주체 100년의 역사와 함께하며 『주체문학론』[1992] 이래로 걸어온 김정일 시대의 문학적 방향을 계승하면서 수령형상문학을 필두로 '주체문학, 선군혁명문학'을 지속할 것이라는 관점이 드러난다. '김일성 조선, 김정일 장군'의 뜻을 이어 '김정은 동지의 영도'를 강조하고 있는 것이다.

2월호에서 박춘택은 논설 「위대한 김정일동지께서 선군시대 문학발전에 쌓아올리신 불멸의 업적을 길이 빛내여나가자」라는 글에서 '김정일 = 김정은'을 강조하면서 김정은의 '숭고한 형상 창조'의 중요성과 김정은을 김정일의 '위대한 계승자'이자 '또 다른 령도자'로서 '사랑의 역사'를 증거하는 존재로 강조한다. 그리하여 "우리 당과 인민의 최고령도자이신 경애하는 김정은동지의 숭고한 형상을 창조하는 것은 오늘 우리 군대와 인민의 절절한 념원이며 최대의 희망"이라면서 "경애하는 김정은동지는 우리의 생명이시며 모든 승리와 영광의 기치이시며 선군조선의 찬란한 미래"라고 하고, 작가들이 "사상도 령도도 풍모도 위대한 장군님 그대로이신 경애하는 김정은동지의 위대성을 형상한 작품들을 훌륭히 창작하여 천만군민모두를 김정은동지와 사상도 뜻도 운명도 미래도 함께하는 견결한 선군혁명동지로 되게 하는데 적극 이바지"하여야 하며, "철석같은 신념을 간직하고 사상과 령도의 유일성을 확고히 보장하여야 한

---

6. 김선일, 「주체문학창조와 건설의 위대한 기치-위대한령도자 김정일동지의 불후의 고전적로작 『주체문학론』 발표20돐을 맞으며」, 『조선문학』, 2012. 1, 59쪽.

다.”[7]라고 강조한다. 즉 '김정일=김정은'이므로 '김정은의 위대성' 형상화
와 함께 천만군민의 '견결한 선군혁명동지화'를 위해 확고한 신념으로
김정은의 '사상과 령도의 유일성'을 문학적 형상으로 지지해야 한다는
것이다.

'수령과 후계자의 관계'에 대한 김려숙의 논설 「피끓는 심장으로 선군
혁명문학의 새로운 포성을 울리자」에서는 '김정일의 지적'을 통해 김정
은에 대한 '계승자의 형상화' 논리를 강조한다. 즉 김정일이 "수령이 개
척한 혁명위업을 대를 이어 완성해나가는데서 수령의 후계자는 결정적
역할을 한다. 로동계급의 혁명위업에 복무하는 사회주의문학은 마땅히
수령의 위대성과 함께 그 후계자의 위대성을 형상하는 문제를 주선으로
틀어쥐고나가야" 함을 언급하면서, "경애하는 김정은 동지의 위대성을
형상하는 것"이 "오늘 시대와 문학발전의 엄숙한 요구"[8]임을 강조하는
것이다.

김정은이 '조선노동당 제1비서' 겸 '국방위원회 제1위원장'에 추대된
4월호 론설 「주체문학발전에 쌓아올리신 불멸의 업적을 만대에 빛대여
나가자」에서도 '김일성 민족'과 '김정일 조선'이 강조되면서 "경애하는
김정은동지의 선군혁명령도따라 백두의 성스러운 혈통을 꿋꿋이 이어
나가며 사회주의강성국가의 령마루에로 힘있게 돌진해나아가는 총진군
대오의 돌격나팔수, 기수로서의 사명과 역할"[9]에 충실해야 한다는 당위
성이 강조된다. "백두의 성스러운 혈통"이라는 김일성 가계의 강조 속에
새로운 시대의 레토릭으로서 '김일성 민족, 김정일 조선, 김정은 영도'를
전면에 내세우며 김정은의 영도 내용을 문학적으로 담보해야 한다는 것

---

7. 박춘택, 「위대한 김정일동지께서 선군시대 문학발전에 쌓아올리신 불멸의 업적을 길이 빛
   내여나가자」, 『조선문학』, 2012. 2, 28쪽.
8. 김려숙, 「피끓는 심장으로 선군혁명문학의 새로운 포성을 울리자」, 『조선문학』, 2012. 3,
   23쪽.
9. 론설 「주체문학발전에 쌓아올리신 불멸의 업적을 만대에 빛대여나가자」, 『조선문학』, 2012.
   4, 17쪽.

이다. '공화국 원수'로 추대된 7월호 론설 「경애하는 김정은동지의 사상과 령도를 받들어 주체문학건설에서 새로운 전환을 일으켜나가자」에서도 "경애하는 김정은동지의 숭고한 형상을 창조하는 것은 주체문학, 선군혁명문학의 담당자들인 우리 작가들의 최상의 영예이며 숭고한 의무이며 본분"임을 강조하면서, '수령형상문학'이 "주체문학, 선군혁명문학의 핵이며 영원한 생명력의 근본원천"[10]임을 강조한다. 여기에서는 특히 '김정일 애국주의'와 함께 '대중적 선구자의 형상'이 강조된다. 즉 "선군시대의 전형적인 인간성격, 김정일 애국주의로 자신의 심장을 불태우며 내 나라, 내 조국을 더욱 부강하게 하기 위해 투쟁하는 참다운 애국자, 대중의 앞장에 서서 실천적인 모범으로 대중을 이끌고나가는 선구자의 형상을 창조하는 것"이 중요하게 대두된다.

'김정일 애국주의'에 대한 강조는 표면적으로는 김일성 가계를 중심으로 형상화하는 '수령형상문학'이 김정은 시대에도 문학의 핵심적 의제가 될 것임과 동시에, 이면적으로 볼 때 '김정일 애국주의'를 강조하면서 대내외에 산재하는 체제 불안적 시선들을 돌파하고자 하는 것이다. 결과적으로 '김정일 애국주의'는 김정일에 대한 애도와 헌사지만, 김정일의 후계자이자 계승자로서 김정은의 미미한 지도력을 상쇄하려는 고육지책적인 의도로 파악된다. 마치 1994년 김일성 사후 '고난의 행군' 시기 김일성주의가 재삼 강조되었듯, 김정일 사후 김정은 시대의 체제 결속을 위해 '김정일 애국주의'가 재삼 강조되고 있는 것이다. 그러므로 권선철의 평론 「선군승리의 불멸의 화폭에 대한 감명깊은 형상세계-총서 〈불멸의 향도〉 장편소설 『오성산』(박윤 작)을 읽고」에서 김정일의 일대기를 조명하는 '총서 〈불멸의 향도〉' 연작에서 '김정은의 동행'을 강조하는 것은 김정은 시대의 '수령형상문학의 향방'을 가늠하게 한다. 즉 '김정일

---

10. 론설 「경애하는 김정은동지의 사상과 령도를 받들어 주체문학건설에서 새로운 전환을 일으켜나가자」, 『조선문학』, 2012. 7, 28쪽.

애국주의'의 강조 속에 '김정은 권력'의 정당성을 강조하게 되는 것이다.

> 총서 〈불멸의 향도〉 장편소설 『오성산』에 경애하는 김정은
> 동지의 위대한 형상을 모신것은 얼마나 깊은 의미를 담고 우리
> 의 심장을 울리는가. 경애하는 김정은동지께서는 위대한 장군
> 님의 선군길에 언제나 함께 계시였던것이다./ 위대한 장군님을
> 모실 신형장갑차를 몰고 장군님께서 가셔야 할 전선길을 먼저
> 밟아보신 경애하는 김정은동지께서 군용직승기로 한발 먼저
> 결전진입계선에 도착하여 정황을 보고드리는 모습에서 우리
> 는 커다란 감동을 받아안게 된다. 또한 경애하는 김정은동지께
> 서 계시여 우리의 선군길은 영원하며 승리로 이어지리라는 크
> 나큰 믿음과 확신을 가지게 된다./ 선군의 상징으로 높이 솟아
> 영원한 승리를 약속해주는 오성산./ 선군의 길에 영원한 승리
> 가 있다는 철리를 위대한 장군님의 불멸의 형상을 통하여 보
> 여주고 있는 총서 〈불멸의 향도〉 장편소설 『오성산』은 경애하
> 는 김정은동지따라 최후의 승리를 향하여 힘차게 나아가고있
> 는 천만군민의 심장을 뜨겁게 울려주고 그들의 진군을 힘있게
> 고무추동해줄것이다.[11]

'불멸의 력사'가 김일성의 일대기를 다루듯, '불멸의 향도'는 김정일의
업적을 형상화하는 텍스트이다. 그러나 인용문에서는 '김정일의 선군길'
에 "언제나 함께 계시였던"'김정은의 형상'이 '깊은 의미'로 '심장을 울
린다'고 주목하고 있다. 더구나 "전선길을 먼저 밟아보신" 김정은의 형
상에서 '커다란 감동'을 받는다는 것은 당문학적 입장에서 북한문학의

---

11. 권선철, 「선군승리의 불멸의 화폭에 대한 감명깊은 형상세계(총서 〈불멸의 향도〉 장편소
설 『오성산』(박윤 작)을 읽고)」, 『조선문학』, 2012. 8, 30쪽.

방향이 김정은을 중심으로 김정일 시대의 대를 이어 '선군 승리'의 길로 향할 것임을 보여준다.

김정일 사후 1년이 지난 12월호에 이르면 백성근의 정론 「오늘도 백두 령장 빨찌산군마우에 계신다」에서 "경애하는 김정은원수님께서는 다음 과 같이 말씀하시였다."면서 "위대한 김일성동지와 김정일동지의 불멸의 태양기를 높이 휘날리며 나아가는 우리의 앞길에는 오직 승리와 영광만 이 있을 것"[12]이 강조된다. '김일성의 교시'나 '김정일의 지적'에 이어 '김 정은 원수의 말씀'이 '불멸의 승리와 영광'을 가져올 유일무이한 권력의 지침이 되고 있는 것이다.

이상의 평론들의 의견을 종합해보면 '김일성 = 김정일 = 김정은'의 3대 세습이 문학 담론 차원에서는 이미 안착화되어 있으며, 김정은의 우상화 작업이 김정일 시대의 담론적 계승을 통해 전면적으로 무리 없이 진행되 고 있음이 드러난다. 이 글은 2012년 1~12월호에 게재된 단편소설을 통 해 김정은 시대 북한 단편소설의 현재를 분석하고 앞으로의 향방을 검토 하는 데에 목적을 둔다. 1년 동안 게재된 단편소설은 총 43편(2회 분재 된 「위대한 심장」 1편으로 계산)이었으며, 그중 6편이 1970년대부터 1990 년대에 이르는 재수록작이었다.[13] 재수록작의 의도에 대해서는 의견이 분분할 수 있지만, 12월호에 게재된 '편집부의 말'에서 '혁명전통주제, 계 급교양주제, 조국해방전쟁주제' 등의 작품들이 소규모로 창작된 것이 아 쉬움으로 지적되고 있는데, 이러한 주제를 보충하려는 재수록작으로 판 단된다. 이 외에도 수령 가계를 잇는 '김정은의 탁월한 지도'와 '김정일 애국주의'의 형상화가 잘 수행되었다고 평가된다. 이 글은 그러한 평가 가 타당한지를 질문하면서 김정일 애국주의, 최첨단 시대, 사회주의 현 실 주제(양심과 헌신의 목소리) 등으로 대표 제재를 분류하여 김정은 시

---

12. 백성근, 정론 「오늘도 백두령장 빨찌산군마우에 계신다」, 『조선문학』, 2012. 12, 7쪽.

대 북한문학의 현재적 지형도를 검토하고자 한다.

2. '김정일 애국주의'의 형상화

'김정일 애국주의'는 밤낮을 이어가며 사회주의 강성대국 건설을 위해 헌신한 지도자의 형상을 담론화하여 애국자의 전형으로 표현한 것에 해당한다. 특히 1994년 김일성의 사망 이후 김일성의 유지를 받들어 '고난의 행군' 시기를 극복해냈던 김정일처럼, 김정일의 유지를 이어받아 '선군(핵개발)'과 경제 발전을 통해 체제를 유지하려는 김정은의 전략적 담론이라고 할 수 있다. 12월호 '편집부의 말'에 「위대한 추억의 해 주체101(2012)년을 보내며」에서 "올해 주체 101(2012)년은 경애하는 김정은동지를 조선로동당 제1비서로, 조선민주주의인민공화국 국방위원회 제1위원장으로, 조선민주주의인민공화국 원수로 높이 받들어모신 조국청사에 특기할 뜻깊은 해"[14]였다면서 "위대한 김정일동지의 숭고한 애국주의를 자신의 리상으로, 삶과 투쟁의 근본으로 삼고 조국의 부강번

---

13. 1월호 2편(최종하의 「깊은 뿌리」, 김혜인의 「아이적 목소리」), 2월호 3편(석남진의 「사진에 깃든 이야기」, 김혜영의 「인간의 향기」, 임순영의 「희천처녀」), 3월호 4편(장선홍의 「세월과 인연」, 김하늘의 「영원한 품」, 최정옥의 「봄의 언덕에서」, 변영옥의 「까치봉의 〈큰집〉」), 4월호 3편(허문길의 「위대한 심장」(상), 강철의 「아흐레 갈이」, 김경일의 「우리 삶의 주로」), 5월호 3편(허문길의 「위대한 심장」(하), 김영선의 「분계선 호랑이」, 백상균의 「자격」), 6월호 4편(조상호의 「대홍단의 아침노을」, 석남진의 「비날론을 사랑한다」, 한철순의 「준마기수」, 박경철의 「형제반장」), 7월호 4편(신용선의 「마지막 휴식」(1997, 재수록작), 김철순의 「꽃은 열매를 남긴다」, 박종철의 「대지의 노래」, 최성진의 「안해의 풍경화」), 8월호 4편(곽성호의 「사랑의 약속」, 김흥균의 「해방년의 초여름에」, 전충일의 「재부」, 리명현의 「보이지 않는 증기」), 9월호 4편(김금옥의 「꽃향기」, 리기창의 「사랑의 열매」, 박찬은의 「수옥선생」, 라광철의 「어머니의 마음」), 10월호 4편(림병순의 「백리과원에서」, 홍남수의 「어머니는 령길에 서 있다」, 오광천의 「의리」, 김영길의 「하늘과 땅」(1986, 재수록작)), 11월호 5편(윤민종의 「영생의 품」(1985, 재수록작), 한철순의 「보석은 땅속깊이」, 변월녀의 「이삭은 여문다」, 로정법의 「우리는 친형제로 자랐다」(1976, 재수록작), 안홍윤의 「칼도마소리」(1987, 재수록작)), 12월호 4편(리희남의 「붉은 눈보라」(1998, 재수록작), 동의희의 「영원한 자리」, 리명호의 「아버지의 모습」, 엄호삼의 「꽃피는 시절에」) 등 총 43편이 발표된다.

14. 편집부, 「편집부의 말」, 『조선문학』, 2012. 12, 76쪽.

영을 위해 아낌없이 헌신하고 있는 우리 선군시대의 애국자들, 시대의 전형들을 찾아 신발창이 닳도록 현실속으로 들어가 인간수업을 하면서 살진 이삭과 같은 훌륭한 작품들을 많이 창작"하였음이 주목된다. 즉 김정은의 '권력 승계'와 함께 김정일의 '숭고한 애국주의'를 이상적 목표로 삼는 '선군 시대의 애국자, 시대적 전형'이 발굴된 점이 고평된다. 그리하여 그 구체적 텍스트로 "희천발전소건설장에서 단편소설 「재부」(전충일)가 나왔고 2.8비날론련합기업소에서 「비날론을 사랑한다」(석남진)가 나왔으며 탄광, 광산들에서 「아이적 목소리」(김혜인), 「의리」(오광천), 강선땅에서 「꽃은 열매를 남긴다」(김경일), 알곡생산의 전투장인 농업전선에서 「아흐레 갈이」(강철), 「대지의 노래」(박종철)들이 훌륭히 창작"되어 "개성있는 인물형상과 특색있는 구성, 독특한 문체들을 갖춘 단편소설들로 풍요하게 단장"되었다고 평가한다.

'김정일 애국주의'는 우선 김정일의 인민생활 향상을 위한 애국적인 현지 지도를 통해 그 구체적 실천 양상이 드러난다. 최종하의 「깊은 뿌리」는 강성국가건설을 진두지휘하면서 전기난방 문제로 인해 신경을 많이 쓰는 등 인민생활을 고민하는 김정일의 형상이 그려진다. 심지어 잠도 제대로 못 자고 현지 지도를 가면서 "성국 동무, 우리 하루빨리 강성국가를 건설하구 인민들이 온 세상을 부러워하게 잘 살게 되면 실컷 자보자구."[15]라고 이야기한다. 사망 원인을 사후적으로 합리화하는 이러한 태도는 부관인 조성국이 김정일에게 "정녕 그 어느 나라에도 없는 군민대단결의 화원을 이 땅우에 펼치시고 가꾸시는 위대한 원예사"라고 칭송하고, "장군님의 손길따라 인민이라는 비옥한 토양속에 뿌리내리고 거목으로 자라난 우리 군대는 그 어떤 광풍에도 흔들리지 않을 것이며 풍성하고 향기 그윽한 열매만을 맺을 것"이라고 감동을 전하는 것에서

---

15. 최종하, 「깊은 뿌리」, 『조선문학』, 2012. 1, 47쪽.

도 이어진다. '김일성 민족'과 '김정일 조선'을 가능케 하는 '위대한 원예사'로서의 지도자적 품성이 그려진 것이다.[16]

강성국가 건설을 향한 김정일의 지도는 석남진의 「사진에 깃든 이야기」에서 김정일이 함흥 2.8비날론련합기업소에서 '현대적인 비날론 공장 준공'을 축하하며 74명의 혁신자들에게 '로력영웅칭호'를 수여하게 된 이야기 속에 과거를 회상하는 작품으로 이어진다. 그중의 한 명인 '콤퓨터 운영원 조영근'은, 아버지 조명호가 고난의 행군 시기에 공장에서 순직하지만, 대를 이어 비날론 공장을 지키며 현대식 컴퓨터화에 기여하고 있는 애국적 전형을 보여준다. 김정일은 김일성 시대인 1961년 비날론 공장 준공 경축 일을 회상하면서 "비날론은 우리 민족의 자랑이고 긍지"라면서 "김일성민족의 존엄과 영예를 세상에 떨치는 사람들을 위해 우리가 할 수 있는 일은 다 해주고싶다."[17]고 말한다.[18] 대를 이어 충성하는 이야기가 비날론을 매개로 '김일성-김정일 가계'와 '조명호-조영근 가계'가 중첩되어 김정은 시대의 문학적 향방을 예견하게 하는 작품이다.

석남진의 작품이 김일성과 김정일의 서사 중첩을 통해 '수령 형상'과 '애국적 인민'의 모습을 투사하고 있다면, '김정일-김정은' 가계 구도를 강조하는 작품으로는 김정일의 사망과 김정은의 지도를 연결하는 김하늘의 「영원한 품」이 있다. 이 작품은 김정은의 위대성을 담아낸 최초의

---

16. 라캉에 의하면, "인간의 욕망은 대타자의 욕망"이고, 그것은 두 가지 의미를 동시에 내포한다. 하나는 대타자의 위치에서 욕망한다는 것이고, 또 하나는 대타자를 대상으로 삼는 욕망을 말한다(자크 라캉, 김석 저, 『에크리-라캉으로 이끄는 마법의 문자들』, 살림, 2007, 189쪽). 이렇게 보면 김일성 가계 3대(김일성=김정일=김정은)는 북한 사회에서 일종의 대타자로 기능한다. 인민들이 그들의 위치에서 세계를 욕망하며, 그들을 대상으로 사회주의적 욕망을 실현하고자 하기 때문이다. 그들은 북한식 사회주의의 대타자로서 인민의 욕망과 욕망의 대상을 실현하는 '숭고한 존재'인 것이다.

17. 석남진, 「사진에 깃든 이야기」, 『조선문학』, 2012. 2, 13쪽.

18. 이러한 '로력영웅'의 이야기는 동일 작가의 「비날론을 사랑한다」(『조선문학』, 2012. 6)에서도 이어진다. 그리하여 주인공인 선미가 "위대한 수령님의 유산인 비날론을 되살리자고 뜨겁게 말씀하시는 장군의 야전복의 목깃은 땀으로 축축히 젖어있더라."는 말을 되새기며 김정일의 지도를 따라 다시 공장에 출근한 이야기가 그려진다.

단편소설이라는 점에서 주목을 요한다.[19] 수산성 부국장 림해철이 탄 승용차가 평양을 향하여 북부 동해안의 연포수산사업소를 떠나는 것으로 시작된 이 소설은 12월 16일에 성 당일군으로부터 전화를 받고 연포사업소 먼바다선단을 내일 아침 다시 출발시키라는 지시를 받고 되돌아서는 것으로 도입부가 그려진다.

성 당일군이 해철에게 문건을 내밀어보이면서 "경애하는 장군님께서 그저께 수산부문의 물고기잡이정형을 친히 료해하시"었고 "새해를 맞는 평양시민들에게" "수도시민 1인당 물고기공급량을 어종별로 갈라 찍어주시"[32쪽]었다는 것이다. 총수량은 확보됐지만 명태가 200톤 모자라기에 '장군님'이 명태 얼마, 청어 얼마라고 찍어주면서 명태 떼가 빠져나가기 전 12월 23일까지 잡아야 한다는 내용을 담은 문건이다. 해철은 "장군님께서 과업을 주시면 가장 진실하게, 가장 철저하게 관철하는 참된 전사가 돼야" 한다면서 "눈보라강행군, 심야강행군을 하시는 장군님께 수도시민들의 물고기공급을 어종별로 전량 다 했다는 보고를 꼭 드립시다."[33쪽]라고 강조한다. 표면적으로 김정일의 과업을 관철하는 '참된 전사'의 다짐이지만, 김정일이 죽음을 목전에 두고도 인민생활 향상을 위해 '평양 시민의 물고기 공급량'까지 다심하게 배려했음을 강조하는 내용이다. 하지만 이 부분을 비판적으로 검토해보면 평양 시민들에게만 물고기를 제공하려 했다는 점에서 수도와 비수도를 가르는 '평양 중심주의'가 드러나는 부분이라고 볼 수 있다.

김정일의 지시를 따르던 림해철은 배 위에서 12월 19일 낮 12시 '중대보도'의 내용이 "위대한 령도자 김정일동지께서 주체100(2011)년 12월

---

19. 김성수는 이 작품을 김정은의 '친근한 지도자 이미지 담론'의 작품으로 평가한다(김성수, 「김정은 시대 초의 북한문학의 동향」, 앞의 책, 499~501쪽). 오창은은 표면적으로는 새로운 지도자 김정은의 세심한 보살핌을 통해 대를 이어 '영원한 품'이 지속되고 있음을 보여주지만, 이면적 독해를 통해 김정일의 사망 소식이 지연 전달됨으로써 '김정일 사망에 대한 북한 내부의 의구심 제기'가 있었음을 추론하기도 한다(오창은, 앞의 글, 328~329쪽).

17일 8시 30분에 현지지도의 길에서 급병으로 서거하시였다는 것을 비통한 심정으로 알린다.”는 뉴스임을 듣게 된 뒤, 비분에 떠는 조국의 하늘로부터 무전을 받는다. '김정일의 생전 지시'의 관철을 지도하는 김정은의 가르침이 담긴 문건이 날아온 것이다.

> 연포수산사업소 먼바다선단앞./ 경애하는 김정은동지의 가르치심내용에 따라 위대한 령도자 김정일동지께서 인민생활부문에 마지막으로 주신 12월16일 지시를 철저히 관철하기 위한 대책을 다음과 같이 세운다./ 수도시민들에게 공급할 물고기확보문제…/ 물고기수송을 위한 특별렬차편성과 운행문제…/ 수도의 각 수산물상점들까지 물고기운반문제… 이상./ 선단은 출항할 때 받은 지시를 그대로 집행할 것.[20]

'김정일의 인민생활 부문'에 대한 지시가 있고 '김정은의 가르치심'을 따라 지시의 관철이 집행된다. 문건 내용을 확인한 해철은 뜨거운 오열을 터뜨리면서 “아, 조국! 조국은 피눈물에 잠긴 이 순간에도 무엇을 사색하고 어떤 결심과 실천을 하고있는가! 가장 비통한 눈물을 쏟으면서도 변함없는 어머니로 천만자식들을 끌어안아주고있는 경애하는 김정은동지의 사랑 가득한 조국, 더욱더 소중하고 사무치게 그리운 내 조국!”을 되뇌인다. 비통한 눈물 속에서도 '김정은의 사랑'이 '변함없는 어머니'처럼 김정일의 사망 자리를 매우고 있는 형국이다.

여기에 덧붙여 선단장은 김일성 사망 당시가 생각난다면서 부국장에게 얘기나 좀 하고 싶다면서 말을 쏟아내는데, '김일성-김정일-김정은'의 3대 세습을 강조한다. 즉 김일성에 대해서는 “수령님께서 생애의 마

---

20. 김하늘, 「영원한 품」, 『조선문학』, 2012. 3, 39쪽.

지막까지 경제문제를 심려하시다가 돌아가셨다구 울기두 울었네."라고 말하고, 김정일에 대해서는 "장군님 앞에 가장 책임적인 전사루 살리라 마음 다지구 다졌는데 이렇게 장군님을 잃고 보니 그 맹세를 지키지 못한 것 같애. 우리가 일을 바루했으면야 하늘처럼 귀중하신 우리 장군님 눈보라치는 현지지도로상에서 순직하셨겠나?"라고 자문한다. 이어서 조국이 그립다면서 "가슴터지는 슬픔을 안고계시는 우리 김정은동지께서 이 죄많은 백성을 생각하시여 피눈물을 쏟으시면서두 물고기대책을 세워주시니 세상에 이런 나라가 어디 있겠나. 내 죽을 때까지 김정은동지를 받들겠네. 아니, 죽어서두 받들겠어."라고 강조한다. 경제문제로 고민하던 김일성의 사망 당시와, 현지 지도의 길에서 순직한 김정일의 사망을 유사 구도로 설명하면서, '비통한 슬픔' 속에서도 '물고기 대책'을 세워주는 '세심한 김정은'을 위해 충성을 맹세하는 것이다. 대타자로서의 김정은의 위상을 확인할 수 있는 장면이다.

해철은 눈물이 그렁해지면서 말을 못 잇는데, 성 당일군으로부터 "김정은동지께서 오늘 새벽에 친필을 써서 내려보내셨다지 않소. 인민들이 호상서구있는데 추운 겨울밤에 떨구있다는거 장군님 아시문 가슴아파하신다구 더운물이랑 끓여주구 솜옷이랑 뜨뜻이 입게 하라구 하셨다오. 물두 맹물 끓이지 말구 사탕가루나 꿀을 풀어서 끓여주라 하셨다는데 어쩌문 그리 자심하시오? 그저 우리 장군님과 꼭같으시오. 우리 인민이야 정말 복을 타구났소!"라는 말을 전해 듣는다. 김정일의 애국주의적 열정과 세심한 인민생활 배려의 형상이 주축이지만, 그것과 함께 사망 이후 '호상'을 서고 있는 인민의 모습과, '맹물'이 아니라 '사탕가루와 꿀물'을 챙겨주는 김정은의 자심한 형상이 이 작품의 핵심적 종자에 해당함을 확인할 수 있다.

'김정일 애국주의'의 핵심에는 '선군'이 자리함은 물론이다. '고난의 행군' 시기 이후 지속적으로 강조해온 문학적 방향이 '선군혁명문학'이기 때문이다. 김영선의 「분계선 호랑이」는 김정일의 판문점 현지 지도를 그리면서 '선군문학적 지향'을 담은 작품이다. 한주영이 판문점 초소에서 정상근무를 수행하다가 불시에 도발해온 적들과 단신으로 맞서 생명이 위급한 상황이 된다. 그 이후 한주영은 예술가가 되는 것이 소원인 애인 보배에게 이별 편지를 보낸다. 분계연선 초소를 지키기 위해 결별을 선언한 것이다. 하지만 패배주의를 언급하며 주영을 타이른 김정일은 둘의 결혼을 항일유격대식으로 주선한다. 그 뒤 군사분계선 순찰성원 2명이 총에 맞아 쓰러지고, 분노한 한주영은 적들의 둥지를 불바다로 만든다. 그리하여 한주영이 "자유주의적이고 무분별한 행동"[21]을 한 대가로 권리정지 처벌을 주자는 의견이 제기된다. 그러나 김정일은 전선중부 무장도발을 승리로 이끌었다면서 한주영을 '사단장'으로 승급시키고 독려한다. 뿐만 아니라 한주영이 '분계선 호랑이'로 소문이 났다면서 적들이 '인민군대의 무쇠주먹맛'을 보았을 것이라고 칭찬한다. 이 작품은 '선군'의 지향이 어디에 있는지를 명확히 보여준다. 더구나 판문점 초소에서 '자유주의적 무분별 행동'을 수행한 사람이 김정일로부터 '승급과 칭찬'을 받는다는 것은 군사적 긴장과 대립을 통해 체제의 안정을 도모하려는 군사 모험주의적 관점을 보여준다.

'김정일 애국주의'에서 '선군'과 함께 지속적으로 강조되는 것이 '인민 생활 향상' 담론이다. 조상호의 「대홍단의 아침노을」은 제대군인 마을에 현지 지도를 나간 김정일의 형상을 통해 인민생활 향상에 대한 다심한 배려를 그린 작품이다. 량강도의 대홍단군에 제대군인 1,000명이 달려온 이야기 속에 부부가 함께 일하러 갔다가 함께 들어온다는 말을 하자 김정일은 가정 생활을 위해 적어도 여성을 1시간 먼저 들여보내야 한다면서 제대군인들의 새살림을 독려한다. 특히 "대홍단벌엔 감자가 폭포처

---

21. 김영선, 「분계선 호랑이」, 『조선문학』, 2012. 5, 41쪽.

럼 쏟아지게 하고 산기슭마다엔 멋쟁이 살림집들과… 산원도 짓고… 감자가공공장을 비롯한 현대적인 식료공장들과 발전소, 목장들도 더 건설하고 철길도 놓고… 세상에서 제일 살기 좋은 락원으로 꾸립시다. 그렇게 대홍단을 앞세우면서 온 나라를 대홍단처럼 만듭시다."[22]라며 '사회주의 이상촌'을 강조한다. 제대군인의 새살림 꾸리기 모티프를 통해 '선군'의 이미지를 강조하고 '인민생활 향상'을 통해 '사회주의 이상 국가' 건설을 독려하고 있는 것이다.

곽성호의 「사랑의 약속」에서도 인민생활 향상 담론이 인공위성 발사와 연결되어 형상화된다. 즉 "인공지구위성 〈광명성2〉호가 발사"된 이후 김정일이 "일촉즉발의 첨예한 정세가 조성"[23]된 상황에서 '박하사탕' 공장을 현지 지도한 내용에서도 다루어진다. 김정일은 엄혹한 정세 속에서도 한철무 장령을 불러 박하사탕 사연을 이야기하면서 "여유작작하게 혁명과 건설을 령도"하며, 제대한 영예군인 정윤수를 회상한다. 자강도 땅에서 창조된 강계정신이 안변에서 창조된 "혁명적 군인정신의 계속"임을 자각하는 정윤수는 영예군인으로서의 책무를 다짐하고, 김정일은 식료가공공업에서도 세계의 패권을 잡아야 함을 강조한다. 그러면서 인공위성이 운반체에 의해 하늘에 띄워지는 것이 아니라 "아늑한 보금자리도, 단란한 가정의 행복도 서슴없이 애국의 뒤전에 밀어놓을줄 아는 이런 진주보석과도 같은 사람들의 고귀한 정신력이 원동력으로 되었기에 위성은 저 광막한 우주를 거침없이 날고 있는 것"임을 회상한다. 공장의 동음소리가 "새로운 천리마대진군에 떨쳐나선 우리 인민의 힘찬 발걸음소리"이며 "사회주의강성대국은 우리 당이 인민과 한 약속"이기에 반드시 지켜야 하는 '신성한 약속'임을 강조한다. '새로운 천리마 대진군'으로 '사회주의 강성대국' 건설을 독려하고 있는 것이다. 그리고 정윤수

---

22. 조상호, 「대홍단의 아침노을」, 『조선문학』, 2012. 6, 23쪽.
23. 곽성호, 「사랑의 약속」, 『조선문학』, 2012. 8, 6쪽.

를 보면서 "영예군인이지만 조국과 인민이 권하는 꽃방석을 마다하고 저 성하지 못한 몸으로 나라의 강성번영을 위해 복무의 나날처럼 량심의 자욱만을 새겨온 일군"을 돌아보며 김정일이 경공업, 식료가공공업을 획기적으로 발전시키기 위해 노력할 것을 다짐한다. 영예 군인의 책무와 정신력을 강조하면서 혁명적 군인정신으로 인민 생활 경제의 개선을 도모하려는 입장이 그려지고 있는 것이다.

김금옥의 「꽃향기」 역시 '인민생활 향상'을 강조하는 텍스트이다. 김정일이 평양에서 맛좋은 '봄, 가을 무'를 군인들에게 먹이려고 고민하다가 코스모스를 보며 김일성의 지도를 받은 김숙임을 떠올린다. 김정일은 30여 년 전 평안남도지방을 현지 지도하던 김일성 수령과의 동행을 떠올리는데, 그때 김일성이 숙임동무가 남새농사를 잘 지었다고 격려한 내용을 회상한다. 이번에는 김정일이 격려하면서, 김정일의 "다심하면서도 크나큰 믿음과 사랑"과 "따사로운 태양의 품에서 다시 새롭게 인생을 받아안은 것"[24]을 형상화한 작품이다.

이렇듯 2012년 '김정은 시대'를 가로지르는 '김정일 애국주의'는 김정일의 현지 지도를 통해 '선군'을 기본으로 하고 '인민생활 향상'이라는 경제력의 발전을 강조한다. 사회주의 강성국가 건설을 위해 경공업과 식료가공공업 등을 지도하고 농업발전을 위해 헌신적 지도를 아끼지 않다가 사망한 김정일의 애국적 형상과 세심한 품성을 강조하고 있는 작품들이다. 역설적이게도 김정은 시대에 '김정일 애국주의'를 강조하는 것은 아직 김정은이 권력 기반을 공고히 장악하지 못했음을 반증하는 것이기도 하다. 그러므로 김정일의 헌신적 지도를 계승하려는 '계승자의 이미지'를 더욱 강조하고 있는 것으로 파악된다.

---

24. 김금옥, 「꽃향기」, 『조선문학』, 2012. 9, 17쪽.

3. '최첨단 시대'의 돌파

'최첨단 시대의 돌파'라는 내용은 최상진의 「안해의 풍경화」에서 김정일의 현지 지도에서 나온 표현임이 드러난다. 뿐만 아니라 김하늘의 「영원한 품」에서도 림해철 수산성 부국장이 "오늘의 강성국가건설대전-총공격전에서 진격로를 열어제끼는 종심타격의 최첨단에 서 있는가?"라면서 자신을 반성하듯 2012년은 '강성국가건설'을 위해 '최첨단 시대'를 어떻게 돌파할 것인가가 화두가 된다. '최첨단 시대'는 문학작품 속에서 '최첨단 돌파전의 시대, 총공격전의 시대, 새로운 천리마 대진군 시대, 대고조 시대, 지식 경제시대' 등의 유사한 표현으로 활용되지만, 지식과 기술이 급속도로 발전하는 21세기를 강조하면서 최고속의 강행군을 통해 목표를 달성하는 시대라는 의미를 내포하는 것으로 판단된다. 그런 점에서 1960년대 천리마운동이나 1970년대 속도전을 연상케 한다.[25]

우선 김경일의 「우리 삶의 주로」는 기초식품공장 식료기계기사인 신해와, 제대 이후 기초식품공장에서 일했던 진석이 함께 장 생산공정의 기계화에 관련된 기술혁신조에 망라된 이야기가 그려진다. 새로 홍선희 지배인이 파견 와서, 기술혁신조성원은 7명인데 컴퓨터가 2대밖에 없는 것을 지적하면서 빠른 시일 안에 모두에게 컴퓨터가 차례지게 하겠다고 하니 가벼운 탄성이 여기저기서 동시에 터져오른다. 하지만 이러한 내용은 새 지배인의 세심한 배려를 강조하려는 의도이지만 역설적이게도 이때까지 열악한 연구 환경 속에 놓여 있었음을 보여준다. 홍선희 지배인

---

25. 이것은 2013년에 이르면 '마식령속도'라는 새로운 속도전 개념을 낳는다. 김정은은 "전체 군인 건설자들은 단숨에의 정신으로 스키장 건설을 화약에 불이 달린 것처럼, 폭풍처럼 전격적으로 밀고 나감으로써 21세기의 새로운 일당백 공격속도, '마식령속도'를 창조하라."면서 공사 속도를 높이라는 주문을 직접 내렸으며, 마식령 스키장은 북한에서 처음으로 일반 주민에게 개방되는 대규모 스키장으로 북한에서 최고지도자가 직접 호소문까지 발표하면서 건설 성과를 독려하고 있는 것이다. 김 위원장은 5월 27일에도 마식령 스키장 공사 현장을 찾아 시찰한 바 있다(배상은 기자, 「北 김정은, 스키장 '올해 안 무조건 완공' 지시」, 『뉴스1』, 2013. 6. 5).

은 "인민생활향상을 위한 대진군이 고조를 이루고 있"다면서 경공업부문에 '장군님'이 찾아주셨던 일화를 꺼낸다. 그러나 '대진군 고조'의 시대에 동료 기사인 철민이 퇴근 시간 이후에 스트레스를 풀기 위해 오락을 즐기자, 진석은 "최첨단돌파전의 시대"에 "8시간로동행정규률을 엄격히 지킨다."는 것이 문제라고 지적한다. 그러면서 선임자인 신해에게도 "혁명적원칙이 졸고있는 곳엔 반드시 안일과 라태가 서식하게 되지요." 라면서 비판한다. 휴식의 권리나 웃음과 낭만을 도리질하는 것이 아니라 기술자들이 탐구와 사색, 열정으로 심장을 끓여야 함을 강조하는 것이다. 그러나 이런 식이라면 사회주의 북한은 이미 '노동자의 낙원'이 아닌 셈이 된다. 결국 북한 사회가 노동자 개인의 휴식에 대한 사적 권리 보장보다는 혁명적 원칙의 수행을 위해 공적 책무와 과잉노동을 강조하는 부조리한 사회임을 역설적으로 파악하게 하는 것이다.

진석은 신해가 한 해 전에 썼던 "최첨단을 돌파하라"는 구호를 붉은색으로 다시 쓰면서, 간장과 된장 생산공정의 현대화도 최단 시일 내에 꼭 해낼 수 있다면서 신해의 업무를 가로채고자 한다. 신해는 모욕과 배신, 좌절을 느끼지만 진석으로부터 '최첨단의 시대, 총공격전의 시대'를 따라가지 못한다고 신랄한 비판을 받는다. 진석은 '장군님'이 "식료공업을 최첨단과학의 정수인 인공지구위성에 비교"했다면서 신해에게 최첨단식료기술을 탐구하면서 "우리 시대 매개 인간의 삶의 목표는 최첨단주로"에 있으니 함께 손잡고 달리자고 말한다.

한순간에 신해는 모든 것을 깨달았다. 낡고 진부한 것을 과감히 털어버리고 자기의 참된 리상과 목표를 향해 시대의 격류 속에 사품쳐 내달리는 사람들, 부단히 자신을 채찍질하며 최첨단돌파의 강행군주로를 쉬임없이 달리는 사람들, 사랑도 개인의 행복도 오직 그 길에서만 찾는 그들이기에 어제는 홍선

희가 오빠를 앞서 까마득히 달음쳐갔고 오늘은 진석이 신해를
뒤에 남기고 씽씽 멀어져가고 있는 것이다.[26]

인용문은 신해가 진석에게 뒤떨어지지 않기 위해 자기반성을 하는 부
분이다. '낡고 진부했던' 자신을 갱신하여 '참된 이상과 목표'를 향해 지
속적으로 매진해 가야 한다는 것이다. 결국 '최첨단 시대의 돌파'란 1960
년대의 천리마운동이나 1970년대 이래의 속도전의 다른 말에 해당하는
것이다. "최첨단돌파의 강행군주로"를 강조하고 있듯, 이상과 목표를 향
해 부단히 강행군을 지속하는 헌신적 모범일꾼들이 최첨단 시대를 돌파
하는 선봉 주자들이기 때문이다.

백상균의 「자격」에서도 "최첨단 시대", "최첨단돌파전의 시대", "지식
경제시대의 일군"이 되려면 "어버이장군님을 잃고 가슴을 치던 그 뼈저
린 죄책감"[27]으로 평생 죄인으로 살아야 한다는 당위성이 대두된다. 작
품 내용은 김책공업종합대학 연구사인 딸 은정이 아버지 승민이 직장장
으로 일하는 동천기계공장에 내려와 림길천과 함께 주축가공반현대화
설계를 수행하면서 벌어진 일화를 그리고 있지만, 결국 김정일의 사망에
대한 죄의식의 내면화 속에 최첨단 시대를 돌파해야 한다는 책무가 강
조된다.

김철순의 「꽃은 열매를 남긴다」에서는 차인석과 현아의 1만톤프레스
현대화 체계 설계에 대한 경쟁 이야기가 그려진다. 현아는 "실력전의 시
대에 실력경쟁을 하자"면서 1만톤프레스를 "지구를 들어올리는 지레대
만드는 기계"에 비유하며 강성국가건설의 추진축으로 생각한다. 결국 현
아가 인석을 찾아와서 자신의 "설계의 우점은 부분적인 것이지만 동무
설계의 우점은 전체적인 것"이라면서 "투자가 거의 없으면서두 체계개발

---

26. 김경일, 「우리 삶의 주로」, 『조선문학』, 2012. 4, 78쪽.
27. 백상균, 「자격」, 『조선문학』, 2012. 5, 64쪽.

기간을 훨씬 단축할수 있을뿐아니라 체계의 관리와 운영을 철저히 우리 식으로 해나갈수 있게 되어 있"음을 강조한다. 그리하여 "우리 실정에 맞게 우리 식으로 최첨단을 돌파하라는 당의 사상과 자력갱생의 정신이 구현된 설계"[28]라면서 인석이 경쟁에서 승리했다고 말한다. 결국 자력갱생의 정신과 '우리 식 사회주의'의 입장에서 최첨단 시대를 돌파하라는 당의 입장을 승인하고 있는 것이다.

한철순의 「준마기수」는 수덕협동농장에서 "주체농법의 요구대로 농사"를 지도하려는 정화국 관리위원장을 통해 '반올림반장'인 오성길의 '허풍'과 '형식주의'를 경계하면서 "오늘의 최첨단 시대"의 책무를 강조한다. 즉 "어제와 오늘이 다르게 지식과 기술이 폭발적인 속도로 발전"하는 시대임을 감안하여 영농기술의 발전을 위해 연구를 지속해야 하는 것이 강조된다. 화학비료가 아니라 생물합성비료를 강조하는 화국을 보며 부위원장 재덕은 "어떤 애로와 난관도 웃으며 뚫고 나가는 완강한 사람, 대오의 기수!"이자, "오늘의 대고조시대에 맨 앞장에서 달리며 대오를 이끄는 준마기수"[29]로 생각하고, 자신이 낡았다며 자신을 반성한다. 지식과 기술의 비약적 발전이 진행되는 '최첨단의 시대'에 '준마기수'란 2000년대형 천리마 기수에 해당하는 것이다.

김정일이 '최첨단 시대의 돌파'를 지도했다는 언급이 나오는 최성진의 「안해의 풍경화」는 과학자인 남편 '나'와 주부에서 화가가 된 '아내'의 이야기를 통해 선군정치의 사랑을 깨닫는 이야기를 다룬 작품이다. 이 작품에서 화자는 과거에 '세대별 수매정형'을 총화하는 모임에서 아내의 빈자리를 느끼게 되자 아내에게 '과학자의 아내'이자 주부이니 '성공한 과학자'를 위해 집안일에 신경을 써달라고 말한다. 과학자로서 "나라의 농업발전에 기여"한다면서 '아내의 가사노동'을 하찮게 여기는 것이

---

28. 김철순, 「꽃은 열매를 남긴다」, 『조선문학』, 2012. 7, 41쪽.
29. 한철순, 「준마기수」, 『조선문학』, 2012. 6, 61쪽.

다. 그러자 아내는 "최첨단을 돌파하고 세계를 향해 나가야 한다는 것이 우리 장군님 뜻"[30]이니 남편에게 연구사업에만 몰두하라면서 가사노동을 전담하겠다고 한다. 이상을 보면 김정일이 '최첨단의 돌파'와 '세계로의 비상'을 지도했다는 것이 강조되지만, 작품에서는 역설적이게도 남편보다는 아내가 '선군의 사랑'을 입은 것으로 그려진다. 즉 아내의 풍경화가 '전국미술축전'에서 〈북방의 봄〉이라는 소폭의 아담한 조선화로 입선하게 되자, 이후 그림을 위해 아내가 출장을 종종 가게 되는 내용이 그려지고, 아내와의 짧은 선상 해후 후에 아내가 "아버지장군님의 선군정치아래 꽃펴난 우리 생활의 귀중한 모든 것을 사랑"한다고 말하는 것을 남편이 상상하면서 작품이 마무리된다.

칫솔 개발을 소재로 한 엄호삼의 「꽃피는 시절에」는 '일용품공장 칫솔직장 현장기사인 리주경'의 최첨단 돌파 이야기를 담고 있다. 주경의 아버지는 대학교수이고 어머니는 피복공장 부지배인이고 본인은 경공업대학 졸업생이어서 총각들에게는 이상적인 배우자이고 부모들이 탐내는 며느리감으로 그려진다. 대학 졸업 후 사회에 진출하여 첫 생활비를 탄 주경은 퇴근길에 아버지께 '나노치솔'을 사드리려고 할 때 '일용품연구소 연구사'이자 대학동창인 성민을 만난다. 그때 주경이 아버지의 잇몸이 좋지 못하다면서 '수입제 치솔'을 사려고 하자 성민은 실망한다. 통상적으로 '우리 식'을 강조하는 북한소설의 특성상 상식적이라면 '우리 식 칫솔의 우수성'을 강조할 법하지만, 수입제 칫솔이 잇몸 건강을 유지하는 데에 더욱 유효한 제품임이 주경의 언행에서 은연 중에 드러난다. 그러나 결국 그날 '수입제나노치솔' 대신 평양화장품공장에서 생산한 '불소치약'을 사서 아버지께 드리는 것으로 그려진다. 그러면서 주경은 성민의 비난을 응당하다고 생각하면서 '자기만족감'과 우월감에 사로잡

---

30. 최성진, 「안해의 풍경화」, 『조선문학』, 2012. 7, 61~62쪽.

했던 자신을 부끄러워한다. "교만과 자만이 사람을 말공부쟁이, 시대의 락오분자로 만들게 한다."는 사실을 깨닫게 되고, "일용공업분야에서의 최첨단을 돌파하기 위해 우선 우리 식의 새로운 나노치솔을 개발하리라 굳게 결심"[31]한다. 결과적으로 주경이 개발한 은나노치솔이 '훌륭한 질과 모양, 색깔'과 함께 원가를 낮추어 정식 생산에 들어가게 된 이후 성민과 주경은 서로의 힘을 합쳐 더 큰 경쟁을 해보자고 합심한다. 결국 최첨단 시대를 돌파하려면 교만과 자만이 아니라 자기반성과 함께 헌신적인 노력과 치열한 성찰이 필요함이 강조된다.

이렇게 보면 '최첨단 시대'란 인민생활 향상을 위해 수많은 근로 인민들이 헌신적 노력과 열정을 통해 최고속으로 대고조의 진군을 수행하는 시대임이 드러난다. 이 시대에는 장류 생산공정의 현대화를 통해 식료공업의 일대 도약을 꾀하는 젊은 청년들이 있으며, 김정일의 사망에 대한 죄책감 속에 지식경제시대의 새로운 일꾼이 되려는 반성도 있고, '준마기수'가 되어 영농기술의 발전을 위해 헌신하는 관리위원장이 있으며, 1만톤 프레스 현대화 체계 설계를 위해 당의 사상과 자력갱생의 정신을 담보하는 설계자가 있고, 남편은 과학자로서 나라의 농업발전에 기여하고 아내는 그림으로 선군 정치의 사랑을 형상화하는 아름다운 부부가 있으며, 외제 일용품보다 나은 '우리 식 일용품' 개발을 위해 헌신하는 연구사가 있다. 이들을 묶어 세우는 존재는 아직 '김정일'이며 '김정일 애국주의'의 이름으로 '김정은 시대'가 강조하는 일꾼들이 된다.

---

31. 엄호삼, 「꽃피는 시절에」, 『조선문학』, 2012. 12, 68쪽.

4. 긍정적 주인공들의 양심과 헌신

김정은 시대의 북한문학에도 기존 주체사실주의 문학에 담겨 있는 양심과 헌신의 목소리를 내포한 긍정적 주인공으로서 희생적 영웅의 이야기가 지속된다. 경제적 어려움 속에서도 조국의 미래를 위해 자각적이고 양심적인 성찰의 목소리가 주를 이룬다. 당과 국가 앞에서 솔직성과 순수성을 강조하고, 말썽꾼이 있다면 모범적 인간의 향기를 통해 선군시대의 인간으로 개조하면 된다. '애국의 심장'으로 이기주의적 품성을 극복하는 노동자들이 주목되며, 공사 기간을 단축하기 위해 헌신적 희생을 마다하지 않는 긍정적 주인공들이 형상화된다. 즉 농촌노동자, 건설노동자, 탄광노동자 등이 그 주인공들이다.

김정은 시대를 개척해 가는 긍정적 주인공들로 강조되는 형상으로는 첫째로 농촌 노동자들을 들 수 있다. 김혜영의 「인간의 향기」는 우인향이 15년 동안 선동원으로 일해온 분조를 떠나 10리 밖에 있는 다른 작업반 부문당비서로 임명되어 가서 말썽꾼 '기계다리' 기용만을 교화하는 내용을 그리고 있다. '기계다리' 기용만은 35세 외톨이로 걸핏하면 술 먹고 싸우려 드는데다, 과거에 청소년체육학교에서 축구를 하다가 아버지가 병사한 후 고난의 행군이 시작되면서 가정생활에서 곤란을 겪게 되었는데, 그때 체육단에서 나와 여기저기 떠돌아다니며 무슨 일을 저질러 법기관에 단속되어 법적 처벌을 받았다고 한다. 당 비서인 인향이 "뼈저린 죄의식과 규탄과 의심"에 물든 용만에게 자신의 아버지의 과오를 말하면서 열심히 일해서 명예와 영광을 되찾은 자신의 이야기를 들려준다. 용만은 '누님의 향기'에 취했다고 고백하고, 인향은 자신의 생일에 용만을 초대하여 집으로 데려간다. 그러면서 시누이이자 '유치원교양원'인 박윤미를 "기동무가 150일전투에서 혁신자가 되고 9.9절 체육경기에서 우승자가 되고 정말로 모범농민이 되는 그날" 용만의 짝이 되게 해줄 다짐을 한다. 발에 심한 부상을 입은 용만이를 사랑과 믿음으로 낫게 한 우인향은 2년 뒤 "선군시대 인간개조의 선구자"로 "농촌당초급일군의 전형"[32]이 되어 토론 무대에 서고, 그날 용만과 윤미의 약혼식이 열리면서 작품은 마무리된다. 결국 인간사랑의 향기이자 헌신의 향기로 말썽꾼 농민을 교화하는 작업반 부문 당 비서로서 선군 시대의 전형적 일꾼의 모습이 그려진다.

농촌에서의 3대의 계승(김일성 → 김정일 → 김정은)을 우회적으로 강조하는 강철의 「아흐레 갈이」는 60세를 눈앞에 둔 작업반장 박호와 청년분조 분조장이 된 제대군인 처녀 옥님의 이야기다. '아흐레 갈이, 100년 묵은 돌배나무'와 함께 박골의 3대 명물인 박달신 할아버지(91세)로부터 '아흐레 갈이의 래력'이 적힌 책을 옥님이 받아든다. 1950년대에 영예군인 세포위원장 백갑돌이 자신의 몸을 망가뜨리면서까지 아흐레 갈이를 일구었던 그 밭을 후세대인 박호와 옥님이 2000년대에도 한마음한뜻으로 사회주의 터전, 사회주의 협동화, 사회주의 강성부흥의 만세소리를 외치며 강성국가의 터전으로 만들자고 다짐하는 내용이 그려진다. 3대가 함께 사회주의 강성국가를 위해 노력한 이야기는 '김일성-김정일-김정은'으로 이어지는 수령 가계의 닮은 꼴로서 3대 세습을 정당화하는 서사적 골격이라고 판단된다.

고향 땅을 지키는 농촌 청년들의 이야기를 다룬 박종철의 「대지의 노래」는 전국 근로자 노래경연 2등 당선자인 27세 신상철이 한국전쟁 당시 미군에 의해 희생된 할아버지 리 농맹위원장의 손자라면서 고향땅을 지키겠다는 내용이 그려진다. 중앙 무대로 소환되어 가는 것이 아니라 사회주의 농촌을 위해 헌신하겠다는 것으로 결론이 나면서 작품이 마무리된다. 청년동맹일꾼은 "우리 당이 제시한 예술의 대중화방침, 군중

---

32. 김혜영, 「인간의 향기」, 『조선문학』, 2012. 2, 60쪽.

문화예술활동을 활발히 벌릴데 대한 당의 방침의 정당성과 생활력을 현실에서 직접 체험하였"[33]다면서 상철의 의견을 지지하는 것으로 그려진다. 당의 위압적 입장과 유연한 결정이 함께 드러나는 작품이다.

이 외에도 농촌 문제를 다룬 리기창의 「사랑의 열매」에서는 "위대한 수령님 탄생 100돐"을 맞아 동해기슭에 펼쳐진 진펄을 개간하여 옥토벌로 전변시키기로 결정하고 청년돌격대를 조직한 이야기가 그려진다. 돌격대 제복을 입은 제대군인 처녀 '락천가' 진주를 통해 "우리 장군님께서는 그토록 마음쓰시는 인민생활향상의 생명선인 이 알곡생산터전이 바로 내가 설 자리"[34]임이 강조된다. 변월녀의 「이삭은 여문다」에서는 청년들이 "우리 손으로 가꾸어낸 세상에서 제일 탐스러운 벼이삭들을 아버지장군님께 보여드리고 기쁨을 드리고 싶은 소원"을 토로하는 것이 그려진다. 그러나 김정일 사후 "장군님의 유훈관철"[49쪽]을 위해 윤경은 모든 것을 바쳐 열심히 노동하고, 조로인은 알찬 이삭을 '경애하는 김정은 동지'께 보여드린다면서 고래논에서 일을 지속한다. 이들의 사연을 들은 노래 경연 심사성원들이 현지에서 심사를 해준다면서 고래논으로 오고, '순아, 윤경, 수범의 노래'는 "이 땅의 천만심장들에서 하냥 샘솟는, 세월이 아무리 흘러도 지워버릴수도 묻어버릴수도 없는 위대하신분에 대한 잊을수 없는 노래, 사무치는 그리움의 노래"[35]가 되어 "흠모와 절절한 그리움"을 노래한다. 이렇듯 농민들의 목소리는 한결같이 김일성과 김정일을 경유하여 김정은을 지향하고 있다.

2000년대 속도전의 대명사인 '희천속도'를 소설로 형상화한 긍정적 주인공들의 두 번째 부류로는 건설노동자들의 형상을 들 수 있다. 임순영의 「희천처녀」는 '희천발전소'[36] 건설과 관련하여 애국적 열정을 가진

---

33. 박종철, 「대지의 노래」, 『조선문학』, 2012. 7, 52쪽.
34. 리기창, 「사랑의 열매」, 『조선문학』, 2012. 9, 43쪽.
35. 변월녀, 「이삭은 여문다」, 『조선문학』, 2012. 11, 50쪽.

청년 '곰처녀' 림경주와 박진 대대장의 이야기가 그려진다. 물길굴공법에서 기발한 창안을 내놓은 처녀 림경주는 '시공참모동지'가 되어 박진 대대장 예하에 오게 된다. 박진은 시대가 요구하기에 희천땅으로 와서 영웅이 될 것을 결심했다면서 '라침판'을 이야기하고, 경주의 뜻대로 곰 한 마리가 동면에 들고 있어 잠을 깨우지 않기 위해 려단장과 정치부장이 논의하여 발파 대신 함마전을 벌이기로 결정한다. "위훈에로의 지름길은 자기의 리기를 깨끗이 버린 애국의 심장만이 가리켜주는"[37] 것이라면서 박진 대대장의 경우는 '애국자의 표상'이 되고, "천년을 책임지고 만년을 보증하자!"라고 새겨진 언제벽의 구호는 조국의 내일을 확신한 희천발전소 돌격대원들의 헌신성을 증명한다.

'희천발전소'라는 동일한 공간을 소재로 한 전충일의 「재부」는 굴착기 운전수 남편들이 일하고 있는 희천건설장에 가서 아내들도 굴착기 운전수가 된 일화를 다루고 있는 작품이다. 희천발전소건설장에서는 교대라는 말조차 모른 채 밤낮으로 운전수들이 일하며, "경애하는 최고사령관동지의 명령관철을 위해, 희천발전소의 완공을 하루라도 앞당기기 위해" 매진한다. 하루 세 끼 밥 먹는 시간도 따로 없다는 참모의 말을 들은 아내들은 지원물자를 싣고 가서 남편들의 운전칸에서 면회를 하게 된다. 화자는 교대운전수가 없어 밤낮으로 일하는 남편의 운전칸에 앉아 본 며칠 뒤에 딸을 본가에 맡겨놓고 희천발전소 건설장에 남아 잠이 모자란 남편을 위해 운전을 배운다. 남편은 처음에는 "정신 나갔어? 언젤 말아먹자구 그래?"라고 말하지만 굴착기운전법을 가르쳐준다. 이들

---

36. 북한 자강도 룡림군의 장자강 유역과 희천시의 청천강 유역에 건설된 희천1·2호 발전소를 가리킨다. 2001년에 착공하였으나 경제난 등을 이유로 방치하였다가 2009년 3월부터 본격적인 공사에 착수하여 2012년 4월 5일 완공식을 열었다. 1호 발전소는 장자강 상류를 룡림댐(룡림언제)으로 막고 30km의 물길굴(수로터널)을 통하여 낙차가 큰 청천강 상류로 떨어뜨려 전기를 생산하는 전형적인 유역변경식 수력발전소이다. 룡림댐은 높이 121m, 길이 580m, 최대낙차 길이 390m이며, 저수지 총용적은 5억 5000만㎥, 발전능력은 15만kw이다('희천발전소', 두산백과).

37. 임순영, 「희천처녀」, 『조선문학』, 2012. 2, 79쪽.

부부처럼 평양을 그리워하는 감상을 잊고 아내가 굴착기를 배우는 부부 운전수들이 늘어난다. 화자는 이제 맞교대를 하게 되고, 전투소보에 "언제우에 활짝 핀 아름다운 꽃!"이라는 제목의 글이 실린다. "애오라지 수척해진 남편만을 생각하여 희천으로 달려나왔던" 화자는 "남편의 모자라는 잠시간을 위해 굴착기 운전을 배우"고 "이제는 어머니조국과 숨결을 같이하고 조국의 재부에 자기 몫을 보탤 줄 아는 조국의 딸"[38]이 된 것으로 그려진다. 하지만 이면적으로 보자면 정상적인 가정생활을 외면한 채 24시간 지속된 혹독한 노동의 강요 속에서야 비로소 '희천속도'가 탄생되었음을 추정케 한다.

리명현의 「보이지 않는 증기」는 화력발전소를 취재하여 소설화한 이야기이다. 석탄을 미분하는 뽈분쇄기운전공이었던 제대군인 화자가 "경애하는 장군님의 은정어린 지도에 의해 더 휘황찬란해진 이채로운 불장식들에 의해 수도의 기리는 하늘나라의 은하세계가 땅우에 펼쳐진것만 같았습니다."라면서 "황홀하기 그지없는 이 빛을 생산하는 자신의 직업에 대한 긍지감"을 표명한다. 작품 말미에는 화자가 작가에게 좋은 작품을 많이 써달라면서 "경애하는 김정은동지를 굳게 믿고 따르며 그이만을 충직하게 받들어 이 초소를 생이 다 하는 마지막순간까지 억세게 지켜가려는 우리의 마음이 절대로 변할 수 없다는 것을 작품에 꼭 반영해주십시오."[39]라고 말한다. "우리 시대 인간들의 아름다운 인격은 선택된 하나의 지향을 끝까지 지켜 량심적으로 성실하게 살아가려는 한생의 노력에 있다."고 생각하는 화자의 모습은 사회주의적 이상을 지켜가는 심지가 굳고 헌신적인 양심적 인간형에 해당한다.

긍정적 인물의 세 번째 부류로는 탄광노동자를 들 수 있다. 김혜인의 「아이적 목소리」에서는 도인민위원회 국장 김학철이 금진청년탄광에서

---

38. 전충일, 「재부」, 『조선문학』, 2012. 8, 61쪽.
39. 리명현, 「보이지 않는 증기」, 『조선문학』, 2012. 8, 72쪽.

대형굴착기 소대장으로 일하는 아들을 찾아간 일화를 통해 양심의 목소리를 재확인하는 작품이다. 탄광지배인 심상훈은 "지금 나라의 경제형편이 그리 넉넉하지는 못하"므로 "자기가 낼 수 있는 최대의 능력을 계산해내야 하구 국가에서 보장받을 수밖에 없는 최소한의 수자를 찾아내야" 한다면서 자각적이고 양심적이어야 한다고 강변한다. 학철은 자신의 과오를 덮으려다 부상당한 아들을 보며 자신의 과거를 반성하고 "자기 량심을 지키는데서 어린아이처럼 깨끗하고 순진한 인간이 사실은 가장 강한 인간"이라는 분대장의 이야기를 들었던 과거의 일을 떠올린다. 학철이 굴착기를 멈추고 아들의 병원으로 가던 중 심상훈 지배인이 탄광 능력 확장과 자금 타산안에 대한 문건을 새로 작성하겠다면서 "너나 나나 다같이 당앞에 어린애처럼 솔직하고 순수해야 한다는 걸 뼈저리게 느꼈"[40]다고 고백한다. 결과적으로 북한의 경제적 궁핍이 드러나고 있긴 하지만 자각적이고 양심적인 노동자의 헌신적인 노력으로 그것을 상쇄하려는 의도가 짙게 깔린 작품이다.

이러한 헌신적 희생의 형상이 담긴 탄광노동자의 전형은 '실화문학'이라는 장르명으로 게재되어 있는 한철순의 「보석은 땅속깊이」에서 구체적으로 그려진다. 특히 이 작품은 권력을 승계한 원수로서 '김정은의 말씀'이 나오는 첫 소설이라는 점에서 주목을 요한다. 즉 "훌륭한 인간입니다. 이 동무의 영웅적소행을 잊지 말며 동지들을 위해 바친 그의 값높은 삶이 언제나 우리의 마음속에 빛나도록 희생된 동무의 몫까지 합쳐 더 많은 일을 합시다. 2012. 2. 1 김정은"[30쪽]이라는 글이 서두에 나온다. 그만큼 김정은이 새로운 지도자로서 인민의 영웅적 희생을 높이 평가하고 있음이 드러난다. 주체101(2012)년 1월 15일 아침 박태선은 소대에 갓 배치된 제대군인 지동규와 함께 막장으로 올라갔다가 이슬질이

---

40. 김혜인, 「아이적 목소리」, 『조선문학』, 2012. 1, 76쪽.

붕락하면서 동규를 밀쳐서 살려내고 사망한다. "평범하던 사람이 한순간에 영웅적인 행동"[31]쪽을 한 것으로 보이지만, 실상은 사회주의 애국주의 정신에 투철한 존재였음이 드러난다.

먼저 〈참된 사랑은 심장속에〉라는 소제목 하에 박태선의 연애와 결혼 이야기가 요약된다. 금골광산 영광갱 채광공인 박태선은 한쪽 다리를 잘 쓰지 못하는 28세 금골피복공장 재봉공 처녀인 김정순을 떠올리며, 그녀의 어머니 림옥련을 찾아간다. 이때 자신이 '제대군인'이며 "목표가 일단 정해지면 오직 점령만 하는것이 병사의 기질"이라고 말하지만 2번이나 문전박대를 당한다. 하지만 아예 합숙소에서 제대배낭을 찾아와 김정순의 집으로 들어서면서 내쫓든가 들여놓든가 마음대로 하라고 한 뒤 그 해 마가을 결국 소박한 결혼식과 함께 새생활을 시작한다. 〈훌륭한 인간의 이모저모〉에서는 다른 사람의 일을 대신하는 등 따뜻한 배려심과 인정미를 지닌 존재가 되고, 발파 심지에 불을 끈 행동 등을 통해 평범한 나날들의 셀 수 없이 많은 '사랑과 헌신'이 누적된 '숨은 영웅'이었음이 기록된다. 그리고 〈사랑중에 가장 큰 사랑〉에서는 김정일의 사망 소식이 알려지면서 김성철 초급당비서의 연설이 전해진다.

동무들! 우리모두 슬픔을 이겨내고 힘과 용기를 냅시다. 일을 해야 합니다. 일어나서 더 많은 광석을 캐는것이 어버이장군님을 잊지 않는것이고 생애의 마지막순간까지 렬차의 집수실에 계신 장군님의 유훈을 관철하는 길입니다. / 우리에게는 위대한 수령님과 어버이장군님 그대로이신 경애하는 김정은동지께서 계십니다. 그이께서 계시는 한 우리는 이 슬픔을 힘과 용기로 바꾸어 강성국가를 보란듯이 일떠세울것입니다. / 자, 동무들! 막장으로 갑시다![41]

인용문은 '김일성＝김정일＝김정은'을 강조하면서 김정은이 김정일의 유훈을 관철할 적임자임이 드러나면서 성실히 노동할 것을 다짐하는 내용이다. 이후 2012년 1월 13일 저녁 퇴근한 태선은 중학교에 올라가는 아들 광명에게 '수첩과 원주필'을 생일기념으로 주면서 "경애하는 김정은동지를 더 잘 받들어모시자면 학습과 조직생활을 잘해야 한다. 그리고 언제나 집단에 의거하고 동무들을 아끼고 사랑해야 한다."고 유언을 남기는 것으로 그려진다.

박태선의 사후 아내인 김정순은 2월초에 남편의 몫을 하는 심정으로 막장에 올려보낼 장갑이며 화약배낭을 만들고 있다가 김정은의 '친필서한'을 받는다. 김정순은 '평범한 광부'인 남편에게 김정은이 '크나큰 사랑'을 베풀어주었다면서 눈물을 흘린다. 즉 '영웅칭호, 애국렬사릉 안치, 박태선 영웅소대의 명명, 아들의 만경대 혁명학원 입학'이 김정은의 '크나큰 사랑'이라는 것은 북한에서의 '영웅'에 대한 평가를 확인하게 한다.

이상의 작품들을 확인해보면 '원수와 당과 국가'를 위해 농촌노동자, 건설노동자, 탄광노동자 들이 자신의 직분을 수행하면서 양심의 목소리로 헌신을 기울이는 긍정적 인물들이 사회주의 현실 주제를 다룬 북한 단편소설의 주인공들임을 확인할 수 있다. 김정일의 유훈 관철이 김정은의 세심한 사랑과 함께 추앙되면서 김정은 시대의 북한문학 속에서도 '주체문학'의 위세는 여전함을 확인할 수 있다. 주체문학의 위세는 선군혁명문학의 이름 아래에 '주체사실주의'라는 창작방법론을 활용하여 사회주의 강성대국 건설에 필요한 '긍정적 인물'을 형상화하면서 지속될 것으로 판단된다.

---

41. 한철순, 「보석은 땅속깊이」, 『조선문학』, 2012. 11, 34쪽.

5. 3대 세습 구도의 안착

2013년 남북의 대결 구도는 갈등을 첨예화하고 있다. '핵 무력과 경제 발전'의 병진노선이 김정은 시대의 전략적 아젠다에 해당하지만, 핵 위협을 좌시할 수 없는 주변국들에게는 수용하기 어려운 전략이기 때문이다. 이명박 정부 이래로 박근혜 정부에 이르기까지 남북의 대화 채널은 거의 닫혀 있다. 금강산 관광 중단, 천안함 사건 등으로 얼어붙었던 남북 관계가 2012년 12월 광명성 3호 발사와 2013년 2월 핵 실험 이후 더욱 악화되었을 뿐만 아니라, 그 여파로 박근혜 정부 들어 유일한 연결통로였던 '개성 공단' 역시 폐쇄 직전에 놓여 있다.

2013년 현재 김정은 시대의 북한문학의 향방을 가늠하는 것은 남북한 대치 국면 속에서도 북한의 현실을 독해하는 하나의 바로미터가 될 수 있다. 현실 영역이 아니라 문학 텍스트가 지닌 서사적 개연성을 통해 북한문학이 지닌 사적 욕망과 공적 윤리의 충돌을 목도하면서 북한 사회의 이면적 독해가 가능하기 때문이다. 2013년 현재 김정은 시대의 북한문학은 여전히 김정일의 '주체문학론'의 그늘에 놓여 있다. 1992년 이래로 주체문학론을 강조하며 '주체사실주의'를 통해 여전히 '수령형상문학'과 '선군혁명문학'이 강조되고 있기 때문이다.

2013년 김정은 시대의 북한문학은 '김일성=김정일=김정은'의 3대 세습이 문학 담론 차원에서는 이미 안착화되어 있음을 보여준다. 그리고 김정은의 우상화 작업이 김정일 시대의 담론을 계승하면서 전면적으로 진행되고 있음이 드러난다. 이 글은 2012년 『조선문학』 1~12월호에 게재된 단편소설을 통해 김정은 시대 북한 단편소설의 향방을 검토하였다. 그리하여 '김정일 애국주의'의 추구, '최첨단 시대'의 돌파, 긍정적 주인공들을 통한 양심과 헌신의 목소리의 형상화가 북한문학의 사회주의 현실 주제를 장악하고 있음을 실증적으로 분석하였다(2013).

2부

북한문학의 통시적 고찰

북한소설사의
주요 작품

1. 북한소설 개관의 필요성

2014년 현재 남북 관계는 한 치 앞을 내다보기 힘들 정도로 불투명하다. 2008년 이래로 현재에 이르기까지 이명박 정부의 '비핵 개방 3000' 프로젝트와 박근혜 정부의 '한반도 신뢰 프로세스'가, 그 이전 정부인 김대중 정부의 '6·15 선언'과 노무현 정부의 '10·4 선언'을 계승하기보다는 단절하고, '핵개발(선군)과 경제 병진'을 모토로 내건 '(김정일)-김정은 체제'와의 대결적 국면을 이어가고 있기 때문이다. 2014년 현재 김정은 체제는 2011년 12월 17일 김정일의 사망 이후 김정은으로의 권력이양이 체계적으로 진행되면서 안정기에 접어들고 있다. 이러한 때에 북한문학의 흐름을 일별하는 것은 남북의 정치적 관계의 부침에 상관 없이 한반도의 평화적 안정을 구축하기 위한 문학적 노력에 해당한다. 타자에 대한 이해와 공감이 대화와 타협의 출발점이 될 수 있다는 점에서 체제문학적 특징을 보이는 북한문학은 영원히 적대적인 이질적 타자로 배제되는 것이 아니라, 동질성 회복의 이형적 타자라는 시각으로 접근되어야 한다.

2014년 김정은 체제의 북한문학은 선군혁명문학이라는 테제 아래 수령형상문학을 강조한다는 점에서 여전히 김정일 시대의 주체문학론의 신화에 사로잡혀 있다. 해방기와 전쟁기를 거쳐 공식적인 국토와 체제의 분단(1953. 7. 27) 이후 북한의 담론적 지침은 크게는 마르크스-레닌주의적 입장에서 김일성주의를 강조하는 입장으로 변화해 왔다. 구체적으로 북한문학의 창작방법론은 해방기의 고상한 사실주의 등의 도식화이래로 한국전쟁 이후 사회주의적 사실주의를 거쳐 1967년 주체사상의 공식화 이후 주체사실주의로 변모하면서도 사실주의라는 단일적 지향을 지속해오고 있다.

1988년 북한문학에 대한 7·19 해금 조치 이후 남한에서 북한문학사를 다룬 연구서는 2014년 현재까지 10권 내외에 이르는 것으로 파악된다.[1] 하지만 신형기의 『북한소설의 이해』가 1970~90년대까지 소설로 한정되고 있는 점을 본다면, 아직까지 엄밀한 의미에서 북한소설사만을 검토한 문학사는 쓰이지 않고 있다. 따라서 북한소설에 대해 시대별로 개관하고 그것의 의미망을 검토하려는 작업은 북한문학의 전체적 양상을 조망하는 데에 필요한 '총론적 각론'의 작업이라고 판단된다. 분단문학의 극복은 통일문학을 지향한다는 말을 흔히 접한다. 그러나 60년 이상 분단체제에 귀속되었던 남북한의 분단문학을 도식적으로 통합하는것은 불가능해 보인다. 따라서 남북한의 분단문학은 통일문학이 아니라통합문학사의 차원에서 접근이 되어야 한다. 지난 60년간 주체식 사회주의화와 시장 자본주의화를 통해 체제와 이념, 사회와 문화의 현실적간극이 지나치게 넓어졌기 때문이다.

북한소설을 개관하기 위해 선행 연구를 살펴보면, 김재용은 북한문학연구에서 민족문학에 입각한 관점을 중심으로 리얼리즘의 원칙과 역사

---

1. 권영민 책임편집, 『북한의 문학』, 을유문화사, 1989/ 민족문학사연구소 편, 『북한의 우리 문학사 인식』, 창작과비평사, 1991/ 김재용, 『북한문학의 역사적 이해』, 문학과지성사, 1994/ 김윤식, 『북한문학사론』, 새미, 1995/ 최동호 편, 『남북한 현대문학사』, 나남출판, 1995/ 신형기, 『북한소설의 이해』, 실천문학사, 1996/ 신형기·오성호, 『북한문학사』, 평민사, 2000/ 김성수, 『통일의 문학, 비평의 논리』, 책세상, 2001/ 김용직, 『(문예정책과 이론에 비추어본) 북한문학사』, 일지사, 2008/ 오성호, 『북한시의 사적 전개과정』, 경진, 2010/ 이상숙 외편, 『시문학사(북한의 시학연구 5)』, 소명출판, 2013.

주의적 시각을 동시에 가져야 한다고 주장한다.[2] 최동호는 남북의 통일적 문학사를 구상하기 위한 전제로 '포괄의 논리, 사실의 논리, 근대성 극복의 논리, 민족 문학의 논리' 등을 제시한다.[3] 김윤식은 북한문학사를 초역사 혹은 탈근대의 성격을 띠는 것으로 파악하여 북한문학사의 몰근대성에서 오는 위기의식을 진단하면서 남북한 문학사를 '근대성'의 문제로 접근할 것을 제안한다.[4] 신형기·오성호는 북한문학사를 '신화화된 이야기의 역사'로 읽으면서 북한문학사의 형성 과정에 대해 실증적으로 정리 작업을 진행한다.[5] 김성수는 '통일문학사를 위한 남북한 문학 통합논리'로 '민족문학과 리얼리즘적 시각'을 제기[6]한 뒤, 북한문학을 '민족문학의 이념, 리얼리즘의 미학, 역사주의 원칙'에 입각하여 수용하여야 한다고 진술한다. 이렇게 보면 공통적으로 '민족문학과 리얼리즘, 포괄의 원리'를 문학사적 통합의 전제로 내세우고 있음을 확인할 수 있다.

프롤레타리아 국제주의 연대와 애국주의를 강조하던 북한 사회에서 '주체'의 문제는 1953년 스탈린의 사망과 한국전쟁 이후 김일성의 권력 투쟁 과정에서 발생된다. 북한에서는 주체사상에 대해 김일성이 14세에 '타도제국주의 동맹(1926)'을 결성한 것에서 맹아를 찾고, 1930년 초 '카륜회의'에서 주체사상을 지도사상으로 하는 당조직을 갖추었다고 주장하지만[7], '주체'라는 개념이 공식적으로 사용된 것은 1955년 12월 28일 김일성이 당선전선동 일꾼들 앞에서 행한 「사상사업에서 교조주의와 형식주의를 퇴치하고 주체를 확립한 데 대하여」라는 연설에서부터이다.[8] 이후 '경제에서의 자립, 정치에서의 자주, 국방에서의 자위, 외교에

---

2. 김재용, 「유일 사상 체계의 확립과 북한문학의 변모」, 앞의 책, 217쪽.
3. 최동호, 「남북한 현대문학사 서술을 위한 서설」, 최동호 편, 앞의 책, 17~25쪽.
4. 김윤식, 앞의 책.
5. 신형기·오성호, 앞의 책.
6. 김성수, 앞의 책, 31쪽.
7. 사회과학원 주체문학연구소, 『조선문학사』 8, 사회과학출판사, 1992, 5쪽.
8. 서대숙, 서주석 역, 『북한의 지도자 김일성』, 청계연구소, 1989, 120~140쪽.

서의 자주'를 내세우면서 1970년 11월 조선노동당 제5차 당대회에서 주
체사상을 당이념으로 공식화하여 노동당 규약에 명문화하게 된다. 따라
서 '주체문학'이란 주체사상을 유일사상 체계로 결의한 1967년 5월의 당
중앙위원회 제4기 15차 전원회의[9]와 주체사상을 당의 유일한 지도이념
으로 규정한 1970년 11월의 제5차 당대회 이후의 문학을 말한다. 북한
에서 1991년부터 출간되어 1998년까지 총 15권으로 나온 『조선문학사』
는 해방 이후 '조선문학'의 전개 양상을 '제10권 평화적민주건설시기, 제
11권 조국해방전쟁시기, 제12권 전후복구건설 및 사회주의기초건설시기
(1950년대), 제13권 사회주의의 전면적건설시기(1960년대), 제14권 사회
주의완전승리를 앞당기기 위한 투쟁시기(Ⅰ)(1970년대), 제15권 사회주의
완전승리를 앞당기기 위한 투쟁시기(Ⅱ)(1980년대)'[10] 등으로 구성한다.

  하지만 남한의 연구자들은 해방 이후 북한문학의 흐름을 크게 1967
년 이전과 이후(혹은 1960년대까지와 1970년대 이후)로 구분한다. 권영민
은 '북한문학'을 '북한문학과 사회주의 국가 건설, 전후의 북한문학, 주
체 시대의 문학, 1980년대의 북한문학'으로 시기를 구분[11]하면서 1960
년대 이전의 문학이 사회주의의 이념, 계급적 요소, 인민성의 요건 등을
중시하고 집단적인 것과 전형적인 것의 창조를 강조했다면, 1960년대 이
후의 문학에서는 주체적인 것과 혁명적 투쟁 의식이 내세워짐으로써 이
념성이 강화되었다고 설명한다. 그리하여 1970년대부터 당의 유일사상
체계를 확고히 하고 모든 사회를 주체사상화한다는 당의 방침이 '주체
의 문예이론'을 통해 전면화되고 있다고 파악한다.[12]

---

9. 사회과학원 주체문학연구소, 『조선문학사』 14, 사회과학출판사, 1996, 29쪽.
10. 사회과학원 주체문학연구소, 『조선문학사』 1, 사회과학출판사, 1991, 「머리말」 3쪽 참조.
   하지만 이후에 2012년 16권이 출간되어 '주체 79(1990)~주체89(2000)(1990년대)' 등의
   1990년대 북한문학사가 공식적으로 정리된다.
11. 권영민, 『한국현대문학사 2』, 민음사, 2002, 411~452쪽.
12. 권영민, 「북한의 문학을 어떻게 볼 것인가」, 권영민 책임편집, 앞의 책, 13~27쪽.

김재용은 북한문학의 형성을 1967년을 기준으로 크게 두 부분으로 구분하여 '해방부터 유일사상체계 확립까지(1945~1967)'와 '유일사상체계 확립부터 현재까지(1967~1993)'로 나누어 살펴본다. 그리고 해방 이후 한국전쟁 이전의 문학을 고상한 리얼리즘이 정착되는 1947년을 기준으로 다시 나누고, 전후부터 유일사상체계가 확립되는 1967년까지의 문학을 공산주의의 임박을 선전하는 1959년을 기준으로 다시 나눈다. 그리하여 '1) 1945년 8월~1947년 초(고상한 리얼리즘 확정), 2) 1947년 초 ~1952년 중반(프롤레타리아 국제주의에 따른 애국주의 옹호), 3) 1952년 중반~1958년 말(반종파투쟁을 통한 도식주의·무갈등론·자연주의 비판), 4) 1958년 말~1967년(부르주아 잔재와의 투쟁, 공산주의적 전망의 공식화), 5) 1967년~1979년(당의 유일사상체계 확립 후 항일 혁명문학의 유일한 혁명전통화), 6) 1980년대(숨은 영웅을 통한 사회주의 현실 주제 등장), 7) 1990년대 이후(세대 간의 갈등, 과학기술문제, 조국통일 주제 등의 새로움)' 등으로 문학사적 고찰을 진행한다.[13] 이것은 북한의 문학사를 북쪽의 시각이 아니라 역사주의적 관점에서 실증적 분석으로 재구성하고 있는 특징을 보인다.

신형기·오성호는 북한의 문학사 기술 방식과 유사하게 '북한문학사'를 정리한다. 그리하여 '제1장 새 제도의 성립-민주건설기(1945~1950), 제2장 시련의 경험-조국해방전쟁기(1950~1953), 제3장 사회주의를 향하여-전후복구와 사회주의 건설기(1953~1958), 제4장 천리마와 같이 달리자-천리마 대 고조기(1958~1967), 제5장 한 몸의 시대, 변화의 전기?-주체시대(1967~1990년대 현재)' 등으로 나누어 기술한다.[14] 이러한 방법은 형식적으로는 북한의 문학사 기술 방식을 따르되 내용적으로는 남한 연구자의 비판적 관점을 견지하고 있는 태도를 보여준다.

---

13. 김재용, 앞의 책.
14. 신형기·오성호, 앞의 책.

김성수는 '통일문학사를 위한 남북한 문학 통합원리'로 '민족문학'과 '리얼리즘'이라는 두 가지 관점을 제기하면서 '남북한 문학사의 상호상승식 통합'을 전제한 뒤, 2·3·4장에서 1920~30년대 프로문학, 5·6장에서 1950~60년대 북한문학, 7장에서 1980년대 남한문학, 8장에서 1990년대 북한문학을 조명함으로써 '물리적 통합서술'로 남북한 문학사를 파악하려는 시도를 선보인다.[15] 그러나 남북한 통합문학사를 시도한 선구적 작업이라는 점에서는 긍정적이지만, '리얼리즘'의 범위를 협애화하여 각 시대별로 배제된 남북한의 텍스트가 선택된 텍스트보다 많다는 사실은 문제점이다.

이 글은 이러한 기존 논의들의 성과를 바탕으로 북한 사회 내부의 내재적 접근과 남한 사회에서의 외재적 시각을 포함하여 북한소설을 시대별로 개관해보고자 한다. 방식은 '10년대식' 편년체 기술을 취하고자 한다. 북한에서의 문학사 기술 방식을 따를 경우 북한 체제 내적 시각에 포섭될 가능성이 높기 때문에 오히려 10년대 기술이 가지는 작위적 절단이 체제 내적 분류법을 넘어서는 하나의 방편일 수도 있기 때문이다. 그러므로 이 글은 해방기(1945~1950)를 시작으로 1950년대부터 2010년대 북한소설에 대한 일별을 통해 주요 작가의 작품을 검토하고 시대별로 대표적인 쟁점 작품을 선별하여 그 유의미성에 대해 인물 형상화의 특성을 중심으로 평가해보고자 한다.

2. 해방기(1945~1950) 북한소설 – 고상한 사실주의의 표방

1945년 8·15 해방과 더불어 1948년 9월 조선민주주의인민공화국의

---

15. 김성수, 앞의 책.

수립으로 요약되는 '평화적민주건설시기(1945. 8~1950. 6)'는 친일파와 제국주의적 요소의 제거, 토지개혁과 제반 민주개혁을 통한 '혁명적 민주기지 건설'이 강조된다.[16] 이 시기에 '건국사상총동원운동'을 전면화하면서 강조된 북한문학의 성격은 1947년 3월 당 중앙상무위원회의 결정서인 「북조선에 있어서의 민주주의 민족문화 건설에 관하여」에 집약된 '고상한 사실주의'[17]에 담겨 있다. '고상한 사실주의'란 긍정적 주인공과 혁명적 낭만주의에 기초한 교조적인 사회주의적 리얼리즘을 말한다.[18] 특히 1946년 10월 '원산문학동맹'이 발간한 해방기념시집인 『응향』에 대한 북문예총의 결정서를 통해 잡지의 발매 금지와 검열, 지도 등이 이루어지면서 북한문학의 경직화와 도식화를 강조한 이후, 소련문학을 전유하는 과정에서 1947년 이래로 북한의 지도적인 창작방법론이 된다.[19]

이 시기의 문학은 크게 '토지개혁을 비롯한 민주개혁 등 사회주의 찬양(이기영의 소설 『땅』(1949) 등), 친소 연대(한설야의 소설 「남매」(1948) 등), 김일성 찬양(한설야의 소설 「개선」(1947) 등), 남조선 해방(이태준의 소설 「첫전투」(1949) 등)' 등으로 주제를 분류할 수 있다. 그리하여 이 시기에 대두된 작품들은 대체로 해방의 감격과 더불어 1947년을 거치면서 고상한 사실주의에 기반한 혁명적 낭만주의 작품들이 주류를 이루게 된다.

대표적인 작품으로는 『조선문학』(1947. 10) 창간호에 게재된 리북명의

---

16. 이종석, 『새로 쓴 현대 북한의 이해』, 역사비평사, 2000, 68쪽

17. '고상한 사실주의'라는 표현은 당시에는 '고상한 리얼리즘'이라는 표현과 혼재되어 사용되었고, 해방기 전체를 일별해보면 오히려 '고상한 리얼리즘'이라는 표현이 더 자주 활용된다. 그리하여 해방기 북한문학의 창작방법론은 '혁명적 로맨티시즘 → 고상한 리얼리즘'을 거쳐 한국전쟁 이후 '사회주의 리얼리즘'으로 변모된다(오태호, 「해방기(1945~1950) 북한문학의 '고상한 리얼리즘' 논의의 전개 과정 고찰」, 『우리어문연구』 46호, 우리어문학회, 2013. 5. 30, 319~358쪽).

18. 김재용, 앞의 책. 21쪽.

19. 오태호, 「'『응향』 결정서'를 둘러싼 해방기 문단의 인식론적 차이 연구」, 『어문론집』 제48집, 중앙어문학회, 2011. 11, 37~64쪽.

「로동일가」를 들 수 있다. 1930년대 대표적인 노동자 작가인 이북명은 1946년 3월 북조선예술총연맹에 참가했으며 흥남지구 공장에서 생활하면서 북문예총 흥남시위원회 위원장을 역임하면서 이 작품을 창작하는데, 이 작품은 긍정적 주인공인 김진구와 부정적 전형인 이달호의 증산 경쟁을 중심축으로 전개하면서 노동자의 성장과 각성을 형상화한 소설이다. 북한에서는 이 작품을 "1947년도 인민경제계획을 넘쳐 완수하기 위하여 헌신적으로 투쟁하는 과정에 형성되는 로동계급의 고상하고 아름다운 풍모를 형상한 작품"[20]으로 평가한다. 하지만 남한에서는 해방 후 "식민지의 질곡에서 해방된 생산 현장의 활력을 생생하게 실감할 수"는 있지만, "객관적 현실에 대한 성찰을 가리고 체제를 찬양하는 쪽으로 나아가며, 긍정적 주인공의 성장에 역점을 두다 보니 부정적 인물의 개변의 필연성이 미흡"하다는 비판[21]이 제기된다. 대표적인 '고상한 사실주의'의 작품으로 거론될 뿐만 아니라, 작품 말미에 "김일성 장군의 은혜에 보답하리라."[22]라는 식으로 귀결되는 주체문학의 도식주의적 한계점이 드러난다. 결과적으로 해방 공간임에도 불구하고 북한문학 특유의 체제문학적 결말을 보여주는 문제작에 해당하는 작품인 것이다.

3. 1950년대 북한소설−사회주의적 사실주의의 정립

1950년대 북한소설은 조국해방전쟁시기와 전후 복구건설시기로 구분된다. 첫째 조국해방전쟁시기(1950. 6~1953. 7)는 '미제와 이승만 괴뢰집단의 식민지'인 남한을 '민주기지'인 북한이 해방시키려 했던 공간으로

20. 사회과학원, 『문학대사전』 2, 사회과학출판사, 1999. 12, 51쪽.
21. 남원진, 「이북명 그리고 노동자 작가, 노동소설」, 『이북명 소설 선집』, 현대문학, 2010, 465쪽.
22. 리북명, 「로동일가」, 『조선문학』, 1947. 10, 43쪽.

그려진다. 그리하여 북한문학은 "전선과 후방에서 발휘되는 인민의 대중적 영웅주의와 애국적 헌신성"[23]을 표현하며, "야수적인 적들의 만행을 철저히 폭로 규탄함으로써 인민과 군대를 승리에로 고무 추동하며 그들을 원쑤에 대한 열화 같은 증오심과 애국주의와 영웅상으로 교양" 하는 무기의 역할을 담당하게 된다. 이 시기 문학의 임무는 전투에 임하는 인민군들의 사기를 진작시킴과 동시에 후방의 인민들을 고무시키고 전쟁을 승리로 이끌어 전 조선의 사회주의화를 이루는 데 있었던 것이다. 그리하여 이 시기의 소설은 '전후방의 영웅적 투쟁(황건의 소설 「불타는 섬」(1952) 등), 남조선 해방과 반미 선전선동(한설야의 소설 「승냥이」(1951), 천세봉의 중편 「싸우는 마을사람들」 등), 김일성 찬양(한설야의 장편소설 『력사』(1951) 등)' 등을 다룬 소설들로 분류된다.

한국전쟁 이후 전후복구건설 및 사회주의기초건설시기(1953. 7~1958)를 포함한 1950년대 후반에는 스탈린의 죽음(1953) 이후 1953년과 1956년에 열린 두 차례의 작가대회를 통해 반종파투쟁이 전개되면서 김일성 중심의 지도체제가 강화되고, '주체'의 문제가 제기되면서 1956년 12월 '노동당 중앙위원회'에서 '천리마운동'이 결정된다. '천리마운동'이란 사회주의 경제 건설을 이루어 주민을 공산주의적 인간형으로 개조함으로써 사회주의의 완전 승리를 이루기 위한 일대 혁명운동이자 대중적 선동사업을 말한다.[24]

특히 한국전쟁 이후에 제기되는 도식주의 비판은 1948년 이후로 꾸준히 제기되어온 것으로서 영웅적 인물을 강조하는 '고상한 리얼리즘'에 대한 비판을 보여준다. '고상한 리얼리즘'은 평범한 인물과 부정적 인물을 배제함으로써 현실을 현실 그 자체로 반영한다는 사회주의 리얼리즘의 원칙을 제한했던 것이다. 이러한 도식주의 비판은 오랫동안 누적된

---

23. 사회과학원 문학연구소, 『조선문학통사-현대문학편』, 1959(인동, 1988), 238~239쪽.
24. 신형기·오성호, 앞의 책, 54쪽.

창작계의 불만을 수용하고 전쟁의 긴장을 누그러뜨리기 위해 어느 정도 개인에게 자율성을 부여해야 한다는 대내적 원인이, 말렌코프의 연설을 포함한 소련의 리얼리즘 논의와 함께 소련 당 20차 대회에서의 스탈린 비판과 평화공존론의 제기라는 대외적 원인에 힘입어 표출된 것에 해당한다.[25]

이 시기의 문학은 '전후복구건설과 노동 예찬(변희근의 소설 「빛나는 전망」(1954) 등), 농업협동화를 통한 사회주의 찬양(리근영의 소설 「첫 수확」(1956) 등), 항일무장투쟁과 김일성 찬양(한설야의 장편소설 『설봉산』(1956) 등)' 등의 주제로 나누어 볼 수 있다. 이 시기 소설문학은 도식주의와 무갈등성을 반대하는 문예정책의 변모에 따라 내용과 소재가 다양화된다. 좀 더 구체적으로는 '노동계급소설(윤세중의 『시련 속에서』(1957)), 농업협동소설(윤시철의 『봄』(1954)), 조국해방전쟁소설(김영석의 중편 『젊은 8시들』(1954)), 계급교양소설(황건의 『개마고원』(1956)), 력사소설(최명익의 『서산대사』(1956)), 남조선 투쟁소설(리근영의 『그들은 굴하지 않았다』(1958))' 등을 들 수 있다.

이 시기 대표작인 황건의 『개마고원』(1956)의 경우 북한에서는 "때로 심리 묘사가 주인공의 행동과 생활을 반영하지 못하고 자기 만족적인 편향으로 떨어진 부분적 결함은 있으나 그 중심 주인공 경석의 장성 과정을 통하여 해방후 우리나라 청년들의 발전 면모를 생동하게 보여주었으며 또 그것으로써 새 생활의 주도적 경향을 사실주의적으로 추구하였다."[26]라고 평가한다. 반면에 남한에서는 '인물 형상의 유연성과 경직성'을 중심으로 북한문학이 본격적인 '김일성주의'라는 유일 주체사상을 강조하는 체제문학으로 들어서기 이전, "생동하는 인물들의 복잡미

25. 김재용, 『분단구조와 북한문학』, 소명, 2000, 50~53쪽.
26. 엄호석, 「해방 후의 산문·발전의 길」, 『(조선민주주의인민공화국창건 10주년 기념) 해방 후 우리문학』, 조선작가동맹출판사, 1958, 145쪽.

묘한 심리적 풍경을 생생하게 포착"[27]하고 있다면서, 수령이 교시하고 당이 결심하면 인민은 행동하는 것이 아니라, 해방 정국이나 전쟁 중의 시련과 혼란 속에서도 "개인의 내밀한 사적 욕망에 대해 구체적이고 실질적으로 밀도 높게 추적"하고 있기에 남한의 시각에서도 소중한 텍스트라고 평가한다. 결국 사회주의 리얼리즘 텍스트로서 북한문학의 정전으로 꼽히지만, 그 리얼리즘적 성격을 통해 오히려 북한 내부의 실상과 이면을 작가의 의도와는 무관하게 사실적으로 드러냄으로써[28] 사실주의적 묘사라는 장점과 함께 인물 형상화의 유연성과 경직성이 동시에 표출되고 있음이 주목되는 작품이다.

4. 1960년대 북한소설-천리마 기수의 형상화

북한은 1958년 8월을 기해 생산관계의 사회주의적 개조가 완성됨에 따라 공산주의 사회로 진입하게 되었다고 천명하면서 공산주의 교양의 문제를 본격적으로 제기한다. 그리하여 사회주의의 전면적 건설 시기(1958~1966)로 호명되는 1960년대 소설은 김일성의 「공산주의 교양에 대하여」(1958. 11. 20)라는 연설과 「천리마 시대에 상응한 문학예술을 창조하자」(1960. 11. 27)라는 교시에 의해 천리마 현실의 반영과 천리마 기수의 전형 문제가 긍정적 인물을 내세움으로써 대중을 교양 개조하기 위한 방편으로 드러난다. 또한 공산주의적 인간형을 작품 속에서 형상화하게 되고, 김일성의 교시 「혁명적 대작을 더 많이 창작하자」(1963. 11.

---

27. 오태호, 「『개마고원』에 나타난 인물 형상의 유연성과 경직성 연구」, 『비교문화연구』 13권 2호, 경희대학교 비교문화연구소, 2009. 12. 30, 191~214쪽.
28. 오창은, 「1950년대 북한소설의 서사적 이면-황건의 『개마고원』」, 이화여대 통일학연구원 편, 『북한문학의 지형도 2-선군 시대의 문학』, 청동거울, 2009, 289~318쪽.

5)와 「혁명적 문학예술을 창작할 데 대하여」(1964. 11. 7)[29]에 의해 혁명적 대작의 창작에 대한 논의와 작업이 활발하게 진행된다.

이 시기의 문학은 '천리마 현실의 반영과 천리마 기수들의 전형 창조(김병훈의 소설 「해주-하성에서 온 편지」(1960) 등), 항일무장투쟁 및 김일성 수령과 그의 가계 형상화(림춘추의 『청년전위』, 박달의 『서광』 등), '조국해방전쟁을 서사적 화폭으로 형상화'한 혁명적 대작(석윤기의 소설 『시대의 탄생(1부)』(1966) 등), 조국해방전쟁과 반미 통일염원(김재규의 『포화속에서』 등)' 등으로 나누어 살펴볼 수 있다.

특히 천세봉의 『안개 흐르는 새 언덕』(1966)은 김일성이 영화 예술인들과의 담화 「혁명주제 작품에서의 몇 가지 사상미학적 문제」(1967. 1. 10)에서 '부정적 인물인 순영이 애국적 민족주의자의 딸로 묘사된 것'과 '항일유격대원으로 성장하는 노동자 강민호를 작품의 초반부에서 깡패처럼 묘사한 것', '강민호가 혁명가로 자라나는 과정에서 1930년대 김일성에 의해서가 아니라 1920년대 공산주의자인 문경태로부터 지도를 받는 것으로 형상화한 점'[30] 등이 계급적 바탕 설정에서 잘못되었다고 비판받는다. 그리하여 거의 판매 금지 처분을 받다시피 한 작품이라는 점에서 문학의 도식주의화와 검열적 지도가 강제되고 있는 시기임을 확인하게 하는 텍스트에 해당한다.

이 시기를 대표하는 작품으로는 윤시철의 『거센 흐름』(1965)을 들 수 있다. 북한에서는 "천리마대고조시기 발전소건설장에서 위훈을 떨친 청년들의 자랑찬 투쟁모습을 보여준 작품"이라면서 "주인공 서창주를 난관앞에서 두려워하지 않으며 자기 힘으로 모든 문제를 해결해나가는 천리마 기수의 전형으로 그리고 있으며 청년들의 힘과 지혜를 적극 발동

---

29. 신형기·오성호, 앞의 책, 249쪽.
30. 김재용, 「유일사상체계의 확립과 북한문학의 변모-천세봉의 『안개 흐르는 새 언덕』에 대한 평가를 중심으로」, 앞의 책, 215~231쪽.

하고 그들의 창조적 환상을 키워주어 사회주의 건설의 전투장에서 천리마 기수의 영예를 떨치도록 이끌어주고 도와주는 당위원장 김택진의 전형적형상을 생동하게 창조"[31]한 작품으로 평가한다. 반면에 남한에서는 '인물의 전형성과 내면성'을 중심으로 분석하면서 주인공 서창주가 "확고한 신념으로 수령과 당의 의지를 관철하는 인물이라기보다는 내면의 동요 속에서 자신의 좌표를 고민하는 인물로 외화되고 있다는 점에서 입체적 내면을 가진 인물"이며, "공상적 몽상가이자 애국적 신념의 화신이라는 두 얼굴의 표정을 지닌 존재"[32]로 평가하면서 인물의 입체성을 강조한다. 결과적으로는 주인공이 수령과 당의 교시와 지침을 수행하는 '천리마 노력영웅'으로서 도식적 결말을 내포하는 서사적 한계를 지적하면서도, 내면의 동요가 드러난다는 점에서 인물의 유연한 특성을 내포하고 있음이 주목되는 것이다.

5. 1970년대 북한소설─주체 문예이론의 성립과 속도전의 시대

북한문학사에서 1967년 이후는 "당의 유일사상을 더욱 철저히 세우며 사회주의의 완전승리, 온 사회의 주체사상화를 앞당기기 위한 투쟁시기"[33]로 기술된다. 그리하여 사회주의완전승리를 앞당기기 위한 투쟁시기(Ⅰ)(1967~1979)의 문학은 기존의 마르크스-레닌주의 미학에서 벗어나 주체사상을 유일사상체계로 받아들이는 주체 문예이론을 창작 지침으로 삼게 된다. 1967년 5월 당중앙위원회 제4기 15차 전원회의는 당의 유일사상을 '주체사상'으로 확립하고, 이후 여러 교시 및 연설들과 더불

31. 사회과학원, 『문학대사전』 1, 사회과학출판사, 1999. 12, 62쪽.
32. 오태호, 「『거센 흐름』에 나타난 천리마 기수의 전형과 동요하는 내면 형상 연구」, 『국제한인문학연구』 제5호, 국제한인문학회, 2008. 10, 57~76쪽.
33. 박종원·류만, 『조선문학개관Ⅱ』, 인동, 1988, 324쪽.

어 1972년 12월 27일 최고인민회의 제5기 1차회의에서는 헌법을 개정하여 기존의 '인민민주주의헌법'(1948. 9. 28) 대신에 '사회주의헌법'을 채택하면서 항일무장투쟁의 혁명 전통을 계승한다는 규정과 주체사상을 국가의 지도이념으로 삼는 '자주적인 사회주의 국가'라는 규정을 새로이 첨가한다.

이 시기에 김정일은 1967년 4·15 창작단 설립을 주도하면서 수령형상 문학인 '불멸의 역사' 총서 작업을 이끌고, 항일혁명전통의 계승과 더불어 불후의 고전적 명작인 『피바다』, 『한 자위단원의 운명』, 『꽃파는 처녀』 등 3대 고전의 재창작 작업을 진행하면서 '종자론'과 '속도전'의 개념을 밝혀 '문예학 발전의 전기'를 마련한 것으로 평가받는다. 그의 저서인 『영화예술론』(1973)은 '불후의 고전적 노작' 가운데 하나로 꼽히면서 영화예술의 지침서로 지금까지도 계속해서 활용되고 있다. 이 시기의 문학 중 권정웅의 『1932년』(1972)을 필두로 30권이 넘게 지금도 계속해서 창작되고 있는 '불멸의 역사' 총서는 수령의 혁명 역사와 불멸의 업적을 생생하게 제시함으로써 인민들에게 수령의 위대성과 고매한 풍모를 인식하게 하고, 수령을 따라 배우도록 만드는 목적을 수행한다는 점에서 수령형상문학의 교본[34]이 된다.

이 시기의 문학은 '집체 창작'을 통한 수령 형상화 작업 이외에도, 사회주의 건설 문제(최학수의 『평양시간』(1976) 등), 혁명적 대작의 창작(박태원의 『갑오농민전쟁(1부)』(1977) 등), 공산주의적 인간형 창조(석윤기의 『무성하는 해바라기들』(1970) 등)', 해방기의 토지개혁 문제(김규엽의 장편소설 『새봄』(1978) 등), 항일혁명투쟁의 형상화(김병훈의 장편소설 『불타는 시절』(1970) 등), 조국해방전쟁의 형상화(엄단웅의 중편소설 『락동강』(1972) 등) 등이 주목된다.

---

34. 이명재 편, 『북한문학사전』, 국학자료원, 1995, 549쪽.

이 시기의 대표작으로는 최학수의 『평양시간』(1976)을 들 수 있다. 북한에서는 "주체조선의 새로운 속도, '평양시간'이라는 사상적알맹이를 심고 형상으로 꽃피움으로써" 김일성의 주체적인 건설 사상을 비롯하여 "현명한 령도, 크나큰 사랑과 배려를 감동깊이 보여주었으며 수령님께 충직한 우리 로동계급과 기술자들의 영웅적 위훈을 폭넓은 생활화폭"에 담아내어 "당의 령도밑에 찬란히 꽃펴나고 있는 우리 소설문학의 기념비적작품"[35]이라고 고평된다. 반면에 남한에서는 "수령의 영도가 지닌 문학적 허구성과 작중 인물의 과잉된 윤리적 자의식, 리얼리티의 결여 등이 주요 비판의 대상"[36]이 된다. 하지만 "이상철과 안오월의 연애담을 중심으로 이야기가 전개되는 부분에서는 사랑에 빠진 청춘 남녀의 감정의 밀고 당김을 지켜보면서 애틋한 공감과 연민의 정이 형성"되며, "신념의 언저리에서 흔들리고 있는 감정의 편린들"[37]이 서사적 추동력으로 자리한다고 평가된다. 결국 북한에서는 종자를 중심으로 텍스트의 주제와 서사를 고평하지만 연애 감정을 내포한 인물의 형상화에서는 공적 윤리의 표방과는 다르게 유연한 내면이 포착되고 있음을 확인할 수 있다.

6. 1980년대 북한소설 – 숨은 영웅의 발굴과 사적 욕망의 표출

1980년대 이후 북한 문예정책의 실질적 담당자는 김정일이다. 김정일은 1973년 9월 당중앙위원회 전원회의에서 '조직 및 선전담당비서'로 선출된 이래로 1980년 10월 조선로동당 제6차 대회에서 후계자로 확정된다. 후계자로 확정되기 이전인 1980년 1월 제3차 조선작가동맹대회에서

---

35. 최길상, 『주체문학의 새 경지』, 문예출판사, 1999, 91~92쪽.
36. 박태상, 「북한소설 『평양시간』 연구」, 『북한문학의 동향』, 깊은샘, 2002, 287~320쪽.
37. 오태호, 「『평양시간』에 나타난 '수령 형상'과 '연애담' 연구」, 『현대소설연구』 제36호, 한국현대소설학회, 2007. 12, 283~299쪽.

김정일이 '당중앙'의 이름으로 '숨은 영웅'을 공산주의적 인간의 참된 전형으로 간주하면서 '숨은 영웅'의 문학적 형상화가 새로운 과제로 등장하게 된다. 물론 '숨은 영웅'의 형상화는 "수령과 조국에 끝없이 충실하면서도 명예와 보수를 바라지 않으며 묵묵히 일하는"[38] 숨은 영웅의 생활을 그린다는 점에서 '고상한 영웅'처럼 긍정적 인물을 강조함으로써 일정한 도식성을 내포할 수밖에 없다. 하지만 '높은 당성과 심오한 철학성'으로 '개성적 특성을 통한 도식주의의 극복'이 강조되면서 사회주의 현실 속에서 평범한 일상생활을 영위하는 대중적 영웅으로서의 인민들의 모습이 형상화되기 시작한다.

1980년대에 들어와서도 '불멸의 역사' 총서의 지속 발간과 더불어 '불멸의 향도'라는 김정일의 풍모를 그린 장편소설이 발간[39]되기 시작한다. 따라서 1980년대 북한문학은 수령형상문학을 큰 축으로 하면서 '해방 후 혁명투쟁 형상화, 역사 주제, 조국통일 주제, 사회주의 현실 주제' 등으로 나눌 수 있다. 그 속에서 김재용은 '사회주의 현실 주제 북한소설'의 특징을 첫째 '숨은 영웅의 형상화(최상순의 『나의 교단』(1982) 등)', 둘째 '사회 내부에서 제기되는 절실하고 의의 있는 문제'인 '도농 격차와 갈등(김동욱의 『병사의 고향』(1982) 등), 세대 간의 갈등(백남룡의 『60년 후』(1985) 등), 여성 문제(김교섭의 『생활의 언덕』(1984) 등)' 등의 형상화, 셋째 예술적 기량의 성숙(이희남의 중편 『여덟시간』(1986) 등) 등으로 나누어 설명한다.[40] 이 외에도 김일성이 장편소설의 교양적 가치를 높게 평가하고 '당성 단련의 교과서'라고 주목한 김보행의 『녀당원』(1982) 등은 1980년대 북한문학을 평가할 때 주목해야 할 작품들이다.

38. 「위대한 수령님께서 제시하신 웅대한 강령을 높이 받들고 혁명적 문학작품 창작에서 새로운 앙양을 일으키자」, 『조선문학』 '머리글', 1980. 11.
39. 김정일을 주인공으로 한 첫 장편은 『아침해』(현승걸, 1988)이다. 이후 『예지』(리종렬, 1990)와 『불구름』(박현, 1991) 등이 쓰이고, 이후 권정웅의 『푸른 하늘』(1992)을 필두로 '불멸의 향도'가 '불멸의 역사'와 함께 90년대 이후 지속적으로 생산된다.
40. 김재용, 「1980년대 북한 소설 문학의 특징과 문제점」, 앞의 책, 254~277쪽.

1980년대 중반을 넘어서면서 과학자와 기술자를 주인공으로 한 소설이 시의성을 띠게 되면서, 과학자들을 새로운 시대의 전형으로 그려내어 과학기술에의 대중적 관심을 유도해야 한다고 주장하게 된다.[41] 그리하여 장편 실화소설 『탐구자의 한 생』(리규택, 1989)은 과학 탐구로 일관한 '세계적인 유전학자 계응상'의 일생을 탐구한 역작이라는 평가를 받는다.[42] 뿐만 아니라 서해바다에서 항암성분을 갖는 벼를 개발하는 청년과학자들의 노력을 형상화하면서 본격적인 과학환상소설을 대표한다고 평가받는 중편 『푸른 이삭』(황정상, 1988)도 이 시기에 발간된다.

이 시기의 대표작으로는 백남룡의 중편소설 『벗』(1988)을 들 수 있다. 북한에서는 "서로 리혼하려고 하던 한 가정에 다시 행복을 꽃피워준 한 법무일군의 이야기를 통하여 우리 시대에서 가족관계는 동지적관계로 되어야 한다는 것을 보여준 작품"이라면서 "사회의 세포인 가정의 행복은 리기적인 〈사랑〉이 아니라 조국과 인민을 위해 성실히 복무하는 한 길에서 동지적 사랑을 꽃피우는데 있"으며, "법무일군으로서의 높은 자각과 책임성, 풍부한 인간애를 지닌 정진우의 시점에서 심리분석적인 묘사를 통하여 가정륜리문제를 깊이있게 해명하였으며 인물성격들을 인상 깊게 개성화"[43]한 작품으로 평가된다. 반면에 남한에서는 "개인의 무의식적 욕망"을 포착할 수 있는 "주체 소설의 미묘한 변화와 흐름"이 반영된 작품으로서 "대가정이라는 국가의 이념에 개인의 가정이 종속되는 과거의 주체소설을 넘어", "가정이 국가의 개별적 생활 단위로 독자적인 영역"[44]이 되어 가정과 사업이 거의 대등한 입장에서 제시된 작품으로

41. 「작가들은 문학작품에서 과학자 기술자들의 형상을 훌륭히 창조하자」, 『조선문학』 '머리 글', 1986. 3./ 김홍섭, 「과학자의 전형적 성격 탐구」, 『조선문학』, 1987. 1./ 오정애, 「현대과 학기술의 급속한 발전과 과학환상소설」, 『조선문학』, 1989. 8.
42. 김성혜, 「인간학의 높은 경지를 특색 있게 개척한 빛나는 화폭」, 『조선문학』, 1990. 12.
43. 사회과학원, 『문학대사전』 2, 사회과학출판사, 1999. 12, 451쪽.
44. 고인환, 「주체의 균열과 욕망-『60년 후』와 『벗』」, 이화여자대학교 통일학연구원 편, 『북한 문학의 지형도』, 이화여자대학교출판부, 2008, 301~321쪽.

주목된다. 결국 이 작품은 북한소설의 새로움과 현실 사회주의의 일상을 드러냄으로써, 1980년대 북한문학에서 '비적대적 모순'에 바탕한 사회주의 문학의 양상을 보여준다고 평가된다.

7. 1990년대 북한소설
- 주체문학론의 확정과 폐쇄적 개방의 양면성

북한은 1990년에 '우리 식대로 살자'는 구호를 앞세우고 1986년 7월 「주체사상 교양에서 제기되는 몇 가지 문제에 대하여」에서 김정일이 제기한 '조선민족 제일주의'를 전면에 내세워 '조선민족 제일주의 정신이 세상에서 가장 우월한 사회주의 제도에서 사는 긍지와 자부심'이라며 북한이 '사회주의의 모범나라'임을 강조한다.[45] 1980년대 후반부터 지속된 소련의 해체와 동구 사회주의권의 몰락에 따른 체제 위기의식에 뒤이어 1994년 김일성의 사망 이후, 북한의 구호가 '붉은기 정신(1994), 고난의 행군(1996), 강성대국 건설/선군정치시대(1998)' 등으로 이어지면서 북한문학은 '추모문학, 단군문학, 태양민족문학'으로 명명작업을 진행하게 된다. 그리하여 1990년대 초반의 경향이 '사회주의 현실 주제'를 중시함으로써 상대적으로 다양한 내용이었던 데 비해, 유훈통치기인 1990년대 중반에 오면 '수령형상창조'가 '수령형상문학, 추모문학, 단군문학'의 형태로 반복 강화된다.[46] 고난의 행군 정신을 담은 백보흠의 「리별과 상봉」(『조선문학』, 1996. 1), 통일 이후 남북한 사람이 함께 일하는 풍경을 그린 한인준의 「찬란한 아침」(『조선문학』, 1995. 8), 수령결사옹위 정신을 강조하는 조수희의 「함장의 웃음」(『조선문학』, 1996. 1) 등이 그러한 경직

---

45. 김정일, 「조선민족 제일주의 정신을 높이 발양시키자」, 1989. 12. 28.
46. 김성수, 앞의 책, 293쪽.

된 표정을 보여준다.

2012년에 출간된『조선문학사』16권은 1990년대 북한소설에서 수령형상문학으로 총서〈불멸의 력사〉중 한 권인『영생』(백보흠·송상원, 1997), 총서〈불멸의 향도〉중 한 권인『력사의 대하』(정기종, 1997), '항일의 여성영웅' 김정숙의 일대기를 형상화한 총서〈충성의 한길에서〉중 장편소설『설령의 붉은기』(최창학, 1992) 등을 주목하고, 사회주의 위업을 옹호 고수한 김정길의 장편소설『믿음』(1996) 등, 고난의 행군 시기 현실을 진실하게 반영한 김문창의 장편소설『열망』(1999) 등, 조국해방전쟁을 반영한 리장후의 장편소설『전선』(1993) 등, 조국통일 주제로 남한의 반미 투쟁을 형상화한 최승칠의 중편소설『사슬과 심장』(1992) 등, 과거 역사를 형상화한 림종상의 장편소설『19년의 보통문』 등의 작품[47]이 고평된다.

이렇듯 1990년대 이후의 북한문학은 김정일의『주체문학론』(1992)이 내포하고 있는 북한의 폐쇄적 민족자주성 논리의 강화와 유연한 대외적 개방·개혁의 모색이라는 지배전략의 이중성에 상응하는 특성을 보인다. 즉『주체문학론』은 북한문학 내부의 변화와 불변 사이의 미세한 긴장을 주목하고, 당위와 욕망, 혁명과 일상, 이념과 기교, 내용과 형식 등을 변주하면서 다양한 스펙트럼을 보여주고 있다.[48] 1967년 이후 주체문예이론을 집대성한『주체문학론』은 1992년 이후 북한문학의 창작 지침으로 작동한다.『주체문학론』은 '주체의 인간학'을 강조하면서 '주체사실주의'를 창작방법으로 하는 등 기존의 논의를 재확인하고 있다. 다만 '유산과 전통'에서 "20세기초엽의 우리 나라 문학작품을 더 많이 찾아내고 옳게 평가하여야 한다."[49]라는 등 전통과 유산에 대한 긍정적 성찰을 함께 주

---

47. 류만·최광일,『조선문학사』16, 사회과학출판사, 평양, 2012. 6. 30, 126~143쪽.
48. 고인환,「『주체문학론』의 서술체계 고찰」,『결핍, 글쓰기의 기원』, 청동거울, 2003, 317쪽.
49. 김정일,『주체문학론』, 조선로동당출판사, 1992, 82쪽.

문함으로써 공정한 평가의 중요성을 제시하고 있는 것은 주목할 만한 내용이다.

이 시기를 대표하는 작품으로는 림종상의 단편 「쇠찌르레기」(1990)를 들 수 있다. 북한에서는 "나라의 통일을 실현하는 것은 더는 미룰수없는 사활적인 요구이며 시대적과제라는 것을 보여준 작품"으로서 "3대에 이어지는 조류학자의 절절한 소망과 체험을 통하여 조국은 기어이 통일되여야 하며 통일은 민족의 절박한 요구"[50]임을 보여준 작품이라고 평가한다. 반면에 남한에서는 "통일문제를 다룬 단편소설의 백미"[51]로서 "분단체제의 대안을 모색하는 심층생태학적 상상력"[52]을 보여주며, "극적인 가족사의 사연이 실감있게 매개됨으로써 높은 문학적 긴장력과 흥미를 성취해내고 있"다고 평가된다. 하지만 결과적으로 "주제의식의 설명적인 제시, 주인공의 지나친 전범화, 정론적 결말 처리 등의 도식"[53]이 비판됨으로써 여전히 도식적인 서사적 결말의 한계를 내포한다는 비판적 평가가 제기된다.

8. 2000년대 북한소설 - 태양민족문학과 선군혁명문학

2000년대 북한문학의 지향점은 조선작가동맹 기관지인 『조선문학』을 검토하면 확인할 수 있다. 먼저 2000년 1월호는 '머리글' 「2천년대가 왔다 모두 다 태양민족문학건설에로!」에서는 태양민족문학을 전면에 내세

---

50. 사회과학원, 『문학대사전』 3, 사회과학출판사, 1999. 12, 289쪽.

51. 정도상, 「해설에 갈음하여」, 『쇠찌르레기』, 살림터, 1993. 290쪽.

52. 오태호, 「남북한 소설에 나타난 생태학적 상상력 연구-호랑이와 새 이미지를 중심으로」, 『한국문학이론과 비평』 제52집, 한국문학이론과비평학회, 2011. 9, 137~159쪽.

53. 홍용희, 「통일시대의 문학적 도정」, 김재홍·홍용희 편, 『그날이 오늘이라면』, 청동거울, 1999, 243쪽.

우며, '21세기의 태양 김정일'이 제시한 '강성대국 건설'을 향해 태양민족문학으로 매진하자고 독려한다. 또한 『조선문학』 2003년 1월호는 '머리글' 「조국해방전쟁승리 50돐을 맞는 올해를 선군혁명문학의 성과로 빛내이자」에서 "선군령장이신 우리 당과 인민의 위대한 령도자 김정일동지에 대한 절대적인 숭배심을 간직"하면서 '선군혁명문학'을 성과적으로 건설하자고 강조한다. 2005년 신년사에서도 제목 '전당, 전군, 전민이 일심단결하여 선군의 위력을 더 높이 떨치자!'라는 구호에서 드러나듯 '강성대국 건설'과 '선군혁명문학'이 2000년대 북한문학의 키워드임이 드러난다.

2000년대 북한문학은 수령이 부재한 공간에서 선군혁명사상을 앞세우며 '수령-당(+군)-민'의 삼위일체 속에서 김정일에 대한 절대적 충성을 토대로 '태양민족문학, 선군혁명문학'의 기치를 높이 들고 있다. 실제 작품 창작에서는 1980년대 이후 반복되어온 주제들과 거의 변화가 없다. 즉 주체사상의 우월성을 선전하며 '조선민족 제일주의 정신'을 강조하는 양창조의 「두번째 기자회견」(『조선문학』, 2000. 2), 소련의 붕괴 과정을 보여주면서 '선군혁명문학'의 특성을 보여주는 림화원의 「다섯번째 사진」(『조선문학』, 2001. 2), 북한의 식량난을 반증하는 과학기술중시의 특성을 보여주는 리성식의 「아지랑이 피는 들」(『조선문학』, 2000. 5) 등을 통해 알 수 있듯, 북한은 강성대국 건설을 위해 선군혁명문학을 여전히 강조한다.

하지만 사회주의 현실 주제를 다룬 작품, 즉 '청춘 남녀 간의 애정문제(김자경의 「사랑의 샘줄기」(『청년문학』, 2002. 12) 등), 도시와 농촌의 격차 문제(변영건의 「씨앗의 소원」(『청년문학』, 2002. 8) 등), 여성 문제(리승섭의 「삶의 위치」(『청년문학』, 2002. 11) 등), 숨은 일꾼의 형상화(윤경찬의 「동력」(『청년문학』, 2003. 1) 등), 세대 간의 갈등 형상화(김홍익의 「산 화석」(『조선문학』, 2003. 3) 등), 과학환상주제(리철만의 「박사의 희망」(『청년문학』, 2002. 8) 등' 등에서는 체제(지배담론)와 현실(욕망) 사이의 미세한 갈등과 균열들이 내포되어 있다.

'선군혁명문학'[54]의 구호적 이데올로기가 압도하고 있는 2000년대 북한문학에서 남한문학과의 접점을 마련하기란 쉽지 않다. 하지만 이 시기에 2004년 만해문학상을 수상하며 북한소설의 새로움을 보여준 홍석중의 역사소설 『황진이』(2002)는 주목할 만한 작품이다. 해방 이후 정부의 허가를 획득하여 남한에서 출판된 최초의 북한소설로 평가[55]되는 이 작품은 "민중적 계급성의 표상인 '놈이'와 자유연애주의자의 표상인 '황진이'의 연애담을 중심으로 북한식 에로티시즘의 현재적 양상"[56]을 보여주며, "기존 북한소설의 공산주의적 도덕 윤리를 표방하는 사랑 방정식에서 벗어나" '황진이'를 "관능의 표상이자 낭만의 화신"으로 형상화하였다고 평가된다. 결국 역사적 인물을 호출하여 기존에 형상화된 북한의 체제문학과는 다르게 1990년대 후반 '고난의 행군' 이후의 북한문학의 변화를 보여주는 단초[57]로 해석되면서, 북한문학의 새로운 가능성과 징후를 적극적으로 주목하게 하는 작품이 된다.

9. 2010년대 북한소설-선군혁명문학과 김정은 체제의 성립[58]

2010년대 북한문학은 현재진행형이다. 특히 2014년 현재 '김정은 체

---

54. 노귀남은 '선군혁명사상'을 현 북한의 지도이념체제로 보고 2001년 들어 본격적으로 선군혁명문학론이 대두되고 있다고 판단한다. 노귀남, 「김정일 시대의 북한문학-사회주의 강성대국 건설과 관련하여」, 김종회 편, 『북한문학의 이해 2』, 청동거울, 2002, 151쪽 참조.

55. 박태상, 「홍석중의 『황진이』가 보여준 사랑의 묘약」, 김재용 편, 『살아 있는 신화, 황진이-남의 평론가가 읽은 북의 소설 『황진이』』, 대훈, 2006, 237쪽.

56. 오태호, 「홍석중의 『황진이』에 나타난 '낭만성' 고찰」, 김재용 편, 위의 책, 47~67쪽.

57. 김재용, 「'고난의 행군' 이후 북의 소설과 『황진이』」, 위의 책, 212쪽.

58. 이 장은 오태호의 「김정은 시대 북한 단편소설의 향방-'김정일 애국주의'의 추구와 '최첨단 시대'의 돌파」(『국제한인문학연구』, 제12호, 국제한인문학회, 2013. 8, 161~195쪽)를 축약한 내용임을 밝혀둔다.

제'는 2011년 12월 17일 김정일 국방위원장의 사망 이후 후계자인 김정은이 실질적인 최고지도자가 되면서 체제 안정기에 접어들고 있다. 김정은이 후계자로 내정된 시점이 2006년 말경이며, 2010년 9월 당중앙군사위 부위원장으로 공식 후계자가 되었다는 점은 2010년대가 김정은 시대의 개막을 알리는 시공간임을 보여준다. 김정일의 사망 이후 유훈에 따라 2011년 12월 30일 '조선로동당 중앙위원회 정치국회의'에서 김정은에게 '조선인민군 최고사령관'의 호칭이 부여됨으로써 김정은 시대의 개막이 대내외에 알려진다. 이후 2012년 4월 김일성 탄생 100주기를 맞아 '조선노동당 제1비서, 국방위원회 제1위원장'에 추대되고, 7월 17일 '공화국 원수'로 추대됨으로써 당·정·군의 모든 제도 권력을 장악하여 권력 승계를 마무리한다. 본격적인 김정은 시대가 출범한 것이다.

김정은 시대의 북한문학의 방향은 '수령형상문학'과 '사회주의 현실 주제 문학'으로 대별되는데, 특히 김정일 시대 말기의 선군문학을 승계하면서, '김정은 시대 선군 담론의 구심력과 원심력(수령형상문학), 인민 생활 향상과 청년 미래 담론(사회주의 현실 주제)' 등으로 구분할 때, 김정은 시대의 북한문학은 '선군과 민생 사이'로 요약할 수 있다.[59] 『조선문학』에 게재되어 김정은 시대 북한문학의 향방을 가늠해볼 수 있는 최초의 비평문은 2012년 1월호에 실린 김선일의 논설 「주체문학창조와 건설의 위대한 기치-위대한령도자 김정일동지의 불후의 고전적로작 『주체문학론』 발표20돐을 맞으며」[60]이다. 이 논설에서는 김정은 시대의 문학이 주체 100년의 역사와 함께하며 『주체문학론』(1992) 이래로 걸어온 김정일 시대의 문학적 방향을 계승하면서 수령형상문학을 필두로 '주체문학,

---

59. 김성수, 「김정은 시대 초의 북한문학 동향-2010~2012년 『조선문학』, 『문학신문』 분석을 중심으로」, 『민족문학사연구』 통권 50호, 민족문학사학회 민족문학사연구소, 2012. 12. 31, 481~513쪽.
60. 김선일, 「주체문학창조와 건설의 위대한 기치-위대한령도자 김정일동지의 불후의 고전적 로작 『주체문학론』 발표20돐을 맞으며」, 『조선문학』, 2012. 1, 59쪽.

선군혁명문학'을 지속할 것이라는 관점이 드러난다. 그리하여 "백두의 성스러운 혈통"이라는 김일성 가계의 강조 속에 새로운 시대의 레토릭으로서 '김일성 민족, 김정일 조선, 김정은 영도'를 전면에 내세우며 김정은의 영도 내용을 문학적으로 담보해야 하는 것이 강조된다.

특히 '김정일 애국주의'에 대한 강조는 표면적으로는 김일성 가계를 중심으로 형상화하는 '수령형상문학'이 김정은 시대에도 문학의 핵심적 의제가 될 것임과 동시에, 이면적으로 볼 때 '김정일 애국주의'를 강조하면서 대내외에 산재하는 체제 불안적 시선들을 돌파하고자 하는 것을 보여준다. 결과적으로 '김정일 애국주의'는 김정일에 대한 애도와 헌사지만, 김정일의 후계자이자 계승자로서 김정은의 미미한 지도력을 상쇄하려는 고육지책적인 의도로 파악된다. 마치 1994년 김일성 사후 '고난의 행군' 시기 김일성주의가 재차 강조되었듯, 김정일 사후 김정은 시대의 체제 결속을 위해 '김정일 애국주의'가 재삼 강조되고 있는 것이다. 권선철의 평론 「선군승리의 불멸의 화폭에 대한 감명깊은 형상세계-총서 〈불멸의 향도〉 장편소설 『오성산』(박윤 작)을 읽고」에서 김정일의 일대기를 조명하는 '총서 〈불멸의 향도〉' 연작에서도 '김정은의 동행'을 강조하는 것은 김정은 시대의 '수령형상문학의 향방'을 가늠하게 한다. 즉 '김정일 애국주의'의 강조 속에 '김정은 권력'의 정당성을 강조하게 되는 것이다.

2012년 1~12월 『조선문학』에 수록된 단편소설들을 살펴보면 '김정일 애국주의의 추구, 최첨단 시대의 돌파, 사회주의 현실 주제의 긍정적 주인공들' 등을 강조하는 북한문학의 특징이 드러난다. 대표적으로 '김정일 애국주의'를 강조하는 소설로는 김하늘의 「영원한 품」(『조선문학』, 2012. 3)을 들 수 있는데, 이 작품은 '김정일-김정은' 가계 구도를 강조하는 작품이면서 김정일의 사망과 김정은의 지도를 연결하는 최초의 단편소실이다. '최첨단 시내'를 강조하는 소설로는 김경일의 「우리 삶의 주로」

(『조선문학』, 2012. 4)를 들 수 있으며, 인민생활 향상을 위해 노력하는 헌신적인 기사들의 노력이 그려진다. 사회주의 현실 주제의 작품들 속에서는 '긍정적 주인공들'을 형상화한 작품들이 두드러지며, 강철의 「아흐레 갈이」(『조선문학』, 2012. 4)는 '김일성-김정일-김정은'의 3대 계승을 우회적으로 강조하는 농촌 이야기를 통해 양심과 헌신의 목소리를 가진 농촌 일꾼들을 형상화하고 있다. 2010년대 김정은 시대의 북한문학 역시 '김일성 민족-김정일 조선-김정은 영도'라는 레토릭 속에 '김일성-김정일 시대'를 계승하는 데에 초점이 맞춰져 있으며, '주체문학론'의 강조 속에 선군혁명문학이 전면에 내세워지고 있음을 확인할 수 있다.

10. 새로 읽는 북한소설사

2014년 현재 남북의 대결 구도는 갈등을 첨예화하고 있다. '핵 무력과 경제 발전'의 병진노선이 김정은 시대의 전략적 아젠다에 해당하지만, 핵 위협을 좌시할 수 없는 주변국들에게는 수용하기 어려운 전략이기 때문이다. 이명박 정부 이래로 박근혜 정부에 이르기까지 남북의 대화 채널은 거의 닫혀 있다. 금강산 관광 중단, 천안함 사건 등으로 얼어붙었던 남북 관계가 2012년 12월 광명성 3호 발사와 2013년 2월 핵 실험 이후 더욱 악화되었기 때문이다. 2013년 9월 '개성 공단'이 재가동되고 2014년 2월 이산가족 상봉이 진행되기도 했지만 박근혜 정부하에서도 여전히 남북 관계는 냉전의 시계가 작동되고 있다.

2014년 현재 김정은 시대 북한문학의 향방을 가늠하는 것은 남북한의 대치 국면 속에서도 북한의 현실을 간접적으로 독해하는 하나의 바로미터가 될 수 있다. 현실 영역이 아니라 문학 텍스트가 지닌 서사적 개연성을 통해 북한문학이 지닌 사적 욕망과 공적 윤리의 충돌을 목도하면서 북한 사회의 이면적 독해가 가능하기 때문이다. 현재의 북한문학은 여전히 김정일의 '주체문학론'의 그늘에 놓여 있다. 1992년 이래로 주체문학론을 강조하며 '주체사실주의'를 통해 여전히 '수령형상문학'과 '선군혁명문학'이 강조되고 있기 때문이다. '발걸음 담론'과 '마식령 속도'로 대변되는 김정은 시대에도 북한문학은 '김일성＝김정일＝김정은'의 3대 세습이 문학 담론 차원에서는 이미 안착화되어 있음을 보여준다. 그리고 김정은의 우상화 작업이 김정일 시대의 담론을 계승하면서 전면적으로 진행되고 있음이 드러난다.

북한소설을 꼼꼼히 들여다보면 "욕망과 현실 사이에는 상대성이라는 공간이 가혹하게 실력타진을 해보고 있었다."[61]라는 식으로 인물의 내면 갈등을 포착한 부분 속에서 미세한 균열의 흔적을 발견할 수 있다. 특히 북한 단편소설 중 사회주의 현실 주제 소설과 과학환상소설에서는 소설 내용 속에서 주인공들의 내면 갈등을 통해 흐릿하게나마 현 시기의 선군혁명사상을 기초로 한 '수령→당(혹은 당-군)→인민'으로 진행되는 수직적 의사소통의 균열 현상을 엿볼 수 있다. 이상(욕망)과 현실(당위)의 갈등 속에 '주체(개인)'가 타자(타인)와 세계를 향해 쌍방향 의사소통을 진행하고자 하기 때문이다. 물론 이러한 작업은 여전히 미미하게 드러날 뿐이다.

북한소설사는 새로 쓰여야 한다. 이때 중요한 것은 '새로 읽기'이다. 새로 읽는다는 것은 기존의 체제 중심적 담론에 수렴되지 않는 구조주의적 접근을 통해 분석과 해석, 평가가 새로이 뒤따르는 것임을 말한다. '조선문학사의 일부'가 아니라 '남쪽에서 읽은 북한소설사'는 북한 체제 내부의 담론으로 수렴되지 않는다. 남한의 외부적 시각이 개입되어야 비로소 비판적이고 입체적인 '북한소설사'가 쓰이고, 그것이 '남북한 통

---

61. 리철만, 「박사의 희망」, 『청년문학』, 2002. 8.

합문학사'의 첫 단추가 될 수 있기 때문이다. 이 글은 이러한 시각을 염두에 두고 시론적 성격으로 쓰인 글이다. 남한 연구자의 시각에서 더욱 비판적인 텍스트 독해가 가능할 때 남한 연구자가 쓴 북한소설의 새로운 면모가 구명되리라 믿는다(2014).

북한소설에 나타난
'미국' 표상의 시대별 변화

1. 김정은 시대 북한문학의 향방
– 3대 세습과 '김정일 애국주의'의 대두

이 글은 북한문학 속에 나타난 '미국' 표상을 시대별로 고찰함으로써 북한에서 '미국' 표상의 변화의 논리를 추적하는 데에 목적을 둔다. 북한과 미국의 적대적 관계는 한반도의 평화와 안정을 상시적으로 위협하는 요소에 해당한다. 따라서 북한문학 속 '미국' 표상을 검토하는 것은 북미 관계의 대화와 타협의 복원을 위한 문학적 전제라고 판단된다. 3대 세습체제를 완비한 것으로 평가받는 2014년의 김정은 체제에도 '미국'은 여전히 '김일성-김정일 시대'를 계승하는 관점에서 '미제국주의'로 인식되어, 극복과 거부, 분노와 적개심의 대상으로 그려지고 있다. 특히 김정일 사후 〈광명성-3〉호 2호기(인공지구위성) 발사 성공(2012년 12월 12일)'과 '3차 지하핵시험 성공(2013년 2월 12일)'에 따른 김정은의 자신감은 '미국'과의 관계 개선에도 변화를 가져올 공산이 크다. 따라서 북한 문학작품 속에 나타난 '미국'의 표상을 시대별로 고찰하는 것은 북미 관계의 개선 가능성과 함께 한반도의 긴장을 완화하고 평화적 관계를 구축하는 데에도 일조할 수 있다고 판단된다. 현실 반영으로서의 주체사실주의적 북한문학을 살펴보면 통시적인 '미국의 표상'이 직접적이고 암시적으로 드러나기 때문이다.

이 글에서의 '김정은 시대'는 2011년 12월 17일 김정일 국방위원장 사망 이후 후계자인 김정은이 실질적인 최고지도자가 된 2012년 이후를 말한다. 2011년 12월 17일 오전 8시 30분 김정일이 사망하면서, 37년간 북한을 철권통치했던 김정일의 시대가 마감되었기 때문이다. 이후 2011년 12월 30일 '조선로동당 중앙위원회 정치국회의'에서 김정은에게 '조선인민군 최고사령관'의 호칭이 부여됨으로써 새로운 '김정은 시대'의 개막을 대내외에 알리게 된다. 이후 2012년 4월 김일성 탄생 100주기를 맞아 '조선노동당 제1비서, 국방위원회 제1위원장'에 추대되고, 같은 해 7월 17일 '공화국 원수'로 추대됨으로써 김정은은 당·정·군의 모든 제도 권력을 장악하여 권력 승계를 마무리한다. 본격적인 김정은 시대가 출범한 것이다.

김정은이 '조선노동당 제1비서' 겸 '국방위원회 제1위원장'에 추대된 2012년 4월호 '론설'에서는 '김일성 민족'과 '김정일 조선'을 앞세우면서도 '김정은의 영도'가 강조된다. 즉 북한 문인이 "경애하는 김정은동지의 선군혁명령도따라 백두의 성스러운 혈통을 꿋꿋이 이어나가며 사회주의강성국가의 령마루에로 힘있게 돌진해나아가는 총진군대오의 돌격나팔수, 기수로서의 사명과 역할"[1]에 충실해야 한다는 당위성이 강조된다. "백두의 성스러운 혈통"이라는 김일성 가계의 강조 속에 새로운 시대의 레토릭으로서 '김일성 민족, 김정일 조선, 김정은 영도'를 전면에 내세우며 '백두혈통'을 지닌 김정은의 영도 내용을 문학적으로 담보해야 한다는 것이다. '공화국 원수'로 추대된 7월호 '론설'에서도 "경애하는 김정은동지의 숭고한 형상을 창조하는 것은 주체문학, 선군혁명문학의 담당자들인 우리 작가들의 최상의 영예이며 숭고한 의무이며 본분"임을 강조하면서, 김정은의 형상화와 함께 '수령형상문학'이 "주체문학, 선군혁

---

1. 론설 「주체문학발전에 쌓아올리신 불멸의 업적을 만대에 빛내여나가자」, 『조선문학』, 문학예술출판사, 2012. 4, 17쪽.

명문학의 핵이며 영원한 생명력의 근본원천"[2]임을 강조한다. 여기에서는 특히 '김정일 애국주의'와 함께 '대중적 선구자의 형상'이 강조된다. 즉 "선군시대의 전형적인 인간성격, 김정일 애국주의로 자신의 심장을 불태 우며 내 나라, 내 조국을 더욱 부강하게 하기 위해 투쟁하는 참다운 애 국자, 대중의 앞장에 서서 실천적인 모범으로 대중을 이끌고나가는 선구 자의 형상을 창조하는 것"이 중요하게 대두된다.[3]

'김정일 애국주의'와 '대중적 선구자'를 강조하는 김정은 시대에도 '조 선작가동맹'의 기관지 『조선문학』에서는 '미제에 대한 적개심'이 유지되 고 있다. 즉 2012년 12월 12일 진행된 "인공지구위성 〈광명성-3〉호 2호 기"의 성공적 발사와 2013년 2월 12일에 진행된 '제3차 지하핵시험' 성 공은 2013년 6월호에 이르면 반미 대결 구도를 강조하는 시편으로 이 어진다. 대표적으로 김석평의 시 「나는 전략로케트군부대 병사다」에서 는 "다시는 이 나라의 신성한 한치의 땅에도/ 식인종들의 더러운 시체 가 나딩굴지 못하도록/ 미제의 본거지에 핵세례를 안겨/ 죽음의 불가마 에 미제를 처넣을 명령을 받은/ 나는 조선인민군전략로케트군부대의 병 사다!"[4]라고 선언한다. 선군정치를 강조하는 북한에서 '미국'은 '신성한 한반도'를 침략한 '식인종 국가'에 불과하며, '식인종의 시체'가 한반도가 아닌 "미국의 본거지"에 생겨나도록 '미제의 본토'에 대한 '핵 세례 명령' 을 기다리는 병사의 다짐이 그려져 있는 것이다.

이렇듯 김정일 사후 김정은 시대에 이르러서도 '김일성-김정일 시대' 에 뒤이어 '미제'는 북한의 고립과 폐쇄를 강제하는 악의 화신이고 억압 적 침략자의 표상으로 그려진다. 선군 담론 속에 '경제개발과 핵개발' 병

2. 론설 「경애하는 김정은동지의 사상과 령도를 받들어 주체문학건설에서 새로운 전환을 일 으켜나가자」, 『조선문학』, 2012. 7, 28쪽.
3. 오태호, 「김정은 시대 북한 단편소설의 향방-'김정일 애국주의'의 추구와 '최첨단 시대'의 돌파」, 『국제한인문학연구』 제12호, 국제한인문학회, 2013. 12, 161~195쪽.
4. 김석평, 「나는 전략로케트군부대 병사다」, 『조선문학』, 2013. 6, 7쪽.

진 노선을 표방하고 있는 북한에서 해방기 이래로 '미국'은 '식인종, 야만인, 승냥이' 등의 야수성을 지닌 표상에서 '악마'에 이르기까지 절대악의 이미지로 표상되고 있다. 이제 해방기 이래로 현재에 이르기까지 북한의 대표적인 문학작품을 통해서 '미국'의 표상이 어떤 변전 과정을 거쳐 왔는지를 분석하고자 한다. 그리하여 시대 상황의 변화와 연동되어 '미제에 대한 적개심'이 유의미한 변화를 내포하는지를 검토함으로써 '미국 표상의 고정성'이 결국 체제 내적 결속을 강화하는 방편으로 활용되고 있음을 주목하고자 한다.

2. 해방기 북한문학 속 '미국'의 표상
- '전승戰勝 연합국의 일원'에서 '반동적 미제'로

해방기 미국에 대한 북한의 인식은 크게 두 가지로 표상된다. 도식적으로 나누자면 1946년 미소공동위원회가 결렬되기 전과 후로 구별된다. 즉 해방 직후 미소공동위원회가 진행되던 1년 가까이 동안은 '미국' 역시 소련과 마찬가지로 조선의 독립에 대한 지원국의 일원으로 표상된다. 해방 직후에는 '조선공산당 북부 조선분국' 기관지 『정로』의 창간사[5]에서 드러나듯, "위대한 붉은 군대, 그의 동맹자인 연합군의 힘으로 조선은 호전국가 일본 침략자로부터 해방"되었고, "조선의 해방은 자체의 힘으로 된 것이 아니라 외국의 힘"으로, 즉 "사회주의 국가인 쏘비에트동맹의 힘과 자본민주국가인 영미의 힘"의 결합으로 쟁취된 것임이 기술되어 있다.[6] 이것은 해방 초기의 '미국'이 소련과 함께 조선을 해방시킨

---

5. 「창간사」, 『정로』 1, 1945. 11. 1.
6. 이주철, 「북한의 정부 수립과 열강에 대한 인식-『정로』, 『로동신문』, 『근로자』를 중심으로」, 『사총』 67, 2008. 9, 47~48쪽./ 김재웅, 「북한의 논리를 통해 재구성된 미국의 상 (1945~1950)」, 『한국사학보』 37, 2009. 11, 300~301쪽.

동맹국의 일원으로 인식되어, 조선의 미래를 밝혀줄 우방국으로 표상되었음을 보여준다.

문학작품 속에서의 '미국'의 표상 역시 해방 직후에는 우호적이다. 그리하여 이기영의 희곡 「해방」에서는 제2차 세계대전에서 러시아가 "미국과 한편이 되어서 싸"[7]워 이겼으며, 조선의 독립도 '연합국의 전승戰勝'이자 '소련의 승리'의 결과물로 그려진다. 러시아와 미국, 연합국과 소련은 동일하게 전승국의 일원으로 인식된다. 뿐만 아니라 이기영의 단편소설 「개벽」 초판에서도 "제2차 세계대전에서 련합국의 승리는 팟쑈의 폐허廢墟 위에 인민의 씨를 뿌리었다. 이 인민의 씨는 국제민주노선을 타고 태풍颱風에 불려왔다."[8]고 기록되어 있다. 이것은 일제를 포함한 '파쑈 국가'와는 다르게 '국제민주노선'에 입각한 '연합국의 일원'으로 '미국'의 표상이 인식되고 있음을 보여준다. 물론 이러한 초판의 내용은 남원진에 따르면 이후 '연합국의 승리' 대목이 한국전쟁 직후에는 '소련의 승리'로 대체되고, 다시 '유일사상체계' 시기 이후에는 '김일성의 승리'로 대체되어 '역사 지우기(혹은 역사 새로 쓰기)'가 진행된다.[9]

우호적이었던 '미국'의 표상이 1946년 들어 미국과 소련의 관계가 갈등상황에 봉착하고 미군정의 좌익 탄압이 본격화되면서 부정적 방향으로 선회한다. 1946년 3월 20일 미소공동위원회가 개시된 후 5월 8일 무기한 휴회에 들어가고, '조선공산당 북부 조선분국'은 미소공동위원회의 결렬에 대해 미국 측을 비난하는 성명을 발표하고, 남한에서는 5월

7. 이기영, 「해방」, 『신문학』 1, 1946. 4, 91~112쪽.
8. 이기영, 「개벽」, 『문화전선』 창간호, 1946. 7, 196쪽.
9. 남원진에 의하면 이러한 「개벽」 초판본 내용 중 "연합국의 승리" 부분은 1955년 단편집 『개선』(김사량 외) 판본에서는 "쏘련의 승리는"으로 바뀌었고, 다시 1978년 『조선단편집 (2)』(리기영 외) 판본에서는 "전설적영웅이신 김일성장군님께서 이끄신 조선인민혁명군의 승리는 이 땅우에 새봄을 가져왔고 이 봄맞은 대지에 인민의 씨는 뿌리였다."로 개작되어 '연합국의 승리 → 소련의 승리 → 김일성의 승리'로 변이되었음을 주목한다(남원진, 「미국의 두 표상-해방기 북조선 문학의 미국에 대한 인식 연구」, 『한국문예비평연구』 제36집, 2011. 12, 423~448쪽).

18일 조선공산당 본부가 수색을 당하고 '조선공산당의 기관지'인 『해방일보』가 정간 처분된다. 이러한 일련의 과정은 '미군정'에 대한 반발과 거부감으로 이어진다. 더구나 6월 3일 이승만이 '분단'을 가정한 남한 단독정부 수립 발언을 발표하고, 7월 2일 소련 영사관이 서울에서 철수하고, 북한에서 8월 28일 '북조선로동당'이 창립되고, 남한에서는 9월 7일 박헌영 등의 공산당 지도자에 대한 체포령이 발표된다.[10] 미군정하의 '반공 논리'는 북한에서의 '미국'의 표상을 전복한다. 즉 '미국'은 조선 해방의 원조국이 아니라 조선의 통일을 저해하는 '제국'의 국가로 표상이 변모된 것이다.

이러한 남북의 대치 상황에서 1946년 9월 이후 북한에서는 미군정의 '제국주의적 침략 정책'을 비난하게 되고, '북조선문학예술총동맹'도 미군정에 대한 거부감을 표방하게 된다. 따라서 '북문예총'의 기관지인 『문화전선』 창간호에서의 우호적 시선과는 다르게 제2집(1946. 11)에 이르면 이원우의 시 「불길」에서는 "우리살을 깎그려는 반동미군정反動美軍政에게"[11]라며 '반동'이라는 표현이 등장한다. 뿐만 아니라 유항림의 단편소설 「개」에서는 "김구와 이승만과 미군정의 충복의 얼굴에는 개피가 아니고 조선동포의 빨간 피가 두방울 셋방울 처지어 있었다."[12]라는 식의 적대감이 노골적으로 드러난다. 안막의 평론에서도 미국이 "새로운 제국주의자"라면서 "남조선에 있어서는 반동적 미군정하에 있기 때문에 남조선인민들은 8.15의 위대한 역사의 날을 맞이하였음에 불구하고 변상적變象的 제국주의 침략의 독아毒牙에 의하여 그 야만적 통치에 의하여 암담한 정세하에 놓여 있다."[13]고 기록된다. 이렇듯 1946년 7월과 11월의 잡지 발간 사이에는 '미국'에 대한 표상이 정반대로 전혀 다르게 기록되

---

10. 남원진, 앞의 글, 434쪽.
11. 이원우, 「불길-싸우고 있는 남조선동무들에게」, 『문화전선』 제2집, 1946. 11, 84쪽.
12. 유항림, 「개」, 『문화전선』 제2집, 1946. 11, 122쪽.
13. 안막, 「신정세와 민주주의 문학예술전선강화의 임무」, 『문화전선』 제2집, 1946. 11, 5~6쪽.

고 있는 것이다. 즉 '연합군 승리의 일국'인 '미국에 대한 기대감'은 불과 몇 개월 사이에 조선인의 붉은 피를 얼굴에 피칠한 야수의 이미지로 변질되면서 '반동적 미군정'이라는 언표 속에 '제국주의의 침략성'과 '야만적 통치' 권력의 이미지가 강조되는 것이다.

미소공동위원회가 결렬된 후 북한의 시각은 전변되고, 1947년 말부터 극단적 반미관으로 전환되면서 북한에서는 '민주진영으로서의 소련'과 '반민주진영으로서의 미국'이라는 이항대립적 관계가 설정된다. 그리하여 북한문학 속에서도 '새로운 제국주의로서의 미국'이 표상된다. 이북명의 단편소설 「부부」에서는 "간악한 미국제국주의자들이 허수애비 같은 거수기들을 앞잡이로 써 가지고"[14]가 등장하며, 같은 작가의 단편소설 「애국자」에서도 "덕보가 세상에서 제일 싫여하고 미워하는 것은 미제국주의자들과 미국상전에게 자기의 잠뱅이까지 버서주면서 추파를 보내는 이승만일파와 유엔위원단"[15]이라는 표현이 등장한다. 이제 '미국인'은 '간악한 제국주의자들'로 그려지면서 극도로 지독한 최고 혐오의 대상으로 그려진다. 뿐만 아니라 김사량의 단편소설 「남에서 온 편지」에서도 "우리들이 왜 또 미국놈의 식민지가 되얍니까?"[16]라면서 '식민지'라는 표현이 등장하고, 이기영의 단편소설 「화병」에서도 "미군이 지배하고 있는 지금 남조선"에서 "미제국주의의 야만정책이 실시되"며, "리승만 김성수같은 민족반역자 친일파가 미국놈들의 앞잡이로 나서서 매국노의 역적질을 하기 때문"[17]이라는 표현이 강조된다. '미국인'은 '간악하고 혐오스러운 제국주의자들'이며, 미국은 '제국주의 국가'로서 '식민지 남조선'에서 야만적 매국정책을 자행하는 역적들을 지원하는 제국의 표상으로 그려지는 것이다.

14. 이북명, 「부부」, 강승한 외, 『창작집』, 평양: 국립인민출판사, 1948. 194쪽.
15. 이북명, 「애국자」, 『문학예술』 3집, 1948. 11, 160쪽.
16. 김사량, 「남에서 온 편지」, 강승한 외, 『창작집』, 평양: 국립인민출판사, 1948, 120~127쪽.
17. 민촌생, 「화병」, 강승한 외, 『창작집』, 평양: 국립인민출판사, 1948, 162쪽.

이상을 통해 볼 때 해방기 북한 문학작품 속에서의 '미국'의 이미지는 '해방 지원국'의 이미지에서 '야만적 제국주의 국가'의 이미지로 변전한다. 그것은 미소공동위원회가 결렬되고, 남북의 분단이 기정사실화되는 과정에서 공산당 불법화 등이 전개되면서 '미군정'에 대한 분노와 적개심이 강화되었기 때문이다. 이러한 적대감은 한국전쟁을 거치며 더욱 고착되고 미국은 '영원한 적대국가'로 표상된다. 결과적으로 한국전쟁기를 거치며 분단이 공고화된 이후 적대적 북미 관계는 고착되고 북한에게 '미국'은 '적대적 제국주의 국가'의 표상으로 인식되어 극복과 저항의 대상이자 '조국통일의 걸림돌'로서 제거의 대상이 된다.

3. 김일성 시대의 '미국' 표상 — 야만적 침략자 미제

이 글에서 '김일성 시대'[18]는 다양한 시기 구분이 가능하겠지만 1948년부터 1970년대 중반까지로 한정하여 논의를 개진하고자 한다. 김정일이 권력을 장악한 시점을 1974년 2월 정치위원이 되면서 '당 중앙'으로 불리기 시작한 점과, 1980년 10월 정치국 상무위원 및 당 중앙군사위원회 위원으로 선출되면서 군까지 영향력을 확대했기 때문에 1974년을 기점으로 잡는 것이 옳다는 주장을 따르기로 한다.[19]

해방기에 북한에서 '미국'이 이중적 표지로 기능했다면 남북의 분단이 기정사실화된 1948년 7월 이후 북한문학에서 '미국'의 기표는 '미제'

---

18. 이 글에서 활용하는 '김일성 시대'는 임의적 용어이지 확고부동한 시기를 갖춘 개념은 아니다. 다만 통상적으로 '김정일 시대'를 1974~2011년으로 잡는 관례에 따라 '김일성 시대'를 1948~1974년까지로 한정하고자 한다. 1974년부터 1994년 김일성이 사망할 때까지의 20년은 '김일성 수령'과 '후계자 김정일'의 2인 권력 시대로 파악하기 때문이며, 이미 1970년대부터 문학예술과 관련해서는 김정일이 전반적인 지도력을 행사했기 때문에 가능한 시대 구분이라고 판단된다.

19. 사회과학원 문학연구소, 『조선문학통사-현대문학편』, 1959(인동, 1988), 237쪽.

라는 단일 표상으로 고정된다. '미국'은 이제 국경을 경계로 나뉘는 '개별 국가'의 일종이 아니라 해방 이후 북한을 위협하고 억압하고 침략하는 제국주의의 상징 표상으로 존재하는 것이다. 북한에서 한국전쟁기(1950. 6~1953. 7)의 문학은 '조국해방전쟁 시기의 문학'으로 호명되며, 한국전쟁 자체는 '미제'가 "세계제패를 야망하면서 그의 일환으로 드디여 리승만 매국도당을 사족하여 38선 전역에 걸쳐 전면적 무력침공을 개시"한 북침 사건으로 기록된다.[20]

한국전쟁기에 북한문학에서 '반미'를 상징하는 대표적인 텍스트는 백인준의 시 「얼굴을 붉히라 아메리카여」(1951)와 한설야의 단편소설 「승냥이」(1951)를 들 수 있다. 먼저 백인준의 시는 1950년대인 당대에 "미제의 만행을 예리한 정론적 빠포스(열정의 러시아어)로써 폭로 규탄하였"[21]다고 문학사적으로 평가받는다. 시의 구체적인 내용을 살펴보면, 아래와 같다.

딸라로 빚어진 월가의 네거리에/ 넥타이를 맨 식인종/ 실크 햇트를 쓴 사람 버러지/ 자동차에 올라앉은 인간 부스레기/ 성경을 든 도적놈/ 온갖 잡색/ 력사의 저주스런 추물들이/ 제국주의의 고름을 퉁기며/ 하수도의 오물인듯/ 뒤섞여 설레이지 않느냐/ 당신들의 곁에서

— 백인준, 「얼굴을 붉히라 아메리카여」(1951)[22]

---

20. '본격적인 김정일 시대'는 김일성 사후인 1994년부터 17년간 지속되었다고 볼 수 있다(임영태, 『북한 50년사』 2, 들녘, 1999, 242~395쪽). 하지만 1974년 2월부터 후계자로 확정되었기 때문에 길게는 37년간으로 볼 수 있을 정도로 '김정일 시대'는 유동적이다(이승열, 앞의 글, 214쪽). 이 글에서는 이승열의 견해와 함께 북한문학에서 1980년 이후 '숨은 영웅'의 등장을 중시한 김재용의 『북한문학의 역사적 이해』의 견해를 따르기로 한다(김재용, 『북한문학의 역사적 이해』, 문학과지성사, 1994, 254~277쪽).
21. 사회과학원 문학연구소, 위의 책, 285쪽.
22. 박종원·류만, 『조선문학개관Ⅱ』, 인동, 1988, 155쪽.

인용시에서 드러나듯 '미국인'은 이중인격적 표상으로 그려진다. '넥타이와 식인종', '비단모자와 사람 버러지', '자동차와 인간 부스레기', '성경과 도적놈' 등을 통해 겉으로는 화려한 근대적 미국 문화를 표방하지만 속내는 비열하고 야만적이고 더러운 동물적인 존재로 격하시킴으로써 미국인의 양두구육적 행태를 통해 미국의 '제국주의적 이중성'을 비난하고 있는 것이다. 더욱이 "온갖 잡색"의 "저주스런 추물"들이 "제국주의의 고름을 통"긴다며 추악성을 강조하는 대목은 다분히 다인종국가에 대한 인종차별적 시선을 내포한다. 단일민족과 혈통주의에 기반한 순혈주의적 세계관이 오히려 인종적 편견을 보여주는 것이다. 이렇듯 '식인종, 버러지, 인간 부스러기, 도적놈, 온갖 잡색, 저주스런 추물, 하수도의 오물' 등의 표현은 이후에도 북한에서 '침략자 미제'를 원색적으로 비난하는 대표적인 이미지들에 해당한다.

북한문학사에서는 백인준의 시가 "조선에서 감행한 미제침략자들의 야수적만행을 준렬히 단죄하고 놈들의 추악한 몰골을 야유조소하고 있"으며, "살륙과 략탈에 이골이 난 미제국주의의 침략적본성을 역사적으로 발가놓으면서 오늘 또다시 침략의 길에 오른 백악관, 고용병떨거지들의 이마빼기에 〈도적놈〉, 〈식인종〉, 〈침략자〉, 〈고용병〉, 〈돈벌레〉라는 도장을 찍고 있다."[23]면서 '미제의 본성'이 지닌 야만성을 폭로한 텍스트로 고평한다.

또 다른 대표작인 한설야의 단편소설 「승냥이」(1951)는 일제 강점기 미국 선교사 집의 잡역부로 일하는 수길 어머니와 아들 수길이 중심인 이야기로, 선교사 아들 시몬에게 폭행당한 뒤 전염병자로 가장된 수길이 사망하자, "그러나 두고 보아라. 조선 사람 다 죽지 않았다."라고 외치는 수길 어머니의 절규로 마무리되는 작품이다. 백인준의 시가 직설적이

---

23. 박종원·류만, 앞의 책, 154~155쪽.

고 감정적인 언사로 일관하고 있다면 한설야의 소설은 야수의 이미지를
텍스트 내부에서 세부 묘사하는 특징을 보여준다.

> 후치날 같은 매부리코 끝이 숭물스럽게 윗입술을 덮은 늙은
> 승냥이와 방금 먹자구를 삼킨 구렁이 뱃대기처럼 젖가슴이 불
> 쑥 내밀린 암여우와, 지금 바루 껍데기를 벗고 나오는 독사 대
> 구리처럼 독기에 반들거리는 매끈한 이리새끼… 그것들의 우
> 묵한 여섯 눈깔이 한결같이 송장을 기다리는 무덤 구멍같이
> 수길 어머니에게는 보였다.[24]

인용문에서처럼 '흉물스런 늙은 승냥이', '퇴폐적인 암여우', '독기 어
린 이리 새끼' 등의 표현과 그들의 여섯 눈동자를 "송장을 기다리는 무
덤 구멍"으로 인식하는 수길 어머니의 인식은 자식을 잃은 뒤 분노와 적
개심이 극에 달해 있는 형상을 보여준다. 미국 선교사 가족의 모습은
'인간 승냥이'와 같이 포악하고 추하며 비열한 존재로 그려지며, 그 모습
은 그대로 미제국주의에 대한 증오의 목소리로 드러난다. 이 작품은 이
북명의 「악마」(1951)와 함께 1950년대에 "미제의 야수적인 만행"과 "미
제의 추악한 야만적 존재"[25]를 폭로 규탄한 대표적 작품으로 평가된다.
이 작품은 이후에도 "미제국주의자들의 야수적 본성과 만행을 날카
롭게 폭로단죄한 강한 폭로적기백과 형상의 심오성"[26]을 띤 작품이며,
"미제가 력사적으로 조선인민의 불구대천의 원쑤라는 것을 폭로할데 대
한 위대한 수령 김일성동지의 교시를 받들고 미제의 침략적본성과 그
야수성을 력사적사실에 근거하여 예리하게 폭로단죄한 작품"[27]으로 평

---

24. 한설야, 「승냥이」, 『문학예술』, 1954, 32쪽.
25. 사회과학원 문학연구소, 『조선문학통사-현대문학편』, 1959(인동, 1988), 263쪽.
26. 박종원·류만, 앞의 책, 166쪽.
27. 김선려·리근실·정명옥, 『조선문학사』 11, 사회과학출판사, 1994, 174쪽.

가된다. "불구대천의 원쑤"인 미제의 야수성과 침략성을 폭로하는 대표적인 작품이 한설야의 「승냥이」인 것이다.

이렇듯 '미제의 야만성'에 대한 백인준의 시각과 한설야의 관점은 이후에도 지속적으로 김일성 시대를 관통하는 '침략자 미제'의 표상이 된다. 특히 미군과 직접 관계된 사건으로 주장되는 황해도 신천양민학살 사건(1950)과 푸에블로호 사건(1968, 미군잠수함 북한 영해 침범 사건) 등을 통해 '침략자 미제'의 비열한 야만성과 공격성, 폭력성이 지속적으로 환기되면서 북한에서 체제 내부의 결속을 강제하는 외래적 표상으로 '미국'이 작동된다. 이후 북한에서 '미국'은 과거의 역사적 사건이나 당대의 시의적 사건에 의해 호출되면서 적대적 타자로 호명된다.

1960년대 북한문학 속 '미국'의 표상에는 기존 이미지와 함께 '남한의 4·19 혁명'을 소재로 활용하면서 '한반도 내부에서의 반미'의 이미지가 덧붙여진다. 즉 김철의 시 「4월은 북을 울린다」(1961)에서는 "미국 함대의 녹쓸은 닻이/ 승냥이의 이빨처럼 박혀 있"[28]다면서 남한에 주둔한 주한미군에 대한 적개심이 이승만 정권에 대한 비판과 함께 그려진다. 윤세중의 평론 「4월」에서도 "미제와 리승만 파쑈 테로 통치를 반대하는 항쟁의 불길"이 남반부 전역을 휩쓸며 타오르고 있다면서 "미제는 물러가라."[29]는 구호를 강조한다. 뿐만 아니라 리범수의 시 「마산의 노래」에서는 고향이 마산인 화자를 등장시켜 "양키의 구둣발에 무참히 쓰러지는/ 피 흐르는 백사장"[30]을 연상하면서 미군에 대한 적개심과 고향에 대한 향수를 동시에 환기하는 내용도 덧붙여진다. 미제에 대한 적개심이 북쪽만이 아니라 4·19 혁명을 통해 남한에서의 '반미'로 연결되어 '반미조국통일'이라는 구호를 외화하고 있는 것이다.

---

28. 김철, 「4월은 북을 울린다」, 『조선문학』, 1961. 4.
29. 윤세중, 「4월」, 『조선문학』, 1961. 4, 85~88쪽.
30. 리범수, 「마산의 모래」, 『조선문학』, 1965. 5.

1970년대 북한문학 속 '미국'의 표상도 1950년대 이래로의 침략성과 야수성을 강조하는 표상과 유사하다. 그리하여 김조규의 시 「미제국주의를 단죄한다」(1971)에서는 '미제'가 멸종의 대상이 된다. 즉 "비인간성과 야수성으로 얼룩진 미제의 피비린내나는 력사"가 언급되면서 "죽음 가운데서도 가장 무섭고 혹독한 죽음/ 불가운데서도 가장 무서운 불"[31]로 멸종시켜야 할 대상이 '미제국주의'임이 강조된다. 박승극의 소설 「밤하늘의 별들」(1970)에서는 남한의 초등학생들이 반미 투쟁에 나서게 되는 계기를 형상화하면서, "미제침략자들과 그의 앞잡이놈들을 쓸어버린 자기 토양에 자유의 별들을 키우는 농부"가 되어, "아이들의 왕국을 건설하는 혁명전사"[32]가 되고 싶다는 다짐이 그려진다. 소년의 왕국과 해방의 자유를 위해 "미제침략자"들을 제거하고자 하는 것이다.

이렇듯 김일성 시대를 관통하는 '미국'은 야수성과 야만성을 노골화하는 '침략자 미제'로 그려진다. 그리하여 문학사적으로 '미국'은 "전조선을 침략하려는 음흉한 야망을 실현할수 없게 되자 남조선만이라도 틀고앉으려는 기도밑에 〈두개 조선〉 정책을 들고나와 우리나라의 영구분렬을 꾀하"면서 각종 "군사적도발과 〈팀 스피리트〉합동군사연습을 비롯한 전례없는 대규모의 군사연습소동을 끊임없이 벌림으로써 나라의 전반적정세를 전쟁접경에로 이끌어"[33]간 '적대적 표상'으로 파악된다. 그리하여 '미국'은 전쟁 도발을 일삼는 '원쑤'이자 야만적이고 도발적인 제국주의적 침략 국가로 표상되고 있는 것이다.

---

31. 사회과학원 문학연구소, 『조선문학사』(1959~1975), 과학백과사전출판사, 1977, 542~543쪽.
32. 박승극, 「밤하늘의 별들」, 『조선문학』, 1970. 10, 53쪽.
33. 천재규·정성무, 『조선문학사』 14, 사회과학출판사, 1996. 183쪽.

4. 김정일 시대의 '미국' 표상 - 백년숙적 학살자 미제

1970년대 중반부터 북한 문예정책의 실질적 담당자는 김정일이다. 김정일이 1974년 2월 '당중앙'으로 호명된 이후 1980년 10월 조선로동당 제6차 대회에서 후계자로 확정되었으며, 이미 1980년 1월 제3차 조선작가동맹대회에서 '당중앙'의 이름으로 '숨은 영웅'을 공산주의적 인간의 참된 전형으로 간주하면서 '숨은 영웅'의 문학적 형상화를 새로운 과제로 제기하기 때문이다. 이때의 '숨은 영웅'의 형상화는 "수령과 조국에 끝없이 충실하면서도 명예와 보수를 바라지 않으며 묵묵히 일하는"[34] 긍정적 인간의 생활을 그린다는 점에서 일정한 도식성을 내포한다.

사회주의 체제 내부적으로는 일상에서의 '숨은 영웅'을 강조하지만, 김정일 시대에도 1980년대 북한문학 속 '미국'의 표상은 김일성 시대의 '침략자 미제'의 표상과 유사하다. 그리하여 '승냥이, 원쑤, 악마, 살인마' 등의 기존 이미지를 반복한다. 즉 림종근의 시 「날뛰지마라」(1986)에서는 "나의 총구 앞에/ 전쟁의 화약내를 풍기는/ 원쑤미제"가 서 있는 형상이거나, 문동식의 시 「이 열쇠를 간직하시라」(1988)에서는 "미제는 날강도, 도적놈, 정신거러지"라고 폄하된다. 장혜명의 시 「복수의 칼을 들라」(1988)에서는 더욱 과격하게 "미제와 로태우 살인마들의 사지를 자르거라/ 배를 찔러 오장을 탕쳐버리리라./ 파쑈의 철창과 교수대를 찍어 던지리라."고 적개심을 날것으로 표명하는 시들이 난무한다. 여전히 '미제'는 "전쟁의 화약내"를 풍기는 "원쑤"이자, "날강도, 도적놈, 정신거러지" 등의 호명 속에 "사지를 자르"거나 "오장을 탕쳐버리"고 싶은 살해적 대상으로 표상되면서 과격하고 적나라한 폭력의 대상으로 인식된다. 이러한 미제에 대한 분노와 적개심의 공격적 표명은 문학적 설득력을 상

---

34. 「위대한 수령님께서 제시하신 웅대한 강령을 높이 받들고 혁명적 문학작품 창작에서 새로운 앙양을 일으키자」, 『조선문학』 '머리글', 1980. 11.

실한 채 살벌한 살육의 기운을 즉자적으로 느끼게 할 뿐이다.

1990년대에 이르러 '우리 식대로 살자'는 구호를 앞세우면서 북한은 '조선민족 제일주의'를 강조하게 된다. 1986년 7월 「주체사상 교양에서 제기되는 몇 가지 문제에 대하여」에서 김정일이 제기한 '조선민족 제일 주의'를 전면에 내세워 "조선민족 제일주의 정신이 세상에서 가장 우월한 사회주의 제도에서 사는 긍지와 자부심"이라며 북한이 '사회주의의 모범나라'임을 강조하는 것이다.[35] 이러한 배타적 민족주의는 1980년대 후반부터 지속된 소련의 해체와 동구 사회주의권의 몰락에 따른 체제 위기의식에 뒤이어 1994년 김일성의 사망 이후 더욱 강화된다. 이후 북한 사회의 구호는 '붉은기 정신(1994), 고난의 행군(1996), 강성대국 건설과 선군정치시대(1998)' 등으로 이어지고, 북한문학은 '추모문학, 단군문학, 태양민족문학'으로 명명작업을 진행하게 된다.[36]

이러한 일련의 과정 속에서 1990년대 이후의 북한문학은 김정일의 「주체문학론」(1992)이 내포하고 있는 북한의 폐쇄적 민족자주성 논리의 강화와 유연한 대외적 개방·개혁의 모색이라는 지배전략의 이중성에 상응하는 특성을 보인다. 즉 「주체문학론」은 북한문학 내부의 변화와 불변 사이의 미세한 긴장을 주목하고, 당위와 욕망, 혁명과 일상, 이념과 기교, 내용과 형식 등을 변주하면서 다양한 스펙트럼을 보여주고 있다.[37] 하지만 '침략자 미제'의 표상은 시대적 우여곡절에도 불구하고 야수적 적대국가의 표상으로 지속된다.

1990년대 북한문학 속 '미국' 표상의 특징은 1980년 광주민주화운동을 소재로 한 최승칠의 단편소설 「함정」에서 확인할 수 있다. 동생을 찾으러 광주에 온 젊은이가 폭도로 오인받아 죽게 되는 과정을 그린 이

---

35. 김정일, (연설)「조선민족 제일주의 정신을 높이 발양시키자」, 1989. 12. 28.
36. 김성수, 「1990년대 북한문학과 주체사실주의」, 『통일의 문학 비평의 논리』, 책세상, 2001, 261~310쪽.
37. 고인환, 「『주체문학론』의 서술체계 고찰」, 『결핍, 글쓰기의 기원』, 청동거울, 2003, 317쪽.

소설은 민주화에 대한 열망을 주체사상의 경도로 전유하는 내용을 담고 있다. 그리하여 "이게 다 미국놈들 때문이야. 자네도 그놈들을 미워하고 민주와 나라의 자주 통일을 바라겠지? 이 싸움에서는 모두가 주인이지. 구경꾼이 따로 있을 수 없어. 주체사상을 배우면 그걸 알 텐데. 생각해봐요. 온 이남 땅이 일제히 들고 일어났으면야 왜 이런 변을 당하겠나. 운명의 주인은 우리 자신이거든."[38]이라고 말을 하는 부분에서 확인할 수 있다. 광주항쟁의 원인이 '미국'에 있으며, '주체사상'으로 무장해야 '한반도에서의 민주와 자주와 통일'을 성취할 수 있음이 강조된다. 이렇듯 남한의 역사적 사건을 소재로 반미의 기운을 고양시키려는 기획의도는 1990년대 이후 북한문학에서 종종 발견된다. 이러한 작품들은 '반미 조국통일'이라는 담론을 강화하기 위해 전략적으로 생산하는 문학텍스트에 해당한다.

북한에서 한국전쟁기에 발생한 '미군의 양민학살만행'으로 규정하는 '황해도 신천학살사건'[39]은 끊임없이 미국에 대한 증오심과 적개심을 강화하기 위해 반복 재생산되는 대표적 기표이다. 그리하여 1990년대 북한문학에서도 김영길의 시 「신천땅은 말한다」(1999) 등에서처럼 "인간백정 미제승냥이" 등의 표현으로 '미국'에 대한 적대감과 복수심을 노골적으로 드러낸다. 이 작품은 "침략자, 략탈자, 야수로서의 미제에 대한 증오와 규탄의 감정"을 강렬하게 표현하며 "미제단죄의 그 목소리, 신천의 당부를 안고 인간백정 미제승냥이들"에 대한 "인민의 천백배 복수의 감정이 격렬하게 토로"[40]되고 있다고 평가된다.

---

38. 최승칠, 「함정」, 『조선문학』, 1998. 5, 67쪽.
39. 북한에서는 한국전쟁 시기인 1950년 10월 17일부터 12월 7일까지 52일 동안 미군에 의해 황해도 신천군 주민의 4분의 1에 해당하는 35,000여 명의 무고한 양민이 신천지역에서 학살당했다고 주장한다. '학살자 미제'를 표상하는 상징적 사건으로 북한에서는 '공식 역사'인 반면에, 황석영의 장편소설 『손님』(2001)에서는 미군 범죄가 아니라 마르크시즘과 기독교적 신념의 대결에 의해 발생한 민족 내부의 사건으로 형상화되어 있다.
40. 류만·최광일, 『조선문학사』 16, 사회과학출판사, 2012, 117~119쪽.

2000년대 북한문학에서의 '미국' 표상 역시 소재를 달리 활용하면서 전통적인 '미제에 대한 적개심' 고취를 유지한다. 그리하여 2002년 주한 미군 장갑차에 의해 희생된 여중생 '심미선, 신효순' 양의 실화를 소재로 한 리광선의 시 「5월이 부르는 노래」에서는 "보라 오늘도/ 나어린 두 소녀를/ 장갑차로 깔아 죽인/ 아메리카 식인종들이/ 뻐젓이 활개치며/ 광주의 더운 피 식지 않은/ 이 땅을 우롱하고 있다."[41]라며 주한미군을 비난한다. 1980년 5월의 광주항쟁과 주한미군의 범죄 행위를 연관지어 "아메리카 식인종"들이 활보하는 공간이 '식민지 남한'임을 드러냄으로 써 '반미 조국통일'의 담론을 강화하는 것이다. 이러한 인식은 홍현양의 「초불의 바다」에서 더욱 직설적으로 토로된다.

> 내 조국의 남녀아/ 네가 말해다오/ 살인자가 무죄로 되는 세상이/ 우리가 탯줄 묻은 이 땅이란 말이냐// 미국은 하늘도 아니다/ 미국은 하느님도 아니다/ 두 눈도 감겨 주지 못한 열 네살 꽃망울들/ 그 순진한 가슴을/ 장갑차의 무한궤도로 짓뭉 갠/ 미국은 이 세상 악마이다// 악마는 죽어야 한다/ 원통하게 가버린 민족의 혼을 부르는/ 저 초불의 바다가 하늘이다/ 이 준엄한 심판의 하늘 앞에서/ 미국놈들아/ 십자가에 못 박히 라/ 아, 저 초불의 바다가 력사의 십자가다!
>
> - 홍현양, 「초불의 바다」 부분[42]

홍현양의 「초불의 바다」(2003)에서는 "살인자가 무죄로 되는 세상"에 서 '미국' 자체가 "이 세상 악마"로 호명된다. 그리고 그러한 악마적 존 재는 죽어 마땅하며 촛불집회에서 형성된 '촛불의 바다'는 소녀들의 희

---

41. 리광선, 「5월이 부르는 노래」, 『조선문학』, 2003. 5.
42. 홍현양, 「초불의 바다」, 『조선문학』, 2003. 5.

생에 대한 원혼제의적 천명天命의 물결임을 강조한다. 촛불 집회를 통해서 '하늘이나 하느님'이 아닌 '제국주의 미국'에 대한 저항의 물결이 남한에서 표출되고 있음을 드러낸 것이다. 그리하여 역사의 심판대에 '십자가의 국가'인 '악마 미국'이 올라 있으며, 민족의 원혼을 해원하려는 몸짓이 촛불집회임을 증언한다. 남한의 '반미 분위기'를 문학적으로 중계함으로써 '반미 조국통일' 담론으로 북한 체제 내부의 결속을 강화하려는 창작 의도가 내포된 작품이다.

이렇듯 남한의 '미군 범죄 사건'에 대한 시의성을 내포한 작품뿐만 아니라, "미제에 대한 증오"와 "백년숙적 미제"에 대한 적개심을 강조하며 "선군혁명의 렬차"타고 가자는 내용의 하복철의 시[43]나 "양키들의 기를 꺾을 선군의 힘"을 강조하며 "반목과 불신의 어둠 가시며/ 반미항전의 불길을 높여가는/ 북과 남이 굳게 잡은 손과 함께 오는 통일"을 강조하는 송정우의 시[44]도 '미국'의 표상이 여전히 '반미항전'의 담론 속에 증오와 적개심의 대상인 '미제와 양키'로 호명되고 있음을 보여준다.

'과학환상소설'이라는 장르로 구별되는 리금철의 「붉은 섬광」[45]에서는 미국의 제국주의적 야욕에 반대하며 정의로운 과학기술의 실현을 주창하는 북한이 대안적 미래 세계로 설정된다. 남태평양 아열대수역에 위치한 섬나라 아씨르의 수도에서 한밤중에 발생한 항구화재사건을 해결하는 과정에서 미군이 아씨르섬에 합법적으로 주둔하기 위해 일부러 화재사건을 일으킨 음모가 드러나는데, 결국 조선의 과학자들이 그 음모를 분쇄하고 해결한다는 내용의 '반미 소설'에 해당한다.

북한문학에서 김일성 시대가 '황해도 신천학살사건'이나 '4·19 혁명', '푸에블로호 사건'을 통해 반미적 구호를 문학화하고 있다면, 김정일 시

---

43. 하복철, 「아이들이 렬차를 바래운다」, 『청년문학』, 2005. 11.
44. 송정우, 「통일은 어떻게 오는가」, 『조선문학』, 2006. 3.
45. 리금철, 「붉은 섬광」, 『조선문학』, 2002. 9.

대에는 그러한 기본축을 전제로 하면서도 새로이 광주민주화운동(1980)
이나 각종 주한미군 범죄 행위 등에 대한 시의적 형상화를 통해 남한에
서의 '제국주의적 미국의 이미지'를 비판하고 있다. 이렇듯 김정일 시대
는 황해도 신천학살사건, 푸에블로호 사건, 광주민주화운동, 주한미군
범죄 등을 소재로 활용함으로써 '학살자 미제'의 이미지를 '악마적 표
상'으로 형상화하여 '한반도 차원에서의 반미'의 분위기와 함께 분노와
적개심을 노골적으로 표출한다. 그것은 결과적으로 외부 세계로부터의
고립과 단절을 체제 내부적 결속으로 극복하기 위해 '미국'의 표상을 적
극적으로 활용하고 있음을 보여준다.

5. 김정은 시대의 '미국' 표상 – 격멸의 대상으로서의 미제

2013년 현재 북한문학 속 '미국'의 표상은 '김일성-김정일 시대'의 표
상을 계승하고 있다. '경제건설과 핵 무력 건설'이라는 '병진노선'을 걸
고 있는 2013년 현재 북한 사회의 핵심 기치는 '백두 혈통'을 앞세운 "위
대한 김일성-김정일주의"[46]로 강조된다. 이때 특히 김정은이 "미제와 괴
뢰역적패당의 전쟁도발책동"을 막기 위해 "원쑤격멸의 명령을 내리신 경
애하는 최고사령관동지"[47]임이 강조되고 초점화된다. 마치 김일성을 연
상시키는 김정은의 행보를 통해 김정은이 '김일성＝김정일'이 지닌 '최고
존엄'의 동일한 현실태임을 추인하고 있는 것이다.

단편소설의 경우 소설적 형상화의 시간이 필요하다는 점에서 '격멸의
대상으로서의 미국'의 형상은 2012년 이래로 2013년 6월호까지는 부재
하다. 반면에 시에서는 『조선문학』 2013년 2월호 이래로 "미제의 핵 야

---

46. 최언경, (론설)「위대한 태양의 노래가 더 높이 울려퍼지게 하자」, 『조선문학』, 2013. 1, 8쪽.
47. 최언경, 위의 글, 8~9쪽.

망"을 깨뜨린 '인공지구위성' 발사(2012년 2월 12일)와 '3차 지하핵시험 (2013년 2월 12일)' 성공이 강조된다. 그리하여 주경의 시 「아 철령아」에 서는 "세계제패를 꿈꾸던/ 미제의 핵야망은 깨여졌고/ 침략전쟁계획들 이/ 선군의 거세찬 불길에/ 한줌 재가루가 되어 흩날렸"으며, "제국주의 의 포위와 봉쇄환에 돌파구를 낸/ 우리의 인공지구위성들"의 성공적 발 사와 함께 "제국주의의 기둥을 밑뿌리채 뒤흔든/ 지하핵시험성공의 만 세소리"[48]가 동시에 울려퍼지고 있음이 강조된다. '경제건설과 핵 무력 건설'이라는 '병진노선' 속에 미제의 포위와 봉쇄를 뚫고 지하핵시험을 성공했다는 군사적 자부심이 전면화되고 있는 것이다. "미제의 핵 야망" 을 분쇄하고 미제의 침략을 방어하기 위한 필요 불가결한 의제가 '선군 담론'임을 강조하려는 의도가 깔려 있다고 판단된다.

나아가 2013년 4월호에 오면 '미제의 멸망'을 선고하는 시들이 발표된 다. 수세적 선군 담론이 아니라 공격적 선군 담론을 표명한 작품은 한광 춘의 시 「미제의 멸망을 선고한다」(2013)가 대표적이다.

통쾌하여라/ 우리의 강렬한 핵폭음이/ 천길지심을 뒤흔들었 다/ 미제의 아성을 뒤흔들었다// 천만번 정정당당한/ 우리의 평화적위성발사를 걸고들며/ 감히 〈제재〉를 떠드는/ 미제의 정 수리를 향해/ 선군조선의 참을 수 없는 분노가 터진것이다// 오, 하늘에선 주체의 위성이 날고/ 땅속에선 핵시험의 성공으 로/ 무진막강한 힘을 떨치는 이 땅/ 가슴가득 차오르는/ 무한 한 긍지여 자랑이여// (중략)// 미제에 의해 인류가 핵참화를 강요당한/ 그런 비극이 다시는 없게 하기 위하여/ 꿈많은 아이 들의 맑은 눈동자/ 그 꿈이 꽃펴나는 이 땅의 평화를 위하여/

48. 주경, 「아 철령아」, 『조선문학』, 2013. 2.

미제-악의 본거지에/ 정의의 핵으로 무자비한 철추를 내렸다//
(중략)/ 우리는 평화로운 세계를 위하여/ 정의의 핵폭발로/ 미
제의 멸망을 선고한다

　　　　　　　　　　　　- 한광춘, 「미제의 멸망을 선고한다」[49]

　　"미제의 멸망을 선고"하는 인용시에서는 북한에 대한 '제재'를 앞세운
미제가 '침략전쟁의 기획자'들이지만, 북한은 "평화적 위성발사"로 세계
의 평화를 위해 분노를 폭발한 것임이 강조된다. 이렇듯 북한에서 '미국'
은 제거해야 할 '절대악'이자 '주적'으로 표상된다. 따라서 미제는 '악의
본거지'이고, 북한은 '정당방위로서의 정의의 핵 보유국'이라는 인식이
핵개발과 실험을 통한 선군 담론의 토대임이 강조된다. '제재'라는 위협
으로 '선군조선'의 앞길을 가로막을 수 없으므로 '미제에 의한 핵 참화'
를 방어하기 위해 '무한한 긍지와 자랑'으로 '정의의 핵폭발' 실험을 감
행했다는 논리인 것이다. '정의의 이름'으로 '무자비한 철퇴'를 내려 "미
제의 멸망"을 선고하며, 미국 본토에 대한 전쟁 위협을 선언하면서도 '평
화의 세계'를 역설하는 아이러니적 세계 인식을 보여준다.

　　조광철의 시 「당중앙은 위성발사를 승인한다」(2013)에서도 "우리는
〈제재〉를 전쟁으로 생각한다."면서 "조선과 미제-승자와 패자/ 이것이
야 불보듯 명백하지 않는가."라는 이항대립적 선택지를 강조하며, "정의
와 평화", "민족의 존엄과 자주권을 지켜"내기 위해 당중앙이 "위성발사
를 승인한"[50] 것임이 주장된다. 이러한 공격적인 내용은 김영택의 「조선
의 선언」(2013)에서도 이어져, "원쑤들이 핵무기를 휘두르며/ 핵전쟁의
검은구름 몰아올 때/ 우리는 자주의 핵보검으로/ 전쟁의 검은구름 쳐
갈기며/ 경제건설과 핵무력건설의 병진로선으로/ 반미대결전을 선포하

49. 한광춘, 「미제의 멸망을 선고한다」, 『조선문학』, 2013. 4.
50. 조광철, 「당중앙은 위성발사를 승인한다」, 『조선문학』, 2013. 4.

였나니."[51]라고 강조한다. "자주의 핵 보검"이 "반미 대결전"의 선봉 무기임을 강변하고 있는 것이다.

한국전쟁 발발 63주년인 2013년 6월호에 이르면, 전쟁도 불사하겠다는 이미지가 더욱 격렬하게 드러난다. "전쟁의 운명"이 "조국의 운명"[52]이라거나, "미제라는 악의 대명사"[53]를 향해 "백악관도 보습날로 단숨에 뒤엎을듯"[54]한 기세를 강조한다. "미국의 아성들에/ 멸종의 총탄으로 시를 쓰"[55]거나, "미국놈을 아예/ 쇠물가마에 처넣으"[56]려는 등 "원쑤의 본거지를 향해 불소나기를 쏟을/ 그날"[57]에 "미제에 대한 증오"와 "복수의 일념으로 불타는 삶"[58]을 강조하면서 '미국놈, 원쑤'를 멸종시키고 제거하기 위해 '미제'에 대한 적개심과 분노, 복수심을 자극하는 공격적인 표현들이 난무한다.

청년지도자인 김정은 시대는 '인민생활향상 담론'과 '선군 담론'이 함께 강조된다.[59] '마식령 속도'를 비롯하여 속도전을 강조하는 가운데 2013년 전반기에는 '미국과의 전쟁'이라는 일촉즉발의 위기 상황을 문학적으로 호도한다. 이것은 결과적으로 김정일 사망 이후 권력의 이양기에 발생될 수 있는 체제 내부의 위기를 '적대국 미제'라는 외부 표상으로 극복해내려는 의도를 보여주는 대목이다.

51. 김영택, 「조선의 선언」, 『조선문학』, 2013. 5.
52. 박정애, 「승리의 길이여」, 『조선문학』, 2013. 6.
53. 정두국, 「0시 30분」, 『조선문학』, 2013. 6.
54. 김경석, 「분노한 봄들판에서」, 『조선문학』, 2013. 6.
55. 방금석, 「나의 시는 결전에로 달린다」, 『조선문학』, 2013. 6.
56. 리명학, 「쇠물을 쾅쾅 부어라」, 『조선문학』, 2013. 6.
57. 전수철, 「건설자의 선언」, 『조선문학』, 2013. 6.
58. 리광규, 「어머니」, 『조선문학』, 2013. 6.
59. 김성수, 「'선군(先軍)'과 '민생' 사이-김정은 시대 초(2012-2013) 북한의 '사회주의 현실' 문학 비판」, 『민족문학사연구』 제53호, 민족문학사학회, 2013. 12, 410~440쪽.

6. 여전한 분노와 적개심의 대상 '미국'

이 글은 북한문학 속에 나타난 '미국'의 표상을 시대별로 고찰하였다. 남한에서 형상화된 다면적 표상으로서의 '미국'[60]과는 다르게, 3대 세습체제를 완비한 김정은 시대에도 '미국'은 여전히 김일성, 김정일 시대를 계승하는 관점에서 '미제국주의'로 인식되어, 극복과 거부, 분노와 적개심의 대상으로 그려지고 있다. '적대국 미제'는 북한의 고립과 폐쇄를 강제하는 악의 화신이고 억압적 침략자의 표상으로 그려지고 있는 것이다.

김정일 시대의 선군 담론을 이어받아 '경제개발과 핵개발' 병진노선을 표방하고 있는 북한에서 해방기 이래로 '미국'은 '식인종, 야만인, 승냥이' 등의 야수성을 지닌 표상에서 '악마'에 이르기까지 절대악의 이미지로 표상되고 있다. '해방기'에는 '제2차 세계대전 전승戰勝 연합국의 일원'에서 '반동적 미제'로 '미국'의 표상이 180도 변모된다. '김일성 시대'에는 한국전쟁을 거치며 '미국'의 표상은 '야만적 침략자 미제'로, '김정일 시대'에는 '백년숙적 학살자 미제'로 표상된다. '김정은 시대'에도 2012년 이후 '미국'의 표상은 적대적 이미지가 강조되어 다시 '격멸과 멸망의 대상으로서의 미제'로 그려진다.

특히 2012년 말부터 2013년 6월호에 이르기까지 북한문학은 적개심을 조장하는 시를 통해 미제 본토와의 대결전을 앞둔 것처럼 전쟁 논리

---

60. 문한별에 따르면, 문학작품 속에 나타난 '미국'의 표상은 19세기 말 근대전환기에는 새로운 이데올로기의 표상이자 문명국으로 그려지고, 20세기 초에는 구원과 재생의 공간으로 형상화되면서 계몽적 서사의 대상으로 인식된다. 일제 말기에는 부정적 적국의 표상으로 그려지며, 해방기 이후에는 친미적 표상과 함께 비판과 극복의 대상으로 그려지면서 속물성, 개인주의와 자본주의 천국이라는 표상이 함께 그려진다. 뿐만 아니라 한국전쟁 이후에는 '반공' 이미지 속에 절대적 우방국의 이미지를 한 축으로 하면서 제국주의적 속성, 주한미군에 대한 비판, 반미주의적 시각 등이 함께 표상되어 복합적인 이미지를 구축하고 있다 (문한별, 「한국 현대소설에 나타난 집단적 표상으로서의 '미국'」, 『서정시학』, 2013. 가을호, 264~271쪽).

를 강조한다. 1950년 "조국해방전쟁"에서처럼 '전쟁'을 선동하는 듯한 분위기의 표현들이 전면화되고 있는 것이다. 그러나 지극히 다행히도 2014년 현재 북한문학 속 '미국'의 표상은 2013년 상반기 이전의 평시의 태도를 회복하고 있다. 그러나 실제의 전쟁 불사가 한반도의 공멸을 초래할 수도 있음을 알면서도 전쟁 불안과 위기를 강조하는 북한문학은 끊임없이 '침략과 학살과 제재의 상징인 미제'의 표상을 호전적이고 노골적으로 비난한다. 그것은 체제 유지 수단으로 작동되는 북한문학의 도구적 기능을 들여다보게 한다. 북한의 고립과 유엔의 제재가 상대에 대한 악화를 구축하는 것이 아니라 한반도의 안정과 민족의 공생을 위해 평화적 해결 방안의 길로 들어서야 한다. 그것만이 전쟁을 막는 유일한 대안이기 때문이다.

2014년 현재 선군 담론 속에 '경제개발과 핵개발' 병진노선을 표방하고 있는 북한에서 해방기 이래로 '미국'은 우방국에서 반동적 미제로, 다시 '식인종, 야만인, 승냥이' 등의 야수성을 지닌 표상에서 '침략자, 약탈자, 살인마, 악마'에 이르기까지 절대악의 이미지로 표상되고 있음을 확인하였다. '미국'은 여전히 북한의 '백년숙적'으로서 '침략과 학살과 제재의 상징'인 '미제'로 표상되고 있는 것이다. 하지만 노골적인 적개심과 복수심만으로는 북미 관계의 해법을 찾을 수 없다. 북한이 폐쇄적 고립국가에서 벗어날 수 있도록 주변 국가가 함께 대화와 타협으로 설득하고 공공의 장에 나서도록 유도해야 한다. 그것만이 한반도의 평화적 안정과 민족의 공존 번영을 위한 유일한 대안이기 때문이다(2014).

근대소설에 대한
문학사적 인식의 변화 양상

1. 시기 구분의 유동성

이 글은 북한문학사에서 1910~1926년 시기의 '근대소설'에 대한 문학
사적 인식의 변화 양상을 고찰하는 데에 목적을 둔다. 이 글에서 검토
하는 대상은 『조선문학통사(현대편)』(1959)[1]을 『통사』로, 『조선문학사』(19
세기말~1925)(1980)[2]를 『문학사a』로, 『조선문학개관 I』(1986)[3]을 『개관』
으로, 『조선문학사(7)』(19세기후반기~1926)(2000)[4]을 『문학사b』로 요약하
여 서술하고자 한다. 주지하다시피 북한의 문학사는 2012년 현재 이 네
권의 텍스트 시기를 기준으로 1950년대와 1970년대 말, 1980년대 중반,
1990년대 이후로 크게 대별할 수 있다.[5] 특히 1986년의 『개관』 이전과

1. 과학원 언어문학연구소 문학연구실, 『조선문학통사』(현대문학편), 과학원출판사, 1959(인
   동, 1988) → 이하 『통사』로 약칭함.
2. 박종원·류만·외탁호, 『조선문학사』(19세기말~1925), 과학백과사전출판사, 1980(열사람,
   1988) → 이하 『문학사a』로 약칭함.
3. 정홍교·박종원, 『조선문학개관I』, 사회과학출판사, 1986(인동, 1988) → 이하 『개관』으로
   약칭함.
4. 류만, 『조선문학사(7)』(19세기후반기~1926), 과학백과사전종합출판사, 2000 → 이하 『문학
   사b』로 약칭함.
5. 물론 김재용에 의하면 이 외에도 1964년 『조선문학사』가 16권으로 출간되었으며, 그중 9권
   이 '19세기말~1919'(안함광 기술)이며, 10권이 '1920년대'(안함광 기술)로 전체 면모가
   구성되어 있다(김재용, 『북한문학의 역사적 이해』, 문학과지성사, 1994, 244~245쪽). 하지
   만 이 문학사는 필자가 아직 확인하지 못한 텍스트이므로 이 글의 연구 대상에서 제외한
   다. 다만 문학사가 실제한다면, 그 편제를 볼 때 『통사』의 편제와 내용을 확장한 문학사일
   가능성이 크다. 이를테면 『주체문학론』의 입장을 보강하고 확장한 텍스트가 『조선문학사』
   (1991~2000)이듯이 말이다.

이후는 문학사적 구성과 진술이 완전히 다르며, 문학사 영역의 확장과 더불어 작가와 작품 평가의 유연한 태도 변화를 보여준다.[6] 따라서 구체적인 텍스트를 일별하면서 그 차이를 점검하는 것은 북한 체제가 문학을 호명하는 방식과 인식의 변화 양상을 포착하는 데에 기여할 수 있을 것으로 판단된다.

이 글의 주 연구 범위는 『문학사b』의 체제를 중심으로 '1910~1926년 시기'에 해당하는 소설문학에 대한 부분이다.[7] 이 시기는 근대문학의 태동기이자 일제 강점의 식민지배가 공고해지는 시기이다. 특히 북한식 어법으로 하자면 '3.1 인민봉기'를 전후로 크게 문학적 표현과 대응 양상이 변곡점을 드러내는 시기를 포함한다. 남한 연구자들에게도 이 시기는 유사한 분기점을 형성하는 것으로 인식된다. 김윤식·김현에 따르면 1919년까지는 계몽주의와 민족주의의 시대로, 1919년 이후는 '개인과 민족의 발견'을 꾀했던 시기를 내포한다.[8] 김재용 등의 경우 1910~1919년 사이는 계몽주의 문학의 기간으로 1919~1927년까지는 3·1 운동 이후 본격적인 프로문학의 시대가 개화되기 이전까지 '개인과 사회의 변증법'이 발견된 시기로 주목된다.[9] 권영민의 경우 식민지 전반기에는 '개인과 현실의 발견'으로 파악하면서 '근대소설과 단편소설 양식의 확립' 기간으로 파악하고 식민지 중반기인 1920년대 중반 이후 경향소설과 계급소설을 통해 '리얼리즘의 성과'가 집약된다고 평가한다.[10]

---

6. 유문선, 「최근 북한 근대문학사 인식의 변화-『현대조선문학선집』(1987~)의 '1920~30년대 시선'을 중심으로」, 『민족문학사연구』 35호, 2007. 12, 427~428쪽.

7. 최현식은 이 시기의 시문학에 대해 검토하면서 『문학사b』가 세 가지 면에서 문제적이라고 검토한다. 첫째는 시대구획으로, 북한 입장에서 근대로의 진입과 근대 극복이 정치사적·문학사적 관점에서 동시에 수행된다는 점, 둘째 기존 문학사에서 배제, 축소, 왜곡되었던 주요 작가와 군소 작가, 작품, 문학적 사건들이 폭넓게 복원된다는 점, 셋째 『문학사b』 15권 중 출간 시기가 가장 늦다는 점을 꼽는다(최현식, 「근대시와 주체문학-19세기 말~1926년의 경우」, 『민족문학사연구』 42호, 2010, 180쪽). 동일 시기의 근대소설 역시 세 가지 문제의식을 공유하고 있다.

8. 김윤식·김현, 「방법론비판」, 『한국문학사』, 민음사, 1973, 21쪽.

9. 김재용·이상경·오성호·하정일, 『한국근대민족문학사』, 한길사, 1993, 59~60쪽.

이 시기에 대해 전 15권으로 기술된 북한의 『조선문학사』(1991~2000)에서 7권은 제2편에서 1910~1926년까지로 기술되고 있다. 김일성에 의한 항일혁명투쟁의 조직적 전개가 1926년 10월 17일에 조직한 '타도제국주의동맹'으로부터 진행되었다는 '북한의 역사적 정설'[11]로 인해 '항일혁명문학'을 강조하는 『문학사a』에서는 1926년을 분기점으로 삼고 1925년까지의 문학과 1926년 이후의 문학을 구분한다. 이것은 1980년에 출간된 『조선전사』의 문학부문 기술에서 근대문학기를 19세기 후반기부터 1920년대 전반기까지로 보고, 1926년부터 1945년까지를 현대문학기로 보고 있는 것과 유사하다.[12] 좀 더 구체적으로 살펴보면 『문학사a』에서 1925년으로 시대구분을 한정하는 것에 대한 추정을 가능하게 하는 언급이 두 군데 나온다. 하나는 '문학발전의 사회력사적 환경'에서 김형직이 "1925년 8월 력사적인 무송회의를 소집"[13]하여 '반일민족단체련합촉진회'를 결성한 사건으로서의 해이고, 문학사적 사건으로서는 "1925년 8월 24일 『조선프로레타리아문학동맹』(이하 〈카프〉)이 결성"[14]되어 계급문학운동에 나서게 되었다는 이야기를 언급할 때이다. 따라서 『문학사a』에서는 김일성의 전범으로서의 김형직의 활동을 1925년까지로 묶고 있으며[15], 김일성의 '항일혁명문학' 이전에 카프의 결성까지를 문학사적 전환시기로 삼고 있는 셈이다. 『개관』 역시 '1920년대 전반기 문학'이라는 표현으로 이러한 인식을 따르고 있다. 그것은 1926년 이후 김일성

---

10. 권영민, 「서설: 한국문학사의 연구방법」, 『한국현대문학사 1』, 민음사, 2002, 34~35쪽.
11. 진경환·신두원, 「문학사의 시대구분」, 『북한의 우리문학사 인식』, 창작과비평사, 1991, 84쪽.
12. 이형기·이상호, 『북한의 현대문학 I』, 고려원, 1990, 51쪽.
13. 『문학사a』, 97쪽.
14. 『문학사a』, 175쪽.
15. 이에 대해 최현식은 '김형직 문예활동의 신화화'로 요약하면서 『문학사a』에서 김형직 문예활동에 대한 보고와 영웅화가 처음 등장한 후 『문학사b』에서 완결되고 있다고 판단한다. 특히 김일성의 사상미학적 전범으로서 김형직의 문예활동이 그 사실성 여부를 떠나 북한 문학 고유의 정치의 심미화를 수행하는 주요한 기원에 해당한다고 분석한다(최현식, 앞의 글, 180쪽, 185~186쪽).

의 항일혁명문학을 새로운 분기점으로 강화하기 위한 논리적 초석이라고 판단된다.

하지만 '1920년대 후반기~1940년대 전반기'를 다루고 있는 『조선문학사』 9권(1995)에 이르면 『주체문학론』에서 〈카프〉에 대한 공정한 평가'를 강조하는 김정일의 주문과 함께 '카프의 재조직화(제1차 방향전환)'가 시작된 1927년 9월 1일 이전과 이후로 '문학의 계급성'이 강화된 것을 중요한 분기점으로 강조한다.[16] 물론 이것은 1920년대 후반을 강조하려는 문학적 레토릭의 하나일 수도 있다. 그러나 1991년에 나온 『문학사b』의 첫 권인 『조선문학사』 1권(1991) '머리말'에서 "『조선문학사』(전 15권)의 권별 구성은 다음과 같다."면서 "제7권 19세기말~1925년, 제8권 1926년~1945년(I), 제9권 1926년~1945년(II)"[17]으로 명기되어 있어서 1990년대 초(정확히는 1991년)와 1990년대 중반 이후(정확히는 『주체문학론』이 출간된 1992년)의 시대구분에 따른 인식이 다른 것으로 판단된다. 그리고 앞서 보았듯이 1995년에 출간된 『조선문학사』 9권은 시기의 출발점을 '1920년대 후반기'로 특정하면서 시기를 모호하게 명기하고 있다. 이것은 좀 더 정치하게 검토해보아야 할 문제이지만, 기존 북한문학사에서 김일성의 항일무장투쟁을 강조하던 방식이, 문학사의 실제적 외연을 확대하려는 김정일의 방침과 겹쳐지면서 문학사적 시대구분에서 '시기적 혼란'을 겪고 있는 것으로 판단된다. 물론 이러한 시기구분의 혼란과는 상관없이 실제 문학 텍스트 분석은 1925년이나 1926년(심지어 1927년 작품까지)이라는 시기에 한정되지 않으면서 『문학사a』나 『개관』, 『문학사b』에서 작품 분석이 진행되고 있다. 즉 항일혁명문학을 분기점으로 삼을 경우 비판적사실주의문학, 신경향파문학, 무산계급문학의 연계성이 약화될 우려가 있으므로 1925년, 1926년, 1920년대 전반기 등의

---

16. 류만, 『조선문학사』 9, 과학백과사전종합출판사, 1995, 10쪽.
17. 사회과학원 주체문학연구소, 『조선문학사』 1, 사회과학출판사, 1991, 3쪽.

표현을 혼재적으로 활용하고 있을 뿐, 텍스트 분석은 대동소이한 것으로 파악된다.

이 글은 『문학사b』를 중심으로 『통사』, 『문학사a』, 『개관』이 지닌 목차의 함의와 그 차이를 검토한 뒤, 『문학사b』의 가장 큰 특징인 '김일성의 교시'와 '김정일의 말씀'이 지닌 의미망의 차이를 점검함으로써 김일성 체제의 『문학사a』와 김정일 체제의 『문학사b』의 차이를 분석하고, 김정일의 '주체문학론'의 핵심인 '유산의 발굴과 확충'이 『문학사b』에서 어떻게 구체적으로 보강되고 있는지를 검토하고자 한다. 이것은 1990년대 이후 현재에 이르는 북한문학사의 '공식성'을 확인하는 데에 일조할 것이다.

2. 수사적 표현의 유연화 - '조선문학사' 목차 비교

1991년부터 기획되어 2000년까지 출간된 총 15권 중 7권에 해당하는 『문학사b』에서 '제1편 19세기 후반기~20세기초 문학'과 '제3편 1910년대~1926년의 문학(2)(불요불굴의 혁명투사 김형직선생님과 강반석녀사의 혁명시가)'[18]를 제외하고, 이 글의 연구 대상이 되는 '제2편 1910년대~1926년의 문학(1)'의 목차에서 특기할 만한 사항은 수사적 표현의 유연화이다.[19]

전체적으로 『문학사a』와 『문학사b』 두 목차를 비교해보면 『문학사b』

---

18. 이 부분은 김일성의 전범으로서 김형직과 강반석의 문예활동을 신화화한 부분으로 이미 앞서 살펴본 최현식의 「근대시와 주체문학」에서 상세히 분석되고 있다. 7권 전체에서 약 5분의 1 분량을 차지하는데, 이는 『문학사a』에서 3분의 2를 차지했던 분량에 비해 축소된 것으로, 문학사적 실상을 복원하려는 노력에 해당한다고 판단된다(김성수, 「남북한 현대문학사 인식의 거리-북한의 일제 강점기 문학사 재검토」, 『민족문학사연구』, 42호, 2010, 92쪽).

19. 유문선은 이것이 1986년 『개관』 이후 『현대조선문학선집』(1987~)을 거쳐 『문학사b』로 연결되면서 선택과 배제의 원리가 유연화됨으로써 문학사의 비약적인 확충이 진행되고 있는 것으로 분석한다(유문선, 앞의 글, 419~420쪽).

의 편제가 『문학사a』의 편제와 유사하며 『문학사a』를 전제로 새로이 내용과 형식을 구성하고 있음이 확인된다. 즉 그 차이의 구체적 양상을 보면 첫째 『문학사a』의 '제2편 1910년~1925년의 문학'에서 '제2장 일제식민지통치하의 사회현실과 무산계급의 리익을 반영한 문학'의 하위항목인 '1절 착취사회의 모순과 자유독립에 대한 지향, 애국적인 민족생활감정을 반영한 문학'과 '2절 무산계급의 리익을 반영한 프로레타리아문학'을 『문학사b』의 '제2장 일제식민지통치하의 사회현실을 비판하고 애국독립에 대한 지향을 반영한 문학'과 '제3장 무산대중의 요구와 리익을 반영한 초기프로레타리아문학'으로 확장했음이 드러난다.[20] 이것은 문학사 기술의 양적인 확대에서 내용이 확장 보강된 장절항목이라고 할 수 있다.

둘째 『문학사a』에서 상용되던 수식어인 "부르죠아반동문학"류의 적대적 수사가 사라진 점이 확연하다. 즉 『문학사a』 제2절의 하위항목의 내용은 '2. 부르죠아반동문예조류들을 반대하는 프로레타리아문학의 투쟁'으로 명명하면서 그 하위 제목으로 '1) 1920년대의 부르죠아반동문학조류'와 '2) 부르죠아반동문학을 반대하여 투쟁한 프로레타리아문예평론'을 다루고 있다. 하지만 『문학사b』에서는 '부르조아 반동'이라는 표현 자체가 사라진다. 이것은 두 시기 사이에 프롤레타리아의 안티테제로서의 '부르조아'에 대한 적대적 인식의 유연화가 진행되었음을 보여준다.

셋째로 가장 큰 차이는 문인 개인의 실명이 소제목에서 호명되고 있다는 점이다. 이를테면 '리광수, 신채호, 현진건, 라도향, 최서해' 등의 실명이 『문학사b』의 목차에서는 강조된다. 즉 제2장 '제2절 소설문학'에서는 '1. 착취사회의 모순을 파헤치고 사회악에 대한 불만을 보여준 소설, 리광수의 장편소설 『개척자』, 2. 애국독립에 대한 지향과 신채호의 소설,

---

20. 두 권의 '제1장'은 '문학발전의 사회력사적 환경과 일반적정형'으로 동일하다.

3. 비판적사실주의소설의 발전, 현진건과 라도향의 창작'으로, 제3장 '제
2절 소설문학'에서는 '2. 초기프로레타리아문학의 대표적작가-최서해와
단편소설『탈출기』'가 눈에 띄는 대목이다. 이것은 '집단과 계급'을 강조
하던 문학사 기술 방식에서 대표적 개인을 중심으로 문학사적 특이성을
설명하는 방식으로 문학사적 인식이 바뀌었음을 보여준다.[21] 이러한『문
학사b』의 세 가지 특징은 북한에서 문학사적 인식이 유연해지고 있으
며, "부르죠아 반동"이라는 표현을 연성화함으로써 문학적 외연을 확대
함과 동시에 창작자 개인의 문학적 수월성을 주목하려는 변화의 대목이
라고 판단된다.

『문학사b』와『문학사a』의 목차는『통사』(1959)에서의 같은 시기의 목
차와는 현저히 이질적이다. 즉 1919년 3·1 운동을 전후로 근대문학 초
기의 장면이 분화되고, 1930년 이후 문학에서는 "김일성 원수 항일무장
투쟁 과정에서의 혁명문학"이 강조됨으로써『통사』에서는 아직 문학사
적 분기점에 대한 명확한 자의식이 형성되지 않았던 것으로 보인다.

•『통사』의 목차

제1장 1900~1919년의 문학

    1. 산문 2. 시가

제2장 1919~1930년의 문학

    Ⅰ. 프로레타리아문학

      1. 산문 2. 시문학 3. 평론

    Ⅱ. 프로레타리아문학 이외의 이 시기 진보적 문학

---

21. 유문선은 이러한 변화가 '1986년의 집중적인 논의 → 개인적 시도(은종섭,「조선 근대 및
해방전 현대소설사 연구」, 김일성종합대학출판사, 1986. 7) → 1차 보고서로서의『개관』→
『선집』을 비롯한 본격적 성과 산출'의 경로를 강조하면서 이후『주체문학론』과『문학사b』
의 유연화의 과정을 추론한다. 그리하여 문학작품의 정전화로서의『선집』과 문학사적 기술
로서의『문학사b』가 나타난 것으로 판단한다(유문선, 앞의 글, 429~430쪽).

『통사』의 목차를 보면 장을 분할하는 경계가 '1919년'이었음을 확인할 수 있으며, 각 장의 내용이 '산문과 시가(시문학), 평론' 등의 장르적 개념으로 구분되고 있음을 확인할 수 있다. 즉 1967년 유일사상체계 확립 이전에는 '김일성의 항일혁명투쟁'을 강조하는 주체사상의 잣대로 문학사적 시대 구분을 재단하지 않았음이 확인된다. 물론 시기와 장르를 구분하면서 객관적 기술인 듯 보이는 목차와는 다르게, 내용 자체는 가장 공격적인 표현을 통해 '부르조아 반동(문학 혹은 조류)의 퇴폐성'을 극복할 것을 강조하고 있다.

특히 1919년 이후의 문학에서는 이념적이고 계급적인 입장을 강조함으로써 '프로레타리아문학'과 '진보적 문학'이라는 두 축으로 문학사를 재구성하고 있음이 확인된다. 즉 '프롤레타리아'와 '진보'의 강조는 그것의 대타적 개념으로서의 '부르조아'나 '보수'의 문학적 양상을 배제할 가능성이 농후한 명명인 것이다. 그리고 실제로 '반동'이라는 수사적 표현과 함께 '부르조아, 보수, 퇴폐, 예술지상주의, 자연주의' 등을 제거해야 할 구시대적 문학 행태로 평가절하한다.

이렇듯 『통사』에 비할 때 『문학사a』와 『문학사b』의 체제는 상대적으로 안정된 문학사적 기준을 보여준다. 특히 30년 이상의 시공적 차이를 내장한 『통사』와 『문학사b』는 시기 구분뿐만 아니라 방법적 접근에서도 뚜렷한 차이를 노정한다. 반면에 『문학사a』와 『개관』은 『문학사b』와 목차와 내용적 구성 면에서 유사한 측면이 상당함을 확인할 수 있다. 즉 『문학사a』의 형식적 특성과 『개관』의 내용적 특색이 『문학사b』로 종합되고 있는 것이다. 그러므로 『문학사a』의 편제를 보완하고 『개관』이 담보한 내용적 문제의식을 반영한 문학사 텍스트가 바로 『문학사b』인 것이다.

• 『개관』(1986)의 목차

IX. 1910~1920년대 전반기의 문학

『개관』은 『문학사a』와 『문학사b』의 중개적 공간에 탄생한 그야말로 '개관'이다. 『문학사a』와의 가장 큰 차이는 '부르조아문학'의 긍정성을 문학사에 기입한 점을 들 수 있다. 이상경에 의하면, 『문학사a』는 이 시기 문학의 경향을 크게 "비판적사실주의문학과 진보적낭만주의문학, 애국적인 민족 생활감정을 반영한 문학, 초기프롤레타리아문학"으로 나누어 서술하는 반면, 『개관』은 "부르조아계몽문학과 비판적사실주의문학 그리고 초기프롤레타리아문학으로 나누고 반일애국문학이라는 항목을 따로 설정"[22]한 것이 차이다.

하지만 목차에서 확인되는 『문학사a』와 『개관』의 가장 큰 차이는 '부르죠아 반동문학 조류'에 대한 『문학사a』의 언급이 '부르조아계몽문학으로서의 신문학'이라는 새로운 내용으로 바뀐 것에서 드러난다. 이것

---

22. 이상경, 「1910년~1925년의 소설」, 『북한의 우리문학사 인식』, 창작과비평사, 1991, 301쪽.

은 '부르조아문학'에 대한 인식이 '반동'이라는 이데올로기적 접근 방식에서 '계몽'이라는 문학사적 사실에 대한 접근으로, 즉 부정적 비판 중심에서 중립적인 의미에서의 긍정적이고 객관적인 평가로 전환되었음을 보여준다. 결과적으로 '부르죠아 반동문학 조류'에 대한 반대로서의 '프롤레타리아문학'이 아니라 '1910년대 신문학'의 부르조아적 실체를 인정함과 동시에 '부르조아문학'이 내포한 계몽적 태도를 문학사에 새로이 기입한 것이다. 그런 점에서 『문학사a』와 『개관』은 현격한 인식 차이를 보여준다. 『개관』의 목차에서 드러나듯 "부르죠아계몽문학으로서의 '신문학'"은 기존 '북한문학사'에서의 제목과는 상당히 이질적인데, 제목만이 아니라 내용에서도 상당한 새로움이 드러난다. 즉 이광수 문학의 공과에 대한 직접적인 평가가 진행되고 있는 것이다. 『문학사a』에서 "부르죠아문학의 반인민성"을 퍼뜨린 "반동작가"[23]만으로 평가되던 작가가 『문학사b』에서는 "1910년대 계몽주의 문학을 대표"하는 "부르죠아계몽주의문학" 작가로서 "사회악에 대한 불만을 일정하게 표현함으로써 이 시기 진보적소설문학발전에 기여"[24]한 공로를 인정받고 있다는 평가에서 그것을 확인할 수 있다.

『문학사a』와 『개관』의 목차와 비교할 때 『문학사b』의 목차는 『문학사a』의 편제와 유사하다고 할 수 있으며, 『개관』의 내용적 측면을 구체적이고 실증적으로 보완하고 있다고 볼 수 있다. 반면에 『개관』과 『문학사b』의 가장 큰 차이는 『문학사b』에서 '리광수'라는 개인이 목차의 전면에 나서고 있다는 점과, 분량과 내용 면에서도 이광수 문학의 긍정성을 강화한 점을 들 수 있다.[25] 단순히 "부르죠아계몽문학으로서의 '신문학'"에 일조한 작가가 아니라 "착취사회의 모순을 파헤치고 사회악에 대한 불만을 보여준 소설"가로 1910년대의 문학적 성과를 호평하고 있는 것

---

23. 『문학사a』, 175쪽.
24. 『문학사b』, 88쪽.

이다. 『무정』(1917)에 대해서는 "청년들의 사랑과 련정에 대한 이야기"로 "신문명에 대한 청년들의 리상과 시대적기분"을 추적하고 있다고 평가한다. 그러면서 『개척자』가 『무정』의 약점을 극복하고 "낡은 봉건도덕에 저항하는 신시대의 륜리, 개성의 자유와 해방에 관한 사상을 표현하면서 당대의 사회악에 대한 불만"[26]을 반영한 작품이라고 2쪽에 걸쳐 상세히 분석 평가하고 있다.

이렇듯 『통사』, 『문학사a』, 『개관』 등의 기존 문학사와 비교할 때 『문학사b』의 목차는 균형감이 돋보인다. 그것은 제1장에서 문학사회학적 관점으로 문학 텍스트가 탄생된 사회역사적 배경과 문학적 개요를 설명한 뒤, 구체적으로 제2장에서 "일제식민지통치하의 사회현실을 비판하고 애국독립에 대한 지향을 반영한 문학"으로 시와 소설, 극문학을 구체적으로 검토하고 제3장에서 "무산대중의 요구와 리익을 반영한 초기 프로레타리아문학"으로 시와 소설, 극문학을 구체적으로 평가하고 있기 때문이다. 그러므로 『문학사b』의 목차는 1986년 이래로 '주체사실주의'[27]라는 창작방법론을 기준으로 문학사회학적 관점에서 문학의 장르적 특성을 시, 소설, 극으로 분류하여 체계화하고 있는 특성을 내포한다.

---

25. 최현식의 경우 『문학사b』의 유연성과 확장성이 근대문학 자체에 대한 시각과 인식의 변화에 전적으로 의존하지 않"으며, "오히려 중심과 주변의 전도, 문학사적 원리의 전유 등을 통해 혁명문학을 주류화 정통화하는 전략의 부산물"에 해당한다고 비판한다. 그러면서 『문학사b』가 『개관』의 확장판이자 완결판이며, 『개관』은 『문학사a』와 『문학사b』의 완충제이자, 태도와 시각의 일정한 변화를 매끄럽게 연결 짓고 통합하는 심리적 연결고리에 해당한다고 분석한다(최현식, 앞의 글, 172~174쪽). 필자 역시 이 의견에 전적으로 동의한다.
26. 『문학사b』, 130~131쪽.
27. 김정일에 의하면 주체사실주의는 사람중심의 세계관에 기초한 창작방법이며 사회주의적 내용을 민족적 형식에 담을 것을 요구하고, "우리의 혁명적문학예술의 력사"가 곧 주체사실주의의 역사임을 강조한다(김정일, 『주체문학론』, 조선노동당출판사, 1992, 91~116쪽).

3. 지도 담론의 변화
- 김일성 유일 담론에서 김정일 병행 담론으로

『문학사b』에서 새로이 담론적 주체로 부가된 '령도자'는 김정일이다. 그것은 장을 설명하는 앞부분의 교시가 김일성저작선집의 구절을 전거로 해서 논지가 펼쳐지는 『통사』와 『문학사a』, 『개관』과는 다르게 『문학사b』에서는 '령도자 김정일의 지적'이 두 차례 제시되기 때문이다.[28]

『통사』에서는 "10월혁명의 승리의 결과에 맑스·레닌주의 선진적 혁명사상이 조선에 침투되어 급속히 전파되기 시작하였으며 점차적으로 조선민족해방운동의 전략전술의 기초로 되였다."[29]는 '김일성의 말씀'이 '제2장 1919~1930년의 문학'을 개관하는 부분에서 전거로 활용된다. 즉 러시아 혁명의 영향하에 1910년대 후반에 마르크스레닌주의의 사상적 흐름이 한반도의 운명에 영향을 미치게 되었다는 인식이다. 그리고 『문학사a』에서는 "일본제국주의자들의 독점적식민지였던 조선은 세계에서 류례가 드문 야만적학정과 략탈로 말미암아 극도의 정치적무권리와 경제적파산과 문화적암흑상태에 처하여있었습니다."[30]라는 '김일성의 교시'가 '제2편 1910년~1925년의 문학'의 도입부에 자리한다. 러시아 사회주의 혁명에 대한 내용이 사라지고 일제의 학정과 약탈이 정치, 사회, 경제, 문화적 식민의 상황을 강제하고 있는 현실을 더욱 강조하는 것이다.

이어 『개관』에서는 "일본제국주의자들은 일찍이 세계력사에서 보지 못한 극악한 중세기적공포정치를 실시하였습니다. 일제는 조선민족의 모든 권리와 자유를 박탈하였으며 언론, 출판, 집회, 결사, 신앙의 자유의

---

28. 최현식의 경우 이러한 변화를 "역사와 현실을 통찰하는 '교시' 주체의 분절과 역할 분담 문제"로 파악한다. 즉 김일성이 '포괄적인 교시의 형식'을 취한다면, 김정일은 '구체적인 세목'에 집중하는 경향을 보인다고 판단한다(최현식, 앞의 글, 168~169쪽).
29. 『통사』, 31쪽.
30. 『문학사a』, 87쪽(『김일성저작선집』 1권, 제2판, 52페이지).

마지막 흔적까지도 허용하지 않았습니다."[31]라는 '김일성의 교시'가 'IX. 1910~1920년대 전반기의 문학'의 도입부에 자리한다. '중세기적 공포 정치'라는 표현으로 일제의 혹독한 탄압을 요약하면서 1910년대의 상황을 압축하고 있는 것이다. 이렇듯『통사』에서『개관』에 이르기까지 시대 인식을 대표하는 주체는 김일성이며, 따라서 실질적인 '문학적 수령' 역시 김일성이고 그의 교시가 문학 내외적 좌표 역할을 담당하고 있음이 드러난다.

하지만『문학사b』에서 기존의 교시와는 다른 변화된 징후를 보여주는 것이 '김정일의 지적'이다.

〈카프〉문학과 함께 〈신경향파〉문학에 대하여서도 응당한 위치에서 옳게 평가하여야 한다. 1920년대 전반기 우리 나라에서 프로레타리아문학의 기치를 들고 새로운 경향으로 나타난 최서해, 리상화, 리익상의 초기작품을 비롯하여 〈신경향파〉문학은 비판적사실주의로부터 사회주의적사실주의에로 넘어가는 길을 열어놓았다.[32]

'제2편 1910년대~1926년의 문학(1)'에서 가장 앞에 나오는 '령도자의 지적'이 바로『김정일선집』에 나온 〈카프〉문학과 〈신경향파〉문학에 대한 정당한 평가의 필요성이다. 즉 '항일혁명문학' 중심의 기존 평가에서 소외되었던 '카프와 신경향파'라는 문학사적 사실에 대한 공정한 평가를 주문하는 것이다. 이러한 평가의 필요성은『주체문학론』의 '2장 유산과 전통'에서 '3) 민족문학예술유산을 주체적립장에서 바로 평가하여야 한다'라는 대목에서 "〈카프〉문학에 대한 평가와 처리를 공정하게 하여야

---

31. 『개관』, 333쪽(『김일성저작집』 2권, 350페지).
32. 『문학사b』, 91쪽(『김정일선집』 12권, 385페지).

한다."[33]는 것으로 이어진다. 즉 "〈카프〉문학을 사회주의적사실주의로 규정하면 우리의 혁명적문학예술전통에 대한 해석에서 혼란이 생길수 있다고 생각하는것은 잘못"[34]이라는 전제와 연결되는 대목이다. '항일혁명문학'만이 '사회주의적 사실주의' 문학이 아니라 카프의 문학 텍스트 가운데에서도 '사회주의적 사실주의' 문학이 있음을 강조함으로써 객관적 문학 텍스트에 대한 '공정한 평가'의 필요성을 제기함과 동시에 문학적 외연을 확대하려는 포석이라고 볼 수 있다. 특히 『주체문학론』에서의 김정일의 논점은 그대로 『문학사b』에 반영되어 있다는 점에서 중요한 시사점을 갖는다. 즉 "20세기초엽의 우리 나라 문학작품을 더 많이 찾아내고 옳게 평가하여야 한다."[35]면서 자신이 '리인직과 리해조'를 문학사에 기입하게 하였음을 강조하는 것은 김정일의 지적이 곧 문학사에 반영되는 힘의 논리를 보유하고 있음을 입증한다.

이렇듯 문학적 외연의 확장과 공정한 평가에 대한 김정일의 주문은 『개관』에서부터 문학사적 평가의 변화를 가져오게 한다. 즉 '부르조아계몽문학으로서의 신문학'이 언급되면서 리광수와 최남선에 대한 긍정적 평가가 진행되고 있다는 점에서 그것을 확인할 수 있다. 『문학사b』에서의 기존 문학사와의 대표적인 차이는 '리광수의 공적'을 높게 평가하는 점에서 드러난다. 즉 "1910년대 부르죠아민족주의운동의 시대사조에 편승하여 부르죠아계몽주의 사상을 고취하는 작품"[36]들을 창작한 대표적 작가로 이광수가 거론된다. 특히 『주체문학론』에서 김정일이 "장편소설 『개척자』를 비롯한 리광수의 초기소설들은 1910년대의 우리 나라 소설문학의 대표작으로서 당대의 사회악에 대한 불만이 일정하게 반영되

---

33. 김정일, 『주체문학론』, 조선로동당출판사, 1992, 77쪽.
34. 김정일, 앞의 책, 79쪽.
35. 김정일, 앞의 책, 82쪽.
36. 『문학사b』, 129쪽.

여있다."[37]고 지적한 것을 전거로 삼는다. 김정일의 지적이 주요한 문학적 평가의 잣대로 활용되고 있음을 보여주는 두 번째 대목이다.

실제로 『문학사b』에서는 "신문명에 대한 청년들의 리상과 시대적기분"[38]을 보여준 『무정』(1917)에 대해 개략적인 분석과 평가를 진행한다. 그리하여 "착취 사회의 사회악에 대한 폭로"가 드러나지만, "현실 비판 정신은 미미하며, 종교적 〈박애〉사상과 부르죠아적 〈미덕〉도 당대 현실을 미화한 흔적"이라며 비판된다. 나아가 『개척자』가 "『무정』의 약점을 적지 않게 극복하고 낡은 봉건도덕에 저항하는 신시대의 륜리, 개성의 자유와 해방에 관한 사상을 표현하면서 당대의 사회악에 대한 불만을 일정하게 반영"하였다고 평가한다. 김정일의 지적이 수용되어 "사회악에 대한 불만"을 중심으로 『개척자』의 공이 『무정』의 과를 압도한다고 평가되는 것이다. 물론 "과학기술을 습득하고 발전시키는것을 나라의 독립과 문명개화를 위한 기본방도로 내세우고 녀성의 인격문제, 자유로운 사랑과 결혼이 〈신시대〉의 근본문제인것처럼 제기한것, 그리고 형상에서의 생활적진실의 빈약 등 작가의 세계관적제한성으로부터 오는 일련의 부족점"이 지적되기도 한다. 이러한 작가의 세계관에 대한 비판은 1930년 대 문학과 이후의 친일문학인으로서의 이광수를 연계하기 위한 장치인 것으로 파악된다. 하지만, "당시로서는 시대가 제기한 문제를 일정하게 반영하고 그에 형상을 지향시키면서 사회악에 대한 불만을 표현한 것으로 하여 진보적 의의"를 가지며, "신소설에 비하여 인물들의 성격 형상과 묘사, 언어문체 등에서 새롭게 전진함으로써 현대적인 소설을 개척하는데 이바지하였다."[39]고 높이 평가한다. 이렇게 보면 "사회악에 대한 불만"만이 아니라 근대적 인물의 형상화와 언문일치체의 특성까지 함께

---

37. 김정일, 앞의 책, 83쪽.
38. 『문학사b』, 129쪽.
39. 『문학사b』, 131쪽.

고평하는 것으로 파악할 수 있다. 물론 그러한 종합적 평가가 가능한 것은 김정일이 '지적'한 '사회악에 대한 불만의 반영'이 문학사적 평가의 핵심적인 '종자'에 해당하기 때문이다.

『통사』와 『문학사a』에서는 배제되었던 이광수가 『개관』에서부터 "부르조아계몽문학으로서의 '신문학'"의 선구자로 최남선과 함께 전면 복권되듯 언급된다는 것은 특기할 만한 사실이다.[40] 이것은 『개관』 즈음에 이미 '김정일의 지적'이 『문학사a』에서와는 다르게 작동하고 있었음을 보여준다. 아니면 적어도 『개관』의 '근대문학' 집필 저자인 박종원이 김정일과의 교감 속에 '부르조아계몽문학의 복권'을 진행하고 있었다고 판단할 수 있다.[41] 즉 『개관』에서 "봉건적인 락후성과 식민지민족으로서의 불행한 처지에서 벗어나 문명개화와 부강발전을 이룩하려는 계몽사상"이 "『무정』(1917), 『개척자』(1918) 등에서 더욱 깊이있게 추구"[42]되고 있다고 높이 평가하는 것은 적어도 『주체문학론』 이전 시기인 1980년대 중반에 이미 문학적 공과에 대한 '공정한 평가'가 가능하다는 김정일의 승인이 있었음을 보여주는 대목인 것이다. 아니면 적어도 박종원의 문학사적 인식을 김정일이 『주체문학론』으로 집대성하면서 수용했음을 보여주는 대목이기도 하다.[43]

물론 『개관』에서는 긍정성보다는 부정성에 보다 많은 지면을 할애

---

40. 물론 『개관』에서는 이광수의 첫 작품을 1915년의 「젊은 꿈」으로 잘못 기록하는 등 좀 더 정치하게 자료를 분석하지는 않고 있다. 통상적으로 일어로 쓴 「사랑인가」(1909)나 우리말로 쓴 단편 「무정」(1910)을 첫 작품으로 기록하기 때문이다(김윤식·정호웅, 『한국소설사』, 문학동네, 2000, 68~69쪽).

41. 유문선에 의하면 1986년을 경계로 문학사 기술 양상이 획기적 변모를 시작한 것은 확실하지만, 이 변화의 저변에 내재된 "내적인 배경과 의도 혹은 은밀한 사정 등은 아직 알 수 없다."라고 설명한다(유문선, 앞의 글, 428쪽).

42. 『개관』, 338쪽.

43. 권영민의 경우 은종섭의 『조선 근대 및 현대 소설사 연구』(1986)를 근거로 들면서 반동적 부르조아 작가로 비판받았던 이광수, 현진건, 이효석, 채만식 등의 문학 재평가 작업이 이루어지면서 진보적 성격이 새로이 조명되고 있다고 평가한다(권영민, 『한국현대문학사 2』, 민음사, 2002, 433쪽). 하지만 개략적 언급만 있을 뿐 구체적인 내용에 대한 분석은 부재하다.

하고 있다. 즉『민족개조론』(1922) 등의 해독성을 지적하면서 "부르죠아 반동작가 리광수는『단종애사』(1929),『혁명가의 안해』(1930),『흙』(1933) 등 색정적이며 허무주의적인 반동소설들을 써서 친일적인 민족개량주의와 굴종적인 패배주의사상, 복고주의사상을 전파"하였으며 특히『혁명가의 안해』에서 "혁명가, 공산주의자들을 중상모독함으로써 공산주의에 대한 불신을 부식하려고 책동"한 사실을 비판한다.[44] 특히 결론적으로는 '신문학운동'이 "부르죠아민족주의사상자체가 진보성을 상실한것과 마찬가지로 시대의 요구와 인민의 지향에 맞지 않는 반인민적이며 반동적인 길을 걸었으며 민족문학의 건전한 발전에 부정적으로 작용"[45]했음을 지적하면서 비판적 평가를 마무리한다. 즉『개관』에서는 작가에 대한 부정적 평가를 배제하지 않으면서 일정한 긍정성을 도입했다면,『문학사b』는 1910년대에 국한하여 "사회악에 대한 불만"을 반영한 긍정적인 작가라는 점에 방점을 찍어 호의적으로 평가하고 있는 것이다.

이렇게 보았을 때『통사』나『문학사a』등의 기존 문학사가 김일성 담론을 중시했다면,『문학사b』는 김정일의 담론을 중심으로 새로운 문학사적 평가와 더불어 문학적 외연이 확장되고 있음을 알 수 있다. 특히『개관』에서 '부르조아계몽문학'이자 '신문학'의 선구자로 언급되고 문학적으로 복권된 '이광수'에 대해 '사회악에 대한 불만 표출'이라는 요소를 강조하면서 문학적 위상과 비중이 더욱 확대되었음이 주목된다. 이것은 '김정일의 말씀'을 전제로 북한문학사에서 이광수가 차지하는 근대문학의 위상에 대해 유연한 문학사적 입장을 견지하는 것으로 인식이 전환되었음을 보여준다.

44.『개관』, 338~339쪽.
45.『개관』, 340쪽.

4. 문학 유산의 확충 – 공정한 평가의 강조

『문학사b』가 두 차례에 해당하는 '김정일의 지적'을 수용하여 문학적 유산을 확충하고 1910~20년대 문학에 대한 공정한 평가를 강조하는 대목은 여러 곳에서 발견된다. 그러한 유산의 확충과 공정한 평가에 대한 강조는 문학적 외연의 확대로 이어진다. 그것을 가능케 한 표현은 『주체문학론』에서 우선적으로 확인된다.

> 작가와 문학작품을 공정하게 평가하기 위하여서는 작가의 출신성분이나 가정환경, 사회정치생활경위를 문제시하면서 편견을 가지고 대하는 일이 없어야 한다. 작가의 출신과 사회생활경위가 복잡하다 하여도 우리 나라 문학예술발전과 인민의 문화정서생활에 이바지한 좋은 작품을 썼다면 그 작가와 작품을 아끼고 대담하게 내세워주어야 한다.[46]

인용문에서 보다시피 김정일은 작가와 작품에 대한 공정한 평가를 위해 편견을 없앨 것을 강조한다. 특히 "문학예술발전"이라는 측면과 "인민의 문화정서생활에 이바지한" 측면을 선행 평가의 기준으로 제시한다. 즉 문학예술의 발전적 측면에서 중요한 작품을 산출했느냐의 여부와 인민의 정서생활을 함양한 작품을 산출했느냐의 여부로, 작가의 출신이나 복잡한 사회생활 경위를 떠나서 텍스트성을 높이 살 수 있다는 주문인 것이다. 이러한 기준을 적용하여 이광수가 복권되었음을 짐작할 수 있는 대목이다.

『개관』이나 『문학사b』 이전에는 이광수, 김동인, 염상섭이 문학사에

---

46. 김정일, 앞의 책, 83쪽.

끼어들 여지가 없었다. 왜냐하면 『문학사a』에서는 '반인민적, 퇴폐적, 반동' 작가로 낙인찍힌 상태이기 때문이다. 즉 "3.1 인민봉기이후의 부르죠아문학에는 반인민적이며 퇴폐적인 경향이 더욱 강화되고 여러 가지의 반동적사조들이 발생"했음을 지적하면서 곧이어 "반동작가 리광수, 김동인, 주요한 등이 동인이 된 『창조』(1919), 반동작가 렴상섭, 오상순 등이 동인이 된 『폐허』(1920), 반동작가 박종화, 박영희, 김기진 등이 동인이 된 『백조』(1922) 등 이 시기 부르죠아문예잡지들을 무대로 자연주의, 허무주의, 퇴폐주의, 소극적감상주의, 반동적랑만주의 등을 퍼뜨리기에 광분한 각이한 문학류파들의 존재"[47]가 있었음이 비판된다. '프롤레타리아문학'을 강조하기 위해 적대적 개념으로서의 부르조아문학이 내포한 '반인민적, 퇴폐적, 반동적 사조들'을 거론하고 있는 것이다. 이광수, 김동인, 염상섭, 박종화 등이 노정한 문학적 특성을 '자연주의, 허무주의, 퇴폐주의, 소극적 감상주의, 반동적 낭만주의'라고 폄하하면서 그 차이를 규명하기보다는 '광분한 문학 유파의 존재'로 평가절하하고 있는 것이다. 특히 "리광수는 감옥에서 나온 혁명가들을 모욕하는 내용의 작품 『혁명가의 안해』라는 소설"을 썼으며, "조선사람은 일본제국주의자들과 〈동조동근〉이라고 떠벌이던놈"[48]이라는 원색적인 '김일성의 교시'가 주요한 판단의 근거로 작동한다. 수령의 교시와 말씀이 당과 인민에 앞서는 전일적 사회에서 이광수에게 가해진 비판과 욕설은 지극히 당연한 것으로 받아들여질 수밖에 없는 것이다. 이렇듯 '친일반민족 작가로서의 이광수의 반동성'을 비판하던 목소리는 적어도 『개관』 이전까지는 지속된다. 물론 『개관』에서도 "부르조아 반동작가"라는 꼬리표는 곳곳에서 사라지지 않고 등장한다.

하지만 『문학사b』에서는 이광수를 비롯한 김동인, 염상섭 등의 다른

---

47. 『문학사a』, 176쪽.
48. 『문학사a』, 179쪽(김일성, 『사회주의문학예술론』, 77페지).

작가군들에게서도 "반동작가"라는 수식어가 거의 완전히 사라진다. 즉 "주체9(1920)년을 전후하여 문단에는 또한 동인지들인『창조』,『백조』,『폐허』가 출현하였는데 이것은 이 시기 부르죠아문학의 한 류파를 이루었다."는 식으로 객관적 사실을 나열하는 방식의 가치 중립적 평가가 이루어진다. '반동작가'들의 '반동적 사조'에서 '부르조아문학의 한 유파'로 객관화가 진행된 것이다.

김동인, 주요한, 전영택, 오천석, 김억 등『창조』(1919. 2. 1~1921. 5. 30)의 동인들은 1910년대의 부르죠아계몽주의문학에 대한 비판적태도를 취하면서 〈소설의 취재를 구구한 조선사회풍속개량에 두지 않고 인생이라 하는 문제와 그리고 살아가는 고통〉을 그리는데 둔다고 주장해나섰다. (중략)『창조』는 3.1 운동을 전후하여 9권이 발행되었는데 거기에 실린 대부분 작품들은 자연주의, 예술지상주의의 경향을 다분히 발로시켰다.

씨러의 시 〈옛것은 멸하고 시대는 변하였다. 내 생명은 폐허로부터 온다.〉에서 그 제목이 유래하였다고 하는『폐허』(1920. 7. 25~1921. 1. 20)는 렴상섭, 오상순, 황석우, 김억 등이 동인으로 있었는데『폐허』역시 퇴폐주의적 경향을 띠었다.

『창조』,『폐허』와 함께 1920년대초 부르죠아적 문예잡지의 하나로서 홍사용, 박종화, 라도향, 리상화, 현진건, 안석주 등이 동인이 되어 간행된『백조』(1922. 1. 1~1923. 9. 6)는 많은 경우 감상적인 랑만주의의 세계에 머물러있었다.[49]

49.『문학사b』, 90~91쪽.

인용문에서 보이듯 『문학사b』는 '반동'이라는 부정적 꼬리표가 삭제된다. 『개관』에서도 이광수와 함께 "퇴폐적인 부르조아 반동"이라는 수식어를 『창조』, 『폐허』, 『백조』 등의 동인지가 받고 있었다는 점에 비춰보면 진일보한 평가이다. 즉 『문학사b』에서는 중립적 표현을 통해 기존의 비판적 평가로부터 인식론적 전환이 이루어지고 있음을 확인할 수 있다. 실명을 나열하면서 『창조』의 특징을 '자연주의와 예술지상주의의 경향'으로, 『폐허』는 '퇴폐주의적 경향'으로, 『백조』는 '감상적인 낭만주의의 세계'에 국한하는 '하나의 경향'을 띠고 있다고 진술하고 있을 뿐이다. 그것은 '보수 반동'이기 때문에 극복해야 할 '반동조류'이거나 제거해야 할 '배타적 대상'으로 접근하는 기존의 인식론적 태도에 변화가 진행되고 있음을 보여준다.

특히 『창조』 등의 유파들의 주장과 작품에 대해 "일부 사실주의적경향을 보여주고 문장같은데서 이전 시기 문학에 비하여 보다 근대적인성격을 드러내긴 하였지만 적지 않은 현실도피적이며 생활의 진실을 외곡반영하는데로 나감으로써"[50]라고 평가하여 '근대성'에 대한 긍정적 평가로의 전환을 암시하고 있다는 점은 시사적이다. 즉 사실주의적 경향과 문체에 대한 근대적 성격을 고평함과 동시에 현실도피적 성격과 생활적 진실의 왜곡을 두루 비판하고 있는 것은 문학적 공과를 공정한 잣대로 의미화하려는 가치중립적 태도를 보여주는 것이다. '사실주의적 근대성'과 '현실의 왜곡 반영' 사이를 유동하는 문학사적 인식은 기존 평가에서 제외되었던 문인들에 대한 재평가가 진행될 수 있는 여지를 보여주는 것이다. 기존의 평가에서 '반동작가'라는 명명에 의해 김동인과 염상섭이 제외되어 있던 점이 북한문학사 기술의 맹점이라고 보았을 때, 이러한 변화된 인식은 당대의 객관적이고 실체적인 문학적 사실을 문학

---

50. 『문학사b』, 91쪽.

사에 기입할 가능성을 보여준다는 점에서 유의미한 변화라고 파악된다.

김동인의 경우 '비판적 사실주의, 초기프롤레타리아문학, 진보적 낭만주의' 등의 관점에서 보면 놓일 자리가 없다고 보는 시각도 있다.[51] 하지만, 3·1 운동 직후 감옥의 풍경을 다룬 「태형」(1922) 같은 작품은 충분히 비판적사실주의문학으로 거론될 수도 있다는 점에서 기존의 북한문학사에서 의도적으로 배제했다고 판단된다. 그리고 이상경의 지적처럼 염상섭의 경우 「만세전」까지의 초기 작품들에서 드러난 사실주의 경향의 작품들을 외면하고 있는 것 역시 여전히 북한문학사 기술이 자의적인 기준에 의한 것임을 보여주는 대목이다.

이 외에도 『문학사b』에서는 1910년대 '비판적사실주의문학'의 대상 텍스트가 확충된다. 『문학사a』에서는 「슬픈 모순」과 「절교의 서한」만이 거론된 반면에, 비판적사실주의문학의 대표작으로 '「마을집」(주락영, 1917), 「랭면 한그릇」(류종석, 1917), 「우유배달부」(ㅅㅎ생, 1918), 「의심의 소녀」(김명순, 1918)'[52] 등이 추가된다. 이 작품들에는 "일제 강점하에서 천대와 멸시를 받으며 궁핍과 고통속에서 살아가는 하급사무원들과 품팔이군, 빈농민과 지식인, 청년학생들의 실생활이 사실주의적으로 재현되여있다."고 분석된다. 하지만 기존 『통사』, 『문학사a』, 『개관』 등에서와는 다르게 새로이 언급된 '「마을집」, 「랭면 한그릇」, 「우유배달부」, 「의심의 소녀」' 등의 작품은 이 개관 부분에서 작품 제목만 거론될 뿐 본문에서 구체적인 내용에 대한 분석과 평가가 부재하다. 이것은 '문학유산의 새로운 확충'이라는 차원에서 새로이 추가된 텍스트로 파악되지만, 미학적 분석이 병행되어야 온당한 평가라고 할 수 있을 것이다.[53]

---

51. 이상경, 앞의 글, 310쪽.
52. 『문학사b』, 89쪽.
53. 유문선의 연구에 따르면 총 100권 정도에 이를 것으로 짐작되는 『현대조선문학선집』과 『문학사b』를 면밀히 교차 검토해야 그 변화의 구체적 의미와 양상을 평가할 수 있을 것으로 판단된다.

'비판적 사실주의 경향의 소설문학'을 대표하는 1920년대 작가와 작품에서도 새로운 작품들이 보강된다. 그리하여 현진건의 경우 「빈처」, 「운수 좋은 날」 등의 기존 작품들 외에도 「피아노」(1922)를 언급하며 "수만원대의 돈의 소유자인 한 부자집의 무위도식하고 허례허식에 가득찬 생활을 그리면서 부자들의 정신적공허성을 풍자적으로 폭로규탄하였"[54]음을 높이 평가한다. 나도향의 경우에도 「벙어리 삼룡이」나 「지형근」 등의 기존 작품들 외에도 "가난과 천대에 시달리는 사람들의 비참한 생활처지를 그린 단편소설 「17원 50전」(1923), 녀성들의 비참한 운명과 생활문제를 다룬 단편소설 「전차차장의 일기 몇절」(1924), 「계집하인」(1924) 등에서 자본주의사회 면모의 일단을 드러내고 그에 대한 비판정신을 보여주었"[55]음을 언급한다. 이런 작품들과 함께 기존 문학사에서 거론되지 않던 박길수의 「땅파먹는 사람들」(1925)도 새로이 거론되는데, "1920년대 비판적사실주의문학의 발전면모를 잘 보여주고있다."[56]라고만 언급할 뿐, 구체적인 내용과 분석, 평가는 부재하다. 이렇듯 새로이 추가된 작품들은 당대의 현실 반영으로서 주제나 소재의 차원에서 취사선택된 것으로 판단된다. 이를테면 현진건의 「피아노」가 보여주는 부자의 허례허식에 대한 비판을 제외한다면 하층민들의 궁핍한 생활상을 통해 일제 강점하의 자본주의적 폐해를 보여주고 있기 때문이다.

그리고 기존의 문학사에서는 〈염군사〉와 〈파스큐라〉에 이은 1925년의 〈카프〉 결성이 강조되었다면, 『문학사b』에서는 카프 결성 이후, "1920년대 말에는 그 회원수가 200여 명, 1930년대에는 300여 명에 달하였다고 한다."[57]라고 적시하면서 "문학의 계급성"을 강조한다. 즉 "1927년 재조직을 계기로 새로운 강령을 채택하고 〈조합주의 투쟁에서 정치투쟁〉으

---

54. 『문학사b』, 145쪽.
55. 『문학사b』, 151쪽.
56. 『문학사b』, 89쪽.
57. 『문학사b』, 93쪽.

로 방향을 전환하여 무산대중을 위한 문학으로서의 목적의식성"[58]을 강화하였음을 부연 설명한다. 이러한 1927년의 강조 역시 김정일이 제기한 '유산의 발굴과 확충'과 더불어 〈카프〉에 대한 '공정한 평가'의 연장선상에 있는 변화라고 볼 수 있다.

5. 긍정적인 문학사적 인식의 변화 양상

이 글은 『조선문학사(7)』(19세기후반기~1926)(2000)(『문학사b』)을 중심으로 북한문학사에서 1910~26년 시기의 '근대소설'에 대한 문학사적 인식의 변화 양상을 고찰하였다. 『문학사b』를 중심으로 『통사』(1959), 『문학사a』(1980), 『개관』(1986) 등과의 비교를 통해 구체적인 텍스트를 일별하면서 그 차이를 점검함으로써 북한 체제가 문학을 호명하는 방식과 인식의 변화 양상을 포착할 수 있었다. 이 시기는 근대문학의 태동기이자 일제 강점의 식민지배가 공고해지는 시기로서 계몽주의 문학의 기간이자 본격적인 프로문학의 시대가 개화되기 직전까지의 시기를 포괄한다는 점에서 남북 문학의 문학사적 시각이 달라지는 분기점에 해당하는 시기라고 볼 수 있다.

뿐만 아니라 『문학사b』는 북한이 1990년대 이후 문학사적 외연을 확장하고 있는 현재적 시점의 모습을 보여준다. 『주체문학론』의 출간(1992)을 전후하여 출판되기 시작한 『문학사b』를 포함한 『조선문학사』는 1991년 이후 2000년까지 15권으로 기획된 북한의 정통문학사에 해당한다. 그 문학사 안에서 여전히 김동인이나 염상섭에 대한 문학적 공백이 표출되고 있는 것은 남북 문학사의 인식론적 차이가 상당함을 보

---

58. 『문학사b』, 95쪽.

여준다. 하지만 '부르조아, 반동, 보수, 퇴폐' 등의 부정적 표현들이 『문학사b』에 이르러 제거되고 있는 것은 문학사적 간극이 좁혀지고 객관화될 수 있음을 보여주는 징표라는 점에서 고무적이다. 특히 1910년대 '부르조아 계몽주의 문학'에 제한되긴 하지만 이광수의 문학적 공과에 대한 복원이 이루어진 점은 다양한 문학적 텍스트가 '조선문학사'에서 논구의 대상이 될 수 있음을 보여준다는 점에서 주목할 만한 변화라고 판단된다.

이 글에서 검토한 『문학사b』의 가장 큰 특징은 크게 세 가지로 대별된다. 첫째 이광수의 문학을 1910년대 문학의 핵심으로 거론하는 등 기존 문학사에서 '부르조아, 반동, 퇴폐, 보수' 등 적대적 대립을 강조하던 표현에서 표현의 적대감을 제거하고 중립적 입장을 강조하고 있다는 점이다. 둘째 '김일성의 교시'만 강조되던 방식에서 『주체문학론』을 위시한 '김정일의 지적'이 『문학사b』에서는 함께 강조되는 담론으로 수용되고 있음이 드러난다. 셋째 문학 유산의 확충의 측면에서 새로운 문학작품의 소개가 늘고 있다는 점이다.

김동인이나 염상섭처럼 남쪽 문단에서 주목을 받고 있는 문인이 여전히 북한문학사에서 배제되어 있는 것은 북한문학사가 문학적 사실보다는 이데올로기적 기준으로 작품의 공과를 평가하고 있음을 보여준다. 그러나 『문학사b』에서 보이듯 문학적 사실에 기반하여 문학연구의 대상 텍스트를 확충하려는 노력은 남북한의 문학적 이질성을 극복하고 공통분모를 확대하는 데에 기여할 수 있다고 판단된다(2014).

단편 서사에 표출된 북한식 연애 담론

1. 청춘 남녀의 연애담

이 글은 2000년대 북한 단편소설에 나타난 연애 담론을 연구하는 데에 목적을 둔다. 북한소설은 사회주의적 사실주의를 전유한 주체사실주의라는 창작방법론을 중심으로 '주체형 사회주의적 인간'의 형상화를 위한 당문학적 텍스트에 해당한다. 주지하다시피 1967년 5월 당중앙위원회 제4기 15차 전원회의와 1970년 11월의 제5차 당대회 이후 주체사상은 북한의 유일사상 체계로 수립된다. 이후 주체사상의 강조는 문예학에서도 이어져 김정일의 주도하에 주체의 문예이론을 정립하며, 김일성의 항일무장투쟁을 중시하는 '수령형상문학'을 강조하게 된다. 뿐만 아니라 '수령형상문학' 이외에 사회주의 현실을 주제로 형상화한 작품에서도 '수령의 가르침'[1]을 절대시하고, 계몽주의적 관점으로 주인공들이 혁명적 자각에 이르는 발전의 과정을 그려내게 된다. 일종의 '성장소설적 구도'를 통해 주인공이 시련과 난관을 극복함으로써 사회주의적 인간으로 거듭나도록 형상화되고 있는 것이다.

---

1. 2013년 현재 '수령의 가르침'은 김일성의 교시에서 김정일의 지적으로, 다시 김정은 제1비서의 지도로 이어져, 2011년 12월 17일 김정일의 사망 이후 모든 문학 텍스트의 핵심적 종자를 지도하는 인물은 김정일의 유훈을 이어받은 김정은이다. 그리하여 '김일성=김정일=김정은'의 등식이 성립되어 김정은을 '태양'으로 지칭한다(김성수, 「김정은 시대 초의 북한문학 동향-2010~2012년 『조선문학』, 『문학신문』 분석을 중심으로」, 『민족문학사연구』 통권 50호, 민족문학사학회 민족문학사연구소, 2012. 12. 31, 481~513쪽).

신형기에 따르면 '공산주의적 인간'의 창조에 대한 요구는 1960년대 초에 천리마 기수들의 자발적 헌신의 의지를 통해 공산주의적 인간의 품격을 형상화하는 텍스트에서 찾을 수 있다. 뿐만 아니라 주체소설의 이야기는 성장의 이야기와 대결의 이야기로 나뉜다. 즉 긍정적 인물들이 혁명의 길에 들어서거나 수령의 전사로서 자신의 위치를 자각하는 성장의 이야기와 적대자를 물리치고 혁명적 위업을 달성하는 대결의 이야기로 나누어 볼 수 있다. 특히 1990년대에 이르러 '사회주의의 우월성에 대한 신념'과 '조선민족 제일주의 정신'이 문학이 구현해야 할 '시대 정신'의 두 축으로 등장하고 있다고 분석한다.[2]

1988년 월북 작가의 해금과 함께 소개된 북한소설 속에서 청춘 남녀의 연애 감각을 생동감 있게 묘사한 남대현의 장편소설 『청춘송가』 (1988)나 부부간의 애정 담론을 형상화한 백남룡의 중편소설 『벗』 (1988) 등은 북한소설의 새로움을 남쪽에 알린 작품들에 해당한다. 그리하여 이 작품들은 1980년대 이후 개인의 욕망이 북한의 소설 속에 등장하여 '혁명적 사랑에서 개인적 사랑'을 강조하는 '주체 소설의 미세한 균열을 드러내는 징후'[3]로 읽히기도 한다. 김재용에 의하면 사회주의 현실을 주제로 한 1980년대 북한문학은 '숨은 영웅의 형상화와 절실한 사회문제(도농 갈등, 세대 간 갈등, 여성(남녀) 문제)' 등이 주로 다루어지는데, 애정 윤리의 문제를 다룬 『청춘송가』, 『탄부』, 『여덟 시간』 등이 주목된다.[4] 1990년대 문학에서도 '수령 형상화, 사회주의 건설과 혁명 주제, 과거 역사 주제, 사회주의 현실 주제, 조국통일 주제' 등이 지속적으로 천착되며, 그중에서 '사회주의 현실 주제'로는 '세대 간 갈등과 과학

2. 신형기, 『북한소설의 이해-'공산주의 인간학'의 분석』, 실천문학사, 1996, 29쪽, 220~243쪽.
3. 고인환, 「주체의 균열과 욕망」, 이화여자대학교 통일학연구원 편, 『북한문학의 지형도』, 이화여자대학교 출판부, 2008, 301~321쪽.
4. 김재용, 「1980년대 북한 소설 문학의 특징과 문제점-'사회주의 현실' 주제의 중·장편을 중심으로」, 『북한문학의 역사적 이해』, 문학과지성사, 1994, 254~277쪽.

기술 문제'가 강조되는 것으로 파악된다.[5]

북한에서는 '종자'[6]를 중시하는 특성상 부르주아 퇴폐 미학의 일종일 수 있는 '남녀 간의 삼각관계'를 다룬 작품을 형상화하기 어려운 것이 현실이다. 실제로 탈북 시인 최진이에 따르면, 북한에서는 '심의와 출판검열'이 있으며, 김일성의 교시와 김정일의 지적이 담긴 문장을 반드시 적어야 하고[7], 일반요강으로 "문학작품에서 삼각련애를 다루지 말라", "교원들의 애정을 소설에서 묘사하지 말라" 등의 지침이 현존하고 있다고 한다.[8] 이렇게 볼 때 타자의 욕망을 간접화하고 내면화하는 '욕망의 삼각형'[9]은 애초에 문학작품으로 형상화되기 불가능한 것이다. 남녀 간의 이별 뒤에 새로운 이성과의 만남을 형상화하는 1950년대 작품[10]은 있지만, 실제로 필자가 확인한 1990년대 이후 단편소설에서 남녀 간의 삼각관계를 통해 다른 사람을 욕망하는 등장인물은 없다.

북한소설의 연애 담론에 대한 연구는 많지 않다.[11] 김재용은 북한소설 속 여성성을 중심으로 북한 사회의 특성을 포착함으로써 북한 사회에 퍼져 있는 남성 중심주의에 대해 문제제기를 진행한다. 즉 사회적 활

---

5. 김재용, 「최근(1990년대) 북한소설의 경향과 그 역사적 의미」, 앞의 책, 278~323쪽.
6. 김정일에 의하면 '종자'란 작품의 핵으로서 작가가 말하려는 기본 문제가 있고 형상의 요소가 뿌리내릴 바탕이 있는 생활의 사상적 알맹이를 말한다(김정일, 『주체문학론』, 조선로동당출판사, 1992, 177쪽).
7. 물론 수령형상문학을 제외한 사회주의 현실을 주제로 한 작품들에서는 반드시 김일성의 교시와 김정일의 지적이 담긴 문장이 필수적인 것은 아니다.
8. 최진이, 「"조선작가동맹"과 북한 작가의 창작 및 생활」, 한국연구재단 인문사회 기초과제 '북한의 시학 연구'팀 전문가 초청 자문회 및 문화유산역사연구소 제4회 학술대회, 2010. 8. 26(「작가와 조선작가동맹」, 『임진강』 9, 2010년 가을, 163쪽).
9. 김치수, 「르네 지라르의 삼각형의 욕망」, 르네 지라르, 김치수·송의경 옮김, 『낭만적 거짓과 소설적 진실』, 한길사, 2001, 21~34쪽.
10. 오태호, 「『개마고원』에 나타난 인물 형상의 유연성과 경직성 연구」, 『비교문화연구』, 경희대학교 비교문화연구소, 2009. 12. 30, 191~214쪽.
11. 홍석중의 『황진이』(2002)가 2004년 남한에 소개된 이후 많은 평가가 지속되었지만, 이 작품은 역사소설이므로 이 글에서 논외로 한다. 이미 이 작품에 대해서는 김재용 편 『살아 있는 신화, 황진이』(대훈, 2006) 등을 비롯하여 다양한 시각과 관점의 평가가 누적되어 있기도 하고, 이 글이 대상으로 하고 있는 2000년대 사회주의 현실 주제의 단편소설과는 동떨어지기 때문이다.

동 속에서 여성들이 당당하게 생활하는 모습을 형상화하면서 남성의 관료주의적 성향과 여성의 민주주의적 성향 사이의 대비를 포착하거나,[12] 1990년대 북한문학의 여성 문제가 '슈퍼우먼 콤플렉스와 국가주의에 포획된 여성의식, 민족 환원주의와 진정한 연대의 좌절, 현모양처의 탈피와 여성적 정체성 찾기' 등으로 탐색되고 있다고 분석된다.[13] 반면에 최은주는 북한 문학작품 속 북한 여성이 "연애와 사랑에 있어서 소극적"이며 남성의 주도에 의해 연애와 데이트가 이루어지고, 뿐만 아니라 청춘 남녀의 교제가 부정적인 모습으로 비춰지며 대부분의 연애는 비공개적이고 은밀하게 이루어지는 것으로 분석한다.[14] 김재용이 '국가주의, 민주주의, 여성적 정체성'처럼 담론적 차원에서 여성의 특수성을 검토하고 있다면, 최은주는 실제 현실과 문학 텍스트 속 허구적 사실을 혼동하는 오류를 범하고는 있지만 일상성의 차원에서 문학 텍스트 속 생활적 특성을 강조한 논문이다. 이 외에도 최학수의 장편소설 『평양시간』을 중심으로 수령형상문학에 나타난 연애담[15]이나 남대현의 『청춘송가』 등에 나타난 첫사랑의 감정을 중심에 둔 서사의 특징을 단편적으로 검토한 단평[16] 등이 있을 뿐이다.

이 글은 2000년대 『조선문학』과 『청년문학』에 게재된 북한 단편소설 네 편의 분석을 통해 청춘 남녀의 연애 담론을 고찰하고자 한다. 『조선

---

12. 김재용, 「북한의 여성문학」, 『분단구조와 북한문학』, 소명출판, 2000, 243~245쪽.
13. 김재용, 「북한문학에서의 여성과 민족 그리고 국가」, 위의 책, 247~260쪽.
14. 뿐만 아니라 최은주는 북한 여성이 결혼 생활에서도 남성에게 종속적이거나 의존적인 삶을 살고 있으며, 육아와 가사노동에서 자유롭지 못한 것으로 그려지고, 결국 사회주의 이념과 주체사상을 동시에 강조함으로써 사회주의적 가부장제를 유지하면서 남녀에 대한 전통적 성관념을 고수하는 한계를 노정한다고 평가한다(최은주, 「소설 속에 나타난 북한여성의 일상생활 연구」, 인하대학교 교육대학원 일반사회교육전공 석사학위논문, 2007. 8, 5쪽, 91~95쪽).
15. 오태호, 「『평양시간』에 나타난 '수령 형상'과 '연애담' 연구」, 『현대소설연구』 제36호, 한국현대소설학회, 2007. 12. 30, 283~299쪽.
16. 고인환, 「6·15 공동선언 이후의 북한문학에 말 걸기」, 이화여자대학교 통일학연구원 편, 『북한문학의 지형도 2-선군 시대의 문학』, 청동거울, 2009, 71~95쪽.

문학』(1953. 10)은 전신인『문화전선』(1946. 7)과『조선문학』(1947. 9),『문학예술』(1948. 4)을 잇는 조선작가동맹 중앙위원회 기관지(2012년 12월호 현재 누계 782호)로서 북한을 대표하는 월간종합문예지[17]이고,『청년문학』(1956. 3)은 또 다른 조선작가동맹 중앙위원회 기관지(2012년 12월호 현재 누계 649호)로 1956년 창간된 후 신진 작가들이나 문학애호가들, 문학통신원들이 창작한 작품을 소개하며, 현역 작가들의 작품 지도평이나 창작 수기들이 수록되는 문학예술 전문지이다.[18]

북한에서 청춘 남녀의 사랑은 동지애적 관계와 공공윤리적 신념에의 확인이 감정 교류에 우선한다. 북한 사회가 항일무장투쟁 이래로 제국주의의 고립 섬멸 책동에 맞서 고난과 시련을 극복하며 조국과 민족을 보위해야 한다는 당위성을 전면에 내세우며, 신념으로 굳게 뭉쳐진 구호식의 사회이기 때문이다. 그러므로 북한 사회의 현실 반영태로서의 소설에서 자유주의적 감성이나 본능에 충실한 남녀 관계는 찾아보기가 어렵다.

> 작품에서 정서를 돋군다고 하면서 흔히 사랑선을 넣군하는데 사랑선을 넣는 그자체가 나쁜 것은 아니다. 사랑관계를 잘만 형상하면 우리 시대의 애정륜리에 대한 옳은 인식을 줄수있고 작품을 정성적으로 색깔있게 만들 수 있다. 문제는 그것을 도식적인 틀에 맞추어 어색하고 싱겁게 보여주는데 있다. 작품에서는 대체로 처녀총각이 서로 사랑하다가 오해가 생겼거나 뜻이 맞지 않거나 이러저러한 리유로 사이가 버그러졌다가 다시 결합되는 식으로만 그리고 있다. 사랑하는 남녀사이에

17. 오태호, 「해방기(1945~1950) 북한문학의 '고상한 리얼리즘' 논의의 전개 과정 고찰-『문화전선』,『조선문학』,『문학예술』등을 중심으로」,『우리어문연구』통권 46호, 우리어문학회, 2013. 5. 30, 319~358쪽.
18. 남원진, 「북조선 문학의 연구와 자료의 현황」,『이야기의 힘과 근대 미달의 양식』, 경진, 2011, 109~114쪽.

첫 인연이 맺어지는 계기도 어떤 필연적인데서만 찾으려고 하
는데 그럴 필요는 없다. 처녀와 총각사이에는 첫 인연이 아주
우연적인 계기에서 맺어질수도 있고 일단 사랑관계를 맺은 남
녀가 마지막에 리상의 불일치로 결렬될수도 있다.[19]

1990년대 이후 북한문학의 좌표와 방향을 제시하고 있는 김정일의
『주체문학론』은 연애 담론에 대해 '사랑선'을 강조하면서도 인용문에서
처럼 도식주의를 경계할 것을 강조한다. 즉 '애정 윤리에 대한 올바른 인
식'과 '작품의 정성적 색깔'을 강조하면서, 사랑관계에 대해 어색하고 싱
거운 '도식적인 틀'을 극복할 필요성을 제기하고 있는 것이다. 하지만 '도
식적 틀'의 문제는 『주체문학론』 이후의 작품에서도 크게 개선되지 않은
것으로 판단된다. 왜냐하면 남녀 관계에서 "마지막에 리상의 불일치로
결렬"되는 관계가 거의 전무하고, 한쪽이 문제가 있다면 다른 한쪽이
그 문제에 대한 오해나 비판을 통해 문제점을 극복하게 하는 것이 대체
적인 북한 연애소설의 전형적 형상화 방식이기 때문이다.[20]

북한소설에서 대부분의 남녀 간의 사랑은 감정에 치우치기보다는 서
로의 책무에 대한 이성적理性的인 판단이 그 성패를 가늠한다. 그러므로
사회주의적 대의명분을 중시하며 업무에 대한 성실성과 동료들에 대한
신뢰와 애정이 북한식 사랑법의 핵심 요소가 된다. 감정에의 충실성이
나 본능적 이끌림은 부차적인 요소로 작용하거나 배제된다. 오로지 맞
대면한 상대방에 의해 자리가 배치되며 그 상대에 의해 사랑이 의미화
되기 마련인 것이다. 이제 구세대의 혁명적 동지애에 초점을 맞춘 「첫 개

---

19. 김정일, 「6. 문학형태와 창작실천-2) 소설문학을 시대의 요구에 맞게 발전시켜야 한다」,
『주체문학론』, 조선로동당출판사, 1992, 243쪽
20. 필자는 남북문학예술연구회에 소속되어 2005년부터 2013년 현재에 이르기까지 조선작
가동맹의 기관지인 월간 『조선문학』을 1997년 1월호부터 2012년에 이르기까지 함께 윤독
해오고 있다. 한 호에 보통 적으면 2편, 많으면 5편 정도의 단편소설이 게재된다.

발자들의 이야기」, 구세대의 이기적 남성과 헌신적 여성의 관계를 형상화한 「겨울의 시내물」, 청년 세대가 보여주는 이기심과 헌신성을 강조한 「사랑의 샘줄기」, 자유주의적 남성과 보수적 여성의 관계를 포착한 「시작점에서」를 통해 북한 단편소설 속 연애 담론을 실증적으로 분석해보고자 한다.

이 글에서 집중적으로 검토하는 네 작품은 2002년과 2003년 작품들이다. 이 시기는 김일성 사후 '고난의 행군' 시기를 극복했다는 자부심 속에 북미 간의 긴장이 고조되고 '제2차 북핵 위기'가 확산되던 시공간이다. '선군'과 '강성대국 건설'을 강조하면서 '공화국의 존엄과 위력'이라는 자존감을 세우려는 시기로서 미국의 부시 대통령에 의해 '악의 축'으로 지목된 북한이 '조국해방전쟁 승리 50돐'을 새로운 승리의 해로 검토하며 '선군혁명문학'을 강조하던 시기이기도 하다.[21] 이렇듯 북핵 위기의 현실 속에 창작되었지만 이 글에서 검토할 작품들은 당대 현실과는 일정한 거리를 두고 있으면서도 제대군인, 영예군인 등의 주인공들과 더불어 당과 조국과 인민의 현실과 미래에 대한 헌신성을 내장하여 2000년대 초반 북한 단편소설의 현장을 대표하는 작품으로 판단된다. 이제 북한 단편소설 속 청춘 남녀의 사랑법을 고찰해봄으로써 주체문예이론을 기반으로 한 북한소설 속 사회주의의 현실적 사랑 담론을 추적해보고자 한다.

2. 성실한 탄광노동자와 미모의 사로청 위원장

구세대의 전범적인 연애담을 보여주는 맹경심의 「첫 개발자들의 이야

---

21. 오태호, 「2003년 『조선문학』 연구」, 『국제어문』 제40집, 국제어문학회, 2007. 8, 355~382쪽.

기」는 1950년대로 추정되는 탄광 초창기 무렵 탄광노동자로서 첫 '노력영웅'[22]이 된 '주먹(김주형)'과 제대군인 사로청 위원장(정련희)의 '값진 사랑'에 대한 회고담을 기록한 액자형 소설이다. 병으로 앓아 누운 탄광 신문주필(액자 속 '나')로부터 탄광의 연혁을 서술하는 사업을 인계받게 된 액자 바깥의 '나'는 그의 구술을 받아 기록한다. 인민을 교양하려는 계몽주의적 의도가 작품 면면에 묻어나는 이 작품은 '구세대의 청춘 남녀의 사랑'이라는 외피를 둘러싸고 있으면서도, '전 세대의 고귀한 사랑과 희생을 오늘에 되살리자'는 계승적 주제의식을 앞세운 작품이다.[23]

뿌리없이 자란 나무 없고 과거가 없는 오늘이 있을수 없듯
이 탄광의 번영과 더불어 생을 바쳐 온 우리 전 세대의 산 력
사를 나와 같은 탄전의 새 주인들은 깊이 알아야 할 것[24]

새로이 연혁 기술을 맡게 된 신세대 화자인 '나'는 인용문에서처럼 역사적 계승의식을 강조한다. 전前세대의 헌신적 노력을 신세대가 깊이 자각해야 한다고 다짐하는 것이다. 그만큼 '과거'가 비판적 성찰의 대상으로 간주되는 것이 아니라 현재의 전범임과 동시에 추앙과 경외의 대상으로 인식되어야 함을 역설하는 북한 사회 특유의 세계 인식을 보여 준다.

김주형은 '청년탄광'에서 성실성과 자존심을 겸비한 노동자로 공경과

---

22. 노력영웅 칭호는 1951년 7월 17일 제정되었고, 북한은 노력영웅을 "당의 유일사상체계가 튼튼히 선 사람으로서 인민경제의 일정한 부문에서 김일성 교시와 당 정책을 관철하기 위한 투쟁에서 노력적 위훈을 떨침으로써 혁명과 건설에 크게 이바지한 일군에게 조선민주주의인민공화국 중앙인민위원회 정령으로 김일성이 주는 영예칭호, 또는 그 칭호를 받은 사람"이라고 정의하고 있다(서동만, 『북조선 사회주의체제 성립사(1945~61)』, 선인, 2005).
23. 이와 유사하게 구세대의 정신을 계승하는 후대의 사랑 이야기를 다룬 소설로는 '북청물장수의 후손'이자 '혁명의 3, 4세'로서의 결합을 강조한 김해성의 「큰 자존심」에 대한 이야기(『조선문학』, 2007. 8)를 들 수 있다.
24. 맹경심, 「첫 개발자들의 이야기」, 『청년문학』, 2002. 9, 40쪽.

신뢰의 애칭인 '주먹'으로 불린다. 청년 노동자 김주형 앞에 제대군복을 입은 처녀 정련희가 '별'과 같은 아름다운 이미지로 사람들의 이목을 끌며 나타난다. '주먹'은 자신들의 조직책임자인 '갱 사로청위원장'으로 처녀가 온 것에 놀라면서도 남몰래 연정을 품게 된다. 그러던 중 '주먹'이 시인 지망생이자 친한 친구인 '나'(신문주필)를 폭행한 사건으로 초급단체 회의에 가해자로 불려간다. 그 자리에서 김주형은 신성한 자신의 사랑과 탄부에 대해 '나'가 모욕했기 때문에 어쩔 수 없이 벌어진 사건이었음을 설명한다. 그 후 '주먹'은 훌륭한 군복을 입은 처녀의 모습과 반딧불보다 초라한 자신의 존재감을 대비시키면서 연정의 대상을 향해 심리적 갈등을 일으키고 있음을 '나'에게 피력한다. 이상적 타자와 유약한 자존감이라는 대조적 성격을 통해 연애의 비적대적 갈등이 그려지는 것이다.

이후 어머니의 병간호 때문에 통근하게 된 연희가 짐을 가지고 집으로 돌아가려고 하자, '주먹'은 탄부가 싫어서 떠나냐며 호통을 치지만 주먹의 오해였음이 밝혀진다. 북한소설에서의 '사랑선'은 이렇듯 '오해와 갈등 해소'라는 식으로 관계를 구축하는 특질을 보인다. 이후 화차에서 떨어진 탄덩이를 주워 올리는 성실성을 보이며, 탄을 캐는 것에 열성을 기울이는 '고지식한 주먹'의 모습을 보면서 련희도 성실한 노동자에 대한 공경심과 더불어 연정을 품게 된다. 결국 평양에서 열리는 '청년선구자회의'에 '주먹'이 추천되어 련희와 함께 다녀온 뒤 둘의 사랑은 결실을 맺어 결혼에까지 이르게 된다. 탄광이 낳은 첫 노력영웅인 '주먹'은 노력영웅이 된 이후에도 신문주필인 '나'에게는 평범한 탄부처럼 성실하게 자신의 직분에 충실한 사람으로 인식된다. 하지만 그의 아이가 "우리 아버지의 친아들은 대형굴착기"라고 할 정도로 일밖에 모르는 일벌레의 모습을 보이는 부분은 역설적이게도 '노력영웅'을 강제하는 사회주의 현실의 이면을 들여다보게 한다. 결국 불의의 굴착기 사고로 생을 마감하

게 되는 순간까지 '주먹'은 2,450만 톤이라는 엄청난 탄량을 굴착기로 퍼
낸 일꾼으로 기록되며 탄광의 첫 노력영웅으로 사람들의 가슴에 남게
된다.

이렇듯 '주먹'이라는 탄광노동자와 제대군인 사로청 위원장이 탄광을
개척하며 보여준 숭고한 사랑을 형상화한 「첫 개발자들의 이야기」는 구
세대의 헌신적이고 아름다운 모범적 연애담을 보여준다. 신념과 성실성
에서 모범을 보여주는 양심적이고 긍정적인 인물을 통해 헌신적 탄광노
동과 동지적 연애라는 양날개 속에서도 균형 감각을 잃지 않는 사회주
의적 인간의 전형적 모습을 형상화하고 있는 것이다. 그리하여 외골수적
성실성의 남성과 당당한 제대군인 여성의 맺어짐이라는 이상적 남녀 관
계가 '사회주의적 연애담'의 전형임을 보여준다.

3. 소심한 영예군인과 이타적 간호사

김주형과 정련희의 사랑이 상호 간의 오해를 극복하며 성실성과 애국
적 헌신성으로 사회주의적 이상을 실현해가는 연인 관계의 전형을 보여
준다면, 소심하고 우유부단한 남성을 이타적인 여성의 헌신적인 노력을
통해 새로운 인간으로 거듭나게 해주는 작품이 「겨울의 시내물」이다. 특
히 한국전쟁기에 '제대군인'[25]과 여성 간호사의 연애담은 사회주의 조국
애라는 공적 지향과 연애 감정이라는 사적 감각의 이상적 일체감을 보
여주는 모티프에 해당한다. 그리하여 육체적 불구 속에 나약한 소극적

---

25. 김민선에 따르면 '제대군인'의 복합적인 형상은 국가의 요구와 제대군인 개인의 욕망이 충
돌함으로써 다양하게 형상화되면서 전후 경제 복구 과정에서 성립되는 공동체적 윤리를
성립시키는 데 기여하는 표상으로 기능한다(김민선, 「전후 북한의 열정과 '제대군인'」, 이화
여자대학교 통일학연구원 편, 『북한문학의 지형도 2-선군 시대의 문학』, 청동거울, 2009,
386~407쪽). 이때의 충돌이란 개인이 '국가의 요구'를 수용함으로써 공동체적 윤리를 내면
화하는 것으로 귀결된다.

생활 의지를 가졌던 남성 주인공이 여주인공의 도움으로 난관을 극복하는 헌신적 동지애가 북한식 연애 담론의 이상적 전형임을 보여준다.[26]

윤경찬의 「겨울의 시내물」은 이제는 70세의 고령이 된 리학성이 '한국전쟁'에서의 부상으로 오른팔을 절단하고 폐 절제수술을 받은 이후 자신의 담당 간호원이었던 옥심이와의 사랑을 회감하는 내용이다. 전쟁기에 헌신적인 간호를 받으면서 일상 생활에 대한 사랑과 의지를 다지고, 이후 대학교수가 되어 조국에 필요한 지식인으로 재탄생되었음을 감사하는 형식으로 그려진 애정소설이다. 자존감이 추락된 전상자 남성과 헌신적이고 이타적인 간호 여성의 관계가 핵심으로 그려진다.

중환자 학성은 전상자 병원에서 수술을 받은 후 주위와 담을 쌓고 지내면서, 기계공학도로서의 자신의 꿈과 희망이 좌절되었다는 절망감에 사로잡혀 지내게 된다. 그러던 어느 날 비행기의 공습에 미처 학성이 피하지 못한 것을 알게 된 간호원 옥심이가 병실로 들어가 학성을 '비겁쟁이'라고 몰아붙이며 자신의 어깨를 밟고 창문 밖으로 대피하도록 이끈다. 이후 여성의 도움을 받아 공습을 피했던 자신의 모습을 한탄하며, "불구자의 굴욕적인 처지를 강제적으로 감수"하게 된 학성은 더욱 심한 모멸감 속에서 자포자기에 빠져들게 된다. 그러한 학성에게 "날씬한 몸매에 아름다운 용모와 고운 목청까지 겸비"할 정도로 완벽한 외양의 여성상으로 그려진 옥심은 "조국은 중사동지에게 보람있게 살 것"을 바란다며 독려를 아끼지 않는다. 하지만 신체적 불구에 대한 자기 혐오감은 학성으로 하여금 결혼도 못할 것이라는 자책감 속에 "동무 같으면 나 같은 사람한테 시집"오겠냐며 자신의 절망감을 토로하게 만든다. 이를 지켜보던 옥심은 심리적으로 유약해진 학성에게 "우리 녀자들은 비겁한

---

26. 영예군인과 여간호사의 연애담 모티프는 김광남의 「진달래꽃 필 때」(『조선문학』, 2008. 2), 김흥균의 「내 고향은 아름답다」(『조선문학』, 2009. 12), 김정희의 「약속」(『조선문학』, 2010. 3) 등에서도 결혼 모티프로 반복 변주되면서 북한식 연애담의 한 전형을 이루고 있다.

남자를 제일 싫어"한다며 불굴의 용기와 정신적 건강의 중요성을 전하고 좌절에 빠져 비겁해진 학성을 자극한다.

이후 옥심이가 재활의지를 독려하기 위해 무전수였던 학성에게 병원에 하나밖에 없는 라디오를 고쳐보라고 권유하게 되고, 학성은 수리 중 안 풀리는 부분이 있자 읍내 도서관에 가서 한 무더기의 책을 빌려오게 된다. 한 손으로 어렵사리 책을 들고 오던 학성의 모습을 발견한 옥심은 학성이 '괴짜'라며 그가 들고 온 책을 빼앗아 들고 병원으로 향한다. 그후 옥심이가 자신의 라디오 수리와 왼손 글씨연습을 도와주게 되면서 학성은 옥심에게 연정을 품게 된다. 그러던 중 손가락만 한 부속 하나가 없어서 수리가 안 되는 것을 알게 된 옥심이가 부속품을 구해오고, 그것으로 학성은 라디오 수리를 마치게 된다. 전쟁이 끝나고 학성이 대학으로 떠날 때, 학성은 자신의 심정을 옥심에게 털어놓고 싶지만 반향을 얻지 못할 것이 두려워 머뭇거리던 중, 자신을 배웅 나온 옥심에게 '벼랑 위에 핀 산국화꽃'을 꺾어준다. 학성이 '삶의 용기를 찾아준 은인' 옥심에게 선물로 꽃다발을 건네준 뒤, 아쉬움을 뒤로 한 채 헤어지게 된다.

이후 김책공대에 입학한 학성은 옥심에게 편지를 보내지만, 제대하여 고향으로 갔다는 소식만 전해 듣는다. 그때 학업에 열중하려고 하지만 점점 힘들어지는 공부 탓에 심신의 피로를 풀기 위해 고향으로 내려가는데, 그곳에서 학성의 고향집을 고쳐 새집을 짓고 있는 옥심이를 만나게 된다. "나약해진 사람을 용감한 사람으로 만들기 위해, 스러져 가는 인생에 재생의 불길을 지펴주기 위해" 일생을 바치기로 결심한 옥심이가 곧 있으면 의사가 된다는 말을 전해 들으며, 나약한 자신의 모습을 부끄럽게 여긴 학성은 이튿날이 되어 다시 대학으로 돌아가게 된다. 그리고 김책공대 기계공학 교수가 되어 70세의 고령이 될 때까지 수많은 후진을 양성하는 지식인이 된다.

돌이켜 보면 내 한생은 난관이 앞을 막아 설 때마다 생활에 대한 사랑과 의지로 그것을 이겨 온 한생이었습니다. 그 사랑의 힘이 나를 죽음에서 이기게 해주었고 조국에 필요한 사람으로 되게 하였습니다. 동무들도 앞으로 탐구의 먼 길을 걸어 가느라면 어려운 일들이 많겠지만 생활을 뜨겁게 사랑할줄 아는 사람은 결코 주저앉지 않을 것입니다. 이건 내 한생을 관통해 온 좌우명일뿐아니라 우리 조국의 현대사가 남긴 진리입니다. 사랑으로 뭉쳐 진 세상은 더 강해지고 그리고 더 아름다와 지는 법이지요.[27]

인용문에서 학성이 피력하는 "생활에 대한 사랑과 의지", "조국에 필요한 사람"이라는 두 구절은 이학성의 70 평생을 압축하는 말이 된다. 특히 '비겁쟁이'에서 '괴짜'로, 다시 김책공대 교수로 인생을 달리해온 70 고령의 이학성은 불구적 시련을 극복한 '지식인의 전형'으로 작품 속에 형상화된다. 결국 이 작품은 의지적으로 나약한 신체적 불구의 남성과 헌신적이고 강인한 여성의 관계를 통해 고난과 시련을 극복해온 과거사를 낭만적으로 조감하는 연정소설이다.

그러나 이 작품은 옥심이 학성을 반려자로 받아들이게 되는 부분이 지나치게 헌신적으로 그려지고 있어서 개연성이 현저히 떨어진다는 점, 그리고 학성을 위해 그토록 헌신적이던 옥심이가 어떻게 되었는지에 대해 작품 말미에 전혀 언급되지 않는다는 점, 또한 학성이 '생활에 대한 사랑과 의지'로 한생의 난관을 극복해왔다고 하지만 그 구체적인 생활이 요약 서술로라도 전혀 드러나지 않는다는 점 등에서 작품의 서사적 응집력에 대한 비판을 갖도록 만든다.

---

27. 윤경찬, 「겨울의 시내물」, 『조선문학』, 2002. 10, 68쪽.

4. 이기적 관리위원장과 헌신적 작업반장

맹경심과 윤경찬의 작품이 1950년대 연애 담론을 끌어와 2000년대 인 현재에도 과거의 헌신적 연애관이 지닌 사회주의 조국애의 유효성을 강조하고 있다면, 「사랑의 샘줄기」는 2000년대 농촌에서 펼쳐지는 현재 적 연애 감정을 강조한 작품이다. 특히 이기적 남성과 헌신적 여성의 대 비를 통해 나라와 인민에 대한 대한 사랑과 열정이 사적 연애 감정의 고 조를 추동하는 원동력으로 작동함을 보여준다. 즉 김자경의 「사랑의 샘 줄기」는 양어장건설문제를 둘러싸고 연인 사이인 향봉리관리위원장 정 철진과 샘골 작업반장 진주옥의 대립과 갈등, 사랑의 회복 등을 다루고 있어서 사회주의 현실 속에서 청춘 남녀의 사랑이 어떻게 심리적 동요 를 극복하고 실현될 수 있는지를 보여주는 연정소설이다.[28]

관리위원장 전철진은 양어장터가 될 만한 샘이 없기 때문에 농경지 를 천 평 정도 돌려써서 양어장 건설을 실천에 옮기려던 차에, 땅에 대 한 사랑이 부족하다는 주옥의 비판을 리당 비서로부터 듣게 된다. 작업 반장 주옥은 농민들의 기름진 옥토를 쓰는 것보다는 양어장 자리가 될 만한 곳을 찾아보자는 주장을 펼치지만, 철진은 시간이 없다며 주옥의 이야기를 무시한 채 면박을 주고 자신의 생각대로 일을 강행하려고 마 음을 먹는다. 3년 전 제대군인인 주옥이 고향에서 농사를 잘 짓기 위해 대학에 입학하려고 했을 때, 철진은 책을 빌려주기도 하고 농사일을 거 들어주기도 하면서 주옥과의 연정을 키워왔다. 그리하여 마을 사람들은 누구나 이 둘의 관계를 믿어 의심치 않았고 둘은 주옥의 대학 졸업 후 결혼하기로 약조한 사이였다. 하지만, 양어장건설문제로 고민하다 저녁

---

28. 이런 식으로 북한소설의 연애 담론은 대체로 오해와 오해의 해소를 통해 연애 감정을 확인하고 국가적 신념과 공동체적 윤리를 내면화하는 골격을 이루는데, 이러한 오해와 갈 등 해소를 통해 결혼에 이른 작품으로 동의희의 「재령처녀」(『조선문학』, 2009. 1)를 들 수 있다.

늦게 집으로 돌아온 철진은 집으로 찾아와 양어장건설설계도를 봐달라는 주옥의 부탁을 매몰차게 거절하고, 결국 주옥은 눈물을 흘리며 집으로 돌아가게 된다.

주옥이를 향해 주옥의 오빠인 주성이가 "이젠 좀 성격도 고쳐라. 그렇게 막대기 같아선 못 살아. 처녀라는 게 버들가지처럼 나긋나긋 휘여들 줄도 알아야지 마른 나뭇가지 같아서야 부러질 일밖에 더 있겠니?"라고 전하는 말은 북한에서의 보수적 여성관을 보여준다.[29] 오빠인 주성이는 주옥이가 철진과 끊임없이 부딪치자 주옥이 제기하는 비판적 문제의식의 타당성 여부와는 상관없이 여동생을 다그치는 것이 묘사되고 있기 때문이다. 북한 사회의 보수적이고 남성 중심적이며 전근대적 여성관이 드러나면서, 여성은 부드러워야 한다는 고정관념이 표면화된다. 이러한 관점은 남성 중심의 가계와 혈통을 중시하는 가부장적 전통이 잔존해 있는 북한 사회의 한 단면을 보여준다.

계속되는 주성과 주옥의 대화를 귀동냥으로 듣던 철진은 리당비서로부터 주옥이 샘을 찾았다는 말을 듣고 '가수천 양어장 설계도'를 보게 된다. 그리고 주옥이 며칠밤을 새우며 가수천에서 땅을 파헤쳐 큰 샘을 찾게 되었고, 지질조사와 물량측정, 수질검사까지 받았으며, 설계도면을 완성하느라고 까치봉에 오르다가 다리를 다쳤다는 소식을 듣게 된다. 결국 주옥이 찾아낸 샘터 앞에서 철진은 비옥한 농토를 돌려써서 양어장을 만들고자 했던 자신의 계획이 오히려 자신의 명예와 이기심에서 비롯된 잘못된 행위였음을 깨닫게 된다.

'아, 진정 나에겐 이 땅에 대한 사랑이 부족하였다. 나는 오

---

29. 여성은 부드러워야 한다는 모성 혹은 여성성의 강조는 북한이 남녀평등을 위한 제도적 장치가 구비된 사회라고 하지만 실제적인 여성의 생활이 남성에게 종속되어 있는 가부장적 사회에 해당함을 보여준다(최은주, 앞의 논문, 90쪽).

늘에야 경제적인 타산과 실리를 중시하는 것이 곧 이 땅에 대한 사랑의 표시이고 인민성의 발현임을 깨달았구나. 그런데 그 귀중한 철리를 깨우쳐 준 주옥이를 나는 어떻게 대해주었던가./ 가슴속엔 뼈저린 아픔이 조수처럼 밀려들었다. 주옥을 몰리해하고 모욕했던 자기자신에 대한 혐오감에서 오는 아픔이었다. 고향땅에 대한 사랑이 샘줄기처럼 넘쳐 흐르는 그 마음을, 진정으로 사랑하는 사람만이 들 수 있는 아픈 매로 자기를 깨우쳐준 보석처럼 소중한 그 마음을 철진은 몰랐었다.[30]

인용문은 철진이 상급자로서의 판단만을 믿고, 인민과 땅에 대한 사랑이 부족하여 경제적 타산과 실리를 놓쳤던 자신의 잘못을 반성하면서, 그것을 깨우쳐준 주옥에 대한 사랑을 확인하는 부분이다. 땅에 대한 사랑의 부족, 경제적 타산과 실리에 대한 경시가 자신의 태도였으며, 인민성의 진정한 발현은 농토에 대한 사랑에서부터 시작된다는 '귀중한 철리'를 깨우쳐준 모범적 존재로서 주옥을 새로이 파악하는 것이다. 하지만 만약에 주옥이 헌신적인 노력에도 불구하고 샘터를 찾지 못했다면, 경제적 실리와 타산을 중시했던 사람은 오히려 철진일 수도 있다는 점에서 이 작품의 작위적 구도는 문제적이다.

그러나 심리적 동요와 갈등을 거듭하는 철진과 주옥의 모습이 주변 인물들과 조화롭게 형상화되고 있다는 점에서 깔끔한 북한식 단편의 맛을 보여준다. 이 작품은 몰이해적이고 자기중심적인 남성과 강인하고 당찬 여성의 연애담을 통해 상호 간의 오해를 극복하는 사랑이야기를 다룬 소설이다.

---

30. 김자경, 「사랑의 샘줄기」, 『청년문학』, 2002. 12, 40쪽.

5. 자유주의적 철부지 남성과 신파적 구애 여성

북한 작품에서 불량청년의 모습이나 자유주의적 성향을 지닌 인물들은 공산주의적 인간형에 해당하지 않기 때문에 주인물로서 긍정적인 형상화의 대상이 아니다. 그런 점에서 사회적 전형에 해당하지 않는 부정적 인물을 내세워 작품의 연애 담론을 추적하고 있는 「시작점에서」는 흥미로운 텍스트에 해당한다. 불량청년의 각성을 통한 노동자의 연애 담론을 형상화하고 있기 때문이다.[31]

홍남수의 「시작점에서」는 '불량청년'이었던 철진이 노동의 신성함을 깨달으며 각성된 노동자로 거듭나는 내용을 〈길〉, 〈생활의 흐름〉, 〈래일은 더 아름답다〉 등의 소제목으로 구성한 1인칭 고백체 소설이다. 〈길〉에서는 반년 전 '불량청년'이었던 '나(철진)'가 '청년영웅도로' 400리 길을 비를 맞으며 걸어 '대각언제건설장'에 자리한 청남대대로 찾아오는 것에서부터 시작된다. '청년영웅도로' 앞에서 또 다른 '불량청년' 친구 영석이가 '불량청년 시절의 과거'를 아량으로 받아줄 사람이 없을 것을 지레짐작하며 '좁고 어두운 뒤골목길'을 향해 떠나는 모습이 그려진다. 북한식 통제사회에서 '음지(뒷골목길)'로 떠나는 인물이 그려지는 것은 상당히 이질적이며 그만큼 흥미로운 북한 사회의 이면을 보여준다. 왜냐하면 작품의 의도와는 상관없이 북한 사회의 '불량성'을 날것으로 드러내고 있기 때문이다. 철진은 '영석과의 결별' 선언 이후, '청년영웅도로' 입구에서 마음의 동요를 딛고 모욕이나 아픔을 당해도 건설장에서 맞아야 한다며 혼자서 언제건설장으로 향한다. 이때 대대장이 열심히 일해보자며 반겨주고, 내일에 대한 희망을 품으며 노동의 희열을 새롭게

---

31. 불량청년의 각성과 변화라는 모티프를 다룬 소설로는 '법적 교양'을 받는 남편과 연애 시절을 회상하며 결혼을 회의하는 여성 화자의 내면 갈등을 포착한 김혜성의 「열쇠」(『조선문학』, 2004. 4)를 들 수 있다.

느끼게 된 철진은 400리 물길의 시작점인 대각언제건설장에서 생활의
참맛을 느끼게 된다.

　　동무와 내가 어떤 사람들이었나? 우린 2년동안이나 순수 소
　　비자로 사회의 근심거리로 살았었지. 과연 우리들한테 깨끗한
　　것을 좋아하고 아름다운 것을 즐거워했으며 다정다감하던 그
　　때가 없었단 말인가? 물론 있었지./ 우리는 노래를 부를줄 알
　　았고 아름다움을 지향했으며 또 사랑도 했었지. 그러나 그 모
　　든 것은 뒤전에 물러나고 사람들은 우리를 가리켜 쓰지 못할
　　인간, 불량청년이라고 말했지만 지각이 무딘 탓에 그런 수치를
　　당하고도 얼굴 한번 숙이지 않았었지. 세상을 놀래우고 경탄
　　을 자아낸 청년영웅도로가 시대의 창조물로 일떠서지 않았다
　　면 우리는 진창속에 묻힌 발을 뽑지 못했을지도 모르네. 사실
　　이 그렇지 않나. 우리의 눈이 새롭게 떠지고 불현듯 귀가 열린
　　것은 청년영웅도로를 지나면서가 아니었나.[32]

　　인용문에서는 북한소설에서 보기 드문 고백이 드러난다. 즉 철진이 2년
씩이나 '순수 소비자'이자 '사회의 근심거리'였으며, 주위로부터 "쓰지 못
할 인간, 불량청년"이라는 평가를 들으며 살아온 자신의 삶을 회상하는
것이다. 북한 사회가 노동을 신성한 의무로 여기는 '통제된 공간'이라는
점을 감안한다면 비록 의식의 각성을 통해 새로운 인간형으로 철진이
거듭나기는 하지만, 북한에서 두 젊은이가 2년 동안 '순수 소비자'로서
'자유주의'적 행태를 일삼을 수 있었다는 사실은 북한 사회와 소설에서
의 균열적 변화의 조짐을 읽어낼 수 있는 리얼리티를 제공한다.

---

32. 홍남수, 「시작점에서」, 『청년문학』, 2003. 1, 21쪽.

〈생활의 흐름〉에서는 공장 작업반장인 한정식을 만나 지난 추억을 곱씹는 내용이 그려진다. 정식의 누이동생인 보옥이 책방에 다닐 때, 철진은 보옥과 2년 넘게 교제하면서 결혼 약속을 한다. 하지만 오빠인 정식에게 '홀어머니손에서 자란 자식'이라는 비난을 듣는 등 가족들의 반대에 부딪히게 된다. 결국 "어디론가 도망치고 싶은 생각뿐"이라며 일탈적 행동을 결심한 보옥이와 '사랑하기 때문에' 헤어지게 되고, 그 이유로 철진이 직장에서도 이탈했던 것이다. 철진뿐만 아니라 정식이나 보옥 역시 흠결 있는 품성의 소유자임이 드러난다는 점에서 작품의 의도와는 다르게 북한 사회의 실상을 생생하게 보여준다고 해석된다.

이후 새로운 인간으로 거듭난 철진이 언제건설장의 생기를 영석에게 전해주고 싶어 영석이를 데리러 남포로 찾아가지만 영석이 용단을 못 내리자 닷새 만에 혼자 건설장으로 돌아오게 된다. 소대장인 정식이 말도 없이 자리를 비웠던 철진에게 규율생활이 싫으냐며 따지고 들면서 '아버지 없이 자란 사람'이라는 말을 하자 정식과의 대립은 평행선을 달리게 된다. 대대장에게 다른 소대로 보내달라고 요청도 해보지만, 대대장이 "여긴 동무를 오라고 손을 내민 사람도 또 가겠다는 동무를 붙잡을 사람도 없소. 동무가 스스로 찾아왔던 걸음이니 동무결심대로" 하라는 말을 하자 자신의 '마음속에 응고된 아픔'을 그가 외면한다는 생각 속에 실망과 고독감을 느끼게 된다. 또한 정식이 대대장과의 대화에서 '자유주의'를 하면서 보옥이에게 불행을 준 철진을 비난하는 말을 하자, 철진은 2년 전 겨울 수백 리 길을 걸어 자신을 찾아왔던 보옥을 만나지 않고 그냥 보냈던 일을 떠올리게 된다.

〈래일은 더 아름답다〉에서는 기록영화를 찍으려고 촬영가들이 온다는 소식이 전해지고 대대가 현장으로 일하러 나가는 장면에서 철진이 기수로 뽑혔다는 이야기를 듣게 된다. 하지만 고민 끝에 철진은 과거에 불량청년이었던 자신이 대대의 기수로 나설 수 없다고 대대장에게 말한다. 그러나 대대장은 기수로 나서게 된 것이 성실히 노력한 '철진의 열매'일 뿐만 아니라 더욱 새로운 모습을 보여줄 기회라고 말하며 원래대로 진행하라고 전한다. 며칠 뒤 체육대회날 마지막 주자로 나선 철진과 대대장은 서로 발을 맞추고 달려 우승을 하게 되고, 철진은 성실한 사람들의 따뜻한 마음을 되새기며 더욱 새로운 마음을 다지게 된다. 그러던 어느 날 '2차 가물막이 기초공사'를 마무리하던 중 대대장이 자동차 사고로 사망하게 된다. 대대장의 사망 후 1년이 지나, 대대장의 무덤이 안치된 야산으로 올라간 철진은 그곳에서 보옥을 만나 다시금 둘의 애정을 확인하게 된다.

> "철진동무, 왜 말이 없나요. 제 눈물이 아직 적나요? 제 마음속에는 아직 눈물이 가득 고여 있어요. 하지만 전 울지 않아요. 눈물로 혜여졌던 우리가 또 울면서 만나야 하겠나요."/ (중략) 그날 밤 난 보옥이를 통해 내가 모르고 있던 승남대대장에 대한 이야기를 듣게 되었네. 남 모르게 보옥이를 두 번이나 찾아갔던 일이며 (보옥이는 나를 아예 잊어버리려고 했었네.) 내 입당보증을 해주려고 려단정치부와 도당에까지 걸음을 한 일이며…/ 우리 시대 인간들은 얼마나 아름다운가. 오늘의 이 시대와 모든 인간들을 아름답고 깨끗하게 키워준 어머니당에 나는 무엇을 더 바치며 어떻게 일해야 하는가?[33]

작품 내내 곳곳에서 눈물만 흘리는 모습으로 그려진 보옥이가, 인용문에서 보이듯 자신을 버리고 떠났던 철진에게 2년여 만에 눈물을 흘리는 모습으로 형상화되어 있다는 점은 소설뿐만 아니라 북한 사회에서의

---

33. 홍남수, 「시작점에서」, 앞의 글, 29쪽.

여성이 얼마만큼 전근대적인 남성우월주의적 시선 속에 놓여 있는지를 보여준다는 점에서 문제적이다. 물론 인용문의 의도는 북한소설이 일반적으로 '고난과 시련, 미성숙 → 의식의 각성, 모범 → 수령 혹은 어머니 당을 향한 충성'의 도정을 거치며 도식적이고 긍정적이며 화해로운 결말에 어떻게 도달하게 되는지를 극명하게 보여준다. 결국 이 작품은 불량청년에서 의식의 각성을 통해 성실한 노동자로 성장하는 남성과 가녀린 심성의 소유자로서 비주체적이고 수동적인 모습을 보이는 여성과의 연애를 통해 불량청년의 자기각성과 개과천선이라는 주제를 그려낸 소설이다.

그러나 이 작품이 북한 사회의 현실적 단면을 적실하게 보여주고 있음에도 불구하고, 작품의 개연성은 현저히 떨어진다. 즉 처음에 철진이 찾아간 곳은 청남대대였는데 나중에는 승남대대로 이름이 바뀌는 점, 뜬금없이 대대 속보에 철진의 이름이 크게 났다고 하는 점, 결말 부분에 철진의 입당 보증을 위해 대대장이 려단정치부와 도당을 찾아간 근거가 구체적인 제시되어 있지 않은 점, 보옥이와 철진이 헤어지지 않도록 하기 위해 대대장이 보옥이를 두 번씩이나 찾아갔다는 점 등은 이 작품이 서사적 개연성과 내포적 필연성에서 미숙함을 드러내고 있음을 보여준다. 이러한 유기적 서사성의 미흡은 『청년문학』[34]이라는 잡지의 특성으로 파악할 수도 있다.

---

34. 『조선문학』에는 주로 조선작가동맹 정회원의 작품이 실리는 데 비해, 『청년문학』의 필진은 일부의 기성문인 작품 이외에 주로 작가동맹의 후보회원인 신인들의 작품이 실린다. 그러므로 서사적 완결성에서 숙련미가 떨어진다고 볼 수 있다. 참고로 『청년문학』의 편집지침은 "1) 로동당의 문예정책과 수시로 제기되는 문예시책을 청년문학도들에게 선전하며 그의 관철을 위한 사업에로 고무할것. 2) 문학부문 신인들의 창작활동 방향을 인도하며 문단진출의 길을 터줄것. 3) 당에서 요구하는 문학작품들을 게재하여 청년들의 교육교양에 기여할것. 4) 당의 문예정책에 어긋나는 신인들의 작품을 비판하며 비판을 통해 그의 시정을 촉구할것. 5) 청년들의 공산주의교양에 이바지할것. 6) 신인들의 문단등용문의 역할을 할것. 7) 작가동맹중앙위원회 신인지도부의 대변자구실을 할것" 등이 있다(이명재 편, 『북한문학사전』, 국학자료원, 1995, 1024~1025쪽).

6. 다면적 남성상과 양면적 여성상

남성 중심적이고 가부장제적 사회의 전형을 보여주는 북한소설에서 이성 간의 교제는 철저히 일대일의 관계로 형상화된다. 현실적으로 인간의 감정적 교류가 일대일의 양방향 관계에서만 비롯될 수는 없다는 점에서 북한소설 속 연애 관계는 일상 현실의 리얼리티를 외면하는 편향을 보인다. 특히 윤리적 규범과 사회적 관습에 얽매인 남녀 관계는 사회주의적 신념의 충실성에 기반한 동지적 애정만을 유일무이한 답안처럼 제시하고 있다는 점에서 문제적이다.

2000년대 북한문학은 '선군'과 '강성대국 건설'의 구호 속에 '선군혁명문학'을 강조하면서 '제대군인'의 형상화가 주를 이루고 있다. 구세대와 신세대라는 차이를 떠나 청춘 남녀의 사랑을 다룬 네 편의 작품 속에서도 세 편의 작품 주인공이 제대군인으로 형상화되고 있는 것에서 알수 있듯 체제 위기를 '선군 사상'으로 돌파하려는 의도가 파악된다. 청춘 남녀 간의 사랑을 다룬 북한 단편소설에서 남성들은 다면적으로 그려진다. 즉 「첫 개발자들의 이야기」에서 '주먹'이 보여주는 헌신적이면서도 외골수적인 기질, 「겨울의 시내물」에서 학성이 보여주는 심리적 유약성, 「사랑의 샘줄기」에서 철진이 보여주는 권위주의적 남성상, 「시작점에서」에서 철진이 보여주는 자유주의적 반발심 등에서 확인할 수 있듯 개성적 인물형을 획득하고 있다. 하지만 '미모의 여성'들은 「첫 개발자들의 이야기」에서 강인하고 당찬 여성의 전형으로 등장하는 련희, 「겨울의 시내물」에서 현명하고 헌신적이며 이상적으로 완벽한 여성성을 보여주는 옥심 등의 경우처럼 헌신적으로 강인한 여성이거나, 혹은 「사랑의 샘줄기」에서 신념을 꺾지는 않지만 눈물 많고 여린 감성을 요구받는 주옥, 「시작점에서」에서 한없이 여린 심성을 드러내며 눈물 많은 비주체적 여성상을 보여주는 보옥 등에서처럼 '눈물 많은 비련의 주인공'이 되어,

'헌신적이거나 유약하거나' 식의 양자택일적으로 고정화된 성격을 드러낸다.

즉 북한소설 속 여성상을 종합해보면, 아름다운 미모를 지닌 존재로서 집단의 목표와 성취 동기가 뚜렷한 과제를 앞에 둔 여성은 당차고 강인하게 불굴의 신념과 개척 정신을 소유한 주체적 모습으로 그려지기도 하지만, 남성 앞에서나 가족 앞에서는 한없이 여리고 부드러우며 가녀린 여성으로서 남성에 의해 끌려가는 수동적 여성상을 보여주기도 한다. 결국 '강한 부드러움'이라는 현모양처형 모성의 양면성을 극단적으로 양분화한 모습으로 형상화된다는 것은 여성의 다기다양한 현실적 모습을 왜곡하는 방편이 되고 있다.

남녀 간의 사랑은 그 관계의 수만큼이나 다채로울 수 있지만, 신념과 동지적 애정을 앞세운다면 여성은 '강하거나, 부드럽거나'의 양자택일식 귀결을 낳을 수밖에 없을지도 모른다. 사회주의의 제도적 평등과 주체 사회주의의 가부장제적 권위가 빚어낸 모순이 북한소설 속 여성을 박제화하고 있다면, 그 모순의 지점에서 새로운 방향을 의미화하는 것이 앞으로의 북한소설의 과제가 될 것이다. 사랑을 선택하는 기준은 사회체제와는 상관없이 다양하게 존재하는 것이고, 존재할 수밖에 없는 것이기 때문이다(2013).

북한 사회의 내면 풍경

1. 2003년의 지형도

2007년 2월 6자 회담이 성사되고, 3월에 이르러 북미 간의 대화가 구체적으로 물꼬를 트고, 더욱이 8월 말에 제2차 남북 정상회담 개최가 합의되면서 한반도의 평화 분위기가 가시화되고 있다. 이러한 시점에서 2003년 북한의 『조선문학』을 검토하는 것은 2003년이 제2차 북핵 위기가 고조되면서 '선군'의 깃발 아래 체제 수호의 논리가 강조되던 시기라는 점에서 2007년 현재와 문학적 쌍생아의 공간일 수 있기 때문이다.

2000년대 북한의 '신년사 제목'[1]을 검토해보면 북한 사회의 현실적 좌표와 방향성을 점검할 수 있는데, 최근 신년사의 요체는 '선군의 기치 (2003, 2005, 2007)'와 '강성대국 건설(2002, 2004)'의 두 가지 핵심 내용으로 요약된다. 그중에서 "위대한 선군기치따라 공화국의 존엄과 위력

---

1. '로동신문, 조선인민군, 청년전위' 공동사설로 발표된 2000년대의 신년사 제목은 "당창건 55돐을 맞는 올해는 천리마 대고조의 불길속에 자랑찬 승리의 해로 빛내이자(2000)/ 고난의 행군에서 승리한 기세로 새 세기에로 진격로를 열어나가자(2001)/ 위대한 수령님 탄생 90돐을 맞는 올해를 강성대국 건설의 새로운 비약의 해로 빛내이자(2002)/ 위대한 선군기치따라 공화국의 존엄과 위력을 높이 떨치자(2003)/ 당의 영도 밑에 강성대국 건설의 모든 전선에서 혁명적 공세를 벌여 올해를 자랑찬 승리의 해로 빛내이자(2004)/ 전당, 전군, 전민이 일심단결하여 선군의 위력을 더 높이 떨치자(2005)/ 원대한 포부와 신심에 넘쳐 더 높이 비약하자(2006)/ 승리의 신심 드높이 선군조선의 일대 전성기를 열어나가자(2007)" 등이다. 이렇게 보면 2000년대 안에서 2003년이 '선군'의 기치를 내세운 원년에 해당하며 역설적으로 그만큼 위기의식이 고조되던 해임을 확인할 수 있다. 따라서 2003년 『조선문학』에 대한 연구는 2000년대 북한문학의 현재적 모습을 인식하는 바로미터 역할을 한다고 볼 수 있다.

을 높이 떨치자"라는 2003년의 신년공동사설 제목은 북한 당국이 '선군'의 기치하에 '공화국의 존엄과 위력'이라는 자존감을 세우려는 한 해로 2003년을 기획하고 있음을 보여준다. 북한에서 2003년에 이르러 '선군'을 앞세우는 것은 2002년부터 지속돼온 제2차 북핵 위기 때문이다. 2002년 1월 30일 부시 미국 대통령이 국정연설에서 '북한'을 '이란, 이라크'와 함께 '악의 축'으로 지목하자, 북한은 이를 선전포고나 다름없는 것으로 인식한다. 이러한 위기의식은 북미 기본합의에서 약속된 '대북중유공급'이 2002년 11월 일방적으로 중단되면서 더욱 고조된다. 그러므로 2003년 신년사의 구호는 2002년에 초래된 위기 상황을 돌파하려는 북한식 체제 수호 논리를 보여주는 것이다.

이렇듯 북핵 위기 속에서 『조선문학』 2003년 1월호는 '머리글' 「조국해방전쟁승리 50돐을 맞는 올해를 선군혁명문학의 성과로 빛내이자」에서 "선군령장이신 우리 당과 인민의 위대한 령도자 김정일동지에 대한 절대적인 숭배심을 간직하고 그이의 사상과 령도에 충실하는 것은 선군혁명문학을 성과적으로 건설하기 위한 근본담보이며 근본비결"이라면서 "오직 장군님의 사상과 의도대로만 창작하고 생활하는 선군시대의 작가로 튼튼히 준비되여야 한다."[2]라고 강조한다. 김정일에 대한 '절대적 숭배'와 그의 '사상과 의도'로만 창작·생활하는 '선군시대의 작가'가 되자는 논리는 '선군'의 입지를 명확히 보여준다. 문학은 체제 위기 극복의 계몽적 선봉부대 역할을 감당해야 한다는 것이다. 이 글은 『조선문학』에 게재된 작품들을 '시가, 소설, 평론' 등의 세 항목으로 나누어 개략적이면서도 구체적인 분석과 평가를 진행하고자 한다. 이 연구는 2003년 북한문학의 현재적 좌표를 검토함으로써 차후 2000년대 『조선문학』 연구의 토대가 될 것이며, 향후 북한 사회의 문학적 내면 풍경을 들여다보

---

2. 조선작가동맹 중앙위원회, '머리글' 「조국해방전쟁승리 50돐을 맞는 올해를 선군혁명문학의 성과로 빛내이자」, 『조선문학』, 2003. 1, 6쪽.

는 초석으로 활용될 것이다.

2. 교감으로서의 서정시-이념적 색채의 탈피

2003년 『조선문학』에는 시가 양식의 작품이 매호 10편 내외로 게재되고 있기에 120편 내외의 시가 독자와 지면을 통해 만나고 있음을 확인할 수 있다. 대부분의 시들이 '종자'라는 미명하에 영탄조인 '아, 위대한 장군 김일성·김정일(간혹 김정숙)이여!'로 끝나기 때문에 남한 독자들의 눈에는 거부감이 들기 마련이다. 김일성 가계는 아주 사소한 사회주의 일상에서도 끊임없는 햇빛의 신화로 자리 잡고 있다. 따라서 이 글에서는 노골적으로 김일성 가계와 당을 예찬하는 작품들이나 '반미, 반일, 반남한' 주제를 다룬 작품들처럼 이념적 색채를 전면에 드러내는 시들보다는 남한의 독자가 텍스트 속 화자와의 정서적 교감을 이룰 수 있는 전통적 의미에서의 '서정시(세계의 자아화)'를 주로 검토하고자 한다.

1월호에 실린 시들은 대체로 새해의 기쁨을 노래한 축시들이지만, 그 구체적 내용은 「전호없이 싸운 전사들」(권태여) 등에서처럼 '전사'와 '총대'를 앞세우며 제목에서부터 '선군혁명문학'임을 알 수 있는 작품들에 해당한다. 대체로 새해에는 장군님의 축복을 받기 위해 더욱 노력해야 한다는 당위적 내용이 대부분인 것이다.

반면에 주경의 시 「찬물이 끓어요」는 관념적 구호나 직설적 서정의 표출이 아니라는 점에서 주목할 만하다. 특히 '끓어요'라는 어휘를 비롯한 '해요체' 서술어가 시적 정조나 배경과 잘 어우러지면서 서정적 화자의 내밀한 심정의 떨림을 은근히 드러내고 있다. 대부분의 북한 서정시가 화자와 대상의 거리조정에 실패하여, 투박한 이미지만 제시하는 데 그치고 있다는 점을 고려한다면, 이 시는 새벽 양어장의 물고기 떼와 처녀의 미묘한 교감을 잘 포착하고 있다는 점에서 기존 북한시에서 느끼기 어려운 색다른 서정성을 엿보게 한다.

　　잠을 깬 양어바다우에/ 물안개 피여 오르는 아침/ 내 줌줌이 먹이를 뿌려 가니/ 물고기 물고기들이/ 반가움다 꼬리를 휘저어요// 휘-휘 걷히는 안개발을 타고/ 퍼져 오는 금빛해살에/ 더더욱 좋아라/ 물고기들이 춤을 추니/ 온 양어장이 부글부글 끓어요// 물거울인양 저의 모습이 비껴 오는/ 양어못들을 돌아볼 때면/ 왜 자꾸만 물고기들이 절 따라 올가요/ 그러니 입담 센 양어반총각들/ 물고기가 처녀에게 반했다고 놀려댈수밖에요// 저도 몰래 귀뿌리 빨가니 달아 올라/ 성난척 우뚝 멈추어 서니/ 아이참 속상해…/ 물고기들이 저저마다 키를 솟구치며/ 엄마 엄마 부르는것만 같아요// 머리에 쓴 수건조차 파아라니 물들것만 같아/ 물속에 살며시 손을 잠그니/ 주둥이를 대이는 물고기 물고기들…/ 이제는 응석을 부리는 아이들만 같아/ 처녀의 숫저운 사랑마저도/ 아낌없이 바치고 싶은 마음이예요// 툭 툭 가슴에 마쳐 와요/ 기쁨의 물방울이 심장을 울려요/ 봄내 여름내 키워 온 물고기들이/ 물속의 풍년소식 땅우에 알리는듯/ 욱실거리며 첨벙이니…// 아/ 덧없이 흐르던 산골 샘줄기에도/ 인민들이 잘 살 앞날을 그려 보시며/ 질척이는 감탕밭을 헤쳐 가시던/ 어버이장군님 그날의 자욱우에/ 오늘은 은비늘 금비늘 번뜩이는/ 물고기 물고기떼들로 넘쳐 나…// 찬물이 끓어요/ 내 고향 양어장의 물고기풍년소식/ 우리 장군님께 아뢰이고 싶은/ 오 간절한 마음을 흔들며/ 찬물이 끓어요/ 인민의 행복이 끓어요

　　　　　　　　　　　　　　　　　-「찬물이 끓어요」[3]

1연에서는 물안개 낀 새벽 양어장에서 먹이를 던져주자, 그것을 받아 먹으려는 물고기들의 생동감 어린 몸짓이 휘젓는 꼬리의 반가움으로 선명하게 묘사된다. 이어 2연에서는 안개가 걷히고 서서히 퍼져가는 햇살을 받으며 자맥질하는 물고기들의 모습에서 "온 양어장이 부글부글 끓"는다고 묘사함으로써 양어장의 하루가 경쾌하게 시작되고 있음을 그려낸다. 3연에서는 '처녀에게 반한 물고기'라는 총각들의 놀림 속에 순박하고 수줍은 처녀의 심성이 드러난다. 4연에서는 물고기들이 자신을 엄마라고 부르는 것 같다는 화자의 진술에서 부끄러움 속에서도 모성을 자극하는 물고기와의 육친적 친연성을 드러낸다. 5연에서는 4연에서의 귓불의 빨간 심상과 대비되는 수면의 파란 심상을 배경으로 물속에 손을 담그자 물고기들이 응석을 부리듯 처녀의 손에 주둥이를 대는 모습에서 물고기와 처녀의 교감이 구체적 행위로 나타난다. 그 속에서 물고기는 아이들로 치환되며, 처녀는 수줍게 '숫저운 사랑'을 "아낌없이 바치고 싶은 마음"을 드러내게 된다. 6연에서는 살진 물고기들이 가져다줄 풍년 소식으로 희열에 찬 화자의 모습이 드러나고, 7연에서는 "욱실거리며 첨벙이"는 물고기 떼들의 넘쳐남 속에서 인민을 위해 헌신하는 지도자에 대한 찬양이 드러난다. 8연에서는 찬물 속에서 들끓는 물고기들의 모습이 새롭게 '인민의 행복'으로 전이될 것임을 '끓어요'의 중의적 표현을 통해 예감한다.

이렇듯 「찬물이 끓어요」에서 물고기는 처녀의 정신적 교감의 대상이자 물질적 재부의 대상으로 존재한다. 특히 주체와 대상의 교감이 '찬물이 끓어요'라는 식의 '해요체' 높임 표현과 더불어 처녀의 내밀하고 섬세한 감정 표현에까지 이르고 있기에, 정치적 색채가 덜 묻어 있는 북한 서정시의 개성적 성취를 보여준다. 물론 전형적인 북한 서정시들처

---

3. 주경, 「찬물이 끓어요」, 『조선문학』, 2003. 1, 30쪽.

럼 개인적 정감이 사회적 당위와 이념적 확장으로 이어져 작위적 결말을 이끌고 있다는 점에서 한계를 보이기도 하지만, 주체와 대상의 교감, 대상을 향한 주체의 감정 투사와 재투사, 사회적 전이 과정이 매끄럽게 형상화되어 있다는 점에서 북한 서정시의 비정치적 창작 전망을 엿보게 한다.

2월호에는 '송시' 「2월의 노래」(한원희)를 비롯한 12편의 시들이 실려 있고, "백두산의 아들 김정일장군을 천만년 높이 받들어 모시자!"[4]라는 구호에서도 확인할 수 있듯, 김정일의 생일이 있는 달이라 대부분의 글들이 김정일에 대한 송가 위주이다. '머리글'인 「전설적영웅 천출위인의 형상에서 새로운 전환을 일으키자」에서도 "경애하는 장군님의 위대성을 전설화하여 체득시키도록 할데 대한 시대의 요구를 문학형상으로 관철하는 여기에 선군혁명문학을 창조하는 우리 작가들의 책임적인 시대적과제가 있고 본분이 있다."[5]라고 하는 데에서 '선군'의 의미를 유추할 수 있다. 특히 '장군의 위대성을 전설화하여 체득시킬 것'이라는 표현 자체는 '선군혁명문학'이 김정일 시대의 문학적 좌표임을 드러내며, 북한에서의 문학이 여전히 계몽의 도구이자 수단으로 활용되고 있음을 보여준다.

3월호에 실린 시 중에서 최남순의 「봄의 물방울」은 겨울과 봄의 경계 지점에서 봄 기운을 맞이하는 화자의 설렘을 잘 포착하고 있다. 특히 "문 열고 나서는참에/ 똑- 이마를 튕겨 주는 차거움"이라는 표현은 정지용의 「춘설」의 한 구절인 "문 열자 선뜻!/ 먼 산이 이마에 차라."[6]를 패러디한 구절이라는 점에서 흥미롭다.

---

4. 조선작가동맹 중앙위원회, 『조선문학』, 2003. 2호. 2쪽.
5. 조선작가동맹 중앙위원회, 「전설적영웅 천출위인의 형상에서 새로운 전환을 일으키자」, 『조선문학』, 2003. 2, 7쪽.
6. 정지용, 「춘설」, 『정지용 전집』, 민음사, 1988, 141쪽.

집뜰에 심어 놓은 살구나무우듬지에서/ 보시시 눈가루 날리는/ 까치의 우짖음 반기며/ 문 열고 나서는참에/ 똑- 이마를 튕겨 주는 차거움// 바라보니 처마끝 고드름에 맺힌 물방울/ 그속에서 해가 웃어요// 동그란 손바가지 만들어/ 방울방울 해빛을 담아 보는…// 단발머리 젖히고 실눈 지으며/ 입술을 모금모금 적셔 보아요/ 아, 봄의 물방울// 겨울밤 솜옷마저 덮어 주며 지켜 온/ 랭상모의 박막속에 구을던 물기만 같아// 어찌보면…/ 내 정성 저 벌에서/ 하루 빨리 푸르라고/ 봄빛을 안고 오신 장군님/ 장군님의 얼어 든 야전복자락에서/ 녹아 내리는 물방울 같아// 고드름의 물방울은/ 차던가요 뜨겁던가요…// 따뜻한 해볕이 안아 온/ 봄의 물방울/ 내 저 들판에 뿌려 갈 씨앗처럼/ 가슴에 정히 안고/ 뜨락을 나서는 이 아침은/ 겨울과 작별하는 봄날의 첫 아침이예요

- 「봄의 물방울」⁷

1연에서 화자는 눈가루가 날리는 날에 까치의 울음소리를 듣고 반가워하며 문을 열고 나서다가 이마에 차가운 느낌을 받는다. 2연에서 차가움의 연원이 처마끝 고드름의 물방울에 있었음을 알게 되고 물방울 속에서 햇빛이 빛나고 있음을 의인화한다. 3연에서는 손에 고드름의 '물방울 햇빛'을 담아보면서 차가움을 즐기다가 4연에서는 머리카락을 젖히고 고드름의 물방울을 입술에 적시면서 봄이 제공하는 감각적 희열을 경험하게 된다. 5연과 6연에서는 그 '봄의 물방울'이 겨울밤 냉상모를 지켜주는 물기처럼 여겨지고, 나아가서는 "봄빛을 안고" 온 김정일의 야전복자락에서 녹아내리는 '차갑고도 뜨거운' 양가적인 의미의 물방울로

---

7. 최남순, 「봄의 물방울」, 『조선문학』, 2003. 3, 32쪽.

인식된다. 그리하여 7연에서는 '고드름의 물방울'이 차가우면서도 뜨거움을 내장한 '겨울을 이겨낸 봄'의 이미지를 내포하게 된다. 결국 8연에 이르러 화자는 '따뜻한 햇볕'을 안은 '봄의 물방울' 속에서 "겨울과 작별하는 봄날의 첫 아침"을 기쁘게 맞이하게 된다. 이렇듯 「봄의 물방울」은 남쪽의 여느 서정시와 비교해도 미학적 수준이 떨어지지 않을 정도로 대상에의 묘사나 미적 감수성이 빼어나게 포착된 작품이다. 특히 겨울과 봄의 경계에 자리한 '고드름'의 이중성에 착목하여 차가움과 따뜻함의 대비적 정서를 잘 포착하고 있다는 점에서 주목할 만한 서정시이다.

5월호에 실린 시 중에서 홍현양의 「초불의 바다」는 2002년 남한에서 미군 탱크에 치여 사망한 여중생 신효순, 심미선 학생을 추모하는 '촛불집회'를 모티프로 하고 있다. 특히 "두눈도 감겨 주지 못한 열네살 꽃망울들/ 그 순진한 가슴을/ 장갑차의 무한궤도로 짓뭉갠/ 미국은 이 세상 악마이다// 악마는 죽어야 한다/ 원통하게 가버린 민족의 혼을 부르는/ 저 초불의 바다가 하늘이다/ 이 준엄한 심판의 하늘앞에서/ 미국놈들아/ 십자가에 못 박히라/ 아, 저 초불의 바다가 력사의 십자가다!"[8]라며 미국에 대한 적개심을 노골적이고 직설적으로 표출한다. 이러한 반미 정서의 표출에는 기본적으로 남한 현실을 비판적으로 인식하려는 의도가 깔려 있지만, 좀 더 면밀히 검토해보자면 반미를 모토로 북한 체제 내부의 결속력을 강화하기 위한 하나의 전술적 태도로 읽어낼 수도 있다.

6월호에 실린 시 중에서는 "사랑은 아마 웃음으로 빚은 것 같아/ 허나 그 동무앞에선 부끄러워/ 다신 웃지 못할거야/ 하지만 얘들아 절대 비밀이야!"[9]로 끝나는 김윤걸의 「탄광마을처녀들의 속삭임」이 주목된다. 사랑과 웃음, 부끄러움과 비밀 등의 시어가 드러내는 소녀 취향의 정조가 시를 발랄하게 채색하고 있다는 점에서 그러하다. 특히 이성異性의

---

8. 홍현양, 「초불의 바다」, 『조선문학』, 2003. 5, 62쪽.
9. 김윤걸, 「탄광마을처녀들의 속삭임」, 『조선문학』, 2003. 6, 75쪽.

존재에 대한 호기심을 교환하며 비밀을 속삭이는 처녀들의 맑고 깨끗한 심성이 일상어의 구사를 통해 잘 포착되고 있다는 점에서 북한 서정시의 색다른 모습을 보여준다.

7월호에는 '조국해방전쟁승리 50돐 기념특집' 란에서 알 수 있듯 '전쟁 모티프'를 화두로 한 시들, 9월호에는 '공화국 창건 55돐'을 기념하여 국가와 조국에 관한 시편들, 10월호에는 당에 관한 시편들, 11월호에는 선군과 관련된 시편들, 12월호에는 김정숙을 예찬한 시편들이 주종을 이루고 있는 점이 각 호의 특색이라고 할 수 있다.

이렇게 보았을 때 2003년 『조선문학』에 실린 시편들은 위에서 직접 서술한 몇 편의 서정시를 제외하고는 대체로 '선군'의 기치 아래 '공화국의 존엄과 위력'을 세우려는 작업들이 주를 이루고 있음을 확인할 수 있다. 그러나 전년도의 시편들도 김일성과 김정일에 대한 고무·찬양, 군과 당에 대한 믿음, 미국과 일본에 대한 적개심을 다루고 있었기 때문에 특별히 새롭게 시도된 당대성의 시편들은 많지 않은 것으로 파악된다.

3. 세대 갈등의 소설화 – 사회주의 현실과 개인적 욕망 사이

2003년 『조선문학』에는 각 호마다 소설이 2~3편씩 게재되어 있으므로, 전체적으로 30편 내외에 달하는 단편소설들이 발표되었다고 볼 수 있다. 이 글에서는 사회주의 현실 속에서 개인적 욕망과 사회적 윤리 사이에서 갈등하는 지점들이 선명하게 드러나면서, 신세대와 구세대의 인식론적 차이를 주목한 작품들을 구체적으로 검토해보고자 한다. 세대 간의 대립과 갈등의 지점을 확대경으로 들여다봄으로써 그들의 체제 유지적 신념이나 주체 문예이론의 지도지침이 강제하지 못하는 삶의 무늬를 탐색할 수 있기 때문이다.

3월호에 실려 있는 김홍익의 「산 화석」은 신세대와 구세대의 대립과 갈등, 화해의 요소를 적절한 비유를 통해 다루고 있다는 점에서 주목을 요한다. 북한소설 속 신세대는 1990년대 이전까지는 대체로 투박한 열정으로 모든 문제를 적극적으로 해결하기 위해 좌충우돌하는 것으로 그려지는 반면, 구세대는 익숙한 경험을 통해 모든 문제를 신중함 속에서 종합적으로 해결하기 위해 고군분투하는 것으로 그려진다. 이러한 세대 간의 대립과 갈등에서 사회윤리적으로 승리하는 쪽은 대체로 구세대이다. 체제를 위협하는 숱한 고난을 이겨낸 구세대의 사회적 경험이 신세대들의 열정을 바른 길로 인도하도록 이끄는 것이 세대 간의 갈등 문제를 다루는 북한소설의 주된 접근 방식이었기 때문이다.

하지만 김홍익의 「산 화석」은 과거 방식을 고집하는 구세대의 전형인 '신주석 지배인'과 정보화 시대의 변화 발전을 수용하려는 신세대의 전형인 '이강무와 을미(신주석의 딸)'의 대립을 통해 신세대적 논리의 인식론적 승리를 그려낸다. 역사적 전통성을 중요시 여기는 북한 사회에서는 새것 혹은 낯선 것에 대한 이질감 속에서 새로운 것의 수용에 대해 일말의 거부감을 갖는 것이 현실이다. 하지만 「산 화석」은 시대의 변화에 착목하여 신세대적 발상에 무게 중심을 두고 있다는 점에서 주목을 요한다.

「산 화석」은 고인류학연구사인 '나(55세)'가, 건재연구소 연구자 윤하명(65세), 구세대의 전형인 건설사업소 신주석 지배인, 신세대의 전형인 리강무 현장기사와 신주석의 딸인 기술준비실 조수 을미 등과의 만남을 통해, 낡은 방식의 고집과 새로운 방안의 수용 사이의 대립적 갈등을 응시함으로써 북한 사회의 일상적 삶과 현실의 문제를 주목한 작품이다. 화자가 건설장에 도착해서 만난 신주석은 10년 전에는 '자기헌신성과 투신력'을 지닌 '특별한 수완가'였지만, "나에겐 이 주산보다 더 믿음성 있는 계산도구가 없다."[52쪽]라며 컴퓨터 시대에도 '낡은 주산기'에 대해 고지식한 집착을 갖고 있다.

화자는 리강무로부터 신주석이 정보화 시대의 변화와 발전에 발맞추지 못한 채, 기술 발전을 외면하고 있다는 하소연을 듣는다. 그리하여 살아 움직이는 '화석인'의 모습을 재현하려 하면 산 사람인 신주석의 모습을 떠올리게 된다. 반면에 화자는 신세대인 '리강무와 을미'에게서 새 시대의 희망을 엿보게 된다. 그러고는 신주석처럼 속도의 시대에 발맞춰 가기 위한 노력을 게을리 한다면, '몸은 비록 현대에 살아도 정신은 과거에 두고 사는 〈죽은 생명〉'이 되고 말 것이라는 인식에 도달하게 된다. 그리하여 과거의 단순한 집적이 아니라 새로이 변화·발전된 시간성으로서 '현대'의 현재적 의미에 대하여 고심하게 된다. 결국 화자는 신주석 같은 존재가 '산 화석'이나 '죽은 생명'처럼 모순된 인간형임을 알게 된다. 그러나 신주석이 신세대의 발전안을 수용하고 새로이 공부를 시작하겠다는 다짐을 하자, 화자는 신주석이 '산 화석'이 아니었음을 확신하면서 작품은 종결된다.

　① "지금은 정보산업시대가 아닙니까? 선생님 앞에서 감히 이런 말하기가 주제 넘지만 기술 특히 첨단기술을 떠나서는 단 한 발자국도 전진할수 없는 컴퓨터시대란 말입니다. 이건 곡괭이로 흙을 찍어내는 토공로농자도 인젠 온 폐부로 느끼고 있습니다. 그런데 그것을 외면하고 앉아서 사람들의 생활문제를 푼다니 어떻게 말입니까? 자금, 설비, 자재의 부족으로 기업소는 세워두고 부업지운영을 잘해서 당장 급한 세대들을 도와주는 방법으로요? 아니면 지배인동지처럼 맨날 자기 집 재산을 들어내다가 말입니까? 아니, 그렇게는 안됩니다. 좀 더 허리띠를 조이더라도 세계적발전추세에 맞게 기술을 대담하게 갱신하여 생산에서 근본적인 개선을 가져오면 사람들의 생활문

제는 절로 풀릴 것입니다."^{53쪽}

② "옛날부터 이부자리 보구 발 펴랬다구 제가 디디고 사는 땅형편두 더러 봐야지 이건 그저 덮어 놓고 새것, 새것 하는데 그 사람이 내놓은 게 우리 실정에 꼭 들어맞는가 말이다." "아버진 말끝마다 우리 실정, 우리 실정 하는데 낮은 실정 타령만 하면서 앉은방아만 계속 찧다간 우리 기업소가 어떻게 되겠어요. 새로운 기술을 연구개발하고 받아들인 덕으로 쭉쭉 발전해나가는 다른 기업소들을 어떻게 따라 가겠는가 말이예요?!"^{56쪽}

③ "난 며칠동안 신주석동무를 보면서 언젠가 어느 대학 생물실험실에서 본 포르말린용액 속의 말뚝망둥어생각을 했소. 백만년이 흐르도록 진화되지 않았고 포르말린용액속에 집어넣는 바람에 수십년동안 자기 모양을 그대로 보존하고 있는 그 이상하게 생긴 물고기를 말이요. 하지만 누구도 신주석이를 포르말린용액속에 집어넣지 않았소. 그 자신이 스스로 자기주위를 포르말린용액화해 가지고 그 속에 들어가 당신네가 연구하는 그런 화석이 되어 버리고 말았거든. 산 화석이!" (중략) "아니, 산 화석은 지구물리화학적 요인에 의하여 변화되지 않고 보존됨으로써 인류력사연구에 커다란 도움을 주는 당신네 그 화석이 진짜 산 화석이고 발전하는 현실을 외면해버리는 바람에 지적생장이 정지되어 버린 사람들은 아무 쓸모도 없는 죽은 화석들이지."[10]

인용문 ①은 리강무가 지금이 정보산업시대(컴퓨터시대)임에도 불구

---

10. 김홍익, 「산 화석」, 위의 글, 59쪽.

하고 과거식 방법만으로 생활문제를 해결하려는 신주석의 고루한 방식을 비판하면서, 기술의 갱신과 생산의 근본적 개선을 통해 생활문제를 해결해야 한다는 시대적 당위성을 강변하는 부분이다. 과거적 방식이 현재에는 통용될 수 없다는 신세대 리강무의 논리는 당당하고 명쾌하다. 이러한 인식은 인용문 ②에서 '우리의 낮은 실정 타령'만 늘어놓은 채 부업에 눈을 돌리는 신주석을 향해 딸 을미가 논리적으로 공박하는 것으로 이어진다. 구세대를 향한 신세대의 문제제기가 당위적일 뿐만 아니라 상당히 합리적인 비판임을 알 수 있다. 그럼에도 불구하고 신주석은 젊은이들의 변화에 대한 욕구를 '새것 콤플렉스'로 몰아붙이며, '우리 실정'만을 강변한다.

이러한 구세대적 견해에 입각한 낡은 방식에의 집착은 발상의 전환에 입각한 신세대적 변화에의 욕구에 의해 공격 대상이 되고 갈등은 증폭된다. 그러나 결국 인용문 ③에서 신주석의 스승인 윤하명의 진술을 통해 해결의 실마리를 찾게 된다. 고고학적 가치를 띠는 존재가 '산 화석'이라면 지적 생장이 정지된 존재는 '죽은 화석'이라는 윤하명의 진술은, 현실을 외면하는 신주석이 '죽은 화석'이 될 수도 있음을 우려하는 진술이다. 물론 북한소설이 지닌 문제해결적 결말의 특성상, 신주석이 자신의 잘못된 판단을 깨우치고 신세대의 발전 방안을 수용하는 것으로 작품은 종결된다.

결국 「산 화석」은 과거적 생산기법에만 집착하는 구세대적 지배인의 외골수적인 태도가 새로운 생산방법을 옹호하고 관철하려는 신세대 젊은이들의 전향적 문제제기 앞에서 패배하는 형국을 그린 작품이다. 전통에의 명분을 중시하는 북한소설에서 대부분의 작품 내용이 '신세대에 대한 구세대의 인식론적 승리'로 귀결되어 왔다는 점을 감안한다면, 이 작품은 김정일 시대에 들어와 세대 문제에 대한 인식이 현실적으로 상당히 변화되고 있음을 엿보게 한다. 따라서 사칫 '죽은 화석'에 머물 수

도 있었던 신주석 지배인이 종국엔 새 시대의 변화된 흐름을 수용하게
된다는 내용은 북한 사회의 현재적 고민이 투영된 것으로 여겨진다. 전
통과 역사적 순결성을 강조해온 북한 사회에서는 '새것'에 대한 낯선 두
려움이 클 수밖에 없다. 하지만 정보화 시대의 새로운 흐름을 놓치지 않
아야 된다는 작중 젊은이들의 발상과 접근 방식 속에서 북한소설과 사
회의 변화 조짐을 읽어내는 것은 남한 독자들에게 이면적 독해의 새로
운 즐거움으로 작용한다.

6월호에 실린 소설 중에서는 자동차수입문제를 둘러싼 이야기를 다
룬 박일명의 「자남산은 노래한다」와 물질적 재부를 확보하기 위한 헌신
적 노력을 형상화한 최영학의 「한생의 밑천」이 주목된다. 먼저 박일명의
「자남산은 노래한다」는 승리자동차종합공장의 이야기를 통해 자동차수
입문제와 관련하여 자력갱생의 정신을 강조하는 이야기를 담고 있다. 당
중앙위원회 책임일군인 김성훈은 새벽에 '위대한 김정일장군님'을 모시
고 이동 중이다. 김성훈은 '승리자동차종합공장 실태자료'를 검토한 뒤
김정일에게 "다른 나라에서 사오는 것이 빠른 길"[11]이라는 의견을 제시
한다. 자료에 의하면 '고난의 행군' 시기에 공장에서는 자동차 생산은커
녕 고장난 차량의 수리에만 매달려 있었기 때문이다. 리석준이 노동자
들로부터 '허수아비 지배인'이라는 비난을 받고 있는 것이 중대한 문제
임을 보고 받은 김정일은 '승리자동차종합공장'행을 결정한 뒤에, 전후
40일 만에 첫 자동차를 생산했던 일과 '승리/자주/건설'호 등의 화물자
동차에 대한 추억을 떠올린다. 65세의 리석준은 유명무실한 존재로, '게
사니지배인'이라는 별명으로, 끈 떨어진 갓 신세로 지내고 있다. 공장을
찾은 김정일은 자동차들을 소개할 강사가 부재중이라고 하자 스스로 일
일 강사를 자청하며 자동차의 역사를 설명한다. 그러면서 "우리가 인공

---

11. 박일명, 「자남산은 노래한다」, 『조선문학』, 2003. 6, 5쪽.

지구위성을 쏴올린것도 순전히 우리의 기술, 우리의 힘, 우리의 자재로 만들어 쏴올렸다는데 큰 의의가 있는 것"[11]쪽임을 강조한다. 특히 "다른 나라를 넘겨다 볼 필요가 없습니다. 우리 식 흐름선이 좋습니다. 우리의 경제는 돈벌이경제가 아닙니다. 자동차를 생산하여 다른 나라에 팔아먹으려고 하는 것은 더욱 아닙니다. 우리는 우리의 경제를 발전시켜 우리 인민을 잘 살게 하자는 것"[12]쪽임을 강변한다.

이렇듯 '우리 식'의 강조는 체제 내부의 결속을 다지기 위해 인민에 대한 논리적 설복과 교양을 유도한다. 하지만 이 내용을 이면적으로 읽어보면 북한이 경제적 고립과 폐쇄적 자주의 논리에 갇혀 있음을 확인할 수 있다. '우리'라는 표현은 우리 안에 포함된 주체들에게는 공동체적 결속을 강제하지만 우리 아닌 존재들로부터의 고립과 폐쇄를 면할 수 없다는 사실을 드러내기 때문이다. 여기에 한 가정의 이혼문제가 겹치면서 김정일은 '자기것을 사랑하라!'라는 말을 금언처럼 던진다. 그러고는 자강도 사람들처럼 모든 것을 '자력갱생의 정신'으로 노력할 것을 당부하고 애국주의의 발현을 강조하면서 가정과 공장의 융합을 강변한다. 이러한 김정일의 현지 지도는 타자와의 대면을 통한 주체의 각성을 도외시하고 있기에 내부적 결속을 강화하기 위한 자구책에 불과한 것으로 보인다. 이 작품은 「산 화석」처럼 낡은 정신의 표상으로 구세대가 그려지고 있다는 점에서 신세대적 논리의 승리가 김정일 시대의 특성임을 보여준다.

최영학의 「한생의 밑천」은 금광일을 하는 노동자의 이야기를 다루고 있다. 과거에 제금공장에 배치된 '금석'의 아버지는 다른 사람은 전혀 신경조차 쓰지 않는 공장먼지를 조심스레 집으로 날라온다. 먼지를 모아 금을 만들기 위해서이다. 하지만 '먼지'와 '련금술자'의 아들이라고 놀림받던 '금석'은 아버지의 노동을 '산 허물어 쥐 잡는 일'처럼 헛된 노력이라고 판단한다. 그러나 "금석이 아버지가 현장먼지를 모아다가 금을 찾아내겠다는 것이 다른 사람들한테는 헛된 일로, 우스운 일로 보였을 수 있겠지만 우리 직장사람들은 모두 아버지의 그 깨끗한 량심 앞에 마음 속으로 머리를 숙였지. 그러니 아버지에 대해서 긍지를 가져야 해. 정말 금보다 깨끗하게 산 사람이지."[12]라며 금석을 훈계하는 아버지 직장 동료 의 말은 무에서 유를 창조한다는 말과도 같다. 실제로 순금 726.3그램 을 먼지에서 얻어낸 아버지는 금석에게 '금'보다 귀하고 값비싼 '사람의 양심'에 대해 편지를 쓴다. 인격이 모자란 아들을 위해 '어지러운 유혹' 을 물리치고 금을 기업소에 가져가게 하려고 유서를 남긴 것이다.

그러나 '금석'이 갱 속에 갇혀 자기의 즉흥적인 행동에 대해 "영웅적 행동인지 공연한 희생인지를 생각해보았어야 했다."[56쪽]라고 고민하는 대 목이나, "아버지가 한평생 현장 먼지를 쓸어모아 얻어낸 금은 아들인 내 일생의 밑천으로 되여야 하지 않겠는가."[61쪽]라고 동요하는 부분은 아버 지 세대와 금석 세대의 세계 인식의 차이를 보여준다. 즉 북한 사회의 공식적인 사회윤리적 담론을 앞세우기보다는 개인적 욕망을 드러내어 내면의 살아 있음을 보여준다는 점에서 신선하게 다가오는 것이다. 이 작품은 북한소설에서는 보기 드물게 개인의 내면에 담긴 물질적 재부 에 대한 욕망과 갈등을 숨기지 않고 드러내고 있다는 점에서 주목할 만 하다.

8월호에 실린 소설 중에서 오광철의 「대학시간」은 구세대와 신세대의 세대 갈등과 화해를 다룬 작품이라는 점에서 「산 화석」과 유사한 구조 를 지니고 있다. 이 글의 화자는 '처녀과학자의 대학생활 돌아보기'를 통 해 "인생은 순간마다 결론"[13]을 내면서 살아가야 함을 강조한다. 이것은 변화를 수용하거나 거부하는 지점에서 선택의 중요성을 드러낸다. 친구 이자 대학교수인 허주성 강좌장의 박사논문 심사를 맡은 정옥의 아버

---

12. 최영학, 「한생의 밑천」, 『조선문학』, 2003. 6, 59쪽.
13. 오광철, 「대학시간」, 『조선문학』, 2003. 8, 29쪽.

지는 고민에 빠진다. 난치병에 걸려 외국 병원에 치료를 위탁한 상태인 주성이 '고도의 집중력'을 요하는 강의로 유명하지만, 과거의 'ㅍ' 컴퓨터 체계를 논문으로 택한 주성의 방법론은 새로이 'ㄱ' 체계를 도입하려는 신진과학자들의 반대에 부딪힌다. 그리하여 과학의 시간이 전진하는 것과는 다르게 대학에서는 '만족의 시간'들이 흘러가는 것을 비판하는 정옥의 아버지에게 주성은 자신의 논문을 포기하겠다고 이야기한다. 그러면서 논문심사자인 정옥의 아버지가 "옛날에 영 놀고 먹지 않았다는 표적으로 박사메달을 달아주려 했지. 그러니 이젠 병을 고치고 와서 대학 정문에 그 박사메달을 달고 지나간 시대를 조상하는 비석처럼이나 서 있"[32쪽]게 만들려 했다고 주장한다. 주성은 신진과학자인 정옥에게 'ㄱ' 체계에 대해 30분간 강의를 들으며 새로운 컴퓨터 체계를 습득해야 한다는 각성 속에 청출어람에 대해 생각한다.

「대학시간」은 기존의 연구 성과로 오랜 시산 강의하는 대학교수와 새로운 방법론을 연구하여 현실에 적용하려는 신진 연구자의 대립과 갈등 속에 새로이 변화된 체계의 수용이 필요함을 역설한다. 이것은 이제 구세대가 더 이상 계몽과 교양의 주체가 아니라 젊은 세대의 진취적인 세계 인식과 태도를 배워야 할 객체적 존재로 변화되고 있음을 보여준다.

12월호에 실린 리정옥의 「뢰성나무」는 20세기와 21세기의 차이를 세대론적 방식으로 접근하는 작품이다. 대학을 졸업한 명석이 14호 자견기의 실패 원인을 찾았다는 이야기를 듣고 한성민 기사장은 시큰둥해진다. 자신이 14호 자견기 개조의 성공을 두려워했으며, 마음의 안정과 평온이 사실은 마음속 불안과 동요의 표시임을 깨달았기 때문이다. 그리하여 "오늘은 모든것이 눈에 거슬리기만 한다."[14]는 한성민은 대학 생물학부에 다니는 딸 정향으로부터 겨울에도 잎이 떨어지지 않다가 이듬해

---

14. 리정옥, 「뢰성나무」, 『조선문학』, 2003. 12, 52쪽.

봄에 우레가 울어야 묵은 잎을 떨구는 '뢰성나무' 이야기를 들으며, 자신이 혹시 '묵은 잎'은 아닐까 하는 충격을 받는다. 그리고 성민에게 자신의 "견고하고 변함없던 기사장생활에 첫 균열을 가져온"[52쪽] 사람은 이론과 실제의 균형 감각을 지닌 '명석'이라는 청년이다. 대학에서 배운 것을 현실에 써먹고 싶다는 명석을 보며, 성민은 "대체로 대학을 졸업한 청년들은 리상이 높다. 당장이라도 큰일을 칠것같은 욕망에 사로잡혀 있다."[53쪽]라며, 이상과 현실, 욕망과 실제의 간극이 경험적으로 상존함을 생각한다.

하지만 명석은 지금이 낡은 기계를 붙안고 있을 수 없는 21세기라고 강변하는 반면, 성민은 21세기도 20세기에 토대하고 있다고 자신한다. 또한 성민은 30년 동안 사고 없이 만가동을 보장한 낡은 기계를 옹호하지만 명석은 오래된 자견기가 아니라 현대적 기계인 14호 자견기를 먼저 갱신하려고 한다. 낡은 2호 자견기부터 갱신하려는 성민을 보며 명석은 "낡은 기계는 아무리 어루만져도 낡은 기계입니다. 산모가 든든해야 건강한 아이를 낳는"[54쪽] 것이라고 주장한다. 리상과 열정으로 높뛰던 대학 시절의 성민에게 들은 충고를 잊지 않고 있었던 친구 순영 역시 기계공학연구소 연구사가 되어, "어제날의 공적으로 오늘도 살수 있다고 생각하는건 오산이지요. 더 높이 날려는 사람만이 자기 위치를 지킬 수 있어요."[56쪽]라고 성민에게 말한다. 현실과 실정에만 얽매인 성민을 낡았다고 이야기하는 명석은 대학 시절에 '앞서야 진실한 과학'이라고 말하는 기사장 동지를 믿었기에 이곳에 온 것이었음을 고백한다. 결국 성민은 "어찌하여 자기의 잘못을 인정하기가 이다지도 힘든것일가."[58쪽]라고 회의하면서 자신의 자리를 내놓기로 결심한 채 작품은 종결된다. 「뢰성나무」는 구세대를 '묵은 잎'에 비유하고 신세대를 '이상과 열정'이 가득한 적극적 존재로 표현함으로써 신구세대의 선명한 대립을 그려낸다. 특히 대부분의 북한 단편소설이 '오해 → 해소, 문제 → 해결' 등의 구조를 띤다는 점을 감안할 때 성민의 회의적 고민으로 결말이 마무리되고 있다는 점은 구성의 새로움으로 인식된다. 이러한 미해결 구조는 북한 단편소설의 새로운 돌파구가 될 수도 있기 때문이다.

이상의 신구세대의 갈등이나 세대 간의 차이를 다룬 작품들을 보면 대체로 낡은 방식을 고집하는 구세대들이 새로운 방식과 정당한 논리를 가진 신세대의 열정에 의해 개조되어야 할 대상으로 그려진다. 이것은 김일성 시대와 김정일 시대의 세계관적 차이에 해당한다고 할 수 있다. 즉 김일성이 집권하던 시대에는 구세대가 지닌 혁명적 헌신성이 신세대가 보고 배워야 할 모범이었다면, 김정일 시대에는 정반대로 신세대적 진취성과 계몽에 대한 열정을 구세대가 새로이 체득해야 함을 강조하고 있는 것이다.

4. 비평의 경직성과 유연성 - 지도비평과 작품론 사이

2003년 『조선문학』에 실린 평론들은 이론적 지도비평과 실제 창작에 대한 비평으로 나뉜다. 이론적 지도비평은 총서 〈불멸의 역사〉나 총서 〈불멸의 향도〉 등 김일성과 김정일의 가계에 대한 형상화를 따라 배울 것을 지도하는 이념적 지침서에 가깝다. 따라서 이론과 실제 사이의 괴리를 주목함으로써 경직된 지도비평의 틈새를 파고들어가는 평론은 실제 창작물에 대한 비평적 접근을 시도한 글들에서 확인할 수 있다. 이렇게 평론의 유연성을 들여다보는 일은 문학적 다양성을 북한 창작물 내부에서 확인하는 길이 될 것이다.

1월호에 실린 정영종의 창작수기 「펜을 들기전의 고심」은 북한에서의 소설 창작자의 고민의 흔적을 구체적으로 확인할 수 있다는 점에서 주목을 요한다. "멋진 상표를 단 물건은 구매자들의 호기심을 자극하는

법"[15]이라며 제목과 씨름했던 기억을 구체적으로 기술(「조건반사」 → 「거리의 미소」, 「사랑은 무겁다」 → 「후사경」)하거나 인물 형상화에 힘겨워했던 점, '편집부의 문턱'을 넘기 위해 "내 작품의 생리를 잘 모르고 일방적으로 내리먹이는군. 할수 없지. 통과되자면 우는척이라도 해야 하니까."[26쪽]라는 속생각을 품으며 "기계적인 수정-땜때기를 한다."[27쪽]라고 쓴 부분은 북한 작가들의 고충의 일단을 엿보게 한다. 즉 멋진 제목을 달기 위해 노력하고 있으며, 인물 형상화가 미흡한 것에 대한 자괴감 등은 어느 나라의 창작자에게나 보편적으로 존재하는 창작의 고통일 것이다. 하지만 '편집부의 문턱'을 넘느냐 마느냐 하는 문제나 일방적으로 내리먹여도 어쩔 수 없다거나, 통과를 위해 우는 척이라도 해야 한다면서 '기계적인 수정'을 하는 것은 남쪽의 잣대로 보자면 심리적 검열에 해당한다는 점에서 우려스러운 대목이다. 물론 당문학적 입장에서 북쪽의 창작자들은 그것이 작품의 완성도를 높이는 방식이라고 생각할지도 모른다.

3월호에는 방형찬의 '론설' 「선군혁명문학은 주체사실주의문학발전의 높은 단계이다」가 실려 있는데, 이 글은 '선군혁명문학'을 '주체사실주의문학'의 '높은 단계'로 예증하는 총서 〈불멸의 향도〉 연작들을 개략적으로 검토하면서 '선군혁명문학'의 범주와 의미를 밝히고 있는 글이라는 점에서 주목을 요한다. 그리고 같은 호에 실린 한중모의 '평론' 「남조선의 진보적시인 김남주와 그의 통일시」에서는 김남주의 시 「싸움」의 "삼월에서 사월로 사월에서 오월로/ 하나됨의 피줄로"의 구절에 대해 "주체36(1947)년 3월 남조선각지에서 미제의 군사적강점과 식민지예속화정책을 반대하고 민주주의적자유와 권리를 요구하여 일떠선 로동자들의 총파업으로부터"[16]라고 분석하고 있다. 그러나 김남주의 시에서의 3월은

---

15. 정영종, 「펜을 들기전의 고심」, 『조선문학』, 2003. 1, 24쪽.
16. 한중모, 「남조선의 진보적시인 김남주와 그의 통일시」, 『조선문학』, 2003. 3, 79쪽.

3·1 운동을, 4월은 4·19 혁명을, 5월은 5·18 광주민주화운동을 각각 상징하는 것이기에 3월을 1947년의 노동자 총파업으로 해석하는 것은 북측의 역사주의적 관점을 강제하는 심각한 자의적 오독이라고 판단된다. 그리고 같은 호에 '조선작가동맹 중앙위원회 평론분과위원장' 최길상의 '반향' 「혁명의 필봉을 멸적의 총창으로 벼리여…」는 "핵무기전파방지조약으로부터의 탈퇴를 선언한 공화국정부성명에 접한 그날로부터 멸적의 투지를 가다듬으며 창작전투를 벌리고 있는 우리 평론가들의 가슴은 오늘도 승리의 신심과 락관에 넘쳐 있다."[17]라며 펜을 무기로 삼아 제2차 북핵 위기를 정면으로 돌파하려는 문학적 대응을 보여준다. 그리하여 인민들을 향해 미국에 대한 적개심을 고취하고 체제의 결속을 담금질하려는 의도를 보인다.

4월호에 실린 리정웅의 '평론' 「소설에도 음악이 흐른다」에서는 소설의 서정성에 대하여 검토하고 있다는 점에서 주목을 요한다. 그리하여 「피바다」와 석윤기의 「시대의 탄생」을 통해 소설이 드러내는 '정서적 묘사와 주정 토로'의 중요성에 대해 구체적으로 분석한다. 특히 '리듬과 색채'라는 장에서는 현재의 소설 문단에서 "새롭게 발견된 일정한 상도 없이 신문기사처럼 론리에 매달려 어떤 사설이나 사건의 전달자적역할밖에 못하는 소설들"[18]이 눈에 띈다면서 보고문 형식의 소설에 대해 신랄한 비판을 진행한다. 구체적으로 「함께 가는 길」(공천영, 2001. 11)' 등이 "아무런 정서적계기도 포착하지 않고 그저 이야기거리를 전개하는데 몰두하면서 장면장면의 타당성과 진실성만 운운하며 늘여"쓰다 보니 "정서의 흐름이 통일되고 감정이 승화되기는커녕 예술적감흥을 크게 불러일으키지 못하고 있다."[71쪽]라고 비판적으로 접근하고 있는 것은 작품의 미학성에 대한 비판적 평가라는 점에서 주목할 만한 대목이다. 미학적

---

17. 최길상, 「혁명의 필봉을 멸적의 총창으로 벼리여…」, 『조선문학』, 2003. 3, 63쪽.
18. 리정웅, 「소설에도 음악이 흐른다」, 『조선문학』, 2003. 4, 71쪽.

새로움을 견지하지 못한 채 단순히 사건 나열에 그치거나, 예술적 감흥을 제공하지 못하고 있는 작품들에 대해 공격적 비판을 가하고 있다는 점에서 북한 문단 내부에서 창작 풍토가 변화할 가능성을 확인하게 된다. 이러한 비판은 6월호에 실린 안성의 평론에서도 "평범한 생활에서의 과학자 성격형상을 위한 보다 깊은 문학적 탐구가 없이 주제로서 한몫 보려는 경향에 치우쳐 버린 듯"[19]하다는 평가로 이어진다.

11월호에 실린 김일수의 '평론' 「같은 것과 다른 것-새 세대 형상문제를 두고」는 대상 텍스트로 삼고 있는 작품이 같은 해에 발표된 박일명의 「눈보라는 후덥다」(2003. 5)와 최영학의 「한생의 밑천」(2003. 6) 두 작품이라는 점에서 주목을 요한다. 김일수는 두 작품의 공통점을 청년돌격대원들의 생활을 반영하여 다 같이 새 세대들을 주인공으로 삼고 있다는 점을 들지만, 차이점으로는 "「눈보라는 후덥다」가 어느 정도 부담감, 지루감을 주었다면, 단편소설 「한생의 밑천」은 감칠맛있게 독자를 끌어당기고 있었다."[20]는 점을 평가한다. 구체적으로는 「한생의 밑천」이 '깊은 사색과 정서적 여운'을 보여주고 있음을 높이 평가한다. 그러면서 결론적으로 "새 세대들의 정신세계에로의 침투! 이것이 오늘의 시대가 절실히 요구하는 작가의 몫"이며 "이것을 떠난 작품의 생명력이란 바랄 수 없다."[45쪽]라고 단언한다. 하지만 이러한 평가는 금석이라는 주인공의 성격 발전의 단계가 작품에서 뚜렷이 확증되고 있다는 판단에서 기인하지만, 동요하는 내면만이 존재할 뿐 성격 변화는 작위적으로 그려지고 있다는 점에서 한계가 드러난다.

19. 안성, 「평범한 생활에 대한 깊이 있는 탐구속에서」, 『조선문학』, 2003. 6, 69쪽.
20. 김일수, 「같은 것과 다른 것-새 세대 형상문제를 두고」, 『조선문학』, 2003. 11, 43쪽.

5. 동요하는 내면의 표정 포착

2003년 북한 사회를 관통하는 모토로 작용하는 '선군'의 기치는 『조선문학』의 '머리글'과 '구호'에서도 김정일의 역량에 대한 찬양을 밑바탕에 깔고, 김일성과 국가와 당의 지도를 관철하자는 분위기를 형성한다. 그리하여 그 결의가 2월호 '머리글' 「전설적영웅 천출위인의 형상에서 새로운 전환을 일으키자」, 3월호 '머리글' 「불타는 창작적열정을 안고 선군문학창작의 붓대를 달리자」, 6월호의 구호 "조국과 인민의 운명을 지켜주시고 강성대국 건설의 새 시대를 펼쳐 주신 위대한 김정일동지의 선군혁명실록은 후손만대에 영원불멸하리라!", 7월호의 구호 "조국과 민족을 위하여 한평생을 바치신 위대한 수령 김일성동지의 영광스러운 혁명력사와 불멸의 업적을 끝없이 빛내여나가자!", 8월호의 구호 "위대한 수령 김일성동지의 유훈을 높이 받들고 백두에서 개척된 주체혁명위업을 끝까지 완성하자!", 9월호의 구호 "영광스러운 우리 조국 조선민주주의인민공화국창건 55돐 만세!", 10월호의 구호 "조선로동당은 우리 사회의 심장이며 당의 령도는 혁명과 건설의 생명선이다. 조선인민의 모든 승리의 조직자이며 향도자인 조선로동당 만세!", 11월호의 구호 "절세의 애국자이시며 전설적 영웅이신 김정일장군님을 천만년 높이 받들어모시자!"로 이어진다. 즉, 2·3·6·11월호에서 '천출위인의 형상화, 선군문학창작, 선군혁명실록, 절세의 애국자'로 떠받드는 김정일 예찬, 7·8월호에서 드러나는 김일성 업적 찬양, 9월호의 공화국 찬양, 10월호의 조선로동당 찬양 등을 통해 '선군문학'의 구체적 형상화를 강제하고 있는 것이다.

이렇듯 '선군'이란 구호는 2003년 내내 북미 간의 긴장이 고조되는 가운데 체제 방어 논리를 강제하는 담론적 상징으로 작동한다. 특히 2003년의 『조선문학』은 수령이 부재한 공간에서 신군혁명사상을 앞세우며

'당-군-민'의 삼위일체 속에서 김정일에 대한 절대적 충성을 토대로 '선군혁명문학'의 기치를 높이 들고 있다. 하지만 실제 작품에서는 상부에서 내려오는 담론적 지침이 왜곡 발현되거나 문학의 심미적 기능으로 인해 현실적 욕망의 결을 보여주기도 한다. 즉 사회주의 현실 주제를 다룬 작품에서는 체제(지배담론)와 현실(욕망) 사이에서의 미세한 갈등과 균열들이 내포되어 있는 것이다.

북한문학의 구체적 텍스트를 당의 문예정책과 국가 담론적 차원의 발현이라는 대전제에서 바라보면 김일성과 김정일을 우상화한 신화적 성채이기에 거부감을 느끼게 될지도 모른다. 하지만 담론과 규범과 정책이 텍스트로 외화되는 과정에서 반드시 공산주의적 인간형의 전형적 모습만이 아니라 동요하는 내면을 지닌 얼굴들을 만나게 된다. 이 글에서 살펴본 2003년 『조선문학』의 작품들도 기본적으로는 체제 옹호적 작품들이지만 세밀히 검토한다면 텍스트 내부로부터 이면적 독해에 의해 새로운 해석이 가능함을 보여준다. 남북한 문학의 공유지대를 확보하기 위해서는 이렇듯 구체적 텍스트로서의 북한문학을 면밀히 검토하는 작업이 필요한 것이다(2007).

3부

남북한 문학의 동상이몽

홍명희의 『임꺽정』 연구로 본 통일문학의 가능성

1. 통일문학의 가능성

이 글은 월북 작가 해금 30년을 기념하여 벽초 홍명희의 『임꺽정』 연구의 역사성과 현재성, 필요성을 재조명하기 위해 작성된다. 1920~30년대 일제 강점기에 작가 스스로 "조선 정조에 일관된 작품"을 표방하며 창작했던 대하역사소설 『임꺽정』은 식민지 시대의 암울한 현실을 왕조시대라는 알레고리적 서사로 돌파하려는 지사적 노력을 보여준 작품에 해당한다. 작가가 실현하려던 '조선 정조'에는 조선 민족의 전통과 풍속, 민중의 생활과 정서를 조선 언어의 그릇에 담아내려는 식민지의 당대적 현실 극복의 의지가 포함되어 있다. 언어와 전통과 현실이 역사소설의 카테고리에 담겨 혼효되면서 민중의 이야기로 발현된 것이다.

최근 '통일시대의 고전(강영주)'으로 명명되는 홍명희의 『임꺽정』은 일제 강점기의 당대적 호평과 함께 분단 이후 남북한 모두에서 지속적으로 논구되는 텍스트일 뿐만 아니라 남한에서는 최근 들어 풍속의 문제[1]와 '저항사상으로서의 애국주의'[2], 탈식민성[3]에까지 다양한 맥락에서의

---

1. 주강현, 「벽초 홍명희의 임꺽정과 풍속의 제문제-1920년대 후반 한국민속학 형성기에서 홍벽초가 반드시 기록되어야 하는 이유」, 『역사민속학』 제15호, 2002, 105~138쪽.
2. 최형익, 「벽초 홍명희의 『임꺽정』에 나타난 전통과 혁명: 저항사상으로서의 애국주의」, 『역사문화연구』 제36집, 2010. 6, 79~112쪽.
3. 이은경, 「홍명희의 『임꺽정』 연구-탈식민성을 중심으로」, 전북대 석사논문, 2018.

연구가 집적되고 있으며, 벽초의 문학에 대해서는 한시 비평[4]이나 문화 콘텐츠[5]로까지 연구가 확산되고 있다. 북한에서는 '수령형상문학'을 중시하는 '주체문학론'의 영향하에 지극히 소략하게 장단점을 언급하고 있긴 하지만, 일제 강점하에 쓰인 왕조시대 배경의 역사소설로서 '림꺽정농민 폭동군'의 의의와 한계를 분명히 주목하고 있다.

벽초의 『임꺽정』에 관한 지속적 연구가 편차는 있으나 남과 북 공히 일제 강점기 '역사소설의 전범'으로 통칭되고 있다는 점에서 소중하다. 특히 2018년 현재 한반도 비핵화를 둘러싸고 진척되고 있는 평화체제 구축 과정에서 4·27 남북 정상회담과 6·12 북미 정상회담, 9·19 평양 남북 정상회담 등은 70년 넘게 고착돼온 분단체제 극복의 가능성을 현실화시키고 있다. 이러한 시점에서 해금 30년을 기념하여 진행되는 『임꺽정』 연구는 남북 화해와 평화체제를 구축하는 데에 문학적 초석을 놓을 수 있으리라고 판단된다.

남북한을 통틀어 벽초에 관한 연구로는 강영주[6]의 연구가 독보적이다. 강영주는 1986년 박사논문인 「한국근대역사소설연구」에서 벽초의 『임꺽정』에 대해 분단 이후 최초로 본격적인 연구를 시도한 뒤 1988년 「홍명희와 역사소설 『임꺽정』」이라는 논문을 발표한 이래로 30년 동안 연구를 지속해오고 있다. 그에 따르면 『임꺽정』의 출판은 일제 강점기 이래로 남북한을 통틀어 5번 진행된 바 있다.[7] 이 중 네 번째인 '평양 문예

---

4. 김진균, 「벽초 홍명희의 한시에 대하여」, 『한문학보』, 2011./ 한영규, 「벽초 홍명희와 한시 아비투스」, 『민족문화』 제40집, 2012, 41~73쪽./ 한영규, 「벽초 홍명희 한시 비평-『역일시화』를 중심으로」, 『반교어문연구』 제36집, 2014, 355~379쪽.

5. 임완혁, 「조선후기 서사산문의 문화콘텐츠화 방향: 벽초 홍명희를 통해 배우는」, 『한문학보』, 2011.

6. 강영주, 『벽초 홍명희 연구』, 창작과비평사, 1999/ 강영주, 『벽초 홍명희 평전』, 사계절, 2004/ 강영주, 『그들의 문학과 생애, 홍명희』, 한길사, 2008 등의 단행본과 더불어 「홍명희와 역사소설 『임꺽정』」(1988)과 「역사소설 『임꺽정』과 『장길산』」(1991)을 비롯하여 「벽초의 『임꺽정』과 연암 문학의 비교 고찰」(2009)에 이르기까지 다양한 평론과 논문을 발표해오고 있다(강영주, 「(통일시대의 고전)『임꺽정』 연구」, 사계절, 2015 참조).

출판사본(1982~1985)'은 1980년대에 김정일의 특별 지시에 따라 새로 출판[8]하게 되었으며, 여기에는 『임꺽정』의 결말이 미완이라는 사실과, 작품 서두에 「봉단편」, 「피장편」, 「양반편」이 있었다는 사실이 새로이 언급된다. 그리고 다섯 번째로 '사계절출판사본(1985)' 초판은 신문 연재본 순서대로 「봉단편」, 「피장편」, 「양반편」 각 1권과 「의형제편」 3권, 「화적편」 3권을 포함하여 전 9권으로 발간되지만, 월북 문인에 대한 해금(1988)이 공식화되기 이전에 비밀리에 먼저 판매되어 고초를 겪게 된다.[9] 이후 1988년 해금 이후 1991년에 「화적편」 말미의 '자모산성'장을 찾아내어 『임꺽정』 재판을 전 10권으로 출판한다.

남한의 문학사에서 『임꺽정』에 대한 최초의 언급은 백철의 『조선신문학사조사』(1949)에서이다. 백철[10]은 "단순한 역사소설이 아니라, 현실에서 하고 싶은 말을 결국 〈임꺽정〉이란 과거의 인물을 빌어서 말한 것"이라고 주장한다. 이후 이재선[11]은 『한국현대소설사』(1979)에서 '역사적 우의寓意'를 강조하면서 "역사소설을 계급적 관점에서 원용"하고 있는 작품으로 평가한다. 이어서 정한숙[12]은 『현대문학사』(1982)에서 "조선사회의

---

7. 강영주에 따르면 먼저 '조선일보사본(1939~1940)'은 1939년 10월부터 1940년 2월까지 전 4권으로 출간된다. 예고는 8권이었지만, 1, 2권은 「의형제편」(1), (2)와 3, 4권은 「화적편」 상·중으로 '평산쌈'장까지 간행된다. 둘째로 '을유문화사본(1948)'은 1948년 2월부터 11월까지 전 6권으로 출간된다. 일제 말에 출판된 조선일보사본 4권을 6권으로 분책하여 출판한 것이다. 셋째로 '평양 국립출판사본(1954~1955)'이 있다. 1954년 12월부터 1955년 4월까지 을유문화사본과 마찬가지로 조선일보사본을 3권씩 전 6권으로 분책하여 출판한 것이다(강영주, 「『임꺽정』의 연재와 출판」, 『통일시대의 고전 『임꺽정』 연구』, 사계절, 2015. 12, 144~162쪽).

8. 북한의 비평가로 추정되는 정진혁에 따르면, 홍석중의 개작으로 「의형제편」과 「화적편」이 이 시기에 출판된다(정진혁, 「(자료) 홍명희와 장편력사소설 『림꺽정』」, 『조선문학』, 2003년 8월호, 71쪽).

9. 이 일로 1985년 출판사의 전 대표인 김영종이 수차례 구속되고 1986년 책들을 압수당하지만, 민사소송과 행정소송을 거쳐 1989년 문화공보부로부터 "『임꺽정』을 판매금지조치한 적이 없다."는 답변을 받은 이후 출판을 합법화하게 된다(강맑실, 「조선의 『임꺽정』, 다시 날기까지」, 『조선의 임꺽정, 다시 날다』, 사계절, 2008, 5~8쪽).

10. 백철, 『조선신문학사조사』, 현대편, 백양당, 1949, 328쪽.

11. 이재선, 『한국현대소설사』, 홍성사, 1979, 394~395쪽.

12. 정한숙, 『현대문학사』, 고려대출판부, 1982, 127~128쪽.

풍속사와 민족어의 방대한 집대성이라고 할 만큼 스케일이 크고 수준 높은 것"이라면서 "역사 속의 인물과 사건을 빌려 현실의 모순을 지적하는 데 역점을 두고, 특히 한국민의 성격유형의 여러 표본을 창조"하여 "개인과 시대의 상관성을 형상화한 작품으로서 현대소설의 한 장"을 이루고 있다고 높이 평가한다. 백철은 루카치의 이론처럼 '현재의 전사'로서의 기능을 강조하고, 이재선은 계급소설로서의 알레고리를 강조하며, 정한숙은 인물과 사건, 개인과 시대의 상관성을 중심으로 현대소설적인 특성을 규명하고 있는 것이다.

반면에 조동일[13]은 『한국문학통사』(1989)에서 전통사회에 대한 해박한 지식을 동원하고 풍부한 내용으로 사랑방 이야기꾼의 능란한 솜씨를 발휘하여 도도한 흐름으로 대장편을 이룬 것, 연대기 구성과 일대기 구성이 서로 호응되게 한 점을 긍정하지만, 근대소설다운 설정이 아니라면서 세태 묘사가 많으며 전형성을 무시한 열거와 중첩으로 작품이 길어졌다고 비판한다. 특히 '영웅소설의 확대'라면서 당시에 유행하던 세태소설의 특색을 역사소설에 옮겼으며 결과적으로 "영웅소설을 확대하면서 사실적인 세태소설로서 커다란 면적을 차지하려 하다가 시원한 해결에 이르는 원래의 속성은 잃고, 역사에 대한 새로운 통찰력을 갖추지도 못했다."라고 혹평한다.

김윤식·정호웅[14]의 『한국소설사』(1993)에서는 '역사소설의 시대'에서 '1) 강렬성과 불변성, 2) 무시간성, 3) 윤리적 이분법, 4) 장식성' 등이 한국 역사소설의 특징이라면서 1)과 3)의 대표적 소설로 홍명희의 『임꺽정』을 거론하고 있으며, 이상경[15] 등의 『한국근대민족문학사』(1993)에서

13. 조동일, 『한국문학통사-1919년 이후의 문학』 5, 지식산업사, 1989, 310~313쪽.
14. 김윤식·정호웅, 「제4장 리얼리즘 소설의 분화와 그 양상-4. 역사소설의 시대」, 『한국소설사』, 예하, 1993(증보판 문학동네, 2000), 217~235쪽.
15. 김재용·이상경·오성호·하정일, 「제4부 프로문학의 시대(1927~1935년)-제2장 소설 제3절 역사소설의 대두와 홍명희의 『임꺽정』-2. 홍명희의 『임꺽정』과 리얼리즘 역사소설」, 『한국근대민족문학사』, 한길사, 1993, 503~513쪽.

는 '역사적 진실성을 중시한 리얼리즘 장편소설의 가능성'으로 홍명희의 『임꺽정』을 주목하면서 "식민지시기의 역사소설 중 가장 규모가 방대하고, 과거를 현재의 전사로서 진실되게 묘사하는 리얼리즘 역사소설"로 평가한다. 특히 상, 하층의 생활을 아울러 그리고 있다는 점, 그중에서도 궁중과 사대부 사회의 풍속과 언어를 탁월하게 재현하고 있는 점을 동시대의 다른 역사소설들에서 유례가 드문 성과로 파악한다. 그리고 작품의 서사와 완성도를 구체적으로 점검하면서 중반부인 「의형제편」이 가장 예술적 성취가 뛰어나며, 그 이외의 전반부와 후반부를 비판적으로 평가한 점이 주목된다.

권영민[16]의 『한국현대문학사』(2002)에서는 '역사소설의 양식적 확대와 대중성'이라는 소제목 하에 '민중적 영웅으로서의 『임꺽정』'이 다루어진다. 지배층의 이야기가 아니라 "하층민들의 삶을 중심으로 하여 역사의 흐름을 충실하게 묘사하고 있는 점"을 당대의 다른 역사소설과 구별되는 특이성으로 평가한다. 그리고 하층민들의 일상적인 삶을 사실적으로 그려내면서 지배층에 대한 저항 의식과 투쟁 의지를 구체화하고 있다는 점, 민중적인 삶을 총체적으로 묘사함으로써 사실주의적 소설로서의 성과를 충실하게 거두고 있는 점, 임꺽정을 내세워 민중적 영웅상을 구현하고 있는 점, 조선시대의 풍속, 제도, 언어 등을 충실히 재현하면서 다양한 등장인물들의 성격을 개성적으로 형상화한 점 등을 높이 평가한다.

남한의 문학사 연구는 대체로 1986년 이래로 강영주의 역사소설 연구에 대한 평가를 골조로 수용한 결과에 해당한다. 즉 강영주[17]는 이광

---

16. 권영민, 「제4장 문학의 정신과 기법의 전환 - 2. 소설의 양식과 기법의 분화 - (5) 역사소설의 양식적 확대와 대중성 - 3) 민중적 영웅으로서의 『임꺽정』」, 『한국현대문학사 1(1896~1945)』, 민음사, 2002, 544~547쪽.
17. 강영주, 「홍명희와 역사소설 『임꺽정』」, 김윤식·정호웅 편, 『한국 근대리얼리즘 작가 연구』, 문학과지성사, 1988.

수류의 "현실도피적인 의도에서나 교훈적인 이념의 제시를 위해 흔히 역사의 실상을 왜곡하는 낭만주의적 역사소설의 유형"에 비해 『임꺽정』이 "거의 유일하게 지나간 시대를 현대의 전사로서 진실되게 묘사하려는 리얼리즘 역사소설의 유형"에 속한다고 평가한다. 그리하여 "민중의 동향을 통해 역사를 파악하려는 민중사 중심의 역사소설"이라는 점이 독특한 의의를 선점하며, "한국 근대 역사소설사상 기념비적 작품"임을 강조한다.

이상의 연구사를 개괄해보면 벽초의 『임꺽정』은 이광수, 김동인, 박종화 등이 써낸 1920~30년대 동시대의 낭만주의적 역사소설들과 문학적 결을 달리하는 리얼리즘적 역사소설로서 조선시대의 상류층과 하층민을 아우르는 다층적인 언어를 활용하여 풍속 묘사를 탁월하게 선취하면서 16세기 조선시대를 '일제 강점기의 전사前史'로서 그려낸 '민족문학의 보고寶庫'이자 '민중적 서사의 전범典範'인 대하장편소설임을 확인할 수 있다.

이제 본 연구는 '분단 이전(1928~1950)의 동시대적 평가, 북한문학에서의 『임꺽정』 연구, 남한문학에서의 『임꺽정』 연구' 등으로 분류하여 홍명희의 『임꺽정』 연구사를 검토하고자 한다. 남한에서는 1988년의 공식적인 해금 이전에도 문학사가들과 개인 연구자들에 의해 파편적으로 연구가 진행되었으며, 해금 이후에는 젊은 연구자들을 중심으로 『임꺽정』에 대한 다각적인 연구가 진행된 바 있다. 그 거개를 검토함으로써 『임꺽정』 연구가 지닌 남북한 역사소설에 대한 인식 차이와 함께 남북한 문학 연구의 공통 텍스트로서의 문학사적 지위를 복원할 필요성을 재확인하고자 한다. 분단 이후 남한에서 발표된 박경리의 『토지』, 김주영의 『객주』, 황석영의 『장길산』, 조정래의 『태백산맥』 등뿐만 아니라 북한에서 쓰인 박태원의 『갑오농민전쟁』, 이기영의 『두만강』, 홍석중의 『높새바람』 등에 이르기까지 남북에서 출간된 대하소설의 원류에 해당하는 역사소설로서 그 소설사적 기원이 지닌 분명한 의미를 재점검하는 것은 분단체제의 극복과 통일시대의 복원이라는 희원을 달성하는 데에 초석을 놓는 작업에 해당하기 때문이다.

2. 분단 이전(1928~1950) 동시대의 평가 양상
– '조선 정조'에 기반한 '기념비적 대하역사소설의 효시嚆矢'

1) 출간(1938) 이전

주지하다시피 벽초의 『임꺽정』은 일제 강점기에 좌우 합작의 항일 단체인 '신간회의 결성(1927)' 이후 '조선의 정조'를 실현하기 위해 쓰였다는 점에서 그 의도가 분명한 작품이다. 즉 민족주의와 사회주의 계열이 결합되어 조선의 독립과 정치경제적 해방을 모토로 내건 신간회의 조직 강령에서 드러나듯 일제 강점기의 혹독한 현실을 '강점된 조선의 전사前史'인 16세기 조선의 현실에 녹여낸 알레고리적 역사소설에 해당하는 것이다. 작가 역시 1928년부터 1938년에 이르기까지 10여 년에 걸쳐 신문 연재를 진행하면서 "조선 정조에 일관된 작품"을 쓰는 것이 『임꺽정전』에 임하는 자신의 목표였다고 진술한다. 홍명희는 전 시대와 동시대 문학이 중국문학과 서양문학의 지대한 영향을 받았다는 비판적 인식하에 작품을 서사화한 것이다. 이를테면 이광수나 임화 같은 대표적 문인의 문학론이나 근대문학에 대한 인식을 비판하면서 연재의 방향을 설정한 셈이다. 그리고 이후의 많은 연구와 평가 들이 이 '조선 정조'의 의미와 의도를 구체적이고 실질적으로 다양한 각도에서 분석하고 규명하는 작업으로 진행되고 있다.

(소설을 처음 쓰기 시작할 때에 한 가지 결심한 것)그것은 조

선문학이라 하면 예전 것은 거지반 지나문학의 영향을 많이 받아서 사건이나 담기어진 정조情調들이 우리와 유리된 점이 많았고, 그리고 최근의 문학은 또 구미문학의 영향을 많이 받아서 양취洋臭가 있는 터인데 『임꺽정』만은 사건이나 인물이나 묘사로나 정조로나 모두 남에게서는 옷 한 벌 빌려 입지 않고 순조선 거로 만들려고 하였습니다. '조선 정조朝鮮 情調에 일관된 작품' 이것이 나의 목표였습니다.[18]

인용문에서 벽초는 '기존의 조선문학'에 대한 우려를 표명한다. 첫째로 과거의 문학은 중국문학의 영향을 받아 '사건과 정조'에 치중하여 우리의 정서와 유리된 점이 있다는 것이고, 둘째로 최근 문학은 구미문학의 영향을 받아 '서양의 냄새'가 배어 있다는 진단이다. 따라서 중국문학과 서양문학의 외피를 벗고, '사건과 인물, 묘사와 정조' 등에서 "조선 정조에 일관된 작품"으로 창작하고 싶은 욕심을 목표로 우선시하는 것이다. 결국 『임꺽정』에 대해 고전소설적인 관점이나 서구적 근대소설의 관점에서 접근했을 경우 작가의 의도를 간과한 채 일면적이거나 왜곡된 평가가 진행될 수 있는 것이다. 이러한 까닭으로 벽초는 『임꺽정』의 창작을 "그게 소설이 아니라 강담講談식으로 시작했던 것"[19]임을 강조한다.

그러나 이러한 '강담'에 대한 강조점은 염상섭과 이선희에게 '근대적 소설'이 아니라 '전근대적 강담류'에 불과하다는 평가절하의 인상을 갖게 한다. 즉 염상섭[20]은 '문예의 초보적 민중화'라는 점에서 강담의 의의를 긍정적으로 평가하지만, 소설과 강담을 뒤섞어서는 안된다고 주장하면서 '강담식 소설'의 예로 홍명희의 『임꺽정』을 거론한다. 이선희[21] 역시

18. 홍명희, 「『임꺽정전』을 쓰면서-장편소설과 작자심경」, 『삼천리』 제5권 9호, 1933. 9.
19. 홍명희·모윤숙 문답록, 「이조문학 기타」, 『삼천리문학』 창간호, 1938. 1.
20. 염상섭, 「강담의 완성과 문단적 의의」, 『조선지광』, 1929. 1, 116~117쪽,
21. 이선희, 「여류작가좌담회」, 『삼천리』, 1936. 2, 219쪽.

『임꺽정』이 강담에 해당할 뿐 소설은 아니라면서 줄거리만 찾아 엮어가는 작품을 소설로 거론할 수 없다고 비판한다.

하지만 1937년 『조선일보』에 게재된 '『임꺽정』의 연재와 이 기대의 반향'에는 각계 인사의 긍정적 시각이 수록되어 있다. '광고'의 특수성을 감안할 때 주례사 비평에 가까운 표사일 수밖에 없다는 점이 있긴 하지만, 그럼에도 불구하고 『임꺽정』이 지닌 특장들이 대거 강조되고 있다. 먼저 한용운[22]은 '벽초의 손에 재현되어 지하에서 웃을 임꺽정'이라면서 새로이 발굴된 역사적 실존인물의 가치에 대한 기대를 표명하고 있으며, 이기영[23]은 "『임꺽정』이야말로 시대적 요구에서 가장 적합한 작자를 만났다."면서 벽초의 "해박한 학식과 풍부한 어휘와 아울러 건전한 사상으로 능란히 묘파"되어 "빈약한 조선문학의 현재"에 "획기적 대수확"이 되었다고 기대를 표명한다. 박영희[24]는 "조선 초유의 대작"이자 "동양 초유의 대작"이 될 것이라면서, 조선문학의 위축과 혼란 가운데에서 구상과 언어와 작자의 생활 관조 등의 측면에서 기대를 표명한다. 이극로[25]는 "훌륭한 맨 조선말의 어휘가 많은 것"과 "구상이 전체적 연락이 있으면서도 편편이 독립한 딴 책을 읽는 느낌"을 주는 점을 어학적 견지에서 재미라고 평가한다.

일방적 상찬의 광고와 달리 실질적으로 진행된 『임꺽정』에 대한 논리적 접근은 임화의 '세태소설론'[26]에서 출발한다. 임화는 이 글에서 『임꺽정』의 매력이 "그 시대의 여러 가지 인물들과 생활상의 만화경과 같은 전개에 있다."고 언급하고 "조밀하고 세련된 세부묘사가 활동사진 필름처럼 전개하는 세속생활의 재현이 우리를 즐겁게 하는 것"이라면서 "세

---

22. 한용운, 「벽초의 손에 재현되어 지하에서 웃을 임꺽정」, 『조선일보』, 1937. 12. 8.
23. 이기영, 「조선문학의 전통과 역사적 대작품」, 『조선일보』, 1937. 12. 8.
24. 박영희, 「동양 최초의 대작이며 우리의 생활사전」, 『조선일보』, 1937. 12. 8.
25. 이극로, 「어학적으로 본 『임꺽정』은 조선어 鑛區의 노다지」, 『조선일보』, 1937. 12. 8.
26. 임화, 「세태소설론」, 『동아일보』, 1938. 4. 1~6.

부 묘사, 전형적 성격의 결여, 그 필연의 결과로서 플롯의 미약"등의 측면에서 『임꺽정』이 세태소설과 본질적으로 일치된다고 평가한다. 그리고 현대의 세태소설이 모자이크적인 데 비해 『임꺽정』은 파노라마적인 미감을 제공한다고 분석하면서 세태소설의 성행이 일제 말기 "무력의 시대의 한 특색"이라고 지적한다.

반면에 이원조[27]는 춘원과 벽초가 대척적인 양극단이라면서 춘원이 "철저한 이상주의자라면" 벽초는 "철저한 사실주의자"라고 단언한다. 그리고 "이상주의의 소설이 시간적이요 주관적인 데 비해서 사실주의 소설이 공간적이요 객관적"이라면서 『수호지』나 『삼국지』처럼 동양소설의 구성과 유사하지만, 묘사는 자연주의적 수법에 충실하다고 평가한다. 그 근거로 서구의 소설은 성격 중심이지만, 동양 소설은 사건 중심이라는 차이를 보인다고 설명한다.

이러한 반향과 평가 들은 진근대직 강담과 세태소설적 측변의 한계를 적시한 것 이외에는 대체로 모두 『임꺽정』이 받은 당대적 평가뿐만 아니라 문학사적 의의를 맹아적으로 보여준다. 즉 실존인물의 역사적 복원, 박식한 어휘와 건전한 사상의 묘파, 조선과 동양 초유의 대작, 조선말의 활용과 구상의 탁월성, 서사적 플롯이 지닌 부분의 독자성과 부분과 전체의 연결성 등이 고평되고 있는 것이다.

2) 출간(1939) 이후 한국전쟁 발발(1950) 이전

1939년 『임꺽정』이 출간되기 시작하면서 게재된 출판 광고에서도 당대적 찬사를 확인할 수 있다. 즉 '약동하는 조선어의 대수해大樹海'라는 큰 제목 하에 '천재天才 조선의 위대한 거보巨步! 전 독서층을 풍미하는 대호세大豪勢!'라면서 "역사소설의 태양인 동시에 대중소설의 최고봉"이

---

27. 이원조, 「『임꺽정』에 관한 소고찰」, 『조광』 4권 8호, 1938. 8.

라는 상찬 속에 광고가 게재된다.[28] 이기영은 '조선문학의 대유산'이라면서 "조선문단의 획시적 대수확", 이효석은 "한 시대의 생활의 세밀한 기록이요 민속적 재료의 집대성이요 조선어휘의 일대 어해語海를 이룬 점에서도 족히 조선문학의 한 큰 전적典籍", 박영희는 '미증유의 대걸작'이라면서 "구상의 광대함과 어휘의 풍부함과 문장의 유려함이 전무한 대작이니 조선문학의 보고", 김상용은 '조선어의 풍부한 보고', 이광수는 '조선어와 생명을 같이할 천하의 대기서大奇書', 한설야는 '천권의 어학서를 능가'한다면서 "역사소설의 백미요 또 우리 문단의 최대의 수확", 김윤경은 '흥미와 실익의 역사소설', 김동환은 '이 시대의 대걸작', 정인섭은 '웅대한 규모'라면서 '세련된 필치'와 "조선 현대문학 중의 거탑", 박종화는 '왕양汪洋한 바다 같은 어휘'라는 제목으로 어휘와 묘사와 "구상이 혼연히 조선적인 때문"이라면서 "근세 조선의 큰 자랑"이라고 축하한다.

특히 대표적인 논의에 해당하는 김남천의 경우 '조선문학의 대수해'라는 상찬의 제목 속에 『임꺽정』의 출판이 역사소설의 특징인 과거와 현재의 상호적 대화로서 "거대한 유산의 정리"이자 "금후의 문학의 굳건한 토대"이자 "답대"임을 강조한다.

모모하는 대가들처럼 표면에 드러나지 않고 숨어서 30년 문학사의 첫 페이지에 공헌한 분은 벽초 홍명희씨다. 그것을 아는 이는 적다. 그리고 그것을 기록에 올릴 문학사가도 드물는지 알 수 없다. 그러나 그의 웅편雄篇은 씨氏의 50년을 일관하는 고고한 절개와 함께 우리 문학사상의 일만이천 봉이다. 사실주의문학이 가지는 정밀한 세부 묘사의 수법은 씨에 있어 처음이고 그리고 마지막이 되어도 무방할 것이다. 작은 논두렁

28. 광고, 『조선일보』, 1939. 12. 31.

길을 걷던 조선문학은 비로소 대수해大樹海를 경험하였다. 일방
『임꺽정』은 역사문학의 진품이 어떠한 것인지를 우리 속류 역
사소설가들 앞에 제시하였다. 『임꺽정』의 출판은 거대한 유산
의 정리인 동시에 금후의 문학의 굳건한 토대요 답대踏臺이다.[29]

김남천은 근대문학 30년의 문학사 첫 페이지에 공헌할 정도로 벽초의
노력을 높이 평가하면서, 벽초의 삶과 문학적 노력을 함께 주목한다. 특
히 "정밀한 세부 묘사"의 탁월성을 핵심으로 꼽으면서 "역사문학의 진
품"이 사실주의 역사소설로서의 『임꺽정』에 해당함을 강조한다.[30] 『임꺽
정』의 문학사적 기여를 사실주의 문학의 알파요 오메가라고 평가하는
김남천의 인식은 『임꺽정』의 문학사적 가치를 계보학적 의의로 자리매
김하는 당대적 평가에 해당한다.

뿐만 아니라 해방 이후의 좌담에서도 김남천은 이광수가 '아이디얼리
스트'라면 벽초가 '리얼리스트'라면서 "이광수의 소설 방법은 주관적이
고 이상주의적인 데 반하여 벽초 선생의 방법은 사실주의적 방법"[31]이라
고 평가한다. 이에 비해 이원조[32]는 '벽초론'에서 "소재와 구상부터가 일
종의 반항정신에서 출발했으며 그 당시 모든 사회적 풍경이나 궁정·관
작 들의 묘사가 모두 그 반항 정신의 발로"라면서, 김남천이 말하는 '리
얼리스트의 정신'이라기보다는 '청교도적 귀족 취미'로서의 '반항정신'임

29. 김남천, 「조선문학의 대수해」, 『조선일보』, 1939. 12. 31.
30. 이 내용은 몇 군데 달라진 표현(조선문학을 조선어학으로, 정리를 거본으로, 토대를 천대
로)을 제외하고 2003년에 발표된 정진혁의 평론 원고 「홍명희와 장편력사소설 『림꺽정』」에
그대로 실려 있다(정진혁, 「홍명희와 장편력사소설 『림꺽정』」, 『조선문학』, 2003. 8, 71쪽).
다만 한설야의 광고 원고가 실명이 밝혀진 것과는 다르게 '종파주의 작가'인 김남천의 글
이라 실명이 드러나 있지 않은 점이 특징이다. 여전히 임화, 김남천, 이태준에 대한 북한의
평가는 1952년의 '종파주의적 시각'의 한계에 멈춰 있는 것이다.
31. 이태준·이원조·김남천, (좌담)「벽초 홍명희 선생을 둘러싼 文學談議」, 『대조』 창간호,
1946. 1.
32. 이원조, 「벽초론」, 『신천지』 제3호, 1946. 4.

을 강조한다.

남북에서 각각 분단 정부가 수립된 이후인 1949년 1월호 『학풍』에는 박태원의 광고문이 게재되어 『임꺽정』의 진면목이 드러나고 있다. 즉 "언어의 전당"이자 "인간성의 화주"이며, "설화문학의 절정"을 수놓은 작품이 『임꺽정』이며, 이미 '고전의 반열'에 오른 "거장의 거작"임을 강조하고 있는 것이다.

> 言語의 殿堂! 人間性의 火柱! 說話文學의 絶頂
> 巨匠의 巨作
> 벽초 선생의 『임꺽정』은 이제는 이미 고전이다. 이는 실로 일대의 거장이 그 심혈을 기울이어 비로소 이루어진 대작이다. 앞으로는 모르겠다. 그러나 아직까지는 『임꺽정』과 그 빛을 다툴 작품은 어느 역량 있는 작가의 손으로도 제작되지 않았다. 꺽정이, 이봉학이, 박유복이, 배돌석이, 황천왕동이, 곽오주, 길막봉이의 이른바 7형제패를 위시하여 여기에는 무수한 등장인물이 있거니와 그 인물의 하나하나가 모두 살아 약동한다. 서림이는 서림이로 살았고 노밤이는 노밤이로 살았고 심지어 이름 없는 포교나 사령 따위도 다들 거장의 영묘한 붓 끝에 생명을 얻어서 또 저들은 저들대로 놀아난다. 나는 구태어 이 거장의 거작인 소이연所以然을 이곳에서 일일이 조목대어 말하지 않겠다. 전편에 횡일橫溢하는 그 시대 그 제도에 대한 울발鬱勃한 반역정신만으로도 이 작품은 조선문학사상에 좀처럼은 흔들리지 않는 지위를 주장할 것이다. 거듭 말하거니와 『임꺽정』은 이미 고전이다.
> 아직도 이 世紀的 大文學에 접하지 않았다면 實로 遺憾이다![33]

인용문에서 드러나듯 박태원은 1940년대에 이미 『임꺽정』의 '고전'으로서의 특질과 '대작'으로서의 핵심을 파악하고 있다. 특히 등장인물들의 생동감과 함께 '시대와 제도에 대한 반역정신'이 문학사적 지위로서의 '고전'의 평가를 가능하게 한다고 주목한다. 박태원의 경우 '생동하는 인물'과 '주제의식으로서의 저항정신'이 『임꺽정』의 핵심 정조임을 주목하고 있는 것이다.

일제 강점기로부터 해방기에 이르는 벽초의 『임꺽정』에 대한 평가는 풍부한 어휘와 탁월한 묘사력, 구상의 새로움과 대중적 공감력, 리얼리즘과 저항정신 등에서 '문학사적 사건'으로서의 상찬이 주류를 이루고 있다. 물론 영웅소설적 인식의 서사적 한계나 전근대적 강담류 소설이라는 평가절하, 플롯이 미약한 세태소설로서의 기능에 대한 비판적 평가가 없지는 않지만, 1920년대 후반부터 10여 년에 걸쳐 조선시대의 정조를 문학사에 되살려놓은 기어를 '기념비적 서사'로 찬탄하고 있는 것이 주류라고 판단된다.

결과적으로 벽초의 『임꺽정』은 문학 외적으로는 일제 강점기에 '신간회'를 토대로 펼쳐진 좌우 합작 노력의 일환 속에 작가 스스로 '조선 정조의 구현'이라는 문학적 저항을 표방하면서 시작되었으며, 문학 내적으로는 '조선시대의 걸물 임꺽정'을 호출하여 그 일당의 인물을 매개로 조선 왕조시대의 상류층에서 하층민에 이르기까지 다양한 인물 군상을 조선 정조에 기반한 언어와 풍속으로 재구하여 적재적소에 형상화함으로써 '민중적 역사소설의 효시'이자 전 민족적 저항 담론을 내면화한 '리얼리즘적 민족문학의 전범'으로 평가되면서 분단시대를 극복하고 통일시대를 지향할 남북한 문학사의 미적 토대의 원형이자 자산에 해당하는 작품이다.

---

33. 박태원, 「언어의 전당! 인간성의 화주! 설화문학의 절정」, 『학풍』 광고문, 1949. 1.

3. 북한문학에서의 『임꺽정』 연구 변화 양상
- 진보적 작품에서 '현대성'의 소설로

북한문학에서의 『임꺽정』 연구는 평양 문예출판사본(1982~1985) 이전과 이후가 일차적으로 구분된다. 왜냐하면 1980년 제6차 당대회에서 김정일이 김일성의 후계자로 공식화된 이후 문예 정책의 기획자이자 입안자로 공식 등장하기 때문이다. 하지만 본질적으로는 김정일의 『주체문학론』(1992) 이전과 이후가 분명하게 다르게 평가된다. 기본적인 평가는 1967년 유일사상체계확립 이래로 주체문예이론을 강조하면서 수령형상문학을 위시한 '당문학적 입장'의 측면에서 비슷한 입장을 견지하고 있지만, 김정일이 지시한 '현대성'의 기준에서 1990년대 이전과 이후는 명확하게 구분되는 것이다.

1) 비카프 작가의 진보적 작품
- 『조선문학통사』(1959)와 『조선문학개관』(1986)의 경우

먼저 『조선문학통사』(1959)에서는 세 가지 특징이 드러난다. 첫째 당시의 "진보적 작품"은 맞지만, "카프 작가"가 아니며 "프롤레타리아적 입장의 작품"이 아니라는 관점을 전면에 배치한 점이다. 둘째 봉건통치계급의 전형적 특성을 폭로하면서 일제 강점의 사회제도를 증오하고 반대하기 위해 인민을 교양하였다는 점이다. 셋째로 특권계급과 천민과의 투쟁을 중심으로 "평면적 의분성과 영웅성과 희생정신"을 주목한다는 점이다.

> 홍명희는 이 시기의 장편 〈림꺽정〉을 썼다. 홍명희는 〈카프〉 작가가 아니었으며 이 작품, 장편 〈림꺽정〉 그 자체도 결코 프롤레타리아적 립장에서의 작품은 아니다. 그러나 이 작품은

그 시기에 있어 조선 인민의 리해 관계를 일정하게 대변해주는 진보적 작품이였는바, 그것은 이 작품이 림격정을 중심으로 하는 일련의 인물형상을 통하여 봉건 통치계급의 전형적 특성을 폭로하면서 그러한 류의 사회-일제통치하의 사회제도를 증오하며 반대하도록 인민을 교양하였기 때문이다. (중략) 이 작품에 있어 림격정이를 중심으로 그리여지는 투쟁의 력사적 의의는 자연발생적인 것이기는 하였으나 반봉건적인 계급성을 가진다는 거기에 있다. 이 작품은 림격정의 반란을 정당하게도 당시 사회의 특권계급과 〈천민〉과의 투쟁으로 보았다. 그러므로 해서 이 소설은 우리들로 하여금 당시의 량반 통치계급에 대한 인민들의 깊은 증오를 느끼게 하는 동시에 다른 한편에 있어서는 림격정이와 같은 인물이 나타낸 평면적 의분성과 영웅성과 희생정신을 인식게 한다.[34]

인용문에서 드러나듯 카프 작가가 아니라는 언술로의 시작은 1967년 주체사상이 공식화되기 이전 1950년대까지는 북한의 문학사적 인식이 '수령형상문학'이 아니라 카프와 프롤레타리아계급이 지닌 문학사적 전통의 입장에 주안점을 두고 있음이 드러난다. 그리하여 결과적으로 "림격정의 반란"이 "반봉건적인 계급성"을 드러내면서, 당시의 지배계급에 대한 '인민들의 증오'를 불러일으킴과 동시에 평범한 의분과 영웅주의적 희생정신을 배태하고 있음이 주목되고 있는 것이다.

『조선문학통사』의 시각은 '진보적 텍스트'로서의 특징이 거론되면서 지배계급의 행악을 폭로하며 인민을 교양하는 대목이 강조된다. 특히 림격정을 비롯한 하층민들이 '반란'의 주인공임이 강조되며, 사회제도와의

---

34. 사회과학원 문학연구소, 『조선문학통사(현대문학편)』, 사회과학출판사, 1959(인동, 1988), 153~155쪽.

적대적 위치에 대한 인식을 주목하고, 특권계급에 반대하는 인민적 투쟁을 강조하면서 사실주의적 풍경의 제시가 특징으로 평가된다.

『조선문학통사』의 인식은 『조선문학개관』(1986)에 이르면 조금 달라진다. 즉 첫째 임꺽정 개인이 아니라 "림꺽정무장대"와 "림꺽정폭동군"이라는 표현이 드러나면서 인민들의 생활상과 풍속, 조선어의 풍부한 재현을 강조하고 있다는 점이다. 둘째 〈의형제편〉과 〈화적편〉만을 대상으로 언급하고 있는 점이 주목된다. 셋째로는 당시 진보적 역사소설의 창작의 배경을 '부르죠아 반동작가들'의 '민족허무주의와 반동적인 역사소설'이 다수 창작되고 있는 것에 대한 비판의식에서 창작되었음을 주목한다.

> 장편력사소설 〈림꺽정〉은 16세기중엽 황해도일대를 중심으로 활동한 림꺽정폭동군의 활동을 취급한 작품이다. 이 소설은 1928년부터 1939년까지 10여년간에 걸쳐 〈조선일보〉에 련재되었으며 1940년에 4개권으로 출판되었다./ 소설은 크게 〈의형제편〉과 〈화적편〉의 두 부분으로 이루어져 있다./ (중략) / 소설에는 림꺽정무장대의 활동이 광활한 무대우에서 폭넓게 펼쳐져있을뿐아니라 당시의 사회상과 인민들의 생활세태와 풍속, 도덕, 인정세태가 다면적으로 생동하게 재현되고 조선말의 방대한 어휘와 풍부한 표현들이 원숙하고 능란하게 구사되여 있다. 따라서 소설은 당시의 사회력사적현실과 인민들의 생활을 리해하는데 도움을 줄뿐아니라 우리 말과 민속 연구의 자료로서도 가치가 있다.[35]

『조선문학개관』은 '개관'의 특성상 인용문에서 드러나듯 간략한 소평

---

35. 박종원·류만, 『조선문학개관 II』, 사회과학출판사, 1986(인동, 1988), 66~67쪽.

가가 주를 이룬다. 인용문에서 주목되는 대목은 "생활세태와 풍속, 도덕, 인정세태가 다면적으로 생동하게 재현"된 측면과 함께 어휘와 표현, 민속 연구로서의 가치를 언급한 대목이다. 그리고 저항적 역사소설로서의 주제의식뿐만 아니라 문학예술적 가치와 사료사적 가치 등 다양한 특징을 언급하고 있다는 점이 주목을 요한다.

물론 '진보적 작가들'이 "과거생활을 통하여 이 시기의 요구에 해답을 주려는 지향밑에 지나간 력사적 현실을 내용으로 한 작품들을 창작"했다면서 '현재의 전사'로서의 『임꺽정』이 지닌 역사소설의 특성이 강조된다. 춘원과 동인, 월탄 같은 부르주아 소설가들의 왕조 중심 낭만주의적 역사소설과는 달리 사회 역사적 현실과 당대의 인민생활상의 적절한 형상화가 문학사적 고평의 대상이 된다.

2) 김정일의 '현대성' 강조
-『조선문학사(9)』(1995)와 『문학대사전』(1999)의 경우

1990년대 이후 북한문학사의 가늠자는 김정일의 『주체문학론』(1992)이다. 1970년대 이후 '주체사실주의'가 '사회주의적 사실주의'를 대체했다고 주장하는 『주체문학론』의 입장은 이후 16권짜리 『조선문학사』의 출판에도 영향을 미치며 '유산과 전통의 확대'를 강조하게 된다. 이때 '주체문학론'의 입장에서 쓰인 문학사인 『조선문학사(9)』(1995)의 경우 세 가지 점에서 기존의 평가와 다른 특징을 보인다. 첫째 김정일의 지적인 "현대성이 강한 작품"이라는 평가를 전면에 배치한 점이다. 둘째로는 "의리가 없는 인간으로서의 서림의 형상"을 교훈적이라고 표현하고 있다는 점이다. 셋째로는 단점으로 "일부 고담적의의가 없는 장면들이 묘사되여있는 것"을 제한성이라고 비판하고 있다는 점이다.

(선략) 위대한 령도사 김정일동시께서는 나음과 같이 시적하

시였다.

"장편력사소설 〈림꺽정〉은 현대성이 강한 작품이라고 볼수
있습니다./ 장편력사소설 〈림꺽정〉에서 좋은 점은 인민대중의
생활과 투쟁으로 이야기를 엮고 그것을 매우 생동하고 진실하
게 형상하고있는 것입니다."(중략)

이런 면에서 작품에서 의리가 없는 인간으로서의 서림의 형
상은 교훈적이다. 그는 림꺽정폭동군의 모사로 있다가 중도에
관군에 체포되어 투항변절함으로써 서림이와 같이 의리가 없
는 인간은 결코 투쟁대오에서 생사운명을 같이할수 없다는 것
을 심각한 교훈으로 말해주고 있다. (중략) 그러나 소설에 일부
고답적의의가 없는 장면들이 묘사되여있는 것은 제한성으로
된다.[36]

인용문에서 드러나듯 『임꺽정』을 "반봉건투쟁을 취급한 대표적인 력
사소설"로 요약하는 『조선문학사』의 평가에 척도를 제공하는 것은 김정
일의 "현대성이 강한 작품"이라는 '지적'이다. 그리고 "인민대중의 생활
과 투쟁"이라는 이야기 구성, "생동하고 진실"한 형상력 등이 장점으로
거론된다. 현대적인 주제의식을 비롯하여 구성과 묘사에서의 탁월성 등
이 '주체문예이론의 교사'인 김정일이 강조한 『임꺽정』의 핵심적 특징인
것이다.

이와 함께 기존의 평가와 다른 점은 의형제들의 운명적 공통성을 강
조하면서 애국심과 정의감뿐만 아니라 '의리적 결합'을 강조하고 있는
대목이다. 반면에 "의리가 없는 인간으로서의 서림의 형상"은 반면교사

---

36. 류만, 「제2편 1930년대중엽~1940년대 전반기 문학/ 제2장 무산대중의 불행한 운명과 항
거정신에 대한 형상, 력사주제의 작품창작/ 제4절 력사주제의 작품과 풍자소설/ 1. 력사주
제의 소설창작과 홍명희의 장편력사소설 〈림꺽정〉」, 『조선문학사』 9, 과학백과사전종합출
판사, 1995, 240~242쪽.

로서의 교훈이 강조되는 인물로 평가된다. 더불어 작품의 한계로서 "고담적 의의"를 확보할 수 없는 장면들의 묘사가 구체적 근거 없이 지적되고 있다.

이 연장선 상에서 문학사 기록이 아닌 『문학대사전』(1999)의 경우에도 기존의 인식과 다른 점이 드러난다. 즉 크게 세 가지 특징이 제시되는데, 첫째 '림꺽정폭동군'이 '림꺽정농민폭동군'으로 명기된다는 점이다. 둘째 "의리가 없는 인간"으로 명명되었던 서림의 형상이 "이색분자, 우연분자"로 재명명된다는 점이다. 셋째 "일제의 가혹한 검열제도와 작가의 세계관상 미숙성으로 하여 주인공이 기생을 찾아다닌다던가 여러명의 안해를 둔 것" 등 작품의 단점이 구체적으로 명기된다는 점이다.

> (전략) 소설은 서림의 형상을 통하여 대오안에 이색분자, 우연분자가 끼여들게 되면 엄중한 후과를 가져온다는 교훈을 친명하였다. (전략) 그러나 당시 일제의 가혹한 검열제도와 작가의 세계관상 미숙성으로 하여 주인공이 기생을 찾아다닌다던가 여러명의 안해를 둔 것이라던가 또한 농민무장대의 활동을 많은 경우 착취계급의 재물이나 빼앗는 정도의 투쟁으로밖에 보여주지 못한 것 등 일련의 부족점이 있다. (전략) 그후 1940년에 4권의 단행본으로 1954년에 6권의 단행본으로 출판되었다. 우리 당의 보살핌속에서 소설은 1982~1985년에 4권으로 다시 출판되었다.[37]

남북의 연구에서 공통적으로 지적되는 부분이 '농민의 형상력 부족'이라는 점에서 인용문에서 강조되는 '농민무장대 활동의 한계'에 대한

---

37. 사회과학원, 『문학대사전』 2, 사회과학출판사(주체89(2000)), 1999. 12, 188~189쪽.

비판적 평가는 '과도한 지적'이라고 판단된다. 그리고 "의리가 없는 인간"서림의 형상에 대해 '반면교사로서의 교훈'에서 나아가 '이색분자와 우연분자'로 재명명하는 것은 김일성 사후(1994) 유훈통치 기간이 끝난 뒤에 지도자를 중심으로 당과 인민의 삼위일체적 신뢰 관계를 강조하기 위한 수사로 짐작된다. 즉 '김일성주의'를 강제하며 김정일을 위시로 주체문학의 수령형상문학적 특성을 강조하기 위한 레토릭으로 추정된다.

그리고 작품의 단점으로 임꺽정의 기생이나 여성 편력 등과 함께 농민무장대의 활동이 주로 착취계급의 재물을 빼앗는 투쟁으로 드러난 점 등을 일련의 부족점이라고 구체적으로 비판하는 대목은 기존 평가에 없던 새로운 내용이라는 점에서 주목된다. 즉 임꺽정의 무장 투쟁이 명확한 사상이나 목표에 의해 제기된 것이 아니라 즉흥적이고 전근대적인 방식으로 진행된 한계를 지적하고 있는 것이다. 끝으로 인용문에 드러나듯 1980년대 초중반 재출간의 배경을 '당의 보살핌'으로 강조함으로써 김정일의 문예활동 지도와 함께 '당성'을 전면에 내세우는 북한 특유의 당문학적 지도를 부기한 대목이 이채를 띤다. 결과적으로 1980년대 이래로 북한문학의 실질적 지도 주체가 '김정일+노동당'임을 암시적으로 보여주는 부분이다.

3) 수령(김일성+김정일)의 '말씀' 중시-2000년대 이후의 평가

2000년대 이후 『임꺽정』과 관련된 논문은 정진혁과 한중모의 평론 두 편을 확인할 수 있다. 이 글들은 『주체문학론』(1992) 이후의 문학사적 인식을 공유하면서도 기존 인식의 인상비평적인 대목에 대해 구체적으로 보충하고 진일보된 설명을 하고 있다는 점에서 주목을 요한다.

먼저 정진혁의 논문[38]은 네 가지 특징을 보여준다. 첫째 홍명희의 일대

---

38. 정진혁, (자료)「홍명희와 장편력사소설 『림꺽정』」, 『조선문학』, 주체92(2003). 8, 70~73쪽.

기로 시작하는 등 강영주의 논문을 참조한 점이 드러난다. 둘째 1939년 12월 31일 자 『조선일보』에 실린 광고 중 한설야와 김남천의 원고를 인용하면서 한설야의 실명은 밝히지만 김남천의 실명은 숨기고 있다. 셋째 『조선문학사』(1995)에 명시된 김정일의 지적과 함께 홍석중의 개작 여부, 「봉단편」, 「피장편」, 「량반편」을 소개하고 있는 대목이 새로이 드러난다. 넷째로 사회주의 사상의 부재를 임꺽정의 투쟁 실패와 연결 짓는 무리한 관점이 제기된다.

> 위대한 령도자 김정일동지께서는 과거에도 림꺽정과 같은 사람들이 통치배들을 반대하여 싸웠지만 이것은 참다운 애국주의가 못되며 오직 항일혁명투쟁시기에 와서야 참다운 애국주의가 창시되었다고 가르치시였다./ 새로운 지도사상-사회주의사상을 접할수 없었던 림썩성의 살 길은 명백하며 림꺽정이 벌린 싸움은 단지 조금이라도 제 한몸이라도 고통을 면해보려는 소극적인 몸부림에 지나지 않았다./ 하여 림꺽정의 투쟁은 자연히 실패로 끝나고 만다. (중략) 작품은 력사기록에서는 찾아볼수 없는 등장인물들인 리봉학, 박유복, 배돌석, 홍천왕동, 곽오주, 길막봉 등의 의형제들의 신분을 선택하면서도 당시에 절대다수를 차지하고 있었던 농민출신이 단 한사람도 없었던 것은 작가가 농민의 계급적성격을 깊이 파악하지 못하고 있었다고 보아도 과언이 아닐것이라고 생각한다.[39]

인용문에서 드러나듯 정진혁의 논문은 '임꺽정의 실패'를 새로운 지도사상으로서의 사회주의 사상을 접할 수 없었던 한계로 파악한다. 김

---

39. 정진혁, 위의 글, 72~73쪽.

정일에 의하면 20세기 초중반의 항일혁명투쟁시기에 와서야 비로소 "참다운 애국주의가 창시"되었는데, 그 사회주의 사상을 대면하지 못했기 때문에 16세기의 임꺽정의 투쟁이 실패했다는 억견인 셈이다. 이것은 사후적 사상의 선험적 체화 여부가 투쟁의 승패를 구분 짓는 결과로 이어진다는 오류적 판단을 보여준다. 물론 이어진 평가에서 농민 출신의 부재와 작가의 세계관의 한계, 비과학적 측면 등에 대한 비판적 견해는 기존의 북한문학 논의와 다른 시각을 보여준다는 점에서 주목을 요한다.

가장 최근에 발표된 한중모의 2006년 평론[40]은 네 가지 점에서 주목을 요한다. 첫째로 김일성을 우러르며 1948년 4월 평양에서 개최된 〈남북조선 정당, 사회단체 대표작련석회의〉에 참석한 '정치인 홍명희'를 먼저 언급한 뒤 작품 『임꺽정』을 언급하고 있다는 점이다. 둘째로 『조선문학사』(1995)에 기재된 '김정일의 지적'이 30여 년 전인 1962년 9월의 '말씀'으로 소급되면서 역사의 신화화가 사후적으로 진행된다는 점이다. 셋째로 '현대성'의 개념을 구체적으로 기술하고 있다는 점이다. 넷째로 다양한 인물과 사건, 평산싸움 장면들을 구체적으로 거론하면서 작품에 대해 기존의 일면적 평가가 아니라 다면적이고 입체적인 분석과 평가를 진행하고 있다는 점이다.

비범한 사상리론적예지와 예술적천품을 지니신 위대한 령도자 김정일동지께서는 일찍이 김일성종합대학에서 혁명활동을 벌리시던 주체51(1962)년 9월 어느날 장편력사소설 『림꺽정』에 대한 옳은 인식을 가지는데서 제기되는 사상미학적문제들에 명철한 해명을 주시면서 장편력사소설 『림꺽정』에서 좋은 점은 인민대중의 생활과 투쟁으로 이야기를 엮고 그것을 매

---

40. 한중모, 「다부작 장편력사소설 『림꺽정』과 주인공들의 형상」, 『조선문학』, 주체95(2006). 4, 65~70쪽.

우 생동하고 진실하게 형상하고 있는 것이라고 말씀하시였다.
(중략) / 현대성은 진보적이며 사실주의적인 문학작품의 본질
적특성의 하나이다. 현대성을 구현하는것은 력사주제의 문학
작품에서 더욱 중요한 문제로 나선다. 지난날의 사회현실이나
력사적 사실을 형상화하면서 생활자료를 현대적요구에 비추어
선택하고 분석평가하며 예술적으로 일반화하는 것이 아니라
(중략) 복고주의를 류포시키는 해독적인 작용을 할수 있다.[41]

　한중모의 평론은 김일성과 김정일의 일화를 앞세운다는 점에서 주체
문학의 특성을 보여준다. 특히 '김정일 시대'에 쓰인 원고라는 점에서 인
용문 첫 단락은 '수령형상문학'의 특징인 '신화화된 전설'로 각색된 '김
정일에 대한 사후적 찬사'에 해당하기에 비판적으로 해석될 대목이다.
한중모에 의하면 '현대성'이란 "지난날의 사회현실이나 력사적 사실을
형상화하면서 생활자료를 현대적요구에 비추어 선택하고 분석 평가하며
예술적으로 일반화하는 것"에 해당한다. 즉 과거의 유산과 생활자료를
현대적 요구에 걸맞게 적절히 취사선택함으로써 사료를 제대로 재가공
하여 현재적 재형상화와 함께 대중적인 예술적 일반화를 달성하는 것이
'현대성의 요체'인 것이다.
　한중모의 글 마지막에는 "오늘 우리 공화국에서는 민족문화유산을
계승발전시킬데 대한 당의 주체적인 문예정책에 의하여 다부작장편력
사소설 『림꺽정』이 원전 그대로 출판되어 많은 사람들에게 읽히우고있
을뿐아니라"라고 명기되어 있다. 이러한 원전 출판 여부와 대중적 독자
의 확보 등의 사실 관계는 『임꺽정』의 '서막'에 해당하는 「봉단편」, 「피
장편」, 「양반편」 등 3권의 출판 여부와 함께 추후 구체적 확인이 필요해

---

41. 한중모, 앞의 글, 65~70쪽.

보인다. 그래야 남북한 원전 확정의 유사성과 차이를 구체적으로 분석할 수 있기 때문이다.

2000년대에 발표된 정진혁과 한중모의 평론은 『임꺽정』에 대한 피상적인 문학사적 평가를 넘어 구체적이고 세부적으로 저자와 텍스트에 대해 분석과 해석, 종합적 평가를 수행하고 있다는 점에서 주목을 요한다. 즉 북한문학에서는 문학 외적으로 수령(김일성＋김정일)의 지도나 말씀이 강조되며 당문학적 지침과 함께 사회주의 사상의 부재가 세계관적 한계로 지적되고 있으며, 농민 전형의 부재나 인물 형상화의 미비 등 문학 내적 한계가 부가적으로 기술되는 방식을 취하면서 역사소설의 문학적 현재성은 적절한 사료의 재가공을 통해 달성해야 할 예술적 일반화를 위한 '현대성의 요구'임이 주목된다. 이렇듯 두 평론가의 2000년대 글은 남북한의 문학적 평가의 인식차를 드러냄으로써 남북한 문학의 이질적 기준과 해석의 차이를 확인함과 동시에 역설적으로 그 이질성을 통해 문학사적 인식의 접점을 발견할 가능성을 보여준다는 점에서 소중한 대목이다.

4. 남한문학에서의 『임꺽정』 연구 변화 양상
– 민중적 리얼리즘의 성취, 민족문학의 보고寶庫

1) 2000년대 이전

문학사적 연구를 제외하고 1988년 월북작가 해금 이전에 『임꺽정』에 대한 개인적 연구는 김윤식, 신재성, 강영주, 홍성암 등의 연구를 확인할 수 있다. 먼저 김윤식[42]은 『임꺽정』을 권력층에 대한 서민층의 저항의

---

42. 김윤식, 「우리 역사소설의 4가지 유형」, 『소설문학』, 1985. 6.

식을 치밀한 풍속 묘사와 결합시킨 '의식형 역사소설'로 분류하고, 신재성[43]은 『임꺽정』을 작가의 주관을 거세한 채 객관세계에 함몰한 '풍속의 재구' 유형으로 분류하며, 강영주[44]는 상하층의 풍속과 언어로 총체적인 형상화에 성공했다면서 루카치의 역사소설론에 근거하여 저항적 계층의식을 충분히 표출하지 못한 작품으로 파악하며, 홍성암[45]은 '근대 역사소설의 유형'을 검토하면서 『임꺽정』을 민중적 계급주의 역사소설로 규정한다. 일제 강점에 대한 저항 담론과 조선적 풍속에 기반한 알레고리적 서사로서 '민중적 리얼리즘'을 성취한 '민족문학의 보고'이자 '역사소설의 전범'으로 호명되고 있는 것이다.

특히 남한문학에서 『임꺽정』에 관한 연구는 강영주의 연구를 대표적으로 들 수 있다. 강영주에 의하면 역사소설 『임꺽정』은 '야사의 소설화, 민중성과 리얼리즘의 성취, 난숙한 세부 묘사와 닫힌 전망'을 지닌 대표적인 역사소설에 해당한다.[46] 뿐만 아니라 홍명희의 사상적 지향이 '선비정신의 소유자'로서 '투철한 반봉건 의식'과 '진보적 민족주의 노선'을 지향하고 있으며, '속류 좌익 문학관'에 대한 비판과 '순수문학'에 대한 부정적 견해 속에서 일관되게 리얼리즘 문학을 주장하면서 계몽문학의 중요성을 역설하였다고 분석한다.[47] 이 외에도 저자는 『임꺽정』에서 '주체적인 여성상과 남녀평등사상'이 제시되지만 여성의 타자화된 모습 역시 드러난다고 비판[48]하고, 『임꺽정』을 조선학운동의 문학적 성과로 파악[49]하면서, 비교문학적 차원에서 쿠프린의 장편소설 『결투』와 구성

43. 신재성, 「1920~30년대 한국 역사소설 연구」, 서울대학교 석사학위논문, 1986.
44. 강영주, 「한국근대역사소설연구」, 서울대학교 박사논문, 1986.
45. 홍성암, 「한국근대역사소설연구」, 한양대학교 박사논문, 1988.
46. 강영주, 「홍명희와 역사소설 『임꺽정』」(「한국근대역사소설연구」, 서울대 박사논문, 1986. 12), 『(통일시대의 고전) 『임꺽정』 연구』, 사계절, 2015.
47. 강영주, 「홍명희의 사상과 『임꺽정』의 민족문학적 가치」(「벽초 홍명희론」, 『동서문학』 28권 4호, 1998년 겨울호), 위의 책, 164~183쪽.
48. 강영주, 「여성주의 시각에서 본 『임꺽정』」(「여성주의의 시각에서 본 홍명희의 『임꺽정』」, 『여성문학연구』 16호, 한국여성문학학회, 2006. 12), 위의 책, 186~217쪽.

형식의 유사성을 추적[50]하고, 연암문학과 비교하면서 '민족문학적 개성, 양반 비판과 민중성, 리얼리즘과 해학성'을 유사성으로 규명[51]하며, 해방 이후 '남한 최고의 역사소설(최원식)'로 호명되는 황석영의 『장길산』과 비교하면서 '역사적 진실성의 추구와 민중성의 구현'이 『임꺽정』과의 유사성임을 분석한다.[52] 이와 함께 저자는 자료집 『벽초 홍명희 『임꺽정』의 재조명』(1988)과 『벽초 홍명희와 『임꺽정』의 연구자료』(1996)가 북한 학계에도 유입되어 영향을 미친 것 같다고 추정한다.[53]

1990년대에 주목할 만한 『임꺽정』 연구로는 이남호, 백문임, 공임순, 임정연 등의 논의를 들 수 있다. 먼저 이남호[54]는 봉건과 반봉건, 민중의식과 사대부의식, 전근대적 이야기 요소와 근대소설적 요소들이 혼효되어 있다고 파악하면서 양가적 특성을 주목한다. 백문임[55]은 사료를 활용한 선택과 배열의 원리를 추적하면서 '강담사의 사료해석 태도와 형상화의 작동 원리'를 통해 작가의식을 규명하고 있다. 공임순[56]은 공적 서

---

49. 강영주, 「조선학운동의 문학적 성과, 『임꺽정』」(「벽초 홍명희의 생애와 학문적 활동」, 『근대 동아시아 지식인의 삶과 학문』, 성균관대 BK21 동아시아융합사업단 편, 성균관대출판부, 2009), 위의 책, 249~284쪽.
50. 강영주, 「홍명희의 『임꺽정』과 쿠프린의 『결투』」, 『진단학보』 92, 2001. 12(위의 책, 289~306쪽).
51. 강영주, 「『임꺽정』과 연암 문학의 비교 고찰」, 『대동문화연구』 65, 성균관대 대동문화연구원, 2009. 3(위의 책, 311~337쪽).
52. 강영주, 「홍명희의 『임꺽정』과 황석영의 『장길산』」(「역사소설 『임꺽정』과 『장길산』」, 『상명여자대학교 논문집』 27집, 상명여대, 1991. 2), 위의 책, 341~361쪽.
53. 강영주는 후일담으로 정진혁의 논문과 『벽초 홍명희』(2011, 평양출판사)를 열람했더니 본인의 연구서들을 참조한 흔적이 역력했다고 기술한다. 뿐만 아니라 벽초의 손자인 소설가 홍석중이 벽초에 관한 자신의 연구서들을 두루 읽어 잘 알고 있었고, 일가족을 대표하여 자신에게 각별한 감사를 표하였기 때문이라고 기술한다. 특히 첫 자료집이 북한에 전해져 말년의 홍기문(벽초의 아들)이 감격해 마지않았다는 이야기를 홍석중에게 직접 들었다고 기록한다(강영주, 『(통일시대의 고전) 『임꺽정』 연구』, 사계절, 2015, 9~10쪽). 이렇게 보면 벽초와 『임꺽정』을 매개로 남북의 문학적 교류는 분단 시대의 와중에도 이미 암묵적으로 체제의 경계를 넘어 진행되고 있었던 셈이다.
54. 이남호, 「벽초의 〈임거정〉 연구」, 『동서문학』 188호, 1990. 3.
55. 백문임, 「홍명희의 〈임꺽정〉 연구 – 구성방식을 중심으로」, 연세대 석사학위논문, 1993.
56. 공임순, 「홍명희의 〈임꺽정〉 연구 – 유교이념의 형상화를 중심으로」, 서강대 석사학위논문, 1994.

술자의 서술 태도가 유교적 윤리의식에 의거해 있음을 주목하면서 사대부의 가치항목들로 긍정적·부정적 인물을 가르고 청석골패의 성격이 덕성 결핍에 의한 예정된 패배라는 결론에 도달한다. 임정연[57]은 골드만의 발생론적 구조주의를 활용하여 문학사회학적 관점에서 홍명희의 작가의식 형성과정과 작품에 구현된 작가의식의 양상을 해명하고 있다.

이 외에도 민족의식(채길순[58]), 인물유형(손숙희[59], 이창구[60]), 문체의 특성(강민혜[61]), 신문소설(이중신[62]), 서술원리(장사흠[63], 차혜영[64]), 문학관(채진홍[65]), 계급주의론(홍성암[66]), 서사분석(강현조[67]) 등의 다양한 관점에서 구체적인 분석과 평가가 진행되었으며, 이러한 논문들의 문제의식들을 종횡으로 종합한 박사논문으로 한창엽[68], 이동희[69] 등의 결과물을 주목할 수 있다. 이렇듯 1990년대 연구들은『임꺽정』텍스트의 문학적 특징과 더불어 고전 담론과 일제 강점기의 상관성, 작가적 의도 등을 함께 결합하여 문학사적 의의를 기술하는 방식에 초점을 맞추어 진행되었다.

---

57. 임정연,「홍명희의『임꺽정』연구-작가와 작품의 세계관을 중심으로」, 이화여대 석사학위 논문, 1998.
58. 채길순,「홍명희의『임꺽정』연구: 민족의식과 정서를 중심으로」, 청주대학교 석사논문, 1991.
59. 손숙희,「벽초 홍명희의『임꺽정』연구-인물 유형을 중심으로」, 동덕여대 석사논문, 1993.
60. 이창구,「홍명희『임꺽정』인물 연구」, 목원대학교 석사논문, 1992.
61. 강민혜,「벽초 홍명의의『임꺽정』연구-문체특성을 중심으로」, 고려대학교 석사논문, 1990.
62. 이중신,「홍명희의『임꺽정』연구-신문소설로서의 특성과 문체」, 한양대학교 석사논문, 1999.
63. 장사흠,「홍명희의『임꺽정』연구-서술원리를 중심으로」, 강릉대학교 석사논문, 1995.
64. 차혜영,「『임꺽정』의 인물과 서술방식연구」, 한양대학교 석사논문, 1992.
65. 채진홍,「홍명희의 문학관과 반 문명관 연구」,『국어국문학』121집, 국어국문학회, 1998. 5, 279~303쪽.
66. 홍성암,「계급주의적 역사소설의 효시-『임꺽정』: 홍명희론」,『한민족문화연구』4집, 한민족문화연구학회, 1999. 6, 204~225쪽.
67. 강현조,「홍명희의『임꺽정』연구: 서사분석을 중심으로」, 연세대학교 석사논문, 1999.
68. 한창엽,「홍명희의『임꺽정』연구」, 한양대학교 박사논문, 1994.
69. 이동희,「벽초 홍명희의『임꺽정』연구」, 조선대학교 박사논문, 1996.

2) 2000년대 이후

2000년대 이후 연구는 『임꺽정』 자체 연구뿐만 아니라 다른 텍스트와의 비교 연구로 논의가 확산되면서 연구가 축적되고 있다. 이를테면 만화 『임꺽정』과의 비교 연구(장하경[70]), 리얼리즘론(최윤구[71]), 『갑오농민전쟁』과의 담론 비교분석(송명희 등[72]), 강담의 민중성(장수익[73]), 모계인물 모티프(김은경[74]), 민중언어와 주체성(김정숙·송기섭[75]), 민족적 알레고리와 텍스트 중심주의(김승환[76]), 구술 양상(김희진[77]), 『임꺽정』에 대한 메타 연구(송수연[78]) 등의 학술논문이 제출되고 있으며, 이 외에도 박사논문으로 서사 구조를 구체적으로 분석한 손숙희[79] 등의 결과물이 주목된다. 이렇듯 『임꺽정』 연구가 다른 텍스트와의 비교, 만화콘텐츠, 모계인물 양상, 구술성 등의 연구들을 거쳐 다매체 활용 방안으로까지 연결되어 현재적 텍스트로 재활용될 수 있는 '정전으로서의 대하역사소설'임을 보여준다.

---

70. 장하경, 「소설 『임꺽정』과 만화 『임꺽정』의 비교 연구-이야기 방식을 중심으로」, 숙명여대 석사논문, 2001.
71. 최윤구, 「홍명희의 『임꺽정』 연구-엥겔스의 '리얼리즘의 승리'를 중심으로」, 국민대학교 석사논문, 2001.
72. 송명희·박순혁·김재윤·안숙원, 「역사소설 『임꺽정』과 『갑오농민전쟁』의 담론양식과 언어 분석」, 『우리말연구』 11집, 2001. 12, 143~200쪽.
73. 장수익, 「강담 양식으로 담은 민중적 시각-홍명희의 『임꺽정』론」, 『한남어문학』 26집, 한남어문학회, 2002. 2, 213~237쪽.
74. 김은경, 「'母系人物 모티프'를 통한 洪命憙의 『林巨正』 다시 읽기-抵抗談論的 性格 고찰 및 歷史小說로서의 위상 재조명」, 『어문연구』 32집, 한국어문교육연구회, 2004. 3, 325~351쪽.
75. 김정숙·송기섭, 「홍명희와 『임꺽정』: 민중적 언어 공동체와 주체적 근대의 모색」, 『한국문학이론과 비평』, 33집, 한국문학이론과비평학회, 2006. 12, 339~360쪽.
76. 김승환, 「홍명희의 창작방법으로서의 민족적 알레고리」, 『한국현대문학연구』 27집, 한국현대문학회, 2009. 4, 145~167쪽./ 김승환, 「텍스트 『임꺽정』 안과 밖의 작가 홍명희」, 『한국현대문학연구』 35집, 한국현대문학회, 2011. 12, 169~193쪽.
77. 김희진, 「홍명희 『임꺽정』에 나타난 구술적 양상 연구」, 『한민족문화연구』 48집, 한민족문화연구학회, 2014. 12, 35~59쪽.
78. 송수연, 「홍명희, 〈임꺽정〉 연구의 수용양상 고찰: 대학원 석사학위논문을 대상으로」, 청주대학교 석사논문, 2011.
79. 손숙희, 「『임꺽정』의 서사구조 연구」, 동덕여대 박사논문, 2001.

특히 가장 최근에 제출된 이은경[80]의 석사학위논문은 '탈식민성 담론'을 활용하여 연구를 진행하고 있다는 점에서 주목을 요한다. "작가의 창작 의도인 '조선 정조의 구현'이 작품 이해에 매우 중요한 단서임을 전제"한 뒤 '문체와 인물, 공간'의 차원에서 '탈식민성 담론'을 전용하여 벽초의 『임꺽정』을 연구함으로써, 다양한 연구방법론을 활용하여 벽초의 문학 연구가 지닌 현재성과 지속적 연구 필요성을 동시에 보여준다. 물론 서구의 '노마드 이론'에 지나치게 의존한 나머지 견강부회적 억견이 논문 곳곳에서 도출되고 있는 점은 아쉬운 대목이다.

정착이 아닌 정주할 곳을 떠도는 유목민들처럼 『임꺽정』의 호방한 인물들의 주유는 탈주선을 찾는 유목민들의 기상을 환기하게 한다. 북방 유목민의 후예이기도 한 우리 민족 안에 내재된 유목민다운 역동성과 호방한 기상을 일깨우고 있는 것이다. 그리하여 그 당시 파괴되어 가는 과정에 있었던 대동적 공동체의 공간을 청석골이라는 구체적 장소에 마련한다. 한반도 전역을 주유하고 답사한 인물들의 유랑민적 행로는 청석골로 모여든다. 청석골은 임꺽정과 의형제들이 친밀한 형제적 우애와 예술적 공감을 나누는 감정이입적 공간이자 상생의 공간이다. 이를 통해 청석골은 운명공동체적 장소애를 탐색하는 과정으로 해석된다. 그리고 이 공간은 대동적 공동체를 넘어 운명 공동체로 변화되어 간다. 이러한 운명 공동체로의 변화는 이 작품의 비극성을 암시하는 것이기도 하지만, 그만큼 탈주선을 타고 탈영토화의 욕망을 강화시켜나가고, 나아가 백두산으로 상징되는 재영토화의 욕망을 더욱 증폭시키는 동력으로 작용

---

80. 이은경, 「홍명희의 『임거정』 연구: 탈식민성을 중심으로」, 전북대 석사논문, 2018.

하기도 한다.[81]

　결론의 한 대목인 인용문에서 보이듯 '유목적 운명 공동체'를 강조하면서 연구자는 탈영토화 전략과 재영토화의 욕망 등을 통해 탈식민성 담론을 전유함으로써 '민족 정체성'에 대한 새로운 인식의 가능성을 보여준다. 연구자는 '언어의 다양성 확보와 서사전통의 계승, 강인한 생명력과 호협의 기상, 재영토화의 기획'으로 본론을 구성하면서 『임꺽정』의 창작 의도인 '조선 정조의 구현'이 프란츠 파농이 주창한 '정신의 탈식민화'라는 담론의 실천으로 볼 수 있다면서, 한민족의 정체성 회복을 위한 작가적 노력이 "식민주의의 저항 담론이며 실천운동"이라고 파악한다.

　'탈식민성' 담론 자체는 1990년대 이후 포스토모더니즘의 유입 이래로 다양하게 변주되어온 '포스트 담론' 중 '제국과 식민의 관계'를 천착하는 탈식민주의적 연구방법론에 해당한다. 벽초의 『임꺽정』을 분석하면서 '식민지 저항 담론'의 다양한 전유를 활용한 '작가의식의 탈식민적 기획'을 주목한 예는 좋은 연구의 착상에 해당된다. 이렇듯 벽초의 『임꺽정』은 텍스트 내부의 시대 배경인 16세기를 넘어 20세기 전반의 식민지 시대를 관통하면서 20세기 후반 이래로 현재에 이르기까지 산출된 다양한 탈근대적 방법론이나 텍스트들과의 비교 연구, 다매체 활용 방안 연구 등을 통해 새로이 재조명, 재해석될 수 있는 유의미한 다면적 텍스트에 해당하는 것이다.

---

81. 이은경, 위의 논문, 78쪽.

5. 민족문학의 보고寶庫

이 글은 월북 작가 해금 30년을 기념하여 벽초 홍명희의 『임꺽정』 연구의 역사성과 현재성을 재조명하였다. '통일시대의 고전'으로 명명되는 홍명희의 『임꺽정』은 일제 강점기의 당대적 호평과 함께 분단 이후 남북한 모두에서 지속적으로 논구되는 텍스트일 뿐만 아니라 남한에서는 최근 들어 만화콘텐츠나 비교 텍스트 연구, 풍속의 문제와 '저항사상으로서의 애국주의', 탈식민성 담론에까지 이르며 연구가 확산되고 있다. 벽초의 『임꺽정』은 남과 북에서 모두 일제 강점기 역사소설의 전범으로 통칭되고 있다는 점에서 소중한 텍스트에 해당한다. 특히 2018년 현재 한반도 비핵화를 둘러싸고 진척되고 있는 평화체제 구축 과정에서 4·27 남북 정상회담과 6·12 북미 정상회담, 9·19 평양 남북 정상회담 등은 분단 체제 극복의 가능성을 현실화시키고 있다. 이러한 시점에서 해금 30년을 기념하여 진행되는 『임꺽정』 연구는 남북 화해와 평화체제를 구축하는 데에 문학적 초석을 놓을 수 있으리라고 판단된다.

분단 이전(1928~1950)의 동시대적 평가에서는 강담류 소설이나 세태소설에 머물렀다는 비판적 평가보다는 어휘와 묘사, 구성과 대중성, 리얼리즘적 창작방법 등에서 호평을 받고 있었음을 확인할 수 있었다. 분단 이후 북한문학에서의 『임꺽정』 연구는 '반봉건 계급투쟁'을 보여주는 진보적 작품이라는 고정된 평가의 큰 틀에서 벗어나지 못하고 있지만, 김정일의 『주체문학론』(1992) 이후에는 김정일의 지적을 통해 '현대성이 강한 작품'으로 평가가 변모하였음을 분석하였다. 반면에 남한문학에서는 강영주의 대표적이고 지속적인 연구를 비롯하여, 만화콘텐츠와 모계 인물, 탈식민성 담론 등 다양한 연구자들이 새로운 방법론을 활용하여 다각적인 분석과 해석, 평가를 진행하고 있음을 확인하였다. 결과적으로 벽초의 『임꺽정』은 1920~30년내 낭만주의적 역사소설들과 나르게 민중적 전망을 내포한 사실주의적 역사소설의 효시로서, 일제 강점의 식민지 현실을 극복하려는 '신간회의 저항 담론'을 문학적으로 실천하기 위해 '조선 정조'를 모토로 16세기 조선시대의 상류층과 하층민을 두루 아우르는 인물군을 형상화함으로써 조선적 언어와 풍속의 묘사, 서사적 재미를 제공한 '민중적 민족문학의 기념비적 텍스트'로 평가할 수 있다.

지금까지 살펴본 벽초의 『임꺽정』 연구는, '주체문학론'을 필두로 수령과 당 중심의 문학적 평가를 독점하는 북한문학 특유의 획일적 인식과, 개별 연구자의 다양한 시각과 관점을 아우르며 다양한 연구방법론의 적용 속에 백가쟁명의 연구 다양성이 드러나는 남한문학의 풍토가 극명하게 대비되어 드러난다. 이렇게 남북한 역사소설에 대한 인식 차이를 보여주면서도 '민족문학의 보고'이자 '통일시대의 고전'으로 회자되는 『임꺽정』 자체가 남북 공통의 문학적 자산에 해당하는 원천 텍스트임을 확인할 수 있게 한다. 그리고 그러한 인식론적 차이의 이질성이 '민족 정체성의 본질과 현상'을 재구하거나 해체하는 데에 서사적 토대가 될 수 있다는 점에서 『임꺽정』 연구는 남과 북 모두에서 지속적으로 다양하게 전개될 필요가 있다고 판단된다. '고전'은 과거에 머물러 있는 텍스트가 아니라 끊임없이 현재와 호흡하는 현재진행형 텍스트이기 때문이다. 따라서 『임꺽정』 연구는 남북한 문학의 공통 텍스트로서의 문학사적 지위를 감당하며 지속적으로 재해석, 재평가되어야 할 '민족적 재부'로서의 토대 구축에 기여할 수 있으리라 판단된다(2019).

이광수의 장편소설로 확인한
문학사적 인식의 차이

1. 남북한 문학의 미학적 인식 차이

이 글은 '부르주아 반동'에서 '부르주아 계몽'이라는 표상으로 변화된 이광수 문학에 대한 북한문학사의 평가에 기반하여 이광수의 장편소설 4권에 대한 남북한의 문학사적 인식의 차이에 대한 비교 분석을 목적으로 한다. 이광수 문학에 대한 북한문학(사)의 평가 변화는 사회주의적 사실주의와 주체사실주의를 강조하는 북한문학의 지배담론이 지닌 문학적 경직성과 유연성을 보여주는 바로미터에 해당한다. 1986년(『조선근대 및 해방전 소설사연구』)과 1988년(『조선문학개관』), 1992년(『주체문학론』)을 중심으로 이광수 문학에 대한 평가는 배제의 대상에서 복권의 대상으로 변화한다. 해방과 분단 이래로 '부르주아 반동작가'로 명명되던 작가에 대한 비난은 '부르주아 계몽작가'로 변화되면서 객관적 공정성을 복원하는 방향으로 전환하고 있는 것이다. 1970년대 이래로 이 시기에 이르는 북한문예의 이론적 지도자가 김정일이었다는 점을 감안할 때, 1980년대 중반 '우리민족 제일주의'를 강조한 이래로 김정일이 『주체문학론』에서 지시한 문학사적 전통 복원이라는 문학적 외연 확장 작업의 일환으로 이광수 문학에 대한 문학사적 공적을 복원하는 비판적 평가가 진행되었다는 것이 다수 연구자들의 시각에 해당한다.[1]

춘원에 대한 북한문학사에서의 인식 변화 시점은 내부분의 연구사들이 1980년대 후반을 주목한다.[2] 1986년과 1988년에 『조선 근대 및 해방 전 소설사연구』와 『조선문학개관』이 출간되었으며, 이때 이래로 춘원에 대한 기존 평가가 전면적으로 변화되었기 때문이다. 즉 기존의 문학사에서는 '반동적부르죠아문학'으로 평가절하되던 춘원의 문학이 『조선문학개관』 이후 '부르죠아계몽문학'으로 새로 분류되어 평가되는 것이다. '반동'이 정치적 수사에 가깝다면, '계몽'은 문학적 수사에 가깝다. 이 문학적 수사가 1980년대 중반 이래로 30여 년에 이르는 북한문학의 문학사적 인식의 유연한 변화를 선도한다.

이광수에 대한 북한문학에서의 평가는 2010년대에 이르러 『조선근대소설사』에서 더욱 입체적으로 진행되고 있다. 특히 기존과는 다르게 이광수의 텍스트를 인용하면서 "리광수의 말그대로 장편소설 『무정』과 『개척자』는 일종의 〈이데올로기소설〉로서 평론 「현상소설고선여언」에서 밝힌 〈신사상〉을 표현한 작품"으로, 그의 말에 따르면 "민족주의와 자유주의라는 두 단어로 요약"되며, 다른 말로 "부르죠아계몽사상이라고 특징화"[111~112쪽]할 수 있다고 거론하는 대목은 북한문학의 유연한 변화를 보여준다.

---

1. 가장 최근의 학위논문 중 이예찬의 경우는 황정현의 논의의 연장선에서 1980년대 이후 '(우리)민족 제일주의'를 주창한 북한 사회의 사상적 변화가 이러한 변화를 이끌었다고 분석한다(이예찬, 「북한에서 춘원의 위상은 왜 변화하였나?-1956년부터 2013년까지 조선문학사를 중심으로」, 북한대학원대학교 석사학위논문, 2018).

2. 김영민, 「남·북한에서의 이광수 문학 연구사 정리와 검토」, 『동방학지』 83권, 연세대학교 국학연구원, 1994. 157~192쪽./ 서동수, 「북한문학사 기술의 정치성 연구: 혁명적 문예전통의 변모를 중심으로」, 『겨레어문학』 제26집, 겨레어문학회, 2001, 215~246쪽./ 유문선, 「최근 북한 근대문학사 인식의 변화-『현대조선문학선집』(1987~)의 '1920~30년대 서신'을 중심으로」, 『민족문학사연구』 35, 민족문학사학회, 2007, 407~436쪽./ 오태호, 「북한문학사의 근대소설에 대한 인식론적 변화 양상 고찰-『조선문학사』 7(2000)의 1910~1926년 시기를 중심으로」, 『민족문학사연구』 50, 민족문학사학회, 2012, 399~423쪽./ 황정현, 「북한문학사의 시각과 이광수 연구사-『조선문학개관』 이후의 인식 변화를 중심으로」, 『현대문학이론연구』 제66집, 현대문학이론학회, 2016, 375~403쪽./ 오태호, 「이광수의 『무정』에 대한 북한문학의 문학사적 인식의 변화 양상 고찰」, 『현대소설연구』 67, 한국현대소설학회, 2017, 149~174쪽./ 이선경, 「김정일-김정은 시대 북한의 해방 전 문학 연구-'조선사회과학학술집(2009~)'을 중심으로」, 『한국문화』 83, 서울대학교 규장각 한국학연구원, 2018, 101~146쪽 등 참조.

1910년대로부터 1940년대 전반기에 이르는 30여년간에 걸
치는 리광수의 창작활동로정은 근대문학의 형성시기 민족주의
와 자유, 평등의 사상리념을 가지고 계몽적성격의 진보적인 작
품들을 창작발표하며 당시의 문학사에 일정한 자욱을 남겼다
고 하더라도 민족의 리익과 근로인민대중의 지향을 외면하고
배반하며 외래제국주의침략정책과 착취계급의 요구를 대변하
고 선전하는 데로 나간다면 반민족적이며 반인민적인 반동어
용문인의 수치스러운 길을 걷게 된다는 것을 보여주고 있다.[3]

인용문의 인식은 이광수의 문학적 공과를 압축하면서 평가의 공정성
복원을 보여준다. 즉 기존과는 다르게 근대문학 초기 '민족주의, 자유,
평등, 계몽, 진보' 등의 작가적 의도를 충실히 언급하면서 문학적 기여를
명문화하고 있는 것이다. 물론 이후 결과적으로 민족의 이익과 근로인민
대중에 대한 배반을 수행하면서 착취계급의 대변자로 활동한 '반민족적
이고 반인민적인 반동 어용문인'이라는 비판적 명명 역시 함께 지적된
다. '반동적 부르주아'이자 '친일반민족 작가'라는 비난과 비판 일색에서
문학적 공과를 함께 기록하는 방식으로 변화되고 있는 것이다.

이 글은 이광수 문학작품에 대한 북한의 문학사적 평가를 중심으로
텍스트의 미학적 특성에 대한 남북한의 인식 차이를 규명해보고자 한
다. 필자는 이미 『무정』에 대한 북한문학사의 인식 변화 양상을 고찰한
바 있다. 당시 분량상의 사정으로 다루지 못했던 『무정』에 대한 평가와
분석을 부분적으로 보완하고자 한다. 더불어 북한문학사에서 상찬의 대
상이 되고 있는 『개척자』와 함께 문학사적 부연 설명을 통해 구체적으
로 비판적 평가의 대상이 되고 있는 이광수의 1930년대 작품인 『혁명가

3. 한중모·심경섭, 『조선근대소설사』, 사회과학출판사, 2013, 100쪽.

의 안해』와 『흙』에 대한 분석을 진행하고자 한다. 이러한 네 권의 장편소설은 북한문학사의 인식의 낙차와 진폭을 보여주는 이광수의 대표적인 작품이라는 점에서 연구 대상으로 충분하다고 판단된다. 구체적으로 『무정』, 『개척자』, 『혁명가의 안해』, 『흙』 등의 텍스트가 남한과 다른 북한문학의 당문학적 입장을 분명하게 보여주는 텍스트로 문학사에서 호명되고 있기 때문이다.

필자는 이 논문을 통해 이광수의 장편소설을 매개로 북한에서의 문학사적 시각의 구체성을 점검하고 남한에서의 미학적 평가를 함께 거론함으로써 남북한 문학의 이광수 문학작품에 대한 미시적 해석의 차이를 드러내보고자 한다. 이 작업은 동일 텍스트에 대한 남북한의 문학적 인식 차이를 규명함으로써 향후 도래할 한반도 평화체제 속에서 남북한 문학의 텍스트 연구방법과 관점을 미리 의미화하는 분석에 해당한다. '주체사실주의'라는 특유의 리얼리즘적 기율에 준하는 북한문학사의 비판적 평가와 함께 문학사회학적 특성과 대중성, 문체와 미학성에 이르는 다양한 평가 준거를 활용하는 남한 연구자들의 시각을 함께 포괄할 때 이광수 문학에 대한 입체적 해석과 평가가 가능할 수 있다고 판단된다.

2. 근대적 장편소설의 효시와 '부르주아 계몽사상' 사이
   − 『무정』

이광수의 『무정』은 남한에서 한국 최초의 근대적 장편소설로서 한국문학의 기념비적 텍스트로 평가된다. 『무정』의 문학사적 의미는 '한국문학 최초의 장편소설, 한글 문체의 첫 완성, 주체의 객관화(반성적 사고의 가능), 최초의 연애소설' 등으로 주목[4]될 뿐만 아니라, '시대적 진취성(상승계층의 세계관), 사제 관계의 견고성, 누이 콤플렉스의 발현(=정결성), 한恨의 표정, 작가의 자전적 요소' 등이 주목[5]되면서, '계몽적 담론의 서사적 구현 성공, 자아의 각성과 개인의 발견, 사랑의 문제, 교시적 기능' 등이 신소설의 한계를 극복한 근대소설로서의 성과[6]로 거론된다.

이러한 남한의 대표적인 문학사적 인식과는 다르게 이광수 문학은 북한에서 비판적 평가의 대상이 된다. 북한에서의 공식적인 최초의 문학사인 안함광의 『조선문학사』(1956)에서는 춘원의 『무정』을 "부르죠아 소설계에 있어서의 대표작"으로 호명하면서 "인민의 사상을 철저히 반대"하는 "부르죠아 소설의 반동성"을 드러낸 작품으로 평가한다. 즉 "첫째로 일본 제국주의에 대한 투항 사상을 선전하였으며 둘째로는 유심론적, 관념론적 세계관의 확성기적 역할을 놀고 있다. 셋째로는 세계주의의 사상을 선전하고 있는"[7] 작품이라면서 '반리얼리즘 텍스트'로 평가절하하고 있는 것이다.

하지만 2000년에 발표된 『조선문학사(7)』에서는 『무정』에 대한 평가가 달라진다.[8]

> 그는 장편소설 『개척자』를 쓰기 전에 장편소설 『무정』(1917
> 년)을 내놓았는데 이 작품에서는 청년들의 사랑과 련정에 대
> 한 이야기를 다루면서 신문명에 대한 청년들의 리상과 시대적
> 기분을 보여주었다./ 작품은 가난한 집에서 태여나 고아로 된

4. 김현, 「이광수와 주요한의 문학사적 위치」, 김윤식·김현, 『한국문학사』, 민음사, 1973, 115~128쪽.
5. 김윤식, 『이광수와 그의 시대 1』, 솔, 1999, 566~619쪽.
6. 권영민, 『한국현대문학사 1』, 민음사, 2002, 199~205쪽.
7. 안함광, 『조선문학사』, 교육도서출판사, 1956(한국문화사, 1999), 49쪽.
8. 1956년 이후 2000년 이전의 『무정』에 대한 인식 변화가 1980년대 중반을 중심으로 달라진다는 구체적 내용은 오태호의 다음 논문 참조(오태호, 「이광수의 『무정』에 대한 북한문학의 문학사적 인식의 변화 양상 고찰」, 『현대소설연구』 67, 한국현대소설학회, 2017, 149~174쪽).

형식이가 부자집 가정교사로 되는 과정과 일제 감옥에 끌려간 아버지를 구원하기 위하여 몸을 팔아 기생이 되지 않으면 안 되었던 영채의 비극적인 처지, 영채의 순결한 정조를 무참하게 짓밟은 경성학교 백학감의 추악한 행위 등을 통하여 황금과 권력이 판을 치는 착취사회의 사회악에 대하여 폭로한 측면이 없지 않으나 기본은 신문명에 대한 지향에 초점을 맞추었던만큼 현실비판정신은 미미하며 종교적 〈박애〉 사상과 부르죠아적 〈미덕〉으로 당대현실을 미화한 흔적들을 남기었다.[9]

인용문에서처럼 "청년들의 사랑과 련정"과 함께 "신문명에 대한 청년들의 리상과 시대적 기분"을 보여주는 텍스트 내적 평가를 전제로 긍정성을 복원하는 방향으로 평가가 바뀌는 것이다. 특히 영채의 비극적 서사를 거론하며 '황금과 권력'을 추구하는 '착취사회의 사회악에 대한 폭로'와 함께 '신문명에 대한 지향'이라는 문명개화적 작가의식을 지적하고 있는 대목은 평가의 객관성을 확보하려는 흔적을 보여준다. 다만 '종교적 박애사상'과 '부르주아적 미덕'으로 당대 현실을 미화했다는 비판은 당파성과 계급성을 강조하는 '주체사실주의'라는 리얼리즘적 기율의 도그마'를 강조한 평가에 해당한다.

뿐만 아니라 2013년에 발표된 『조선근대소설사』에서는 이광수 문학에 대한 객관적 평가를 위해 저자의 시각을 덧붙인다. 즉 춘원의 글을 직접 거론하면서 저자의 의도를 문학작품의 평가에 반영하고 있는 것이다.

리광수는 (중략) 『동광』 1931년 4월호에 게재한 「나의 작가

---

9. 류만·리동수, 『조선문학사』 7, 과학백과사전종합출판사, 2000, 129~130쪽.

적 태도」라는 글에서 (중략) 자기가 장편소설『무정』,『개척자』를 비롯한 여러 작품들을 쓴 것은 당시 조선의 현실을 그려내여 독자들에게 훈계를 주어 분발하게 하려는 것이었다고 하였다.[10]

인용문에서 드러나듯, 한중모와 심경섭의 2010년대 인식은 '민족주의와 계몽주의'를 설파하는 대중 작가로서 이광수의 문학사적 지위를 저자의 말을 인용하면서 재확인하고 있다. 즉 기존에 '부르주아 계급의 반동성'을 비난하며 명명한 '부르주아 반동작가'라는 평가 절하의 방식에서 벗어나 공정성과 객관성을 확보하면서 평가의 외연을 넓힌 진일보한 시각의 반영으로 판단된다.[11]

이렇듯 이광수의『무정』은 1956년의 북한문학사에서 '일제에 대한 투항, 유심론적·관념론적 세계관의 한계' 등의 '반리얼리즘적 텍스트'라는 비판적 평가를 받았지만, 1980년대 이후 청년들의 신세대적 이상과 신문명의 시대성을 보여주는 '부르주아 계몽문학의 텍스트'로서 '민족주의와 자유주의'라는 신사상을 표현한 작가의 대표적 작품으로 평가가 변화된다. 이렇게 본다면 '부르주아'라는 표현만 레토릭으로 강조될 뿐『무정』에 대한 남북한의 문학사적 평가는 2010년대에 이르러 '민족주의와 계몽주의, 자유연애 사상' 등의 측면에서 유사한 평가의 스펙트럼을 보여준다.

---

10. 한중모·심경섭,『조선근대소설사』, 사회과학출판사, 2013, 88쪽.
11. 이선경, 앞의 논문 참조.

3. 관념주의적 시각의 한계와 '사회악에 대한 불만' 사이
   - 『개척자』

북한의 문학사에서는 남한의 문학사에서와 다르게 김정일의 『주체문학론』 이래로 『무정』보다 『개척자』를 중시하는 입장이 강조된다. 김일성이 중학교 시절 청년운동을 하면서 『개척자』를 '사회에 대한 불만'을 표현한 작품으로 읽었기 때문이라는 전제가 깔려 있다. 하지만 남한에서는 비판적 평가 일색이다. 왜냐하면 문예미학적으로 보았을 때 『개척자』가 "추상적 현실 인식과 근거 없는 비관주의"[12]를 드러내고 있기 때문이다.

남한에서는 『개척자』에 대한 연구가 부족한 편이다. 그 원인은 아래와 같은 선행 연구자의 비판적 평가가 한몫을 담당한다.

> 『개척자』는 『무정』과 달리 관념적인 조작에 의해 씌어진 것이어서, 문체도 국한혼용체이며 자전적 곡진한 진실이 담겨 있지 않았으며, 따라서 신사상의 주입이 겉으로 뻔히 드러난 졸작이었다.[13]

김윤식은 인용문에서 『개척자』가 『무정』과 다르게 구체적인 리얼리티의 측면에서 "관념적인 조작"으로 추상화된 작품이며, 언문일치체를 보여주는 『무정』에 비해 국한문혼용체인 데다가 자전적 진실도 사라진 채 "신사상의 주입"만을 드러낸 '졸작'이라고 평가한다. 이렇듯 국한문혼용체를 사용한 점 등과 함께 주요 인물인 과학자 성재의 성격에 일관성이 없다는 지적은 『개척자』에 대한 연구가 부족한 서사적 근거에 해당한다. 남한에서 『개척자』는 "과학 입국이라는 계몽적인 요소와 애정 갈등이

---

12. 김재용·이상경·오성호·하정일, 『한국근대민족문학사』, 한길사, 1993, 206쪽.
13. 김윤식, 앞의 책, 613쪽.

라는 통속적인 요소를 결합"[14]시킨 작품일 뿐, 『무정』에 비해 전반적으로 이야기의 완결성이 떨어지는 작품으로 평가되고 있는 것이다.

남한에서의 인색한 평가와는 다르게 김정일의 『주체문학론』에서는 '김일성의 교시'와 '김정일의 말씀'을 전제로 『무정』보다 『개척자』가 더 중요하게 거론된다.

> 장편소설 『개척자』를 비롯한 리광수의 초기 소설들은 1910년대의 우리 나라 소설 문학의 대표작으로서 당대의 사회악에 대한 불만이 일정하게 반영되여있다. 언제인가 수령님께서는 길림육문중학교에서 청년운동을 할 때 리광수의 소설 『개척자』를 읽어보았는데 그 작품에는 당대 사회에 대한 불만이 표현되여있었다고 하시면서 리광수는 그후에 『혁명가의 안해』라는 소설에서 자기가 변질하였다는 것을 드러내놓았다고 교시하시였다. 리광수가 초기에 쓴 장편소설이 당대 사회현실에 대한 불만을 표현하고 1910년대 우리 나라 소설문학의 대표작으로 되고있는것만큼 그의 초기작품의 긍정적 측면을 문학사에서 취급하는 것이 나쁘지 않다.[15]

인용문은 김정일이 이광수의 문학에 대해 북한문학사의 지적 유산이자 전통에 해당할 수 있음을 거론한 대목이다. 즉 『무정』(1917) 이후 『매일신보』에 연재되었던 『개척자』(1918)를 위시한 1910년대의 이광수의 초기 소설들은 "당대의 사회악에 대한 불만"을 '일정하게 반영'하고 있기 때문에 주목해야 한다는 점이 강조된다. 특히 김일성이 길림의 육문중학교에서 청년운동을 하면서 『개척자』를 읽었다는 점이 언급되며, "당대

---

14. 권영민, 『한국현대문학사 1』, 민음사, 2000, 205~206쪽.
15. 김정일, 『주체문학론』, 조선로동당출판사, 1992, 83쪽.

사회 현실에 대한 불만"표현이 작품의 긍정성으로 제시된다.

1920년대 이후『민족개조론』을 설파하던 이광수가『혁명가의 아내』(1931) 등에서 반동성과 '자신의 변절'을 드러냈기 때문에 중기 이후는 아니더라도 초기 작품의 긍정성은 문학사에서 취급해도 무방하다는 의견이 개진되는 것이다.『조선문학사(19세기말~1925)』(1980)에서 이광수에 대해 "떠벌이던놈"이라고 명기하던 원색적 비난 표현은 1990년대에 들어와 사라진다. 그것은 김정일이 '김일성의 교시와 말씀'을 의식하면서도 자신의 문학사적 인식론을 펼친 대목으로 해석된다. 즉 김정일이 김일성의 시대와 다르게 문학적 외연의 확장과 공정한 평가를 주문함으로써 이광수의 문학적 유산과 전통을 새롭게 해석할 여지를 제공하고 있는 셈이다.

주지하다시피 2000년에 발표된『조선문학사』에서는『무정』보다『개척자』를 춘원의 초기 대표작으로 언급한다.『무정』의 약점을 적지 않게 극복한 작품이라는 것이다.

> 부르죠아계몽주의사상에서 경향을 같이하고있지만『무정』보다 뒤에 창작된 장편소설『개척자』(1918년)는『무정』의 약점을 적지않게 극복하고 낡은 봉건도덕에 저항하는 신시대의 륜리, 개성의 자유와 해방에 관한 사상을 표현하면서 당대의 사회악에 대한 불만을 일정하게 반영하였다.
> 작품에서는 사회의 유익한 일을 위해 개인을 희생하고 과학탐구의 길에 청춘의 정열과 지혜를 바쳐나선 청년과학자 성재와 낡은 봉건적질서와 구도덕을 반대하고 개성의 자유와 해방을 지향해나선 성순을 기본으로 하여 형상이 창조되었다.[16]

---

16. 류만·리동수,『조선문학사』7, 과학백과사전종합출판사, 2000, 130쪽.

인용문에서 드러나듯 『개척자』는 『무정』의 약점을 극복한 텍스트로서 신세대의 윤리와 개성적 자유와 해방 사상을 표현한 작품으로 『무정』보다 고평된다. 하지만 구체적으로 어떤 약점을 어떻게 극복했는지에 대한 부연 설명은 없이, 『무정』과 유사한 "당대의 사회악에 대한 불만"의 일정한 반영만을 강조한다. 그러고는 곧바로 공익을 위해 헌신하는 청년과학자 성재를 한 축으로 하고, 개성의 자유와 해방을 지향하는 성순을 다른 한 축으로 신세대의 청년 담론을 주목한 작품이라고 기록하고 있다.

하지만 남한에서는 '계몽소설'이라는 이광수의 창작 의도에 따르면 『개척자』의 주인공이 성재나 성순이 아니라 민이었으며, '개척자'라는 용어의 의미가 과학의 영역보다는 윤리와 관습의 영역에 속하는 것이며, 서사 구조의 핵심이 성재를 중심으로 한 과학소설이 아니라 민을 중심으로 한 연애소설이라고 분석된다. 결과적으로 새로운 시대를 향한 신세대의 도전이 구시대와 구세대의 권력에 패퇴하는 모습으로 드러나는 『개척자』는 '철저히 관념적인 이광수의 계몽주의가 지닌 한계'를 드러내는 작품[17]이라고 평가된다.

그렇다면 여기에서 『개척자』의 서사를 구체적으로 살펴볼 필요성이 제기된다. 『개척자』의 서사를 요약해보면, 화학자인 주인공 김성재가 7년 동안 실패를 거듭한 화학 실험으로 인해 부모님의 재산을 거의 다 탕진하게 된다. 성재가 함가네로부터 빌린 돈을 갚지 못하자, 차압이 들어오고 아버지가 충격으로 사망하게 된다. 장례 이후 집을 팔아 빚을 갚은 뒤 작은 집으로 옮겨가게 된다. 이때 성재의 친구인 화가 민이 성순에 대한 흠모의 정을 표현한다. 성순은 아내가 있는 민과의 사랑에 빠지게 되고, 변씨와의 정혼을 앞둔 어느 날, 민씨와의 정신적 사랑을 위해 극

---

17. 김영민, 「『개척자』 다시 읽기」, 『사이』 제18호, 국제한국문학문화학회, 2015, 83~115쪽.

약을 먹고 자살을 기도하게 된다. 결국 성순이 죽고 장례를 치른 뒤 매장하고 돌아와, 성순의 정신적 남편이 된 민이 제문을 짓는 것으로 작품은 끝난다.

작품의 개요만 살펴보아도, 『개척자』는 주인공을 누구로 보느냐에 따라 작품에 대한 평가가 사뭇 달라질 수 있는 작품이다. 작품의 앞부분에서는 성재와 성순 남매의 혈육 간의 신뢰와 애정을 중심으로 교활하고 잔혹한 함가네의 '사회악'적 횡포를 그려내고 있다면, 뒷부분에서는 성순과 민의 정신적 사랑을 중심으로 물질적 재부를 소유한 변씨가 개입하는 전형적인 삼각관계를 그린 연애소설인 것이다.

『주체문학론』에서 지적하고 있듯이, 『개척자』에서 '사회악에 대한 불만'이 표현되고 있다면, 그것은 교활하고 이기적이며 물욕에 눈이 어두운 함가네의 성재네에 대한 갖은 횡포를 형상화한 부분에 있다. 특히 함가의 생일날 '미친 전경이'가, 『춘향전』에서 변사또의 생일날 이몽룡이 지어 불렀던 7언절구의 풍자시金樽美酒千人血/ 玉盤佳肴萬姓膏/ 燭淚落時民淚落/ 歌聲高處怨聲高를 읊조리는 대목은, 탐욕스런 거상에 대한 반발과 저항을 드러낸 부분이다. 결국 『주체문학론』의 '사회악에 대한 불만 표현'이라는 지적은 고전문학의 풍자성을 작품에 그대로 도입한 것에 대해 긍정적 평가를 내린 결과라고 볼 수 있다.

① "제가 그림을 그리는 것은 미술 없는 조선 사람에게 미술을 주려고 하는 것이야요. 즉 제가 이 도토리가 되어서 움이 나서 자라서, 자꾸자꾸 자라서, 큰 나무가 되어서 이러한 도토리를 많이 맺잔 말이야요. 알아듣기 쉽게 말하면, 지금 그림 그리는 사람이 나 하나밖에 없지마는 장차는 수백 명 수십 명 있게 하자는 말이지요. 알아들으십니까. 선생도 그렇지요. 자기 혼자서 아무리 큰 발명을 한다 하면 그것이 무엇이 귀합니까.

선생 같은 화학자가 수백인 수천인 나게 해야 비로소 뜻이 있는 것이지요. 안 그렇습니까."[18]

② "저는 한 번 마음을 어떤 남자에게 허하면 벌써 그 여자는 처녀가 아니라 해요. 육으로 허하는 것은 다만 그 종속물에 지나지 못한다고 해요. 마음으로 허한 뒤에는 이미 육으로 허한 것이 아니야요? 저는 벌써 처녀가 아니올씨다. 저는 벌써 시집간 여자예요."429쪽

③ 성순아! 모든 희망과 기쁨/ 내게 있는 온갖 말아/ 네 관에 넣고 오직 하나/ 가슴에 남은 것, 이 슬픔 !// 아아! 귀한 슬픔! 오직/ 이것이 나의 재산이다!/ 세상의 끝까지 품에다/ 품을 기념이 이것! 오직!// 사람이 죽을가. 죽으러/ 생명이 났을까. 생명은/ 죽는다 하여도 사랑은/ 사는 것 아닐까 오히려!470쪽

인용문 ①은 성순이가 오빠 친구인 화가 민이 던지는 교육의 중요성과 함께 계몽주의적 시각이 담긴 대사에 감동받는 부분이고, 인용문 ②는 변씨와의 결혼을 진행하던 성재와 어머니에게 성순이가 인습(부모의 권력/사회의 인습)에 대한 전쟁을 선포한 뒤, 민을 찾아가 자신이 이미 민과 정신적 관계를 맺은 여성임을 피력하는 부분이고, 인용문 ③은 성순이가 자살한 뒤, 민이 성순과의 사별의 아픔을 노래한 제문이다. '생명은 죽어도 사랑은 남는다'라는 진술은 이 작품이 작위적이고 관념적인 통속적 소설임을 보여준다.

이렇게 볼 때 『개척자』는 작품의 앞부분에서는 성재와 더불어 민이라는 청년이 선각자적 지식인의 모습으로 긍정적으로 형상화되면서 함가

---

18. 이광수, 『이광수 전집 제1권-무정/개척자/초기의 문장』, 삼중당, 1964, 347쪽.

네의 패악과 맞서기도 하지만, 작품의 뒷부분에서는 성순의 사랑을 중심으로 이야기가 전개되는 연애소설인 것이다. 따라서 이 작품은 결국 『무정』에서 이야기된 자유연애 사상과 계몽주의적 관점을 청년과학자와 화가라는 청년들의 이야기로 바꾸어 다시 쓴 대중연애소설인 셈이다.

결국 이광수의 『개척자』는 '사회악에 대한 불만'을 부분적으로 형상화하고 있을 뿐, 전체적으로 보았을 때는 『무정』의 사상적 연장선 상에서 쓰인 계몽주의적 연애소설에 불과한 작품이다. 북한문학사에서 평가하듯 부분적으로 '사회악에 대한 불만'이 표출되고 있지만, 문예미학적 측면에서 볼 때 근대장편소설의 효시인 『무정』에서 제시한 '민족주의와 자유주의, 계몽주의' 등의 신사상을 국한문혼용체를 활용하여 관념적으로 추인하고 연애소설의 외피를 통해 대중화한 텍스트인 셈이다.

4. 풍자적 반공주의와 '혁명가에 대한 비방' 사이
   - 『혁명가의 안해』

남한의 문학사에서 『혁명가의 안해』는 『재생』 이후 한국의 중추적 사회 계층의 변모 양상과 더불어 "그들의 이상과 현실의 괴리현상"을 그린 현대소설다운 작품[19]이지만, 작가의 애착이 결여된 탓에 실패를 전제로 쓰인 작품으로 "1920년대를 휩쓴 계급주의 사상에 대한 문학적 비판"으로 평가된다.

하지만 북한문학사에서 『혁명가의 안해』는 '혁명가에 대한 원색적 비방' 속에 1930년대 공산주의자의 위선적 모습을 중상모독하려는 악의적 의도로 창작된 '부르주아 반동작가'의 전형적인 반공소설로 평가

---

19. 김윤식, 『이광수와 그의 시대(개정증보)』 2, 솔, 1999, 174~175쪽, 460쪽.

된다. 1970년대 『조선문학사』에서는 춘원의 작품 활동이 원색적으로 비난을 받는다. 이광수가 "자기의 반동적인 소설 『혁명가의 안해』(1931), 『흙』(1932), 『사랑』, 『단종애사』(1929) 등 작품들을 통하여 위선적 가면과 〈리상〉의 설교로써 일제에 대한 투항과 민족에 대한 멸시, 친일친미사상, 계급의식을 마비시키기위한 련애지상주의, 로동계급과 혁명가들에 대한 악랄한 비방 중상, 반동적인 복고주의, 세계주의, 민족허무주의사상을 퍼뜨리려고 책동"[20]하였다는 것이다. 이러한 인식은 2019년 현재까지 이어지는 북한문학사의 고정된 시각과 관점이다.

1980년대 『조선문학사』에서의 평가도 대동소이하다. "부르죠아 반동작가 리광수는 『단종애사』(1929), 『사랑』, 『혁명가의 안해』(1931), 『흙』(1932) 등 색정적이며 허무주의적인 반동소설을 통하여 친일적인 민족개량주의와 굴종적인 패배주의사상을 전파하는데 미쳐 날뛰였"으며, "소설에 나오는 공산이라는 〈혁명가〉와 그의 안해 징희는 모두가 참된 혁명가를 모독하기 위하여 작가가 외곡형상한 인간쓰레기들"[21]이라고 비난한다. '혁명가에 대한 비방과 중상'에서 나아가 "색정적이며 허무주의적인 반동 소설"로 '친일 개량주의와 굴종의 패배주의'를 전파하면서, 주인공들이 "인간쓰레기들"로 왜곡되어 혐오적 군상으로 형상화되고 있다는 것이다.

1980년대까지 여러 텍스트들을 함께 묶어 비난을 퍼붓던 방식에서 벗어나 1990년대 『조선문학사』에서는 이기영의 평론 「『혁명가의 안해』와 리광수」(1933년)을 거론하면서 『혁명가의 안해』에 대한 비판적 평가가 거론된다.

---

20. 김일성종합대학 조선문학강좌, 『조선문학사』 2, 김일성종합대학출판사, 1971, 324~325쪽.
21. 김하명·류만·최탁호·김영필, 『조선문학사』(1926~1945), 과학백과사전출판사, 1981, 366쪽.

위대한 수령 김일성동지께서는 다음과 같이 회고하시였다.

"소설『혁명가의 안해』는 한 공산주의자가 병치료를 하고 있을 때 그의 안해가 남편의 병치료를 해주러 다니는 의학전문학교 학생과 치정관계를 맺는 추잡한 생활을 그린 작품으로서 공산주의자들을 모독하고 공산주의운동을 헐뜯는 사상으로 일관되여있었다."(중략)

평론「『혁명가의 안해』와 리광수」에서는 소설의 반동적본질을 발가놓으면서 그것은 "작가가 의식적으로 맑스주의자를 사이비혁명가로 만들려고 고심날조한 용렬한 작품"이라고 단죄하면서 이 작품은 독자들로 하여금 "공산주의자와 리탈케 하려는 음험한 리간책을 쓰려"한데 목적이 있다고 폭로하였다.[22]

인용문에서처럼 『혁명가의 안해』는 "공산주의자들을 모독하고 공산주의운동을 헐뜯는 사상"으로 일관된 악의적인 텍스트로 평가된다. 결과적으로 이광수의 반동적 본질을 폭로하는 작품이며, 마르크스주의자를 '사이비혁명가'로 날조하고 독자를 공산주의와 멀어지게 만들려는 이간책이 작품의 불순한 의도이자 목적임을 비판하고 있는 것이다.

2010년대 『조선근대소설사』에서도 "사회주의 운동을 하다가 감옥에 들어가 병에 걸려 앓는 사람의 안해가 남편의 병치료를 하는 의학전문학교 학생과 치정관계를 가지는 추잡한 이야기를 늘여놓아 사회주의자의 가정을 악랄하게 비방중상"[23]한 작품으로 비판된다. 공산주의와 혁명을 불온시하면서 불륜의 추잡한 치정 관계를 늘어놓아 사회주의자의 가정을 비방하고 중상한 악의적 텍스트로 평가절하되고 있는 것이다.

그렇다면 과연 춘원은 어떤 의도에서 이러한 문제적 텍스트를 생산한

---

22. 류만, 『조선문학사』 9, 과학백과사전종합출판사, 1995, 17쪽.
23. 한중모·심경섭, 『조선근대소설사』, 사회과학출판사, 2013, 99쪽.

것인가?『혁명가의 안해』에 대한 춘원의 이례적인 「서문」은 작품에 대한 세간의 비판적 시선을 확인하게 한다.

> 『혁명가의 안해』는『군상』중에 한편이다.『군상』은 그 글자
> 와 같이 이것저것 여럿을 그린다는 뜻이니, 이리해서 내가 본
> 1930년대의 조선의 횡단면을 그려보자는 생각이다.
> 『혁명가의 안해』는 친구들 간에 모델을 문제로 하는 이들도
> 있는 듯하나 나는 언제든지 어느 실재한 개인을 모델로 하기
> 를 즐겨 하지 아니하는 사람이어니와 이『혁명가의 안해』도 순
> 전한 내 상상의 산물이요, 어떤 실재한 인물을 모델로 한 것은
> 아니다.[24]

굳이 "상상의 산물이요, 어떤 실재한 인물을 모델로 한 것이 아니"라는 인용문의 구절은 실상 "내가 본 1930년대의 조선의 횡단면을 그려보자는 생각"과 모순된다. 일제 강점기 조선의 1930년대 실상을 그려보려는 의도로 창작했으면서도 그것을 허구적 상상력의 세계라고 뒤이어 진술한다는 것은, 작품 이면에 깔린 이광수의 '반공' 의도를 짐작하게 한다.

『혁명가의 안해』의 내용을 간략히 요약하면 다음과 같다. 공산이라는 혁명가가 폐병으로 드러누운 지 1년이 넘는데, 전처가 딸을 데리고 친정으로 간 뒤, 방정희라는 육감적인 여인과 새 가정을 이루게 된다. 공산이 정희에게 혁명적 기질을 체화하게 만들지만, 정희는 남성의 육체에만 집착할 뿐, 이분법적 세계 인식을 보여주는 '허울뿐인 혁명가'이다. 정희는 자신의 육욕을 충족시키기 위해 의전학생인 권오성을 유혹하여 관

---

24. 이광수, 「서문」,『혁명가의 아내』, 우신사, 1979.

계를 유지하던 중 공산이 죽게 되자 장례를 치른다. 이후 정희는 오성과 여행을 가서 임신 사실을 알리지만, 오성의 폭력으로 유산을 하게 된다. 임종 이후 정희가 이론과 실천을 겸비했던 '혁명가의 아내'라는 평판을 받으며 공산의 곁에 묻히면서 작품은 마무리된다.

이 작품은 결국 혁명가 공산의 위선적 태도와 더불어, '절대 평등'만을 외치며 전도된 가치관으로 남성의 육체에만 탐닉하는 '혁명가의 아내' 정희의 이중성을 신랄하게 비꼬기 위해 만든 풍자소설에 해당한다. 일제 강점기에 계급주의 운동에 대한 탄압이 노골화되던 시점에 쓰인 이 소설은 계급주의와 공산주의에 대한 거부감 속에 반공적 시각을 체화한 '민족주의 작가'인 이광수의 악의적인 의도가 드러난 작품이다. 따라서 계급주의 진영의 이기영은 「변절자의 아내」(『신계단』, 1933. 5)라는 패러디 작품을 통해 이광수와 『혁명가의 안해』에 대한 비판을 문학적으로 수행한다.

　① 혁명가-그의 이름은 공산孔産이라고 부른다. 무론 이것은 가명이다. 그의 본명이 무엇이냐고 물어도 나는 절대로 대답할 수가 없다. 이것이 이야기꾼이 지키는 유일한 비밀이요 또 신의이다. 이야기꾼에게는 이 비밀 밖에는 다른 비밀이 없고, 이 덕의 밖에는 다른 덕의가 없다. 그는 누구의 이야기든지 아무리 당자가 듣기 싫은 이야기라도 하고만 싶으면 다 한다. 오직 하기가 싫어야 고만둔다. 하고 싶은 이야기는 꾸며대서라도 하고, 하기가 싫어만지면 목을 베더라도 아니하는 것이 이야기꾼의 심술이다. 나도 이야기꾼으로 나선 바에는 이 특색들을 아니 가질 수가 없다. 그러므로 나는 이 혁명가의 본명을 결코 말하지 아니하려고 한다. 그의 아내나 친구들의 이름도 다 이야기꾼의 가작이다. 이것은 이 이야기를 들으시는 독자들에게 재삼

명심하시기를 바라는 예비지식이다.[25]

 ② 세상에서는 지금 그의 일훔을 민족民族이라고 부른다. 그를 왜 '민족'이라고 부르는지 그것은 나도 잘 모른다. 나는 신문 기자나 정탐이 아닌지라 남의 비밀을 잘 알지도 못하거니와, 또한 그런 것을 알고 싶어하지도 않는다. 그러나 이 유명한 '민족'에게 대해서는 다만 그의 드러난 '사실'만 가지고도 훌륭히 이야기거리가 몇 다스라도 될 줄 안다. 그것은 우선 '민족'이라 하면 아동주졸까지라도 모를 이가 없으리만큼 그는 너무도 유명짜하기 때문이다.[26]

 인용문 ①은 『혁명가의 아내』의 서두이고, 인용문 ②는 이광수의 작품을 패러디한 이기영의 『변절자의 아내』의 서두이다. 민족주의 문학 진영에서 이광수가 사회주의 혁명 세력에 대한 인신공격적 소설을 창작했다면, 그에 대한 대결 의식 속에서 이기영의 작품이 쓰인 셈이다. '공산이라는 가명'과 "이야기꾼의 가작"을 강조하는 이광수의 『혁명가의 아내』나 '아동주졸까지 모르는 이가 없을 정도로 유명한 개인' '민족'을 거론하는 이기영의 『변절자의 아내』는 두 작품이 1930년대 일제 강점기의 암흑시대를 풍자적으로 전유하는 '민족주의 진영'과 '계급주의 진영'의 대표적인 두 방편임을 보여준다.

 『혁명가의 아내』에서 서로의 육체만을 끝없이 탐닉하던 공산(공진호)과 정희는 공산의 폐병으로 인해 가정의 파국을 맞이하게 되지만, 더욱 희화적으로 형상화되는 인물은 정희이다. 정희는 "이론으로 무산계급의 여자를 동정하고 존경할 것을 주장하나, 실천으로 동성인 어멈 계급에 대하여 잔인하다고 할 만한 멸시와 학대"를 퍼붓는 이중적 여성이다. 뿐

25. 이광수, 『혁명가의 아내』, 우신사, 1979, 9쪽.
26. 이기영, 「변절자의 아내」, 『신계단』, 1933. 5, 102쪽.

만 아니라 백일도 안 된 어린 딸에게 젖을 먹이는 것이 봉건적이고 부르주아적 유물이라고 거부하여 아이를 죽게 만들었으면서도, 아이의 죽음을 애도하는 공산을 비혁명가적이라고 비웃는 무지몽매한 여성으로 희화화된다. 기존의 가치관에 대해서는 무조건 봉건적이고 부르주아적이라는 오명을 씌운 채, 가치의 전도만을 일삼는 정희의 캐릭터는 '공산주의'와 '혁명'을 향한 작가의 시선이 '풍자적 비판'을 넘어 '원색적인 비난'에 있음을 여실히 보여준다.

　① "홍 정조, 의리, 남편을 섬김. 홍 봉건사상, 노예 도덕……홍." 하고 정희는 열녀 타이프인 그 어머니 이미지를 침을 뱉고 발길로 차 버린다. "그런 모든 인습적 우상에서-노예의 질곡에서 인간을 해방하는 것이 혁명이다!" 하고 정희는 혁명가다운 용기를 발하여 벌떡 일어난다. 일어난 것은 건넌방으로 가자는 뜻이다. 지금까지 생각한 모든 것이 건넌방으로 건너가서 권과 같이 자도 옳다는 이론을 성립시키려는 것에 불과하다.[32쪽]

　② "정조. 자기 희생. 모두 부르조아 이데올로기야, 부르조아!" 이렇게 정희는 속으로 외친다. 무엇이든지 봉건적이나 부르조아라고 정죄만 하면 다 결정이 되어 버리는 듯하였다. (중략) 정희는 어떤 것이 진실로 봉건적이요, 부르조아 근성인지 분명히는 모른다. 그러나 한 가지 큰 원리, 큰 공식을 안다. 그것은 가치의 전도顚倒라는 것이다. 무엇이든지 재래에 옳다고 여겨 온 것은 다 봉건적이요, '부르조아 근성'이라 하는 것이다. 재래에 옳지 않다고 하던 것은 대개 옳은 것-변증적이요, 민중적이라 하는 것이다.[33쪽]

인용문 ①은 정희가 '정조'를 인습적 관점으로 치부하며 오성과의 관계를 정당화하기 위해 '혁명가다운 용기'를 발휘하는 대목이며, 인용문 ②는 기존의 가치관은 무조건 '봉건적/부르주아적'이라는 미명하에 "가치의 전도"만을 추구하는 궤변론자 정희의 성격을 진술하는 대목이다. '해방'과 '혁명'과 '계급'이라는 담론에 대한 왜곡된 인식과 언어도단을 일삼는 정희의 모습은 여성차별주의자인 공산, 유약한 의전학생 오성과 함께 작가에게 풍자적 비판의 대상으로 그려질 뿐이다.

이렇게 보면 이 작품은 '변절자 이광수'의 모습을 보여준다기보다는 계급해방으로서의 혁명과 공산주의적 전망에 대한 비판과 풍자를 보여준다. 왜냐하면, 이광수는 『무정』 이래로 자유 연애와 계몽주의 사상을 표현하는 작품을 지속적으로 형상화해 왔으며, 도산 안창호의 노선을 따르는 교육 준비론 사상에 바탕한 민족주의 계열에 서서 계급주의 사상에 대해서는 끊임없이 거리를 유지하고 있었기 때문이다.

이 작품은 '이봉수'라는 실제 인물을 모델로 만든 작품이지만, 풍자적이고 냉소적인 화자의 어조나 공산孔産이라는 희화화된 명명법 등에서 확인할 수 있듯 혁명가 집단을 우회적으로 비난하기 위해 창작한 세태풍자소설에 해당한다. 공산이라는 인물과 함께 '정희'라는 악처를 창조하여 '천사와 마녀'의 이분법적 이미지[27]를 활용한 『혁명가의 안해』는 문학사회학적 관점에서 보면 조선 민족의 독립이 요원해지고 계급 해방을 위한 혁명이 좌절된 시대에 혁명가의 가정을 희화화한 풍자소설인 셈이다.

---

27. 이상진, 「불안한 주체의 시선과 글쓰기: 1930년대 남성작가의 아내표제소설 읽기」, 『여성문학연구』 제37호, 한국여성문학학회, 2016, 129~169쪽.

5. 민족주의적 계몽의식과 '친일적 민족개량주의' 사이 - 『흙』

남한문학사에서 『흙』은 "흥사단의 동우회 이념을 소설화"한 작품으로서 "국가상실의, 아비 없는 고아의 시대였던 당대" 현실을 반영한 작품으로 평가된다.[28] 계급문단의 농민문학과 거리를 둔 '계몽적인 농촌소설'로서 주인공의 성격을 이상화함으로써 농촌운동이 관념적이고 비현실적인 양상으로 형상화된 작품으로 비판된다.[29] 뿐만 아니라 "민족개량주의와 복고주의의 경향" 속에 "민중을 우매한 대중으로 경시"하고, "일제의 지배정책에 영합하면서 각성된 민중 의식을 마비시키는 역할"을 담당한 텍스트[30]로 평가절하되기도 한다.

반면에 주요한은 『무정』, 『재생』, 『흙』, 『사랑』 등 춘원의 장편소설이 지닌 두 가지 공통점으로 첫째 작품 속 연애 감정을 통해 "하나의 계몽운동, 사상 혁명의 시도"를 보여주고 있는 점, 둘째 "민족을 위하여 봉사하여야 한다는 사명감이 기조"[31]로 등장한다는 점을 주목한다. 그리하여 『흙』에서도 '계몽적이고 설교적인 특성'을 드러내고 있으며, 작품 속의 '한 선생과 허숭'의 말을 통해 "민족주의, 봉사주의, 이타주의, 자기희생" 등을 주창하고 있다고 평가한다.

하지만 북한문학사에서 이광수의 『흙』은 '친일적 민족개량주의'를 선전한 작품으로 비판된다. 즉 "허숭이라는 자를 통하여 민족의 〈갱생〉과 〈대동단결〉을 부르짖으며 친일적인 민족개량주의를 선전"[32]하고 있는 작품으로 평가된다.

---

28. 김윤식·정호웅, 『한국소설사』, 문학동네, 2000, 236쪽.

29. 권영민, 『한국현대문학사 1(1896~1945)』, 민음사, 2002, 520~521쪽.

30. 김재용·이상경·오성호·하정일, 『한국근대민족문학사』, 한길사, 1993, 505쪽.

31. 주요한, 『작품해설』, 이광수, 『흙』, 우신사, 1979, 511~518쪽.

32. 김하명·류만·최탁호·김영필, 『조선문학사』(1926~1945), 과학백과사전출판사, 1981, 366쪽.

특히 1990년대 북한 평론에서는 이기영의 『고향』과 대비되면서 현실을 왜곡 반영한 반리얼리즘 텍스트로 평가절하된다.

> 『고향』은 일제통치하의 조선농촌의 현실을 비교적 진실하게 그리였다면 『흙』은 같은 현실을 두고 비진실하게 외곡하여 그리였다. 이렇게 된 근본요인은 전자는 로동계급의 세계관과 문예관에 기초해서 자기가 준비된것만큼 현실을 보고 그린데 있기때문이며 후자는 부르죠아문예관과 〈민족개조론〉의 친일적이며 개량주의적이며 계몽주의적인 견지에서 현실을 보고 그리였기 때문이다.[33]

인용문에서처럼 이기영의 『고향』이 일제 강점하의 농촌 현실에 대해 노동계급의 세계관을 반영하여 계급주의적 인식을 탁월하게 형상화하고 있는 반면에, 이광수의 『흙』은 『민족개조론』 이래로 친일적이고 개량주의적인 데다가 부르주아적 세계관을 반영한 계몽주의적 시각이 지배적이기 때문에 현실을 왜곡하여 반영할 수밖에 없었다는 진단이다.

하지만 남한에서 『흙』은 심훈의 『상록수』와 함께 1930년대 대표적인 농촌계몽운동을 보여주는 텍스트로 언급된다. 서사 자체는 1931년 발생한 '만주사변' 직후를 시공간적 배경으로 전개되면서 『동아일보』(1932. 4. 12~1933. 7. 10)에 총 291회에 걸쳐 연재된 '대표적 농촌계몽소설'이다. 특히 서울과 살여울의 이분법적 대립구도가 '문명/야만', '양반/쌍놈', '빛/어둠' 등으로 형성되면서 식민주의적 위계의식이 서사의 큰 축을 이루는 작품으로, 살여울에서 농촌계몽운동을 이끄는 지도자 허숭은 동경에서 고등문관 사법과 시험을 통과한 변호사로서 『무정』의 이형식처

---

33. 방연승, 「친애하는 지도자 김정일동지께서 『주체문학론』에서 독창적으로 밝히신 주체의 문예관에 대하여」, 『조선문학』, 1993. 2, 26쪽.

럼 입지전적 지식인의 표상에 해당한다.

작가의 말로서 "새봄에 싹트는 이땅의 흙/ 그 위에 새로 깨는 이 나라의 아들들 딸들의/ 갈고 뿌리고 김매는 땀과 슬픔과 기쁨과 소망/ 청춘의 사랑, 동족의 사랑, 동지의 사랑⋯⋯./ 이것을 그려 보려 한 것"[34]을 강조하는 이광수의 『흙』은 표면적으로는 '서울/살여울'의 식민지 내의 대립관계를 보여주지만, 심층적으로는 '동경-서울-살여울-검불랑' 등의 공간적인 차이가 지닌 점층적인 위계망을 보여주면서, 일제의 승인을 받은 식민지 지식인 허숭이 '제국-식민지의 공간적 위계'를 확인하고 그 간극을 줄이는 역할을 담당하는 소설로 평가된다.[35] 이광수의 『흙』은 『무정』과 함께 도산 안창호의 무실역행 사상을 작품화한 일종의 자본주의 비판서로서 자본주의에 의해 해체되어가는 농촌공동체의 현재를 넘어서 이상사회로의 진화를 꿈꾼 작품[36]인 것이다.

결과적으로 북한문학사에서는 이광수의 『흙』이 부르주아 계몽사상의 작가인 이광수의 친일민족반역자로서의 계급적 한계를 드러내면서 친일적 민족개량주의의 시각을 보여주는 작품으로 평가된다면, 남한에서는 식민지 농촌사회의 대안적 전망을 위해 민족주의적 시각을 지닌 지식인의 농촌계몽운동을 보여주는 대표적인 농촌소설로 평가된다. 이러한 인식 차이는 '허숭'이라는 지식인에 대한 평가의 차이에 기인한다. 즉 조선민족의 현실에 대한 계급적 인식의 한계를 승인할 것인가의 여부가 작품에 대한 평가의 긍정성과 부정성을 가르고 있는 셈이다.

---

34. 이광수, 『흙』, 우신사, 1979, 4쪽.
35. 권은, 「이광수의 지리적 상상력과 세계 인식-이광수의 초기 장편 4편을 중심으로」, 『현대소설연구』 제65호, 한국현대소설학회, 2017. 3, 5~38쪽.
36. 방민호, 「장편소설 『흙』에 이르는 길-안창호의 이상촌 담론과 관련하여」, 『춘원연구학보』 제13호, 춘원연구학회, 2018. 12, 35~74쪽.

6. 근대문학 개척자의 양면성

부르주아 계몽작가로서의 이광수는 1920년대 프롤레타리아계급의 문학을 앞세우는 초기의 북한문학사에서는 외면되거나 비난의 대상으로 언급된다. 문학사적 공과에 대한 정당한 평가보다는 부르주아계급의 세계관과 민족의식을 강조하는 이광수의 지적 편력에 대한 비판적 평가가 자연스러웠던 셈이다. 하지만 북한에서 1980년대 중반 이래로 표방된 '우리민족 제일주의'라는 민족 담론의 강조는 문학적 전통과 유산의 자리를 복원하는 방향으로 문학적 외연을 넓히고 있다.

이광수의 네 편의 장편소설에 대한 북한문학의 입장은 남한문학과의 접점을 마련하면서도 여전히 시각과 관점의 차이를 보여주고 있다. 그것이 남과 북의 70년 넘은 분단체제의 현실을 여실히 보여주는 대목이기도 하다. 『개척자』에 대한 긍정적 평가와 『혁명가의 안해』와 『흙』에 대한 비판적 평가는 북한문학의 인식이 남한문학에서의 다층적 평가와 사뭇 다른 점을 보여준다. 하지만 『무정』에 대한 남북한의 시각 차이는 많은 부분 좁혀지고 있음이 확인된다. 그것은 근대문학의 전통을 계급문학으로 한정했을 때 발생하는 문학적 외연의 축소가 문학적 전통의 왜소화를 가져왔다는 북쪽 내부에서의 문제제기가 있었기 때문으로 추정된다. 결과적으로 문학적 전통의 공과를 객관적이고 공정하게 기록하는 긍정적인 방향으로 북한의 문학사가 기술되고 있는 셈이다.

필자의 연구에 따르면 이광수의 『무정』에 대해서는 북한문학사에서 문학적 평가의 객관적 공정성을 복원하는 방향으로 평가가 전환되고 있는 것은 고무적이다. '근대적 장편소설의 효시'에 해당하는 문학적 공적을 외면할 수는 없기 때문이다. 하지만 『개척자』에 대한 긍정적 평가가 지닌 수령형상문학적 관점은 비판적으로 해석할 여지가 필요하다. 서사적 한계에 대한 문학적 평가보다 지도자의 교시나 말씀이 문학적 평가의 척도로 활용되고 있기 때문이다. 1930년대 '군상'을 다룬 『혁명가의 안해』는 '반공'을 화두로 삼은 작가의식의 한계를 보여주는 풍자적 텍스트로 해석할 필요가 대두된다. 『흙』에 대한 '친일 민족개량주의'라는 작가주의적 비판은 '민족주의적 계몽의식'이 지닌 이면성을 포괄하는 평가로 복원될 필요가 있다고 판단된다. 이광수의 초기 문학에 대한 북한 문학사의 인식의 변화는 남북한 문학의 접점을 확인하는 대목이지만, 이광수 후기 문학에 대한 비난과 비방은 문학적 수사를 괄호치고 정치적 목소리를 강조한다는 점에서 재고해볼 필요가 있는 대목이다.

이광수의 문학은 남이나 북에서 문학적 공과와 지식인의 책무를 무겁게 성찰하게 만드는 여전히 '뜨거운 감자'다. 하지만 그런 점에서 오히려 공동연구가 필요한 저자이자 텍스트라고 판단된다. 남북 공히 이광수의 문학을 괄호치고서는 근현대 문학사를 논할 수 없기 때문이다. 적어도 근대문학의 태동기를 연구하기 위해서라도 끊임없이 이광수와 그의 문학은 한반도 남단과 북단에서 지속적으로 호명될 수밖에 없는 운명인 것이다(2019).

'호랑이와 새 이미지' 형상화의
생태학적 상상력 차이

1. 생태학적 상상력의 개진

이 글은 남북한 소설에 나타난 동물 이미지의 비교를 통해 남북한 체제의 이질성으로 인해 파생된 생태학적 상상력의 차이와 유사성을 검토하고자 한다. 구체적으로는 민족의 영물적 상징으로 호명되는 '호랑이'와 자유의 상징으로 호명되는 '새'의 이미지를 남북에서 어떻게 감각화하고 있는지를 검토함으로써 남북한 체제의 특성이 반영된 생태학적 상상력의 위상적 차이를 분석해보고자 한다.

'호랑이'의 경우 우리 민족의 건국신화에 등장할 뿐만 아니라 일반 신화, 전설, 민담 속의 주인공으로 호명된다.[1] 민간에서는 호랑이를 신성하게 여겨 숭상하기도 하며 민화의 주제가 되기도 한다. 호랑이는 맹수 중의 맹수로 두려운 동물이면서도 때로는 자애로운 존재로 인식되어 인간과 밀접한 관계를 맺는 것으로 그려진다. 호랑이는 첫째 인간을 보호해주는 수호신의 상징으로, 둘째 인간을 가해하는 두려운 존재로서 '호환

---

1. 이 외에도 수호신으로 상징되는 호랑이 신앙은 호랑이를 산신, 동신, 호신의 상징이라 믿는 데서 비롯되며, 나라의 안위를 위한 제의에서 희생으로 바쳐지는 중대한 종교적 의미를 지니는 데서 생성된다. 예로부터 범(=호랑이)은 병귀(病鬼)나 사귀(邪鬼)를 물리치는 힘이 있는 것으로 믿어져 숭배의 대상이 되었다. 우리의 고유 신앙인 산신 신앙의 영물이며, 신수(神獸)로 받들어진다. 벽사 진경을 상징하는 범 그림이나 '호(虎)'자 부적, 단오에 궁중에서 나눠 주었다는 쑥으로 만든 범떡에서도 쉽게 찾아볼 수 있다(김용덕, 「호랑이신앙」, 『한국민속문화대사전』 하, 창솔, 2003, 1867쪽).

虎患'을 예방하기 위해 신앙되기도 한다. '새'의 경우 전통적으로 천상을 가로지르며 지상의 어디에도 묶이지 않는 자유와 해탈을 상징하는 비유로 존재한다.[2] 시공간의 한계에 묶인 지상의 인간에게 새는 영혼의 가벼움이나 완전한 자유, 혹은 자유를 향한 열망을 의미하며 민중적 힘의 표상이 되기도 한다. 한편 새는 시인이 죽어서 환생하고자 하는 자연물의 대표격으로서 저승새의 이미지로 상징되어 현실적 삶을 초월하는 표상으로 쓰이기도 한다.

문학은 그 속성상 생태론적 세계 이해에 익숙하며 생태주의와 친화성이 높고, 따라서 문학은 본질적으로 녹색이라는 시각이 있다.[3] 그렇듯 녹색, 환경, 생태 등의 표현이 문학을 수식하는 레토릭이 됨으로써 인간과 자연의 유기체적 친연성을 설명하려는 노력이 지속되어 왔다. 김욱동의 분류[4]에 의하면 환경문학은 환경파괴나 자연훼손의 실상을 고발하는 문학을 가리키며, 생태문학은 자연파괴나 환경오염의 심각성을 고발하기보다는 환경 위기나 생태계 위기의 원인을 좀 더 근본적으로 따지는 문학을 말한다.[5] 그러므로 녹색문학은 환경문학과 생태문학을 아우르는 가치중립적인 용어이며, 문학생태학은 문학이론이나 비평과 관련한 개념으로 활용된다. 이 글에서는 이러한 차이를 포괄하여 인간과 환경의 관계를 주목하고 그 관계의 구체적 양상을 텍스트로 형상화함으로써 생태학적 인식과 실천, 상상력을 내장한 작품을 '생태문학'[6]으로 규정하고자 한다.

---

2. 김재홍 편, 『시어사전』, 고려대학교 출판부, 1997, 597쪽.
3. 이남호, 『녹색을 위한 문학』, 민음사, 1998, 22쪽.
4. 김욱동, 『생태학적 상상력』, 나무심는사람, 2003, 37~39쪽.
5. 김재홍 역시 문학생태학을 주제 면에서 환경문학과 생태문학으로 구분하면서 "환경문학이란 과학문명과 산업기술의 발달 및 인간의 무분별한 탐욕으로 인한 환경오염을 고발하고 환경보존 노력의 중요성을 강조하는 데 중점"이 놓여지는 반면에 "생태문학은 자연 그 자체의 생태계 회복을 강조함으로써 생명공동체를 살려 나아가려는 생명의식 앙양을 중심 내용으로 하는 문학"이라고 설명한다(김재홍, 「현대시의 바다 생태학」, 『한국 현대시의 사적 탐구』, 일지사, 1998, 110쪽).

생태학적 상상력을 고찰하기 위해서는 먼저 '생태학'의 개념 범주를 정리할 필요가 있다. 아르네 네스는 1970년대에 생태학을 피상생태학shallow ecology과 심층생태학deep ecology으로 구분하고, 피상생태학이 인간의 이기적 입장에서 환경문제를 인식하고 해결을 모색하는 데 반해서, 심층생태학은 인간과 자연 사이의 새로운 균형과 조화를 모색한다고 파악한다. 즉 심층생태학은 인간의 근본적 심성과 직관이 자연과 닮아 있으며, 인간은 자연과 동등한 입장에서 일체가 될 때 가장 충만한 생명과 행복을 누릴 수 있다고 주장한다. 그래서 생태의식의 계발, 즉 개개인의 세계관과 감각이 자연과의 조화를 회복하는 것이 생태 위기를 넘어서는 데 가장 중요한 문제가 된다.[7]

그렇다면 생태학적 상상력이란 무엇인가? 이남호 등에 의하면 생태학적 상상력이란 합리적 이성에 대한 맹신 속에 근대의 자본제적 현실이 초래한 다양한 문제점에 대한 비판을 내포하는 성찰적 상상력이 된다.[8] 뿐만 아니라 페미니즘적 관점에서는 생태학적 상상력이 남성의 권위주의적 속성과는 다르게 끊임없는 변화의 영속성, 포용성, 다양성, 열려진 세계, 부드러움, 상호침투, 감각성, 자연성을 특징으로 하는 유기체적 세계관을 바탕으로 전개된다고 파악한다.[9] 유기체적 세계관은 어떠한 인간이라도 소외되거나 사물화시킬 수 없으며, 삶의 과정 하나하나가 나름

---

6. 김용민은 생태문학에 대해 생태학적 인식을 바탕으로 생태 문제를 성찰하고 비판하며, 새로운 생태 사회를 꿈꾸는 문학이라고 규정하면서 그 유형을 다섯 가지로 분류한다. 첫째 환경과 생태계의 파괴를 직접적, 사실적으로 서술하는 유형, 둘째 생태학적 인식을 바탕으로 생태계의 현 상황을 사실적으로 그리면서 동시에 생태계 파괴의 원인을 성찰하는 유형, 셋째 자연이나 환경을 직접 드러내지는 않지만 생태계 문제를 심도 있게 다루고 있는 유형, 넷째 페미니즘적 관점에서 생태계 문제를 바라보고 성찰하는 유형, 다섯째 생태계의 현 상황 비판을 넘어 미래의 생태 사회를 모색하는 유형 등이 그것이다(김용민, 『생태문학-대안 사회를 위한 꿈』, 책세상, 2003, 97면, 104~112쪽).

7. 이남호·김원중·우찬제, 「환경 문제와 문학」, 『한국문학이론과 비평』, 한국문학이론과 비평학회, 1999, 13쪽.

8. 이남호·김원중·우찬제, 앞의 글, 65~66쪽.

9. 이덕화, 「여성문학과 생명주의」, 『여성문학연구』 제3호, 한국여성문학학회, 2000, 182쪽.

대로의 중요성을 가지며, 인간적 존엄성에 의해 자연뿐만 아니라 주위를 둘러싸고 있는 모든 사물까지도 우리의 소중한 일부분으로 생각하고 아낀다는 것이다.

이렇듯 생태학적 상상력에 바탕을 둔 생태적 사유는 유기적 관계의 사유이므로 생태 위기를 극복하기 위해서는 생태적 전회轉回가 필요하다는 시각이 중요하다.[10] 이러한 생태적 전회를 내장한 생태학적 세계관의 특성을 박이문은 다섯 가지로 제시한다. 첫째 인간 중심주의에서 자연 중심주의로의 시각 전환, 둘째 수학적·기계적 이성에 앞서 미학적·예술적 이성을 더 근본적인 것으로 파악, 셋째 인간 태도 면에서 자기중심적인 배타성에서 공동체 중심적인 포용적 협동으로의 전환 및 공격적 지배성에서 조화로운 유연성으로의 전환, 넷째 대상중심적 인식과 시각에서 가치중심적 인식과 시각으로의 전환, 다섯째 물질적 소유와 쾌락적 경험을 강조하는 현대문명의 가치관에서 관조적 감상과 내면적 체험을 중시하는 가치관으로의 전환 등이 그것이다.[11] 즉 생태학적 상상력이란 유기체적 인식 속에 자연 중심주의로의 전환, 미학적 이성의 회복, 공동체적 조화의 유연성, 가치중심적 인식론, 내면적 체험의 강조 등을 중시하는 것이다.

이 글은 이러한 생태학적 상상력을 전제로 호랑이와 새의 이미지가 네 편의 남북한 소설에서 어떻게 형상화되고 있는지를 분석함으로써 남북의 이질적 체제에서 드러나는 생태학적 상상력의 유사성과 차이를 검토해보고자 한다. '호랑이'는 남북에서 공히 민족의 영물로서의 상징을 갖고 있으며, '새'는 자유와 초월의 욕망을 표상하는 상징물로 기능한다. 특히 조류학자인 원병오 박사 부자의 실화를 바탕으로 한 남북한의 두 소설, 즉 오영수의 「새」와 림종상의 「쇠찌르레기」는 남북의 두 작가가

---

10. 이진우, 「문화로서의 자연-생태문학의 철학적 의미」, 『현대문학』, 2000. 7, 200~205쪽.
11. 박이문, 「생태학적 문화의 선택」, 『문명의 미래와 생태학적 세계관』, 당대, 1998, 100~103쪽.

'새(=쇠찌르레기)'를 남북을 자유로이 왕래하는 존재로 상징화함으로써 분단의 아픔을 표현해내고 있기에 남북한 소설의 생태학적 상상력을 비교 분석하기에 용이한 텍스트라고 판단된다.

먼저 '호랑이' 이미지의 경우 홍성원의 「폭군」과 박웅전의 「하람산의 범」을 비교함으로써 남북한의 호랑이 형상에 대한 인식 차이를 통해 영물적 상징인 호랑이를 매개로 남북한 문학의 생태학적 상상력의 차이를 구체화해보고자 한다. 또한 '원병오 박사의 실화'[12]를 바탕에 둔 오영수의 「새」와 림종상의 「쇠찌르레기」를 비교함으로써 '새'를 매개로 남북에서 형상화된 두 편의 소설이 체제 내적 한계를 넘어서는 생태학적 상상력의 유사성을 표출하고 있음을 분석해보고자 한다. 특히 아르네 네스의 피상생태학과 심층생태학적 인식을 매개로 네 편의 소설에서 드러나는 다양한 생태학적 상상력의 표정을 통해 남북한 소설에 나타난 생태학적 상상력의 일말을 확인할 수 있을 것이다.

2. 다면적 인식과 단일적 표상 사이 - 호랑이 이미지 비교 연구

1) 생태학적 상상력의 세 가지 표정 - 「폭군」

1960년대 한국의 정치 상황을 풍자한 홍성원의 중편소설 「폭군」(1969)은 대호大虎를 둘러싼 마을 사람들과 사냥꾼들의 이야기를 다룬 작품이다. 「폭군」에서는 범을 둘러싼 세 가지의 관계망이 드러나는데,

---

12. 한국전쟁으로 인해 남한의 원병오 박사와 부친인 원홍구 박사 부자(父子)는 남과 북으로 헤어진다. 이들을 다시 이어준 것은 철새 한 마리다. 원병오 경희대 명예교수는 1965년 일본 도쿄의 국제조류보호연맹 아시아지역본부로부터 한 통의 편지를 받는다. 북한의 저명한 조류학자 원홍구(1888~1970) 박사가 북방쇠찌르레기의 다리에서 일련번호가 새겨진 알루미늄 링을 발견했다는 것이다. 바로 그가 2년 전 서울에서 날려 보낸 새였다. 전쟁으로 헤어진 부자는 새를 통해서 그렇게 같은 조류학자로 서로를 확인하게 됐다(이영완, 『조선일보』, 2007. 3. 5. 참고).

첫째 범을 둘러싼 마을 사람들의 시선, 둘째 60대 사냥꾼 노인과 범과의 관계, 셋째 40대 사냥꾼 사내와 범과의 관계 등이 그것이다. 이 세 관계는 다시 인간이 환경에 의해 영향을 받는다는 환경결정론적 인식(마을 사람들)[13], 인간과 자연이 조화로운 전체로서 존재한다는 심층생태학적 인식(60대 노인 사냥꾼), 그리고 자연을 지배와 정복의 대상으로 여기는 인간 중심적인 피상생태학적 인식(40대 중반 사내 사냥꾼)을 보여주는 것으로 작품 속에서 형상화된다.

첫째로 작품 속에 나타난 마을 사람들의 범에 대한 인식을 살펴보면 자연환경을 극복의 대상이 아니라, 경외의 대상으로만 보는 인간의 전근대적 심리와 인식이 확인된다. 범이 나타나자 범을 처치할 엄두도 내지 못한 채 피난을 떠나거나, 남아 있는 사람들조차 범을 '산신령의 현신'인 '사또'라고 부르면서 두려움에만 떨고 있는 마을 사람들의 모습은 환경결정론적 인식을 보여준다. 인명을 살상하고 가축까지 해치는 범에 대해 아무런 대응도 하지 못한 채 범이 떠나주기만을 간절히 바라는 무지몽매한 사람들의 모습은 전근대적 인식을 내장한 산간 오지 마을 사람들의 특성이기도 할 뿐만 아니라 문명화되지 못한 무기력한 인간의 초라한 표정을 보여준다.

둘째로 60대 노인의 범에 대한 시선과 인식은 몇 단계로 변화하면서 '호랑이의 바람직한 죽음으로서의 결말'을 기대하는 것으로 마무리된다. 즉 호랑이에 대해 '복수의 화신으로 짐작 → 대담성과 지혜에 경탄 → 지혜 겨루기를 통한 아름다운 사냥 희구'를 기대하던 노인과 범의 대결은 '아름다운 죽음의 결말'을 통해 승자도 패자도 존재하지 않게 된다. 초기에 노인이 짐승에 대해 갖는 기본적인 태도는 순수한 동료애를

---

13. 환경이 인간 행위의 방향을 결정한다는 관점으로, 환경의 일부로 대상화된 인간의 부수적 기능을 강조하는 시각이다(존스톤·그레고리·스미스 엮음, 한국지리연구회 옮김, 『현대 인문지리학사전』, 한울아카데미, 1992, 452쪽).

바탕으로 한 양가적인 감정인데, "하나는 상대에게 맹렬히 불붙는 강한 투지고 또 하나의 감정은 상대의 지혜와 담력에 저절로 우러나는 존경과 경탄"[14]이 그것이다. 노인의 이러한 양가적인 태도는 생명체(범)를 살해 대상으로서가 아니라 심층생태학적 대상으로 파악하는 생태전회적인 방식에서 비롯된다. 즉 여기서의 양가성은 범을 대상적 존재가 아니라 '가치중심적 존재'로 내면화했기 때문에 가능한 인식이다.[15] 결국 작품 말미에서 노인은 범을 죽이면서 자신도 죽음으로써 대상과의 조화로운 일체가 되어 상징적으로나마 자연과의 유기체적 조화를 이루게 된다. 70세 가까운 나이에 자연과 하나된 '아름답고 바람직한 죽음'을 성취함으로써 그의 심층생태학적 삶을 마감하게 되는 것이다.

세 번째로 자연을 지배와 정복의 대상으로만 여기는 군인 출신의 사냥꾼 사내가 있다. 40대 중반의 기업체 사장인 그는 이태 전에 소장으로 예편했으며 동물과의 숨가쁜 대결에서 자신의 지혜와 우월감을 확인하고 싶어 하면서 과학적인 장비와 기계류에 의존한다. 사내는 마을에 들어설 때는 군인 출신 특유의 당당한 모습을 드러내지만 범을 사냥하다가 상처를 입게 되자 왜소하고 초라한 사람으로 변모하게 된다. 그는 서낭당을 보면서 "꼴이 흉하군"이라고 할 정도로 미신적인 부분에 대해 단호한 반대 입장을 표명할 정도로 근대적 합리성을 몸에 체득한 사람이다. 하지만 '당당함'에서 '왜소하고 초라함'으로 변화된 사내의 모습 속에서 자연을 지배와 정복의 대상으로만 인식하는 근대적 인간의 피상생태학적 사유에 대한 작가의 비판적 시선을 확인할 수 있다. 범을 살해하려는 남성의 모습이 폭력과 권력을 숭배하며 환경에 대한 지배만을 가속화하려는 도시의 근대적 인간의 이기적 행태로 드러남으로써, 작품 속에서 사내는 피상생태학적 상상력의 소유자로 형상화되고 있는

14. 홍성원, 「폭군」, 『무사와 악사』, 동아출판사, 1995, 142쪽.
15. 박이문, 앞의 글, 100~103쪽.

것이다.

이렇듯 호랑이와 인간의 다양한 관계망 이외에도 이 작품에는 시대적 상황에 대한 알레고리로 읽을 수 있는 부분이 내재해 있다. 그것은 군주제 사회의 폭군과도 같은 절대 권력을 휘두르는 독재자에 대한 우회적 비판인데, 작품에서 범을 '폭군'으로 묘사한 부분을 보면 확인할 수 있다.

> 그리고 저 부락 사람들, 그들은 또 얼마나 안타깝고 가여우며 한심한가. 담장이 무너지고, 가축이 물려 가고, 팔뚝이 잘리고, 집안 식구가 물려 죽고…… 그러나 그들은 그 포악한 짐승에게 오히려 제를 올리고 머리를 숙여 경배까지 하고 있다. 그들은 마치 폭군 밑에서 소리 없이 울고 있는 어느 나라의 가여운 백성들과 흡사하다.[16]

인용문에서 해만 끼치는 폭군에게 오히려 예를 올리는 마을 사람들을 "어느 나라의 가여운 백성들과 흡사하다."고 여기는 노인의 인식은 겉으로는 전근대적인 미신에 젖어 있는 마을 사람들에 대한 비판인 것처럼 보이지만, 이면에서는 1960년대 박정희 정권의 독재를 우회적으로 비판하고 있는 대목임을 확인할 수 있다. 이런 부분이 체제 비판적인 남한 텍스트의 생태학적 상상력을 내장한 특징이라면, 북한 텍스트는 체제 친화적 문학의 특성상 전일적인 체제 중심적 시각을 보여준다는 점에서 한계를 드러낸다.

「폭군」이 지닌 또 하나의 미덕은 노인 혼자서 범을 쫓는 결말 부분을 10여 쪽[175~187쪽]가량으로 치밀하게 묘사하고 있는 부분의 문장들이

---

16. 홍성원, 「폭군」, 앞의 책, 185쪽.

다. 그 탁월한 묘사 부분에 대해 "초식동물의 철저한 되새김질"[17]을 닮은 문장이라는 평가가 뒤따른다. 노인과 범의 대결적 구도와 함께 상호 친화적인 모습을 드러내면서, 마치 독자가 범을 쫓고 있는 듯한 느낌을 줄 정도로 강한 점착력을 지닌 이 결말 부분의 문장들은 긴장감과 몰입도를 배가함으로써 작품의 미적 특질을 고양하는 수사적 문체의 예술성을 보여준다. 북한문학에서는 이렇듯 화려한 수사를 내포한 되새김질의 문장이 나오기가 어렵다. 왜냐하면 종자[18]를 강조하는 서사성 위주의 텍스트에서는 묘사의 생동감이 많이 위축될 수밖에 없기 때문이다.

2) 피상생태학적 인식-「하람산의 범」

북한소설에서 '호랑이'[19]는 영물로 등장한다. 특히 항일혁명투사인 김일성과 후계자인 김정일에 대한 맹목적 추앙심 속에 백두산을 민족의 성산으로 여기며, 백두산 호랑이는 민족의 상징이자, 체제의 자존심으

---

17. 이경호는 홍성원이 강력한 남성적 기질과 뚝심을 생래적으로 가지고 있으며 그러한 남성적 의지가 '철저한 되새김질'의 문장을 강제하여, "한편으로는 움직임의 모든 방향을 끈질기게 탐색하려는 자세를, 그리고 다른 한편으로는 움직임의 모양을 생생하게 묘사하려는 자세를 낳게 된다."고 설명한다. 그 예로 폭군의 묘사에서 "호랑이의 삶을 인간의 삶에 뒤지지 않는 밀도 있는 모습으로 그려내, 결국에는 인간과 호랑이의 싸움이 운명적으로 갖는 절실한 위엄을 입체적으로 드러내는 데 이바지"한다고 평가한다(이경호, 「되새김질의 의의와 방법」, 홍성원 『무사와 악사』 해설, 동아출판사, 1995, 511~520쪽).

18. 김정일에 의하면 종자란 작품의 핵으로서 작가가 말하려는 기본문제가 있고 형상의 요소가 뿌리내릴 바탕이 있는 생활의 사상적 알맹이이다(김정일, 『주체문학론』, 조선로동당출판사, 1992, 177쪽). 따라서 사상적 알맹이로서의 종자를 추구하다 보면 세부 묘사를 간과하게 되는 경향이 많다. 북한소설의 미학적 수준이 문제되는 경우가 바로 이 '종자'론의 영향이라고 볼 수 있다.

19. 예로부터 조상들은 호랑이를 범이라고 불렀으며 산신령(山神靈)과 산군(山君)이나, 백두산 인근에서는 노야(老爺)와 대부(大父)로 여겼다. 호랑이는 건국신화에 등장하여 곰과 함께 사람이 되고자 하였으나 조급하여 금기를 지키지 못해 실패한 상징으로 처음 등장한다. 이후 『삼국유사』 후백제의 견훤 이야기에서는 영웅의 보호자이며 창업의 조력자로 부각되는 등, 신의 사자 또는 신 자체로 등장하며, 『오주연문장전산고』에서도 호랑이를 산군(山君)이라 명명한다. 호랑이 숭배사상과 산악 숭배사상이 융합되어 산신(山神) 또는 산신의 사자를 상징하여 산신당의 산신도로 나타나 있는 등 한국 민족에게 신수(神獸)로 받아들여진 것은 오래된 일이다. 호랑이의 용맹성은 군대를 상징하여 무반(武班)을 호반(虎班)이라 하였으며, 호랑이는 병귀나 사귀(邪鬼)를 물리치는 힘이 있는 것으로 믿어져 호랑이 그림이나 호(虎)자 부적을 붙이면 이를 물리친다는 속신이 있다(「호랑이에 관한 전승·민속·상징」, 『네이버 백과사전』 참고).

로 자리매김한다. 「하람산의 범」은 민족의 영물로서의 하람산호랑이와 그 호랑이의 영험함을 체감한 하람산혁명전적지 관리원의 이야기를 다루고 있다. 이 작품은 하람산에 새겨진 백두산 3대 장군의 구호를 지키는 범, 그 범 앞에서 담배를 피운 이후 구호를 수호하는 중요한 역할을 맡게 된 황보호 아바이, 미술대회에 하람산의 범을 그린 그림을 출품한 맏손자 황보총, 서해격전에서 호랑이처럼 용맹스럽게 싸우다 전사한 맏아들 등의 이야기를 군당선전일군인 '나'가 종합하는 것으로 그려진다. 작품 말미에는 화재 사건이 발생하지만 호랑이와 황보호 아바이의 노력으로 "불멸의 글발"을 지켜내는 가운데 백두산 3대 위인을 추앙하는 내용으로 마무리된다.

'단편실화소설'이라는 갈래명이 붙어 있긴 하지만, 「하람산의 범」은 제목에서도 암시되듯, 하람산을 지키는 영험한 호랑이와 하람산혁명전적지 관리원 황보호 아바이의 교감을 그린 소설이다. 하람산은 작품에 의하면 "백두산에서 타오른 항일혁명의 봉화를 이어 받아 황해도 드넓은 땅에 광복의 불씨를 뿌려 온 1930년대 후반기 국내비밀근거지로서 백두산 3대 위인을 칭송하는 불멸의 글발을 반세기 세월의 광풍속에서도 말없이 지켜 온 산이었고 나라의 천연기념물인 열두폭포가 장관인 명산"[31쪽]이다. 즉 '김일성, 김정숙, 김정일' 3대 장군을 칭송하는 "불멸의 글발"이 새겨진 북한 체제 기원의 신성한 공간인 것이다. 이 공간에서 "불멸의 글발"을 수호해낸 범의 영물성과 인간의 책무감을 강조하는 이야기가 진행된다.

"하람산호랑인 분명 정의롭고 슬기로운 맹수 같습니다. 어딘가 동화적인 얘기 같지만 그전에 못된 짓을 많이 했다는 승냥이, 여우와 같은 짐승은 하람산에서 다 없어졌다지 않습니까./ 어버이 수령님을 뜻밖에 잃고 온 나라가 대성통곡을 할 때 하람산범도 계속 울었다고 합니다. (중략) 처음엔 저 창바위꼬대 기에서 울고 그 다음엔 리소재지가 내려다 보이는 저 로고산에 달려가 울고 그 다음날부터는 며칠동안 읍바닥이 내려다 보이는 곤천산에 달려 가서 〈으허헝!〉, 〈으허헝!〉 하고 울었답니다./ 곤천동사람들은 그 소리가 하두 이상해서 여든 살 나는 마을좌상인 원덕량로인을 찾아 갔지요. 그 로인은 자기도 그 울음소리를 새겨 듣는 중인데 저 소리는 분명 호곡소리라는겁니다. 그것이 군당에 보고되였지요. 추모설화집 〈하늘땅의 조화〉에 수록된 〈범이 울음을 터치다〉가 바로 이 하람산범이란 말입니다."[20]

인용문은 범을 만난 뒤 쓰러졌던 두칠영감이 자신의 과거를 반성하고 선행을 하게 된 이야기에 이어, 황보호영감에게 '군당선전일군'인 화자 '나'가 범을 만난 이야기의 의미를 부연 설명하는 내용이다. 범은 "정의롭고 슬기로운 맹수"여서 1994년 "어버이 수령"의 사망 당시에도 계속 울어댄 영물로 형상화된다. 뒤이어 "정말 전설 같은 이야기"라는 인물의 감탄이 이어지는 것에서 알 수 있듯 북한에서 '범'은 수령을 따르고 "불멸의 글발"을 수호하는 영물로서 기능한다. 수령의 사후 '호곡소리'로 여러 날을 울어대는 하람산의 범은 그만큼 체제를 수호하며 인간의 비통함을 함께 앓는 신령스런 동물로 인식되고 있는 것이다. 하지만 범이 "불멸의 글발"을 보호하는 영물로 형상화되어 있는 모습은 북한 사회 특유의 당과 인민이 수령을 떠받드는 '수령-당-인민'의 삼위일체적 구조와 유사하다. 즉 마치 수령을 보위하고 옹호하는 '당과 인민'의 입장을 '범'이 대체하고 있는 것으로 여길 수도 있는 것이다. 따라서 「하람산

20. 박웅전, 「하람산의 범」, 『조선문학』, 2003. 1, 34쪽.

의 범」은 피상생태학의 '인간 중심주의'에서 '인간'을 주체 시대의 뇌수인 '수령'으로 대체하여 '수령 중심주의'를 표방하는 피상생태학적 인식을 보여준다.

이 외에도 호랑이는 황보호 아바이의 가계를 비유적으로 상징하는 이미지로 형상화된다. 황보호 아바이의 맏아들은 "몇해전 서해해상격전에서 희생된 영웅전사" 중의 한 사람이고, 해군 지휘관으로부터 아들의 전사 소식을 듣고서도 황보호 영감은 슬픔이나 애도에 빠지기보다는 "호랑이처럼 잘 싸웠다니 장하다."라는 말을 전할 정도이다. 또한 자신이 신령스러운 하람산 범과 마주앉아 담배를 피운 이야기를 지휘관들에게 전해주며, "위풍당당한 조선범이야말로 우리 민족의 기상"이므로, 맹호 같은 기상을 가져야 함을 강조한다. 호랑이가 용맹성의 화신이자 가족의 상징이자 민족의 상징으로 다양하게 전유되고 있는 것이다. 특히 그러한 전유의 중심에는 "〈독립 후 조선대통령 김일성〉, 〈백두광명성 김대장 후계자〉"라는 구호가 새겨진 나무들에서 "나라의 만년재보인 혁명적구호문헌들이 발굴"되었다는 사실이 자리한다. 이렇듯 그 구호문헌들을 보호하는 것이 황보호가 하람산호랑이를 만난 이유라고 판단하는 부분은 이 작품의 '종자'가 김일성 가계 중심의 수령형상문학이 지향하는 북한 특유의 체제문학적 특성을 내포하고 있음을 보여준다. 해군장령들은 그 이야기를 들으며 그저 "신화적인 이야기"라고 감동할 뿐, 반문이나 회의가 없는 무성격의 존재들로 형상화된다. 이렇듯 북한소설은 신성한 범을 매개로 해서라도 '수령'의 존재감을 신화, 전설 등으로 사후적으로 각색하는 데에 치중하면서 피상생태학적 인식을 보여준다.

호랑이는 손자의 그림에서도 등장한다. 황보호 아바이는 맏손자 황보총이 그린 〈하람산의 범〉이라는 그림을 가지고 군당선전일군인 '나'에게 자문을 구하러 온다. 그때 책임직관원이 소년에게 그림의 배경을 달밤 풍경이 아니라 동트는 새벽의 노을빛으로 그린다면 그림의 의미가 더

욱 풍부해질 것이라는 의견을 제시한다. 이 의견은 당연히 적절한 지도
로 수용되어 그림을 개작하게 된다.[21] 창작자의 자유의지를 존중하는 남
한의 입장과는 달리 북한에서는 이러한 지도가 일반화되어 있다는 점에
서 남북한의 이질적인 예술창작원리를 확인할 수 있다.

작품 말미에 가면 황보총의 그림 〈하람산의 범〉은 전국학생미술전람
회에 입선하고, 아버지의 뒤를 이어 해군이 되었다는 황보총의 편지를
받은 '나'는 하람산에서 산불이 났다는 소식을 접한다. 불 속에서도 자
신의 몸을 아끼지 않고 불을 끄다 화상을 입은 황보호 아바이는 부상
중에 신음하면서도, 산불을 제일 먼저 발견한 것은 자신이 아니라 하람
산호랑이라는 말을 주변 사람들에게 전한다.

> 방송에서는 즉흥시가 울려 나왔다.
> '하람산을 지키는 호랑아 들어다오/ 너는 혁명의 성산 백두
> 산에서 날아온/ 정의로운 맹호/ 우리는 잊지 않으리라/ 백두
> 산 3대 장군을 우러러 받들어/ 투사들이 새긴 불멸의 글발 정
> 히 지켜온/ 너의 기특한 소행을'
> "거… 한번만 더… 〈그 량반이〉… 꼭 어디서 들을거요."
> 아바이는 호랑이를 〈그 량반〉이라고까지 하며 반복해 줄것
> 을 요구했다.[22]

결말 부분인 인용문에서 알 수 있다시피, 황보호 아바이에게 하람산
호랑이는 백두산을 우러르며 투사들이 새긴 구호를 지키는 존재이다.

---

21. 이러한 그림 지도처럼 지도와 수정을 통한 새로 고치기는 북한 문학예술에서 일상화된
표정으로 보인다. 그러나 지도가 지시처럼 강제되는 '기계적인 수정'은 북쪽의 잣대대로라
면 작품의 완성도를 높이는 전술적 방책일 수도 있지만, 남쪽의 잣대로 보면 심리적 사전
검열의 의미로 부정적으로 비판될 여지가 농후하다(오태호, 「2003년 『조선문학』 연구」, 『국
제어문』 제40집, 국제어문학회, 2007. 8, 374~375쪽).
22. 박웅전, 「하람산의 범」, 『조선문학』, 2003. 1, 38쪽.

즉 북한 체제를 떠받드는 신령스러운 상징으로 존재하는 것이다. 김일성의 사망시에도 울었으며, 산의 나무들과 산에 새겨진 투사들의 구호를 지켜내기 위해 산불이 났을 때도 울었다는 하람산호랑이는 북한 특유의 샤머니즘적 숭배의 대상이다.[23] 그러나 앞에서도 언급했듯 '수령 중심주의'로 각색된 '인간 중심주의'의 표정을 내포하고 있다는 점에서 피상생태학적 상상력을 보여준다. '범'에 대한 호칭에서도 두칠영감의 경우 '이놈'이라고 비하적 언사를 표하지만, 황보호 영감은 '범', '그놈', '이놈' 등으로 혼재적인 호칭을 하다가 마지막에 가서는 '그 량반'으로 존대법을 사용한다. 이러한 호칭의 변모는 범이 "불멸의 글발"을 수호하기 위한 책무를 완수하려는 존재임을 깨닫기 이전과 이후로 나뉜다. 즉 "불멸의 글발"을 수호하는 영물일 때는 "그 량반"의 존칭을 사용할 수 있지만, 한낱 맹수에 불과할 때는 보통명사인 '범'이거나, 인간을 해하는 동물일 때는 '이놈, 그놈'에 불과한 미물인 것이다.

「폭군」에서 노인의 시선에 포착된 호랑이는 심층생태학적 인식 속에 양가적 애증의 대상으로 존재하거나, 중년 사내에 의해 피상생태학적 인식 속에 맹렬한 증오심의 대상으로 존재한다. 하지만,「하람산의 범」에서 황보호 아바이의 시선에 포착된 호랑이는 "불멸의 글발"을 수호하는 피상생태학적 인식을 보여주는 영물적 대상일 뿐이다. 신화가 사라진 시대, 용맹스런 호랑이의 신화적 속성을 '수령 형상화'를 통해 각색하려는 북한소설과, 신화적 상징이 소멸된 시대를 피상생태학과 심층생태학의 대립구도로 그려낸 남한의 소설 속 모습은 체제 이질화만큼이나 달라

---

23. 호랑이에 대한 한민족의 생각은 "① 호랑이는 일반적으로 산신의 상징이라 믿어 경외한다. ② 호랑이가 산신의 상징이면서 마을의 동신으로 신앙된다. ③ 호랑이가 나라의 안위를 위한 제의에서 희생으로 바쳐지는 중대한 종교적 의미를 지녔다. ④ 호랑이가 일상적으로 호신(護神)의 상징으로 믿어졌다". 등으로 요약된다. 그리고 호환(虎患)의 예방으로 신앙되는 호랑이 신앙은 호랑이를 경외하여 피해를 예방하려는 소극적인 신앙과, 호랑이를 퇴치하기 위한 적극적인 신앙으로 구분된다. 호환의 예방을 위하여 민간에서는 범굿을 행하기도 한다(김용덕, 앞의 책, 1868쪽).

진 현실 인식을 보여준다. 즉 「폭군」은 범을 향한 대립적 시각 속에 소설의 갈등을 증폭시키고 도시민의 근대적 시각이 지닌 문제성과 함께 독재 체제를 비판하는 알레고리적 상상력을 보여준다. 하지만 「하람산의 범」은 김일성주의로 무장한 북한식 사회주의 체제를 수용하는 체제 친화적 문학의 전범을 보여준다. 결국 「하람산의 범」은 인간과의 구체적인 교감과 대결이 아니라 성소의 지킴이 역할을 하는 호랑이를 보여줌으로써 피상생태학적 인식과 형상화에 머문 것으로 판단된다. 반면에 홍성원의 「폭군」은 인간과 호랑이의 지적이면서도 본능적인 첨예한 대결 양상과 비극적 결말이 구체적으로 제시되고 있다는 점에서 심층생태학적 상상력이 잘 형상화된 성과작으로 판단된다.

3. 국경을 넘는 심층생태학적 상상력 – 새 이미지 비교 연구

1) 피상생태학적 분단 현실 넘어서기 – 「새」(1971)

오영수의 「새」와 림종상의 「쇠찌르레기」는 원병오 박사의 실화라는 동일한 소재를 소설로 형상화하고 있다는 점에서 주목을 요한다. 이 두 소설은 1960년대 중반 새를 매개로 소식을 전하게 된 조류학자인 북쪽의 부친 원홍구 박사와 남쪽의 아들 원병오 박사의 부자 이야기를 통해 분단의 비극과 이산의 고통을 절감케 하는 작품이다.

먼저 오영수의 「새」는 술좌석에서 친구에게 20년 넘게 지속되고 있는 분단의 고통과 이산의 아픔을 술기운을 빌려 토로하는 독백체 소설이다. 오영수는 실향민의 술기운을 빌려서이긴 하지만 휴머니티의 강조를 통해 이산가족의 비극과 분단의 장벽을 초극하려는 인식을 보여준다. 남과 북을 왕래하는 '새'의 자유로운 월경은 분단체제가 적대적 세계 인식이 낳은 피상생태학적 현실임을 보여주면서 심층생태학적 신실은 이미 분단을 지양하며 공동체성의 회복을 위해 월경을 시도하는 '새'의 형상을 닮아 있음을 우회적으로 증언하고 있는 것이다.

「새」의 화자는 독자를 대화의 상대로 상정하면서 푸념을 넋두리처럼 늘어놓는다. 즉 자네를 찾아가는 길이었다면서 상대방에게 술이나 한 잔 하면서 마음의 울적함을 덜어내고자 한다. 상대가 또 "망향병의 발작"이냐며 되묻는 것을 보면 이것이 일회적인 것이 아니라 반복적으로 지속되는 행동임을 확인할 수 있다. 북쪽의 강계가 고향이라는 월남민 아주머니의 선술집에서 화자는 "골수에 사무친 지독한 병"을 자신만이 앓고 있는 것은 아닐 거라면서 이십 년 넘은 분단과 이산의 편재적 고통을 토로한다. 이것이 단순한 주정 토로에 그치지 않는 것은 그 기저에 남북의 분단이 고착화된 지 20년이 넘는 거대한 분단현실이 자리하고 있기 때문이다. "하늘빛이 다른 것도 땅이 금간 것도 아니"지만 분단의 현실은 화자에게 "피가 묻은 넋두리"를 쏟아놓게 하고 "저주받은 백성"임을 한탄하게 한다. 60 노모와 세 살짜리 갓난이와 아내를 두고 한 달이면 돌아온다고 했지만 20년이 넘는 생이별의 세월은 망향병의 반복적 발작을 가져오는 트라우마로 작동하고 있는 것이다.

이렇듯 절절한 이산의 고통을 감내하고 있는 화자가 고교 동창인 남한의 조류학자 원병오 박사와 북한의 부친 원홍구 박사의 실화를 전해 들은 뒤, 제3자적 시선과 감정으로 분단의 아픔을 절절히 독백한다. 화자는 고교 동창인 원병오 박사가 일본 산계조료연구소에서 발가락지를 들여와 철새의 발에 채워 날려 보냈는데, 평양으로 간 그 새가 부친인 원홍구 박사에게 들어간 소식을 전하면서, 이산가족의 처지에서는 "단순히 우연으로만 들어 넘길 수 없는 절실한" 무엇으로서의 혈연지정을 감지한다. 새를 매개로 한 부자지간의 우연한 소식 확인은 동물과 인간의 교감을 통해 분단의 비극적 모순을 성찰하고 공동체성을 회복해야 할 필요성을 강제하는 심층생태학적 진실을 보여준다. 그러나 최근 부친이 사망했다는 소식이 '북한 → 소련 → 미국 → 뉴질랜드 → 일본' 등을 거치면서 수개월 뒤에야 비로소 남한의 원병오 박사에게 전해졌다는 참담한 소식은 분단의 비극성을 절감하게 만든다. 임종을 지키지도 못한 채, 사망 소식조차 수개월 뒤에야 전달하게 하는 것이 피상생태학적 분단 현실이기 때문이다.

근데, 최근 그의 아버지가 돌아가셨대.

글쎄, 그 얘기야. 그의 아버지가 작고한 소식도 북한에서 소련, 소련에서 미국, 미국에서 뉴질랜드, 뉴질랜드에서 일본, 이렇게 각국의 조류학자와 학계를 거치는 동안 수개월이 지난 얼마 전에야 역시 산계조류연구소 소장의 연락으로 비로소 알았다더군.

카아, 그러니까, 부르면 들릴만한 거리를 두고도 지구의 반경을 돌아온 소식이지.

휴우. 이 친구, 이야기를 마치고 멀뚱한 눈으로 천장을 쳐다보면서, 철새는 국경이 없는데… 하고 한숨을 내쉬잖아. 술 없냐? 따러.

곁에서 듣고 볼라니 속이 답답해서 견딜 수가 있어야지. 그렇다고 앓는 사람을 끌고나와 술을 마시잘 수도 없고… 그래서 그만 뛰쳐나오고 말았지. 그래서 자네를 찾아가던 중이었어.

자 따러. 있는 대로 따러.[24]

"따러"라는 말을 추임새처럼 넣으면서 화자는 원병오 박사의 사연을 또 다른 친구 앞에서 술 취한 듯 읊는다. 원병오 박사가 조류학을 연구

---

24. 오영수, 「새」, 『현대문학』, 1971. 8, 62쪽.

하게 된 동기, 철새를 매개로 한 부자간의 소식 전달 과정, 4개국을 거쳐서야 비로소 닿게 된 작고한 부친의 소식 등은 분단 현실이 낳은 비극성을 극대화한다. "부르면 들릴만한 거리를 두고도 지구의 반경을 돌아온 소식"이 어처구니없는 데다가, "철새는 국경이 없는데"라는 친구 원병오의 한숨 섞인 말을 듣고는 답답해서 견딜 수가 없었던 화자가 다른 친구에게 자신의 속내를 털어놓으면서 친구에 대한 연민과 안쓰러움을 토로하는 것이다.

술기운에 의지해 분단과 이산의 고통을 토로하는 독백체로 쓰인 「새」는 소품 같은 작품이긴 하지만 원홍구-원병오 박사 부자간의 실화를 바탕으로 한 분단소설로서 심층생태학적 상상력의 표정을 보여준다. 즉 분단 세월 속에서 북과 남에서 각각 조류를 연구한 부친과 자식의 노력이 새를 통해 휴전선을 넘어 서로의 생사 확인이라는 소식을 전달함으로써 분단의 비극성과 함께 그것의 극복으로서의 공동체성의 회복을 위해 노력해야 하는 당위로서의 심층생태학적 상상력의 내면화를 보여주고 있기 때문이다.

결국 새의 자유로운 월경이라는 상징을 통해 인위적 국경을 초월하려는 가족애와 인간애를 보여줌으로써 분단 모순의 비극적 현재성과 자유왕래의 필요성을 모색한 작품이 바로 「새」인 것이다. 비록 술기운을 빌려 탄식조로 아픔을 토로하는 구조의 작품이긴 하지만 실화를 배경으로 1인칭 화자의 절절한 고백이 드러난다는 점에서 소설적 공감의 폭이 확대된다. 그러므로 원홍구, 원병오 부자의 이야기를 통해 대립과 갈등의 분단체제가 아니라 조화와 상생의 공동체 의식의 회복을 위한 노력이 바로 심층생태학적 상상력의 소산임을 보여주고 있는 것이다.

2) 심층생태학적 상상력 보여주기-「쇠찌르레기」(1990)

액자식 구성의 소설인 림종상[25]의 「쇠찌르레기」는 기자이자 작가인 화자 '나'가 지난 여름 동물학연구소 조류학 전문가인 원창운(원병오의 조카, 원홍구의 손자)의 초청을 받고 원창운의 편지 내용을 읽으며 하룻밤을 꼬박 새운 내용을 기록한 작품이다. 정도상에 의하면 "통일문제를 다룬 단편소설의 백미"[26]이기도 하지만 홍용희에 의하면 "주제의식의 설명적인 제시, 주인공의 지나친 전범화, 정론적인 결말 처리 등의 도식"화라는 한계가 드러나는 작품이기도 하다.[27]

원창운은 20년 전 80세의 고령으로 세상을 떠난 생물학 박사 원홍길(=원홍구) 교수의 손자인데, 그의 서재에는 "주인의 책상 앞 빨간 비로도 천 받침대 우에 홀로 도고하고 날씬한 자태로 놓여 있는 자그마한 쇠찌르레기 박제품"이 서 있다. "허리에 흰 빛이 돌고 등과 날개, 꽁지에 검은 자색의 윤이 흐르는 쇠찌르레기"는 주인의 각별한 우대를 받고 있는데, 그것은 가족 삼대의 이야기를 압축하는 상징이기 때문이다.

원창운은 40년 만에 서울에 있는 막내삼촌 원병후(=원병오)에게 보내는 편지를 보여주며, 서툰 글을 화자에게 한 번 봐 달라고 부탁한다. 편지에서 창운은 자신의 가족이 할아버지와 삼촌, 고모, 자신에 이르기까지 '혈육과 조류학'이라는 두 가지 "강한 유대"로 이어져 있으며 그것이 '쇠찌르레기'와 연결되어 있다고 적는다. 편지 내용에 의하면 창운은 열 살도 안 된 삼촌이 할아버지와 고모를 따라다니면서 조류계에 발을 들여놓게 된 계기가 쇠찌르레기 때문이었음을 할머니로부터 들었기 때문이다. 종합대학 생물학 교원이었던 할아버지 원홍길(=원홍구)에게 1947년은 과학활동 전환의 해였다. 원홍길이 1947년 여름 '북방쇠찌르레기'

25. 림종상은 1933년 11월 강원도 린제군에서 출생하였으며 1962년 김일성종합대학을 졸업한 력사학 준박사이다. 첫 작품으로 장편소설 『해돋이』를 1981년에 상재하였다(림종상 외, 『쇠찌르레기』, 살림터, 1993).

26. 정도상, 「해설에 갈음하여」, 『쇠찌르레기』, 살림터, 1993, 290쪽.

27. 그럼에도 불구하고 "극적인 가족사의 사연이 실감있게 매개됨으로써 높은 문학적 긴장력과 흥미를 성취해내고 있다."라는 평가도 진행된다(홍용희, 「통일시대의 문학적 도정」, 김재홍·홍용희 편, 『그날이 오늘이라면』, 청동거울, 1999, 243쪽).

를 '북조선쇠찌르레기'로 개명하고 논문을 발표하여 국제조류계의 공인을 받았기 때문이다. 하지만 전쟁 시기에 막내 병후(=원병오)를 포함한 세 아들이 남쪽으로 (피난)나갔다는 소식을 듣고 할아버지는 실망하게 되고, 대신 전쟁 피해로 유실된 박제품과 동물표본 등 180여 종의 교편물을 만드는 일에 열중한다. 전쟁이 끝난 뒤 아들들이 "원자탄 바람에 겁을 먹고 따라갔다."라는 말을 전해 들은 할아버지는 쓰러진다. 하지만 다시 일어선 할아버지는 60년대 초에 방대한 『조선조류지』 등 80권의 저작을 발표한다.

그 뒤 할아버지는 80 고령을 앞둔 어느 날 예성강 하구에 도착하여 남쪽을 쳐다보다가 손자인 창운을 바라보며 "이젠 네가 우리 원씨 조류 가문의 기둥"이라면서 "내 마음의 기둥"이 되어달라는 부탁의 말을 전한다. 삼촌(=원병오)에 대한 상실감은 "손때 묻은 도끼에 발등을 찍히운다더니"라는 말속에 묻어난다. 하지만 남한에서 희귀해진 흰두루미떼의 서식터를 찾아 할아버지와 창운이 예성강 하구에 다다른 것에서 보이듯 자식에 대한 본능적이고 혈연적인 애정을 끊을 수는 없다. 그곳에서 할아버지는 분계선 장벽에 가로막힌 흰두루미 몇 마리를 조사할 수 없게 되자 "제 나라 제 땅을 밟고 제 고장에서 살고 있는 새를 보러 가야 하는데 분계선이 무엇이기에 내 앞길을 막는단 말이야!"[21]쪽라며 안타까움과 절망감과 노여움을 함께 터뜨린다. 심층생태학적 조류 연구를 피상생태학적 분단 현실이 가로막고 있기 때문이다.

그러던 어느 날 할아버지는 삼촌이 430종 조류를 현지 조사하여 쓴 『남조선의 조류』라는 책을 받아 본다. 그 책에는 남쪽 어디에서 삼촌이 처음으로 발견했다는 까만 비둘기가 소개되어 있었는데, 할아버지는 "불효막급한 놈!"이라며 창운을 불러 삼촌이 조류학자가 아니라 도적놈이라고 호통을 친다. 자신이 젊을 때 섬에서 발견한 까만 비둘기를 아들이 발견한 것으로 책에 썼으니, 아비의 성과까지 쉽게 자기 것으로 만드는

'후레자식'이라는 것이다. 할아버지는 "학자적 량심"이 있어야 한다, 이런 책을 쓰려면 먼저 나온 글들을 모조리 읽어야 한다면서 삼촌의 학자적 태도가 지닌 비윤리성을 질책한다.

> "낯도 코도 모르는 다른 나라 학자들과는 서로 오가기도 하고 학술교류도 하는데 무수한 철새들이 날아드는 교두보로 공인돼 있는 우리 나라에서만이 북과 남이 서로 남처럼 담을 쌓고 지내니 참으로 가슴 아픈 일이로다. 말 못하는 새들은 분계선을 자유롭게 넘나드는데 리성을 가졌다는 사람들은 서로 부자간에도 소식조차 전할 길 없으니 이런 강요된 고통을 어찌 앉아서 참아낼 수 있을고!"[28]

하지만 원홍길(=원홍구) 박사에게는 아들의 학자적 량심이 문제가 아니라 사실상 분단이 낳은 교류와 왕래의 불가능성이 더욱 큰 비극적 문제로 다가온다. 그것은 자유로이 군사분계선을 넘어 왕래하는 새들과 대비되어 남북 분단체제하의 모든 인간에게 교류와 개방을 불허하는 '강요된 고통'이 낳은 비극인 것이다. 그러므로 분단 현실이 피상생태학적 인식을 보여준다면 새의 자유로운 왕래는 심층생태학적 상상력의 형상을 보여준다. 체제 중심적 인간의 이기적 오만함을 넘어서는 상생과 공존의 평화로운 체제를 상상하는 것이 군사분계선을 넘나드는 조류의 모습에서 확인되기 때문이다.

20년 전 대학을 졸업한 창운은 모란봉에서 '북조선쇠찌르레기'를 잡았을 때, "農林省 JAPAN C 7655"라는 표식가락지를 보고 놀란다. 일본에서 쇠찌르레기가 새로 발견되면 '북조선쇠찌르레기'라는 명명이 바

---

28. 림종상, 「쇠찌르레기」, 『쇠찌르레기』, 살림터, 1993, 24쪽.

뛸 수도 있기 때문이다. 하지만 할아버지는 오히려 기쁨을 감추지 못하면서 일본 조류연구소에 그 새를 모란봉에서 잡았다는 소식을 통보해준다. 그러나 일본연구소에서는 새를 날린 곳이 '경성림업시험장'이며 새 날린 날이 '1963년 6월 7일'이라고 알려온다. 그러자 할아버지는 새가 남쪽에까지 뻗어 나갔으니 멀지 않아 온 강토에 퍼져나갈 것이라는 확신을 갖는다. 그리고 '날려 보낸 사람-원병후(=원병오)/ 종류-Sturnus sturninus(둥지 안의 새끼)'라고 통신을 계속해서 읽어주자 할아버지는 자식의 소식에 기쁨을 감추지 못한다. 하지만 조류계의 국제적 공약을 분단 현실에 가로막혀 아들에게조차 전하지 못하는 안타까움에 마음이 무거워진다.

할아버지는 임종을 앞두고 창운에게 유언을 전한다. "통일이 되는 날 너와 나 그리고 삼촌이 연구한 것을 합치면 그게 완성된 『조선조류지』가 될 게다. 이것이 민족분단의 고통을 몸으로 체험한 우리 원씨 가문의 3대가 통일의 제단에 올릴 가장 귀한 선물"[34쪽]일 것이라며 자신의 소원을 유언으로 남긴다. 이것은 할아버지가 손자에게 전하는 메시지임과 동시에 이 작품의 '종자'에 해당한다. 즉 북쪽에서의 할아버지 연구와 남쪽에서의 삼촌 연구를 북쪽의 조카가 합쳐 『조선조류지』라는 통일시대의 학문적 성과를 손자가 완수해달라는 것이다. 이것은 분단의 비극적 상황을 극복하여 상생과 평화의 남북 공존 가능성을 혈연과 학문의 연계로 견인하려는 심층생태학적 상상력의 표정을 보여준다.

창운의 편지는 '조상의 품'은 언제나 너그럽다며, 나중에라도 평양 교외 애국열사릉에 묻힌 할아버지, 할머니의 묘를 찾아오라는 당부의 내용으로 마무리된다. 화자인 '나'는 나중에 장편소설 『쇠찌르레기』를 다부작으로 써낼 것을 다짐하며 소설은 마무리된다. 이 작품에 대해 북한에서는 "3대에 이어지는 조류학자의 절절한 소망과 체험을 통하여 조국은 기어이 통일되여야 하며 통일은 민족의 절박한 요구라는 것을 보여"[29]준 작품으로 평가한다. 그러나 이러한 절박한 요구가 북의 조류학자인 손자 창운에 의해 정리되고 있다는 점, 그리고 할아버지의 입장만을 전달하고 있다는 점에서 원병오 박사의 이야기는 상대적으로 축소되어 있다고 판단된다. 그러므로 이 원병오 박사에 관한 이야기의 얼개를 오영수의 「새」를 통해 덧붙이기 형식으로 구성했을 때 '새' 이미지를 통한 심층생태학적 상상력의 진정한 표정이 드러난다고 할 수 있다.

오영수의 「새」는 친구의 입장에서 원병오 박사의 부자 이야기가 주정 토로의 방식으로 간접적으로 전달되면서 분단과 이산의 비극적 고통을 표출한다. 반면에 림종상의 「쇠찌르레기」는 원병오 박사 부자의 이야기가 중핵에 배치되어 있지만, 그것에 조카의 관찰자적 시선을 보태 삼대의 이야기로 재구성함으로써 분단체제에 대한 개인적 토로를 넘어 분단체제의 대안을 모색하는 심층생태학적 상상력을 보여주고 있다.

4. 생태학적 상상력의 다면적 분출

남북에서 '범'의 이미지를 다루는 방식과 '새'의 이미지를 다루는 방식은 생태학적 상상력을 동원하고 있다는 점에서는 비슷하지만 그것을 형상화하고 의미화하는 방식에서는 차이가 분명하게 드러난다. 우선 홍성원의 「폭군」과 박웅전의 「하람산의 범」은 호랑이를 작품의 중심에 놓고 있다는 점에서 소재적 상동성을 보인다. 하지만 텍스트 내부에서 범의 입지는 사뭇 다르다. 「폭군」에서는 범에 대한 인식이 마을 사람들, 노인, 중년 사내 등의 세 가지 표정으로 형상화되면서 전근대적 인식, 심층생태학적 인식, 피상생태학적 인식 등이 서로를 견제하면서 소설적 대

---

29. 사회과학원, 「쇠찌르레기」, 『문학대사전』 3, 사회과학출판사, 2000, 289쪽.

립과 갈등을 촉발하고 있다. 반면에 「하람산의 범」은 "불멸의 글발"을 수호하는 범과 인간을 형상화함으로써 피상생태학적 인식에 머무른 북쪽의 현실을 보여주고 있다. 이것은 체제 비판적 상상력을 내장한 남한 소설과 체제 친화적 문학을 산출하는 북한소설의 문제의식의 차이에서 비롯된 것으로 파악된다.

오영수의 「새」와 림종상의 「쇠찌르레기」는 원병오 박사의 실화를 바탕으로 하고 있다는 공통점과 분단체제의 고통과 극복 가능성을 모색하고 있다는 점에서 유사성을 보이는 작품이다. 하지만 「새」의 화자가 실향민 친구로 설정되어 있는 반면, 「쇠찌르레기」의 주인공이 손자의 입장이라는 차이를 드러낸다. 즉 「새」가 술기운과 더불어 감정적 토로에 충실할 수 있는 화자의 설정이라면, 「쇠찌르레기」는 할아버지와 삼촌의 부자지연을 객관화하는 입장을 강조할 수 있는 손자(혹은 조카)를 주인공으로 설정한 텍스트임을 확인할 수 있다.

생태학적 상상력은 생태학적 전체성이 훼손된 현실 생태 환경에 대한 심층적 대응 형식의 소산이요 대안 상상력이다.[30] 그러므로 생태학적 상상력은 생태학적 동일성을 추구하는 녹색의 대안 상상력으로서 본원적이고 우주적인 생태원리를 지향하며 상생의 비전을 추구한다. 상생의 비전과 녹색의 대안 상상력을 기획하려는 생태학적 상상력이 남북한 소설에서 어떻게 발현되는지를 검토하였다. '범'을 다룬 두 작품을 보면, 생태학적 상상력은 체제 내부에서 문학적 상상력이 개화하는 주된 흐름을 따른다고 보았다. 즉 「폭군」에서는 체제 비판적 인식과 함께 다양한 생태학적 상상력의 인식차가 소설적 대립과 긴장을 강화하는 것으로 드러난다. 반면에 「하람산의 범」에서는 피상생태학적 상상력의 적용에 머무르면서 소설적 대립과 긴장을 완화하는 역할을 하고 있었다. '새'를 다

---

30. 이남호·김원중·우찬제, 앞의 글, 68~70쪽.

룬 두 작품을 보면, 분단 현실이 전면에 대두될 때 '실화'라는 전제가 깔려 있긴 하지만, 심층생태학적 상상력을 개진함으로써 분단 모순의 비극성을 강조하고 자유 왕래의 필요성이라는 분단체제 극복의 가능성을 모색하고 있는 양상이 드러난다. 「새」에서는 국경 없는 세계를 상상하는 술주정으로, 「쇠찌르레기」에서는 손자가 할아버지와 삼촌이 미완시킨 한반도의 조류학을 완성하는 역할을 모색하는 내용으로 심층생태학적 성찰이 드러나고 있는 것이다(2011).

'탈북 서사'의 두 가지 표정

1. 탈북 디아스포라의 현재성

이 글은 2010년대에 남한에서 발표된 '탈북자'[1] 관련 소설 두 작품을 대상으로 탈북 문학의 현재적 양상을 고찰하고자 한다. 2000년대 이후 '탈북 소설'[2]은 상당히 많이 누적되고 있으며, 그에 따라 관련 연구 역시 상당히 많이 축적된 바 있다. 특히 '탈북 문제'는 '탈경계의 상상력' 속에서 초국적 자본의 시대에 난민과 이주의 문제와 함께 자본주의에 대한 비판과 국민 국가의 경계를 다시 사유하게 하고 있다. 따라서 탈북 문학에 대한 연구는 한반도의 분단 문제를 포함하여 북한 사회와 탈북자의 인권 문제, 여성 문제, 정치범 수용소, 남한 사회에서의 적응, 탈북 디아스포라 등 다양한 주제의식 등을 보여주면서 분단현실의 특수성과 함께 소수자 인권 문제라는 보편성을 함께 주목하게 한다.

---

1. 탈북한 북한 주민들은 탈북자, 새터민, 북한이탈주민 등으로 불리고 있으며, 최근에는 '북한이탈주민'이라는 용어가 공식적으로 사용되고 있다. 하지만 '탈북자'라는 명칭이 북한을 탈출하여 제3세계에 머물고 있는 북한 주민을 개별적으로 일반화한 명칭이라는 점에서 대부분의 연구자들이 '탈북자 소설'이라는 표현을 활용하고 있다.
2. 박덕규, 『고양이 살리기』(2004)/ 김영하, 『빛의 제국』(2006)/ 정철훈, 『인간의 악보』(2006)/ 강영숙, 『리나』(2006) 황석영, 『바리데기』(2007)/ 권리, 『왼손잡이 미스터 리』(2007)/ 이호림, 『이매, 길을 묻다』(2008)/ 정도상, 『찔레꽃』(2008)/ 이대환, 『큰돈과 콘돔』(2008)/ 이응준, 『국가의 사생활』(2009)/ 전성태, 『강을 건너는 사람들』(2009)과 『로동신문』(2015)/ 강희진, 『유령』(2011)과 『포피』(2015)/ 조해진, 『로기완을 만났다』(2011)/ 윤정은, 『오래된 약속』(2012)/ 김유경, 『청춘연가』(2012)/ 장해성, 『두만강』(2013)/ 반디, 『고발』2014) 등

'탈북' 개념이 등장한 1990년대 중반 이래로 전 세계로 확산된 탈북민의 숫자가 20만 명을 넘어서며, 2017년 현재 3만 명이 넘는 한국 정착민이 있다는 집계[3]는 더 이상 예외적 소수자 문제가 아니라 다문화사회로 진입하는 한국 사회에서 분단 극복 문제의 일환으로 탈북자 관련 문제를 함께 바라보아야 할 필요성을 제기하고 있다. 2000년대 이래로 탈북문학 연구는 크게 세 부류로 나누어 볼 수 있다. 첫째로 탈북 여성의 고난과 인권을 중심으로 남한 사회의 적응과 관련된 자본주의적 모순에 대한 성찰, 둘째로 탈북자 개인의 정체성과 초국가적이고 초민족적인 디아스포라적인 탈국경 문제에 대한 모색, 셋째로 탈북자 작가의 문학에 대한 연구 등으로 구분된다.

먼저 탈북 여성의 고난과 인권과 함께 남한 사회의 자본주의적 모순 문제를 다룬 논문 중 홍용희[4]는 탈북자 문제가 위기의 북한 체제, 남한 사회의 시장지상주의와 소수자 문제, 통일시대의 가능성, 동북아의 국제질서와 인권 문제, 세계의 제국주의적 자본질서 등을 가로지르는 문제적 사건임을 주목한다. 이성희[5], 김인경[6], 이지은[7] 등은 탈북 소설에 나타난 여성 탈북자의 사회 적응 양상을 분석함으로써 자본주의적 욕망의

---

3. 통일부 국회 업무보고에 의하면 2017년 9월 말 현재 국내에 입국한 탈북민은 총 31,093명이며, 2017년 입국 인원은 881명으로 전년 동기(1,036명) 대비 14.9% 감소하였으나, 2015년 동기(854명) 대비 3.1% 증가하였다. 2012년 김정은 집권 이후 입국 인원은 연 1,200~1,500명 수준을 유지하고 있다(통일부, 「주요업무 추진현황」, 2017년도 국정감사 외교통일위원회, 2017. 10. 13, 12쪽).

4. 홍용희, 「통일시대를 향한 탈북자 문제의 소설적 인식 연구-정도상의 『찔레꽃』, 이대환의 『큰돈과 콘돔』을 중심으로」, 『한국언어문화』 제40집, 한국언어문화학회, 2009. 12, 377~396쪽

5. 이성희, 「탈북자 소설에 드러난 한국자본주의의 문제점 연구-박덕규 소설을 중심으로」, 『한국문학논총』 제51집, 2009. 4, 261~288쪽./ 이성희, 「탈북여성을 중심으로 살펴본 남한 정착과정의 타자정체성연구-이대환의 『큰돈과 콘돔』과 정도상의 『찔레꽃』을 중심으로」, 『여성학연구』 제23권 제2호, 2013. 6, 77~96쪽.

6. 김인경, 「탈북자 소설에 나타난 분단현실의 재현과 갈등 양상의 모색」, 『현대소설연구』 57호, 2014. 11, 267~293쪽.

7. 이지은, 「'교환'되는 여성의 몸과 불가능한 정착기-장해성의 『두만강』과 김유경의 『청춘연가』를 중심으로」, 『구보학보』 16집, 구보학회, 2017. 6, 517~542쪽

문제를 추적하고 의미화한다.

둘째로 탈북자 개인의 정체성과 디아스포라적 문제에 대한 연구 중 고인환[8]은 기존의 탈북 디아스포라 문학의 경향을 '분단체제와 탈국경의 상상력'으로 구분하면서 탈북자 문제가 전 지구적 차원의 문제로 확장되었으며, 최종 목적지로 남한을 상정하지 않는 태도가 탈국경의 상상력과 연관된 디아스포라적 이주와 연대의 문제임을 분석한다. 김효석[9], 이성희[10], 김세령[11], 박덕규[12], 황정아[13] 등은 탈북자의 정체성과 타자와의 관계성을 중심으로 상호주체성의 디아스포라적 인식을 분석한다.

셋째로 김유경과 장해성 등 탈북자 작가에 대한 연구 중 김효석[14]은 증언과 고발문학으로서의 탈북 서사를 고찰하면서 탈북자의 탈영토화와 재영토화의 방식을 분석한다. 이성희[15], 서세림[16], 연남경[17] 등은 탈북자 작가의 작품이 지닌 증언의 현실성과 함께 탈북 여성의 서발턴적 양

8. 고인환, 「탈북 디아스포라 문학의 새로운 양상 연구-이응준의 『국가의 사생활』과 강희진의 『유령』을 중심으로」, 『한민족문화연구』 제39집, 2012. 2, 141~169쪽./ 고인환, 「탈북자 문제 형상화의 새로운 양상 연구-〈바리데기〉와 〈리나〉에 나타난 '탈국경의 상상력'을 중심으로」, 『한국문학논총』 제52집, 2009. 8, 215~245쪽.
9. 김효석, 「'경계'의 보편성과 특수성: 탈북자를 대상으로 한 최근 소설들을 중심으로」, 『다문화콘텐츠연구』 2호, 2009. 10, 126~152쪽.
10. 이성희, 「탈북소설에 나타난 탈북자의 정체성 구현 방식 연구-호네트의 인정투쟁을 중심으로」, 『우리말글』 56, 2012. 12, 717~738쪽.
11. 김세령, 「탈북자 소재 한국 소설 연구-'탈북'을 통한 지향점과 '탈북자'의 재현 양상을 중심으로」, 『현대소설연구』 53호, 2013. 7, 35~86쪽.
12. 박덕규, 「탈북문학의 형성과 전개 양상」, 『한국문예창작』 제14권 제3호(통권 제35호), 한국문예창작학회, 2015. 12, 89~113쪽.
13. 황정아, 「탈북자 소설에 나타난 '미리 온 통일': 『로기완을 만났다』와 「옥화」를 중심으로」, 『순천향 인문과학논총』 제34권 2호, 2015, 47~69쪽.
14. 김효석, 「탈북 디아스포라 소설의 현황과 가능성 고찰-김유경의 『청춘연가』를 중심으로」, 『어문논집』 제57집, 2014. 3, 305~332쪽.
15. 이성희, 「탈북자의 고통과 그 치유적 가능성-탈북 작가가 쓴 소설을 중심으로」, 『인문사회과학연구』 제16권 제4호, 부경대학교 인문사회과학연구소, 2015. 11, 1~21쪽.
16. 서세림, 「탈북 작가 김유경 소설 연구-탈북자의 디아스포라 인식과 정치의식의 변화를 중심으로」, 『인문과학연구』 52, 2017. 3, 81~104쪽./ 서세림, 「탈북 작가의 글쓰기와 자본의 문제」, 『현대소설연구』 제68호, 한국현대소설학회, 2017. 12, 69~102쪽.
17. 연남경, 「탈북 여성 작가의 글쓰기 연구」, 『한국현대문학연구』 51집, 한국현대문학회, 2017. 4, 421~449쪽.

상을 구체적으로 분석하고 의미화한다.

　이상의 연구에서 드러나듯 '탈북 소재 소설'은 남한에서 출판된 작품들을 중심으로 연구가 진행되면서 분단체제하의 북한 사회의 문제를 중심으로 개인의 정체성에서부터 초국경시대의 디아스포라적 상상력을 매개로 이주와 난민, 인권 문제에 대해 논구하고 있다. 이 글에서는 이와 다르게 북한소설 1편과 남한 소설 1편을 대상으로 2010년대 남북한 소설에 드러난 탈북 서사의 이질적 양상을 비교 분석해보고자 한다. 남한 소설은 탈북민의 고행 추적을 통해 남한의 방송 작가가 이방인으로서의 상처를 치유하고 생의 동력을 마련하는 조해진의 장편소설 『로기완을 만났다』(2011)이고, 북한소설 1편은 '반당 반혁명 종파분자'라는 낙인을 피해 탈북 결심을 드러내는 편지글 형태로 비공식적으로 남한에서 출판된 북한 작가 반디의 단편소설 「탈북기」(1989작, 2014 발표)이다. '탈북민을 매개로 한 생존 모색'과 '현실 풍자적 체제 비판'이라는 문제의식 속에서 드러난 남북한 소설 2편은 북한에서의 '고난의 행군 시기(1994~1998)' 이래로의 기아와 고통을 집적하던 기존 '탈북 서사'와 달리 '탈북 서사의 이질적 양상'을 통해 2010년대를 살아가는 탈북민의 이방인적 자의식에 대한 양가적 인식을 보여준다. 즉 능동적인 생존을 추구하는 탈북자 모델과 함께 '사회주의 체제 비판'의 태도를 지닌 탈북민의 현실 인식 양상을 구체적으로 분석함으로써 고국을 떠나 탈영토화의 전략으로 세계를 배회할 수밖에 없는 탈북민의 21세기적 생을 추적한다. 이러한 분석은 2018년 남북 정상회담과 북미 정상회담 이후 지속되고 있는 한반도의 평화체제 구축 분위기의 지속 가능성을 기대하거나 회의하게 하는 양면적 현상에 대해 문학적으로 가늠해보는 단초를 제공할 수 있다는 점에서 소중한 작업이다.

2. 탈북 이방인의 고행 추적을 통한 생존 모색

1) 이방인으로서의 탈북민

조해진의 『로기완을 만났다』는 탈북민을 소재로 21세기적 이방인으로서의 타자성과 함께 한민족 구성원들이 지닌 개인적 상처와 고통의 치유를 위해 공감과 연대의 가능성을 모색한 작품이다. 제3국을 표류하는 탈북자를 주목하면서 '열등한 타자'라는 탈북자의 전형성을 탈피하여 적극적이고 능동적인 탈북자 모델인 '로기완'을 통해 공감과 새로운 연대의 가능성을 모색하고,[18] 타자의 고통과 슬픔을 전시하고 소비하는 위험에서 벗어나 디아스포라 서사의 미환 구조를 선택함으로써 타자와의 소통과 연대를 꾀한 탈북자 소설이기 때문이다.[19] 조해진의 작품은 기존 작품들처럼 탈북자의 고통을 응시하면서 탈북자를 대상화하는 것이 아니라 '이방인적 생존의 유사성'을 매개로 '탈북자의 타자성'을 온전히 이해하고 인정한 대화적 텍스트인 셈이다.

고통스런 탈북 난민 이야기를 주목하면서도 보편적 인간 생존의 소중함을 이야기하는 이 작품은 이방인으로서의 정체성을 지니며 살아갈 수밖에 없는 현대인의 본질을 가늠해보게 한다. 1990년대 중반 '고난의 행군' 이후 탈북자가 수십만 명에 이르는 지금, 중국과 대한민국을 포함하여 해외로 생존을 위해 국경을 탈주하는 탈북민들의 표정은 한반도 북쪽에서의 심각한 생활상과 힘겨운 생존 투쟁을 보여주고 있다. 하지만 탈북민을 매개로 이방인은 세계 곳곳에 펼쳐져 있으며 현재를 살아가는 상처받은 존재들 다수가 이방인일 수 있다는 시각을 통해 조해진은 탈북 이방인에 대한 환대와 상처 공유가 더 나은 생의 토대가 될 수 있음

---

18. 김영미, 「탈북자를 바라보는 새로운 시각-조해진의 『로기완을 만났다』를 중심으로」, 『통일인문학』 제69집, 2017. 3, 5~31쪽.
19. 류찬열, 「분단과 탈북자를 바라보는 두 가지 시선-시공간의 확장과 깊이」, 『다문화콘텐츠연구』 제18집, 2015. 4, 47~67쪽.

을 보여준다.

작중 화자인 방송작가 김작가의 「2010년 12월 7일 화요일」에 시작된 일기는 「2010년 12월 30일 목요일」로 마감되고, 「노트에 적지 못한 남은 이야기」가 덧붙여지면서 조해진의 『로기완을 만났다』의 서사는 마무리된다. 일종의 액자소설 형식을 빌려 '이니셜 L'로 시작되어 '박'의 인생을 거쳐 '이니셜 K'로 마무리되면서, 주체의 통증이 타자의 고통과 상처를 전유하면서 해소될 수 있음을 보여주는 소설이다.

> 처음에 그는, 그저 이니셜 L에 지나지 않았다.
> 종종 무국적자 혹은 난민으로 명명되었으며, 신분증 하나 없는 미등록자나 합법적인 절차 없이 유입된 불법체류자로 표현될 때도 있었다. 그는 또한 그 누구와도 현실적인 교신을 할 수 없는 유령 같은 존재이기도 했고, 인생과 세계 앞에서 무엇 하나 보장되는 것이 없는 다른 땅에서 온 다른 부류의 사람, 곧 이방인이기도 했다.[20]

인용문에서처럼 "처음에 그는, 그저 이니셜 L에 지나지 않았다."로 소설은 시작된다. 방송작가인 김작가에게 로기완은 처음에는 '이니셜 L'이었으며, '무국적자, 난민, 미등록자, 불법체류자'를 거쳐 '유령 같은 존재감'의 '이방인'으로 인식된다. 시사주간지 『H』의 특별기사에서 "벨기에에서 유령처럼 떠도는 탈북인들에 관한" 내용을 발견한 뒤, 2010년 12월의 화자는 2007년 12월 벨기에 브뤼셀 북역에 도착한 이니셜 L의 행적을 뒤쫓는다. 먼 이국에서 유령처럼 살고 있을 이니셜 L이 자신에게 '새로운 세상으로 들어갈 수 있는 암호'처럼 생각되어, '이방인이 되어 이방

---

20. 조해진, 『로기완을 만났다』, 창비, 2011, 7쪽.

인일 수밖에 없었던 사람'에 대한 글을 써보기 위해서다.

"1987년 5월 18일 조선민주주의인민공화국 함경북도 온성군 세선리 제7작업반에서 태어난" 로기완은 20세에 159cm의 단신, 47kg의 마른 몸으로 벨기에 브뤼셀로 떠나와 '무국적자이자 이방인'이 된다. 그의 아버지는 제3작업반에서 태어나 로가 5세 때 탄광에서 죽음을 맞았고, 어머니는 제5작업반에서 태어나 2007년 9월 11일 중국 연길의 외과병동에서 사망한다. 화자는 한 달 가까이 이니셜 L의 낯선 삶을 뒤쫓으며 자주 익숙한 장면을 발견하게 된다. 그러면서 자신이 방송작가로서 고민했던 '사회적 약자로서의 타인에 대한 연민'이라는 감정이 지닌 '거짓 없는 진심의 조건'이 무엇인지에 대해 자성한다. 화자는 타인의 편집된 고통에 대한 류재이 피디의 불만족이 감지된 이후부터 대본이 모두 거짓 같다는 자격지심에 괴로워하기 시작한다. "거의 무력감에 가까운 환멸"을 느끼면서, 출연자의 불행을 극적으로 조명하고, 내레이션이 과장된 감상에 젖어가는 방송을 "쓰레기 방송"이라고 자책하게 된 것이다.

연길의 자본주의가 급조된 느낌이 드는 허약한 구조였다면, 브뤼셀의 자본주의는 진정한 풍요와 자유가 느껴지는 여유롭고 단단한 구조였다. 연길은 결핍을 채우는 데 급급한 도시였고 브뤼셀은 그 자체로 이미 충만한, 배타적이고 오만한 도시였다.

로는 의심스러웠다. 영양실조로 성장이 멈춘 아이들, 병자처럼 머리카락이 뭉텅뭉텅 빠지던 청년들, 삶의 이유이기도 했던 공장의 기계를 분해하여 중국의 값싼 곡물과 물물교환을 해야 했던 젊은 노동자들, 농장 창고에 몰래 숨어들어가 곡식을 훔쳐먹다가 체포되던 그 순간에도 악착같이 손을 뻗어 한 움큼이라도 더 먹으려 했던 사람, 그런 사람들, 하루 걸러 들려오던 부음, 상비약조차 구하기 힘들었던 병원, 냉난방시설은커녕 전 깃불조차 수시로 꺼지곤 했던 관공서들, 더 이상 교과서와 학용품을 대주지 못했던 학교…… 그건, 그 사람들은 허구였던가. 이토록 풍요로운 세계 저편에 믿을 수 없을 만큼 가난하고 기근에 허덕이는 거대한 공동체가 분명 하나의 국가로 존재한다는 것이 로는 믿어지지 않았다.[21]

인용문에서처럼 '로'는 연길과 브뤼셀의 자본주의를 체험하면서 북쪽 사회에 대한 비판적 인식을 갖게 된다. 자본주의적 현실은 사회주의 북한에서 굶주림에 허덕이는 아이와 청년, 노동자들의 참상을 허구적 현실인 것처럼 회상하게끔 착시 현상을 제공한다. 그 연장선 상에서 가난과 기근의 공동체가 과연 '하나의 국가'일 수 있는지 로는 합리적 의구심을 갖게 되는 것이다.

더구나 로에게 맥도널드로 대변되는 자본주의는 달콤했으며, 현금만 있으면 "필요한 모든 것을, 때로는 배부른 후에 찾아오는 근거 없는 낙천성까지 제공해줄 의향이 있어 보이"는 체제로 보인다. 돈이 있는 자와 없는 자는 전혀 다른 세계 속으로 갈라져 자본주의적 현실의 모순에 편입되는 것으로 느껴진다. 그렇게 사회주의적 인간이었던 로는 자본주의적 현실에 서서히 적응해간다. 조해진은 김작가의 이방인적 정체성이 지닌 내면적 결핍을 탈북 이방인 로기완의 고난을 마주하면서 해소하도록 형상화하고 있는 것이다.

2) 로기완의 여정을 통한 '진짜 연민'의 확인

조해진은 화자인 김작가로 하여금 로기완의 일기를 통해 '진짜 연민'

---

21. 조해진, 앞의 글, 40쪽.

을 확인하게 한다. 처음에 화자는 타인을 관조하는 차원에서 아파하는 차원으로, 다시 아파하는 차원에서 공감하는 차원으로 넘어갈 때 연민이 필요하다고 생각한다. 그러나 자신이 다분히 '가식적인 연민'을 지녔던 것이라고 자책하는 "가학적인 의심"이 생기면서 환멸에 젖어들게 된다. 그리하여 벨기에로 왔으며, 이제 "섣불리 연민하지 않기 위하여", "텍스트 내부로 스며들어가 스스로에 대한 가혹한 고통과 뒤섞인 진짜 연민이란 감정을 느껴보기 위해" 로기완의 일기를 정독하는 것이다.[22]

> 로는 신을 믿지 않았고, 사람들이 굶어죽는 것을 지켜보기만 하는 무력한 신이라면 더더욱 믿고 싶지 않았다. 교회에 아예 발을 끊게 된 건, 예배중 목사가 북조선은 생지옥이므로 하루 빨리 북조선의 길 잃은 양들을 구원해야 한다고 설교하는 것을 들은 이후부터였다. 로는 자신의 조국이 가난하다는 것은 인정했지만 그곳이 지옥이라고는 단 한 번도 여기지 않았다. (중략) / 저항을 학습하지 못한 대부분의 사람들에게 가난은 그저 익숙하고도 어쩔 수 없는 생의 조건이었을 뿐, 체제의 결함이나 지도자의 책임 같은 범위로까지 확대하여 해석하는 경우는 그리 많지 않았다.[23]

인용문에서처럼 신을 믿지 않는 로는 '합리적 인간'으로 그려진다. 기아를 방치하는 '무력한 신'이기에 더더욱 신을 믿지 않는 로는 목사가

---

22. 누스바움에 따르면 '연민'은 세 가지 인지적 요소를 가지고 있다. 즉 "크기에 대한 판단(심각하게 나쁜 사건이 어떤 사람에게 일어났다), 그런 일을 당해서는 안 된다는 판단(이 사람이 이 고통을 자처한 것이 아니다), 행복주의적 판단(이 사람 또는 생명체는 내가 세우고 있는 목표와 기획의 중요한 요소, 목적으로 그에게 좋은 일을 촉진해야 한다)" 등이 그것이다(마사 누스바움, 조형준 옮김, 『감정의 격동(2. 연민)』, 새물결, 2015, 587쪽). 탈북자로서의 로기완의 삶을 바라보는 화자의 태도는 이러한 세 가지 인지적 요소를 내포하고 있기에 "진짜 연민"에 해당한다고 볼 수 있다.

23. 조해진, 앞의 글, 74~75쪽.

북한에 대해 '북조선=생지옥'이라고 말하면서, '길 잃은 양들의 구원'을 설교하자 더더욱 교회를 신뢰할 수 없게 된다. 가난한 조국은 체험적으로 인정할 수 있지만, 그곳이 목사가 언급한 대로의 '지옥'은 아니었기 때문이다. 그리고 '학습하지 않은 저항'과 '익숙한 가난'을 부득이한 생의 조건으로 받아들이지만, 체제와 지도자에 대한 거부감이나 반발로 확대되지는 않는다. 로는 여느 북쪽 사람들처럼 '가난한 현실'을 묵묵히 감내하는 '사회주의적 인간'이었기 때문이다.

하지만 '반당 반혁명 종파분자'로 낙인찍혀 탈북을 결심하는 반디의 「탈북기」의 주인공과 비교해본다면, 남한 작가가 탈북 이방인을 향해 지닌 '약자에 대한 피상적 동정'이라는 식의 감상주의적 접근의 일환으로 비판될 소지도 있다. 누스바움에 따르면 연민과 동정은 구분되는데, 연민이 동정으로서의 감정보다 주체와 타자에게 더 큰 고통을 암시하는 데 반해, 동정은 행복주의직 판단을 결여한 '타자화된 감정'으로서 일종의 측은지심에 해당하기 때문이다.[24]

조해진은 로기완의 삶이 이제 '새로운 세상으로 이끄는 암호'가 아니라, 화자의 인생 속으로 더 깊이 발을 들여놓도록 인도하는 '마법의 주문'으로 체감하게 한다. 그러므로 화자는 '이상한 안도감' 속에서 로기완의 "고독과 불안"까지 화자의 것으로 끌어안으며 "이 도시를 부유하고 있다는 일체감"을 느낀다. 이제 화자는 로기완의 일기를 읽으면서 "그 삶을 배워"간다. 그리하여 "진심, 진짜, 진실" 같은 "어쩌면 세상에 없을지도 모르는 그것들을 지키기 위해" 살아갈 것을 조심스레 다짐한다. 그러면서 로기완의 인생을 통해 "살아야 한다."는 당위이자 절대적인 명제를 확인하고 수용하기 위해 벨기에에 온 사실을 깨닫게 된다. 작가는 화자에게 탈북 이방인 로기완의 고난을 통해 생존의 당위를 재차 확인하

---

24. 마사 누스바움, 조형준 옮김, 『감정의 격동(2. 연민)』, 새물결, 2015, 552~556쪽.

게 만든 것이다.

로가 인민학교에 들어가고 이듬해 북한에는 큰 홍수가 났고 전염병이 돌았다. 1995년, 자연재해의 얼굴을 하고 찾아온 이 재앙 앞에서 로의 조국은 말 그대로 속수무책이었다. 그건, 오래전부터 예고된 씨나리오였다. 쏘비에트 연방과 중국의 지원 감소, 동유럽 공산주의의 붕괴로 인한 무역량 감축, 무분별한 비료 사용에 의한 토지 황폐화와 연료 부족이 가져온 농업 기계화의 실패, 그리고 오랜 기간 지속된 미국의 경제제재와 무역적자는 마치 정교하게 맞물린 톱니처럼 연동하면서 로의 조국으로부터 재앙에 대비할 수 있는 여유를 앗아간 것이었다. 그러나 1995년은 시작에 불과했다. 홍수는 그 다음해에도 그 가난한 나라를 찾아왔고 1997년에는 해일과 가뭄이, 1998년에는 태풍이 국가 전역을 휩쓸고 지나갔다. 소위 '고난의 행군'이라 불리는 이 기간 동안 아사한 북한 주민은 대략 2~300만 명으로 추정된다.[25]

인용문에서 드러나듯 로는 북한에서 '고난의 행군' 시기를 관통하며 재앙적 현실을 마주한다. 1995년 이후 1998년에 이르기까지 북녘 땅을 덮친 홍수와 전염병, 해일과 가뭄, 태풍 등의 재앙 앞에서 '속수무책의 조국'은 북한 전체 인민의 10%를 상회하는 2~300만 명의 인민을 아사하게 만든 것으로 추정된다. 이러한 기아로부터 벗어나 생존과 연명을 이어가기 위해 로와 어머니는 탈출을 감행한 것이다. 이러한 로기완의 고난과 탈출 과정에서 확인되는 생존 능력이 화자에게는 생의 동력으로

---

25. 조해진, 앞의 글, 100쪽.

인식되는 셈이다.

로는 교통사고로 사망한 어머니의 시신을 팔아 1주일 후 4,000달러를 받는다. 비행기 티켓과 남한 국적의 위조 여권이 포함된 브로커 비용은 2,800달러였고, 남은 돈을 유로로 환전하니 650유로가 로의 손안에 남아, 방수포로 몇 번이나 그 돈을 쌌다. 자신은 어머니의 시신을 내준 대가로 삶을 이어갈 수 있었던 셈이다. 그러므로 그는 "어머니는 저 때문에 돌아가셨습니다. 그래서 저는, 살아야 했습니다."라고 인터뷰 도중에 기자에게 말을 한다. 어머니의 죽음이 로기완에게는 탈북 난민으로 세계를 표류하며 살아가는 생존의 이유가 된 셈이다. 그리하여 로는 난민 신청을 한 이후 벨기에 내무부로부터 임시 체류허가증을 받고 필리핀 여성 라이카를 따라 영국으로 떠나 생활하게 된다. 이제 새로이 희망과 사랑을 찾아 모처럼 바쁜 나날을 보내게 된 것이다. 작가는 이러한 로기완의 인생 역정을 마주하면서 화자에게 실존과 생존의 의미를 부여한 셈이다.

3) 탈북민과 마주하는 '남한 이방인'의 연민의 서사

조해진은 로기완을 마주했던 화자에게 이제 스스로의 결핍된 내면을 응시하게 한다. 즉, '희망과 절망이 결합된 대상'이었던 17세 윤주의 수술 이후 '사라진 오른쪽 귀'가 화자에게 찾아와 '그것'이 보이게 된다. 사실 '그것'은 화자의 죄책감이 불러낸 '환영'이지만, 그럼에도 불구하고 '가짜 연민의 이방인' 같았던 자신의 인생을 반성하도록 '심장의 온도'를 재는 바로미터가 된다. '귀의 출현' 이후 탈북 난민 로기완에 대한 의사 박윤철의 관심과 애정이 모친의 임종을 지키지 못했다는 '공통의 뼈저린 회한'에서 비롯되었으며, 나아가서는 어머니의 죽음을 자신의 탓으로 여기는 '로의 죄의식'에, 아내의 죽음을 도울 수밖에 없었던 '박의 죄의식'이 공명하면서 사책감이 너욱 깊어졌을 것이라고 생각한다. 화자는 그 죄의식이 박과 로를 이어주는 공통의 상처였다고 진단하고, 결국 그 죄의식의 공명에서 비롯된 파장이 윤주에 대한 화자의 죄의식까지도 상쇄하면서 생의 동력을 부여하게 된다.

로와 라이카의 만남과 이별을 떠올리며, 화자는 "살아남아야 한다."라는 "빈약하지만 회피할 수 없는 의무"를 상상한다. 화자는 속으로 '로기완'을 부르면서, 이제 "새로운 세상으로 이끄는 암호이면서 내 삶을 돌아보게 한 주문이었던 이니셜 L"이 아니라, "아주 사소한 것에라도 즐거워질 수 있는 살아 있는 사람의 이름"172쪽임을 확인하게 된다. 탈북 난민이나 유령이 아니라 실체가 분명한 생존자인 것이다. 화자는 벨기에서 '후회하는 사람'만이 쓸 수 있는 글을 쓰고 있다면서, 그 글이 '너무도 외로웠던 한 사람의 흔적'을 찾아다니는 자신의 여정을 담은 일기에 가까운 글이라고 전한다. 언제나 혼자일 수밖에 없었던 로기완과 박윤철의 인생을 느끼고, "날개가 젖은 새"의 통증에 함께 아파하면서, 화자의 일기는 마무리된다.

작가는 영국의 퀸스웨이에서 화자가 로기완을 "살아 있고, 살아야 하며, 결국엔 살아남게 될 하나의 고유한 인생, 절대적인 존재, 숨쉬는 사람"으로 마주하게 한다. 그리하여 화자는 로기완에게 "이니셜 K에 대해 해줄 이야기가 아주 많다."194쪽고 상상하면서 작품이 마무리된다. 결국 탈북 난민 로기완의 궤적을 뒤쫓으며 박윤철의 일생을 겹쳐 보면서 김 작가가 자신의 삶의 동력을 회복하게 되는 이야기가 『로기완을 만났다』인 것이다.

자신을 '가식적 이방인'으로 간주했던 방송작가는 탈북 난민 로기완과 아내의 죽음을 도운 박윤철의 인생을 전유하고 재이와 윤주의 과거와 현재를 곱씹으면서 새로이 생존의 이유를 찾는다. 기아와 굶주림에 허덕이던 로기완의 애환과 생존 본능, 죄의식 속에서도 생존을 이어가는 벨기에 의사 박윤철의 홀로 남은 인생을 들여다보면서 사랑과 죄의식이 생존의 이유가 될 수 있음을 확인하는 소설이 바로 『로기완을 만났다』인 것이다. 작가는 "누구나 울 줄 안다."면서 "눈에는 보이지 않는 그 사람의 눈물까지 애틋함의 시선으로 완성하는 것, 그것은 이니셜 K의 꿈"임과 동시에 작가 자신의 서사적 욕망임을 토로한다. 결국 조해진은 탈북 난민의 삶을 통해 소외된 이방인의 애환을 추적하는 연민과 공감의 글쓰기가 작가의 지향점임을 드러낸다. 그리고 이 지향점이 탈북민을 대상화하지 않고 수평적 인격 주체의 일원으로 인정하는 상호주체성의 실현으로서의 '탈북소설의 새로운 양상'을 보여준다.

3. 북한 체제를 비판하는 탈북 지향의 풍자 소설

1) 고난의 행군(1994~1998) 이전 시기의 '탈북 서사'

조해진의 『로기완을 만났다』가 탈북 이방인의 일기를 체화함으로써 남한 이방인이 공감과 소통, 연대의 가능성을 모색하고 있는 내용을 형상화하고 있다면, 반디의 「탈북기」는 화자의 편지와 아내의 일기 형식을 빌려 탈북 결심을 고백하면서 전근대적 연좌제식 차별이 잔존하는 북한 체제를 탈출하려는 내용을 통해 비판적 리얼리즘의 표정을 보여준다. 특히 당문학으로서의 북한문학의 테두리를 벗어난 점에서 북한문학의 경직성을 돌파할 유의미성을 보여주는 작품에 해당한다.

「탈북기」가 실려 있는 『고발』(2014)을 창작한 '반디'는 북한에 살고 있는 것으로 추정되는 60대 생존 작가의 필명이다. 1950년생이며 조선작가동맹 중앙위원회 소속으로 전해지지만, 체제의 특성상 아직 명확한 실체를 확인할 수는 없다. 책 표지 안을 열면 저자의 말에서는 작가적 실존의 고백이 느껴진다. 작가는 자신의 글이 미숙하더라도 독자들에게 전달되기를 바란다면서 북녘땅에서의 50년 생활을 "말하는 기계"이자

"멍에 쓴 인간"으로 살아내면서 '의분의 심정'으로 피눈물을 흘리며 "뼈로 적"은 텍스트라고 언급한다. 북한 체제에서의 삶이 '의분'을 일어나게 했으며, 그것을 거칠더라도 사명감 속에서 기록한 것이 『고발』인 셈이다. 오창은[26]에 의하면 「탈북기」는 '반인권적 신분차별과 혈통주의'의 문제를 정면으로 비판한 작품에 해당하며, 오태호[27]는 억압적 체제를 비판하는 북한문학의 새로움을 보여주는 작품으로서 '반혁명분자를 양산하는 노동당 비판'을 주목한다. 결국 사회주의 체제에 대한 비판이 금기인 북한 사회에서 체제를 비판하고 풍자하는 금기 위반의 텍스트가 생산된 것이다.

'반디의 소설'은 북한문학에서 주체문학론을 골자로 전개되는 '수령형상문학과 당문학' 중심의 텍스트라는 일반적인 지향을 거부한다. 오히려 북한문학의 핵심 테제인 '무오류적인 수령'과 '당의 부조리'를 비판한다. 이 점은 북한 바깥의 타자의 시선으로 들여다보면, 북한문학의 유연성을 확보하는 길일 수도 있다. 하지만 현재까지의 북한 체제의 특성을 감안해 본다면, 북한 사회 내부에서 위와 같은 작품 내용을 발표한다면 반체제 인사로 낙인찍혀 범법자가 될 가능성이 크므로 원고를 제대로 공표하기는 힘들 것으로 판단된다. 그러나 이렇듯 공고한 체제 내부의 모순을 파열하는 위반의 글쓰기는 문학의 본래적 영역에 해당한다. 문학은 동서고금 이래로 각종의 금기에 도전하면서 자신의 영역을 확장해 왔기 때문이다. 물론 이러한 인식은 '반공과 반북 이데올로기'에 젖은 남한 사회의 극우적 시선과 결을 달리한다. 즉 반디의 텍스트는 '감정적 고발'이나 '목적의식적 비난'이 아니라 사회의 부조리에 대한 합리적 비판과 문제제기를 문학적으로 서사화하고 있기 때문이다.

---

26. 오창은, 「북에서 온 탄원서-북한소설 『고발』을 읽고」, 『녹색평론』 157호, 2017. 11·12, 143~153쪽.
27. 오태호, 「북한문학의 새로움, 억압적 체제와 통제된 현실에 대한 비판」, 『민족화해』 89집 (11+12), 2017. 11, 54~57쪽.

「탈북기」(1989. 12)는 최서해의 「탈출기」(1925)를 패러디하여 '탈북'을 결심한 화자가 친구에게 자신의 사연을 담은 편지를 보내는 내용을 담은 액자 소설 형식의 작품이다.[28] 작품 속에서는 아내가 피임약을 감기약으로 속여서 먹은 사연을 실타래로 하여 서사가 진행되고, 아내의 일기가 작품의 골격을 이루며 결국 북한을 탈출하기로 마음먹은 내용이 그려지면서 작품 말미에는 다시 편지로 마무리된다.

상기!

나네. 일철이야. 일철이가 지금 이 탈출기를 쓰고 있단 말이네. 자네도 최서해의 「탈출기」를 읽었겠지. 그런데 그 1920년대가 아닌 1990년대, 그것도 식민지가 아닌 해방년륜을 50돌기나 감는다는 내 나라 내 땅에서 이런 탈출기를 쓰고 있단 말이네. 참으로 기막힌 일이 아닌가! 나의 탈출 기도를 한마디로 찍어 말한다면 그것은 언제인가 내가 자네에게 주었던 그 하나의 약봉투로부터 시작되었다고 해야 할 것이네.[29]

인용문에서처럼 작품의 주인공인 일철은 친구인 상기를 향해 최서해의 「탈출기」를 언급하며, 자신이 탈출기를 작성하고 있다고 고백한다. 일제 강점기가 아니라 '해방된 조선'에서 탈출기가 쓰인다는 점에서 1980년대 북한 사회가 지닌 억압적이고 폐쇄적인 공간에서의 모순된 현실이 암시되는 셈이다. 일철은 명옥과의 결혼 이후 2년이 지났지만 아이가 없는데, 의사인 상기에게 아내의 약봉투를 보여주자 피임약이라는 사실을

---

28. 이러한 대목은 반디가 북한 사회에서 다양한 문학 수업을 수학하였으며 상당한 필력을 갖춘 존재임을 가늠하게 한다. 최서해의 「탈출기」는 분단 이래로 북한문학사에서 1920년대 단편소설의 백미로 평가받는 작품이라는 점에서 작가가 의도적으로 '탈북기'를 통해 북한 체제의 근간에 대한 문학적 비판을 감행하고 있다고 볼 수 있다.

29. 반디, 「탈북기」, 『고발』, 다산책방, 2017, 11쪽.

알게 된다.

결혼 직전에는 일철이 북한 사회에서 "제1의 생명"이라고 할 수 있는 "가정성분"이 기우는 배우자였기에 남명옥과의 약혼이 알려지자 주변에서는 '까마귀와 백로'의 결합이라고 수군댄다. 일철이 "상놈 성분"을 갖게 된 것은 "아버지가 한 파장의 랭상모를 죽여버렸다는 게 전부"이다. 그것도 전쟁 이후 소위 사회주의 협동경리가 뿌리내리기 시작할 때 실수로 랭상모를 죽인 이후 "반당 반혁명 종파분자"가 된 것이다. 이후 일철이네는 압록강 여울물소리가 들리는 생소한 곳으로 강제 이주를 당하게 된다.

일철은 자신의 가정사를 의사인 친구에게 털어놓으며 최서해의 「탈출기」와 비교를 진행한다. 최서해의 텍스트 속 인물은 그나마 "일말의 희망"이라도 있었지만, 강제로 이주된 자신들의 가족의 경우에는 "한 오리의 희망"마저 가질 수 없는 막막함밖에 없었다는 것이다. 더구나 총칼의 감시 속에 이주당한 가정의 참상 속에 어머니 역시 일찍 숨을 거두고 아들 둘이 가까스로 버텨낸 생활이었다고 고백한다.

2) '아내의 일기'를 통한 연좌제 현실 비판

반디는 일철과 명옥 부부의 식사에 관한 일화와 사랑에 대한 확인을 통해 북한 사회의 식량 부족 문제와 함께 사랑의 방정식을 직시하게 한다. 아내의 피임약 봉투를 그러쥐고 임신을 거부하는 아내라고 오해한 일철은 의심에 의심을 거듭한다. 더구나 자신의 집에서 아침마다 두벌밥을 짓는 연기가 오른다는 소문을 듣고 아내를 더욱 의심한다. 그러던 어느 날 일터에서 일찍 나온 일철은 오전에 아내가 있는 집에 찾아간다. 그때 가마 속에서 끓고 있는 것은 '개머거리'인데, "퍼런 시래기 쪼가리들 속에 약간의 강냉이와 쌀알들이 뒤섞여 풀떡거리고 있"는 '음식 같지 않은 음식'이다. 일철이 아내에게 왜 개죽을 끓이냐고 다그치자, 아내는 말을 돌리면서 아래층 부문당비서가 왔었다면서 입당 문제에 대해 논의했음을 전한다. 하지만 실상은 배급쌀이 떨어지자 남편을 위해 자신의 아침밥을 남편의 점심으로 남겨두고, 자신은 '개죽'으로 끼니를 때워왔던 것이다. 북한 사회의 식량 부족 문제가 접경지대에서 매우 심각한 수준임을 보여주는 대목이다.

그 이후 밤일이 일찍 끝나 돌아온 집에서 "문짝 뒤에 검은 그림자"가 붙어 있는 모습을 목격하게 된다. 불륜을 의심한 일철은 아내의 피임약 봉투를 들이밀면서 '까마귀와의 혼혈종'을 낳을까 봐 두려워서 피임을 하고 있었느냐고 다그친다. 그러자 아내는 당신이 그 사람을 알아서는 안 된다면서 자신이 쓴 일기 한 권을 내민다. 그러고는 그 사람(부문당비서)이 방에 스며든 줄은 몰랐다면서 자신의 몸은 깨끗하고 '죽어도 당신 것'이라는 말을 전하며 눈물을 흘린다. 북한 사회가 여전히 전근대적인 관점에서 부부 관계를 유지하고 있음을 보여주는 대목이다. 아내의 육체를 남편의 소유물로 생각하는 인습이 여전히 자리 잡고 있는 것이다.[30]

일철이 일기 속에서 부문당비서가 자주 집을 방문하고 기색이 점점 달라지면서 치근덕댔음에도 불구하고 남편의 입당을 위해 아내가 참아낸 근 2년간의 생활 기록을 보게 된다. 아내의 3월 13일 일기에는 아내가 결혼 전 기계전문학교를 졸업한 뒤 속보판에서 '발명가 리일철 동무! 크랭크 자동대패 제작에 또 성공!'이라는 속보 제목에 '수재와 노력!-리일철 학생의 학습 경험'이라는 중학 시절의 벽보 제목이 떠오르며 환희와 긍지를 느끼는 모습이 그려진다. 하지만 중학 학력에 불과한 '발명가 리일철'을 제외한 채, 당원들만 남으라며 당세포비서가 중요한 토의를 진행하는 모습을 보며 아내는 실망한다. 아내는 "누군가에 대한 막연한 증

---

30. 북한에서 청춘 남녀의 사랑은 동지애적 관계와 공공윤리적 신념에의 확인이 감정 교류에 우선한다. 그러므로 자유주의적 감성이나 본능에 충실한 남녀 관계는 찾아보기 어려운 것이 현실이다(오태호, 「북한 단편소설에 나타난 연애 담론 연구」, 단국대학교 부설 한국문화기술연구소 편, 『세대와 젠더-동시대 북한문예의 감성』, 경진출판, 2015. 9, 80~106쪽).

오"와 함께 일철에 대한 "억제할 수 없는 동정"을 느낀 것이다.

> 사람들은 사랑이란 무엇무엇이라고 책도 쓰고 노래도 지어
> 낸다. 하지만 그때의 나에게서는 사랑이란 곧 동정이었다. 한
> 불우한 운명을 같이 아파해주고 부축해주지 않고서는 못 배길
> 애끓는 마음, 그 운명을 위해서는 육체까지라도 깡그리 바쳐주
> 고 싶은 못 견딜 충동……./ 나의 사랑은 이렇듯 불타는 동정
> 속에서 봉오리를 맺고 꽃으로 퍼났었다![31]

인용문에서 드러나듯 아내는 '사랑=동정'이라고 개념을 규정한다. 타
인을 향한 측은지심의 발로가 사랑의 전제조건이기에 "불타는 동정" 속
에서 애정의 감정을 피워낸 것이다. 이렇듯 아내에게 일철은 동정을 매
개로 한 사랑의 대상이 된다. 일차적으로는 당원 중심으로 토의를 진행
하는 것에 대한 반발이지만, 독학으로 대학 졸업 이상의 지식과 기능을
소유했음에도 불구하고 학력 차별로 인해 그 능력을 제대로 활용할 수
없는 북한 사회의 현실이 체제에 대한 증오를 불러일으킴과 동시에 일
철에게는 동정 어린 사랑으로 일어난 것이다. 하지만 누스바움에 따르면
이러한 동정심은 공감 능력을 강화한 '연민'보다 비상호적인 감정이라는
점에서 일방적일 뿐만 아니라 서사적 개연성을 약화시키는 대목에 해당
한다.

반디는 「탈북기」를 통해 북한 사회가 연좌제식 차별이 횡행하는 전근
대적 구조의 공간임을 비판한다. 아내 명옥은 조카인 민혁이 선생님
이 학급반장을 그만두라고 했다면서 울면서 들어오자, 인민학교 소년단
지도원인 친구 문영희에게 사실을 물어본다. 그러자 소년단 조직이 당

---

31. 반디, 앞의 글, 29쪽.

조직의 1학년과 흡사하니 '원산 이주민의 아들'을 선발할 수는 없었다는 말을 확인하게 된다. 뿐만 아니라 '가정성분이 나쁘다'는 핑계로 남편을 피하는 사람을 보면서 사회에서 '전염병 환자'라도 되는 것처럼 남편을 바라보는 시선이 안타깝게 느껴진다. 더구나 인민반장으로부터 "우리집이 일상적인 감시 대상"임을 확인하게 되자, 아내는 참담함을 금할 길이 없다.

5월 23일 일기에는 친구 영희로부터 등록 사본을 받는다.

리일철
계층별-149호 가족
평가-적대군중

아버지 리명수
일제시기 부농으로서 당의 농협협동화 정책에 불만 품고 원산시 ○○군 ○○리에서 논벼 랭상모에 대한 해독행위 감행. 반당 반혁명 종파분자로 처단.

어머니 정인숙
남편의 처단에 대한 불만과 화병으로 현 거주지에서 사망.[32]

아내는 사본을 보면서 손이 떨려온다. 일철이 '적대군중'이며, 부친이 '반당 반혁명 종파분자'로 처단된 사실의 적시와 함께 '내각 결정 149호'에 의해 이주되었으며 당에서 '이주 역적'으로 계산하는 계층이라는 뜻이 담겨 있기에 아내는 두려움에 떨게 되었던 것이다.

이러한 두려움은 아내로 하여금 새 생명이 자라고 있는 아랫배를 더

---

32. 반디, 앞의 글, 38~39쪽.

듬으면서도 부끄러워서 아직 남편에게 임신 사실을 알리지 않은 사실을 "다행 중 다행"이라고 생각하도록 만든다. 그러고는 "가시밭을 헤쳐야 할 생명"임을 알기에 낳을 수가 없다면서, 아기를 낳는 것이 "가장 잔악한 죄인"이라며 낙태를 하기 위해 산부인과에 갈 결심을 하게 한다. 결국 '적대군중'의 자식을 낳으면 주홍글씨처럼 '역적'의 낙인이 평생 찍힐까 봐 두려워 생명을 지우려고 결심하는 것이다. 북한 사회가 '반당 반혁명 종파분자'에 근거한 차별 속에 연좌제식 억압을 일상생활 속에 진행하고 있음이 '낙태 결심'이라는 극약 처방으로 극화하고 있는 것이다.

아내의 11월 21일 일기장에는 두벌 식사의 진실이 밝혀진다. 사실은 배급쌀이 떨어져가는 매달 상순과 하순에 아내가 자신의 아침밥을 남편의 점심밥으로 남겨놓고 자신은 '개죽'으로 끼니를 이어나가고 있었던 것이다. 그러던 어느 날 평상시에 친절하게 대우를 하던 부문당비서가 술에 취한 채 들어와 출입문을 안으로 걸면서, 일철이 '워낙 힘든 입당 대상'이라면서 아내의 손목을 덥석 잡는 등 성추행을 하다가 도망친다. 아내는 흐느끼면서 "기만과 희롱의 검은 그림자"로 부문당비서를 확인하면서 일기는 마무리된다.

3) 체제의 부조리를 고발하는 증언의 서사

작품 속 마무리 부분에 아내의 일기를 다 읽은 일철은 자신의 과오를 반성한다. 아내를 의심했던 자신이 과연 사람이었겠느냐고 반문하면서 아내의 사랑을 '개죽'으로 오인한 잘못을 탓한 뒤 결과적으로 탈북 결심을 실행에 옮기게 되는 것이다.

나는 일기장을 덮으며 그날 믿으려야 믿을 수 없고 안 믿으려야 안 믿을 수도 없는 현실 앞에서 울었네. 나는 아내의 손을, 아내는 나의 손을 부둥켜 쥐고 침대머리에 걸터앉은 채 애들처럼 흐느끼며 우리는 울고 또 울었어. 그리고 결심했네. 그 어떤 성실과 근면으로써도 삶을 뿌리내릴 수 없는 기만과 허위와 학정과 굴욕의 이 땅에서의 탈출을 말이네. (중략) 1989. 12. 12.[33]

인용문에서처럼 일철은 아내와 함께 흐느껴 울면서 탈북 결심을 공유한다. 그러고는 결국 "기만과 허위와 학정과 굴욕"의 땅에서의 탈출 결심을 친구인 상기에게 털어놓는다. 형의 식솔까지 5인의 운명이 쪽배 한 척에 실리게 된 것이다. 위험천만한 탈출 방법이지만, "최악의 고뇌"보다는 '죽음의 잊혀짐'이 나을 수도 있다는 각오로 목숨을 건 탈출을 선택한 것이다. 결과적으로 '적대군중'이자 '반당 반혁명 종파분자의 자손'인 일철의 가족에게 북녘땅은 "인생불모지라는 낙인"으로 존재하는 오욕의 땅이었던 것이다.

「탈북기」의 일철에게 '적대군중'이라는 평가는 가축의 잔등에 찍는 쇠도장 같은 낙인처럼 일종의 '저주의 주홍글씨'가 된다. 결국 일철은 '성실과 근면'으로 삶을 뿌리내릴 수 없는 '기만과 허위와 학정과 굴욕의 땅'에서 탈출을 결심할 수밖에 없는 상황에 처해지는 것이다. 이렇듯 반디의 「탈북기」는 한국 현대문학사의 앞자리에 놓여 있는 1920년대 비판적 리얼리즘으로 쓰인 단편소설을 연상하게 한다. 짧고 간명한 서사에 암시와 복선이 살아 있기 때문이다. 이 작품은 북한문학에도 체제와 현실이 강제하는 금기를 넘어서는 위반의 텍스트가 존재할 수 있다는 사실을 확인하게 한다. 북한문학이 배제해온 '부르주아문학'의 가능성과 더불어 체제를 비판하는 비판적 리얼리즘의 가능성이 드러나는 것이다.

---

33. 반디, 앞의 글, 46~47쪽.

기존의 북한 서사가 '오해와 해결'이라는 구도 속에 단선적 서사를 드러내면서 수령과 당의 해결사적 역할을 강조해왔다는 점에서 반디의 「탈북기」는 경직된 북한문학의 외연을 확장할 수 있는 북한문학의 새로움으로 호명할 수 있다. 반디의 소설은 기존 북한소설이 보여준 이데올로기적 경직성의 신화를 내부에서 돌파할 여력을 확보하고 있는 것이다. 하지만 이러한 새로움이 한국 사회의 극우적 시선에 의해 손쉽게 '케케묵은 반공·반북 이데올로기'로 착색될 수도 있다는 점에서 양가적으로 해석될 필요성이 존재한다.

4. 탈경계의 상상력

이 글은 2010년대에 남한에서 발표된 '탈북 소재 소설' 두 작품을 대상으로 탈북민 서사의 이질적 양상을 살펴보았다. 최근에 '탈북 문학'은 기성 작가들뿐만 아니라 탈북자 작가의 수기나 소설에 이르기까지 '탈경계의 상상력' 속에서 난민이나 이주의 문제와 함께 자본주의에 대한 비판과 국민 국가의 경계를 다시 사유하게 하고 있다. 따라서 탈북 문학에 대한 연구는 한반도의 분단 문제를 포함하여 북한 사회와 탈북자의 인권 문제, 여성 문제, 정치범 수용소, 남한 사회에서의 적응, 탈북 디아스포라 등 다양한 주제의식 등을 보여주면서 분단현실의 특수성과 함께 소수자 인권 문제라는 보편성을 함께 주목하게 한다.

조해진의 『로기완을 만났다』는 탈북 이방인 로기완의 삶을 추적하면서 타인의 고통과 상처에 대한 연민과 공감이 생존의 이유를 확보하는 동력일 수 있음을 보여준다. 2007년 벨기에를 떠돌다 영국에 정착한 탈북 난민 로기완의 행로를 3년의 시차를 두고 2010년에 뒤쫓으면서 생존의 이유를 확보하려는 방송작가인 김작가의 여행기를 통해 이방인으로서의 상처를 치유하고 생의 동력을 마련하는 것이다. 북한에서 1989년에 쓰였으나 2014년에 한국에서 출판된 반디의 「탈북기」는 '반당 반혁명 종파분자의 자식'인 일철에게 씌워진 '적대군중'이라는 평가가 일종의 '저주의 주홍글씨'가 되어, 일철의 가족이 연좌제식 차별 속에 '기만과 허위와 학정과 굴욕의 땅'에서 탈출을 결심할 수밖에 없는 상황을 형상화하였다.

'탈북민을 매개로 한 생존 모색'과 '현실 풍자적 체제 비판'이라는 문제의식 속에서 드러난 남북한 소설 2편은 기존 '탈북 문학'이 보여준 '기아와 고통' 중심의 '고난의 서사'와는 다르게 '탈북 서사'의 두 가지 이질적 표상을 보여준다. '고난의 행군' 시기 이후 기아에 허덕이는 고통스런 난민의 삶의 과정을 추적하는 것이 아니라 그 이전(「탈북기」)과 이후(『로기완을 만났다』)를 살아내는 탈북민의 구체적 형상을 보여준다는 점에서 21세기를 전후한 탈북민의 두 표정을 추체험하게 한다. 그리고 그 모습은 2010년대를 살아가는 탈북민의 독자적 생존 모색과 함께 '사회주의 체제 비판'이라는 이방인적 자의식의 문제를 제기한다. 그리고 그 표정은 앞으로 전개될 한반도의 평화체제 구축 분위기의 지속 가능성을 기대하거나 회의하게 하는 문학적 단초를 제공한다는 점에서 소중하다(2019).

참된 삶과 교육에 관한
생각 줍기